Russi Tschernev
Nach Amerika und zurück

AF124893

Der Sinn des Lebens ist, ein Lebenswerk zu hinterlassen.

Der Autor.

Dieser Roman beruht auf einer wahren Begebenheit, die Handlung, die Orte der Handlung und die Personen sind jedoch frei erfunden. Jede Ähnlichkeit mit existierenden oder existierten Handlungen, Orten und Personen ist rein zufällig.

Russi Tschernev

Nach Amerika und zurück.

Aufstieg und Fall einer Flüchtlingsfamilie

Bibliografische Information der Deutschen Nationalbibliothek:
Die Deutsche Nationalbibliothek verzeichnet diese Publikation in der
Deutschen Nationalbibliografie; detaillierte bibliografische Daten sind
im Internet über http://dnb.dnb.de abrufbar.

TWENTYSIX – Der Self-Publishing-Verlag
Eine Kooperation zwischen der Verlagsgruppe Random House und
BoD – Books on Demand

© 2016 Russi Tschernev

Herstellung und Verlag:
BoD – Books on Demand, Norderstedt

ISBN: 978-3-740-71615-8
Illustration: Vorname Name oder Institution

Prolog

Das große weiße Haus erhob sich protzig wie ein Tempel zwischen den armen Häusern des bulgarischen Dorfs Goritschevo. Es war ein herrlicher Maitag, vor dem Fenster blühte die Magnolie und die Vögel zwitscherten ihr ewiges Konzert. In der topmodern eingerichteten Küche bereitete Mira Penev das Mittagessen vor und trällerte ein Liedchen vor sich hin.

Das Läuten des Telefons unterbrach sie:

„Mama, Papa ist schwer verletzt…", Bonnys Stimme zitterte, „du musst sofort herkommen"!

Bonny war ihr sechsundzwanzigjähriger Sohn. Heute Morgen war er mit seinem Vater zur Donau gefahren, wo das aus Kalifornien mitgebrachte Schnellboot lag.

Mira zog hastig die Pfanne vom Herd, riss sich die Küchenschürze herunter und lief zu ihrem alten Fahrrad. Penko, ihr Mann, und Bonny hatten das Auto genommen. Der Fluss war nur wenige Kilometer entfernt. „Bestimmt ist etwas mit diesem Boot passiert", dachte sie, während sie in die Pedale trat. „In den letzten Jahren war dieses Boot Penkos Steckenpferd geworden. Unzählige Wochenenden hatte er Tag und Nacht daran gewerkelt, es zusammengebaut und wieder auseinandergenommen und hatte es auf allen erreichbaren kalifornischen Seen, Flüssen und Meeresbuchten getestet. Inzwischen erreichte es eine Geschwindigkeit von fast 140 Stundenkilometern und auch damit war er nicht zufrieden…"

Als Mira das Ufer erreichte, war der Krankenwagen aus der nahe gelegenen Kreisstadt schon da. Penko lag am Boden, mit der Rettungsweste um den Hals. Eine junge Frau mit langem, zu einem Pferdeschwanz gebundenem, kastanienbraunem Haar kniete neben ihm und hielt seine Hand. Einige Neugierige hatten sich angesammelt. Mit schnellen und sicheren Griffen hoben ihn die Sanitäter auf eine Trage und brachten ihn zum Wagen. Sein Kopf war verbunden, an seinem Arm hing der Schlauch einer Flasche mit Blutplasma. Bonny, blutverschmiert, versuchte zu helfen.

„Was ist passiert"? Mira packte Bonny an den Schultern und schüttelte ihn.

Ein junger Mann, auch mit Rettungsweste um den Hals, näherte sich.

„Ich bin Ignat. Ich war mit ihm im Boot, als es passierte. Der Fluss war ziemlich unruhig, Penko aber stand aufrecht und raste wie verrückt. Ich hatte mich auf den Sitz neben ihm gekauert. Er beschleunigte und das Boot flog von Welle zu Welle. Plötzlich, hinter der Insel da drüben, kam ein größeres Boot und kreuzte unseren Weg. Es schleppte eine riesige Welle hinter sich her. Penko versuchte sie zu überqueren, aber das Boot überschlug sich. Im nächsten Augenblick lag ich im Wasser und sah einige Meter vor mir Penkos Weste voller Blut. Mit aller Kraft schwamm ich zu ihm. Bonny half mir, ihn aus dem Wasser zu holen".

Mira hatte das Ende der Erzählung fast nicht gehört, nahm Bonnys Hand und lief mit ihm zum Krankenwagen, der sich gerade zur Abfahrt bereitmachte.

„Wird er überleben? fragte Mira mit zitternder Stimme, während sie in den Wagen einstiegen.

„Schwer zu sagen", antwortete der Arzt, als der Wagen schon fuhr. „Der Schädel ist gebrochen und wahrscheinlich stecken noch Splitter im Gehirn. Wir werden versuchen, die Blutung zu stillen. Ich habe bereits einen Hubschrauber angefordert, der ihn nach Sofia, ins „Pirogov" bringt".

Das Krankenhaus „Pirogov" hat die größte Unfallchirurgie in Bulgarien. Alle Zimmer und sogar die Korridore waren voll von Verunglückten. Die aus dem Westen importierten schrottreifen Autos ohne TÜV, der miserable Zustand der Straßen und rasende Autofahrer mit käuflich erworbenen Führerscheinen, die sich als Rennfahrer aufprotzten, sorgten dafür.

Während sie auf den Hubschrauber wartete, kontaktierte Mira sofort das Amerikanische Konsulat. Sie versprachen Hilfe und Penko wurde sofort in den Operationssaal gebracht.

Mira war nicht gläubig, aber nun fing sie an zu beten. Ihr Blick wich nicht von der Tür, hinter der die Ärzte um Penkos Leben kämpften. Die Zeit schien still zu stehen. Sie erschrak, als die Tür aufging und der Chirurg zu ihr trat. Bonny, der nervös auf und ab ging, rannte vom Ende des Korridors zu ihnen.

„Wird er überleben"? fragten beide gleichzeitig.

„Man kann noch nichts sagen. Splitter des Schädels stecken noch im Gehirn. Wir haben eine Bluttransfusion vorgenommen und die Blutung gestillt. Er liegt im Koma. Das ist alles, was wir hier machen konnten. Bringen Sie ihn nach Deutschland, in Heidelberg ist die beste Neurochirurgie".

Eine Stunde später hob ein zweimotoriger Jet vom Flughafen Sofia ab.

1.

Die Strahlen der Abendsonne drangen mühevoll durch die staubigen Fenster der LPG[1] Verwaltung. Im schummrigen Licht versuchte der Elektriker Penko Penev, auf einer wackeligen Leiter balancierend, die Deckenlampe zu reparieren. Vertieft in seine Arbeit, bemerkte er den Mann nicht, der gerade den Raum betrat. Es war Goranov, der LPG-Vorsitzende, gebückt und untersetzt, mit flacher Stirn unter dichtem, schwarzem Haar, das auch aus seinem aufgeknöpften Hemd hervorspross.

„Schauen wir mal, wieviel Strom er vertragen kann", dachte er und drehte am Lichtschalter.

Der Strom schlug in Penko wie ein Blitz ein. Er verlor das Gleichgewicht und griff im Sturz nach der Lampe, die auf dem Schreibtisch der Sekretärin angeschraubt war. Zusammen mit Stücken der Tischplatte zersplitterte ihr bunter Lampenschirm. Penko spürte einen stechenden Schmerz in der Schulter, es wurde ihm schwindelig. Er blieb am Boden liegen.

„Was stellst du dich tot, du Drecksau", schrie Goranov und trat Penko in die Rippen, „du hast die Lampe zerbrochen. Weißt du, dass es sie hier nirgends zu kaufen gibt? Sie ist aus der Sowjetunion. Für zwei Monate bekommst du keinen Lohn, damit der Schaden bezahlt werden kann".

Langsam stand Penko auf. Er hielt sich die verletzte Schulter:

„Ich kann nichts dafür, Genosse Goranov. Haben Sie nicht gesehen, dass ich die Lampe repariere? Sie hätten mich beinahe umgebracht".

„Na und? Niemand wird mich bestrafen, weil du die Sicherungen nicht herausgeschraubt hast. Solche wie dich gibt es zu Hunderten. Und jetzt verschwinde, ich hab' zu tun. Morgen um sechs bist du da und wenn bis sieben die Lampe nicht repariert ist, wirst du in den Schweinestall versetzt"! schrie er und schlug die Tür vor Penkos Nase zu.

---

[1]Landwirtschaftliche Produktionsgenossenschaft

Penkos Sturz und das Fluchen Goranovs hallten durch das ganze Verwaltungsgebäude. Dort, im letzten Zimmer, trug Mira, Penkos Frau, gerade die Menge der gemolkenen Milch in ein altes Heft ein, als sie die donnernde Stimme vernahm. Sie wechselte einen Blick mit ihrer Kollegin Drenka, die gegenüber saß. Beide beschlossen stillschweigend, dass es das Beste wäre, sich ruhig zu verhalten und zu schweigen.

2.

Wütend und mit Schmerzen in der Schulter kam Penko nach Hause. Zusammen mit Mira und ihrem gemeinsamen Baby bewohnten sie einen Raum im Haus seiner Eltern, der als Wohn- und Schlafzimmer diente. Er war schlicht eingerichtet, mit einem Bett in der Ecke, einem Tisch mit vier Stühlen in der Mitte und einer kleinen Kommode an der gegenüberliegenden Wand. Die untergehende Sonne warf ein schwaches Licht auf das kleine Fenster mit den bestickten Vorhängen. Im Zimmer war es düster. Penko setzte sich auf die Bettkante und nahm seinen Kopf in die Hände. Erinnerungen stiegen in ihm auf. Er sah sich wieder in dem Steinbruch, wo er im Arbeitsdienst gewesen war. Der Kommandeur hatte die Lunte gezündet, ohne Rücksicht auf die Leute, die noch unten waren. Zwei wurden verschüttet. Penko war gerannt, um einem verletzten Kameraden aus der Gefahrenzone zu helfen, bevor die Sprengung erfolgte. Den Bohrhammer hatte er in der Eile liegen gelassen, er wurde unter den fallenden Steinen begraben. Dafür wurde er bestraft. Drei Tage Karzer in der prallen Sonne. Wie ein Tier in einem Verschlag aus Stacheldraht, ohne Essen, nur einen Liter Wasser am Tag. Einen Tag später hielt der Kommandeur eine Rede vor den Särgen der Toten: „Gefallen in Erfüllung ihrer Pflicht". Damals hatte Penko erfahren, dass im kommunistischen Bulgarien ein Bohrhammer mehr wert war als ein Menschenleben. Heute erfuhr er es wieder. „Niemand wird mich bestrafen", dachte er, während noch die Worte des Vorsitzenden noch in seinen Ohren dröhnten. Sie gruben sich tief in seiner Seele ein. „Wer gibt ihnen das Recht, über das Leben anderer zu verfügen"? – „Gott soll sie strafen"! hätte seine Großmutter gesagt. Er erinnerte sich, dass sie eine Ikone besaß, mit einem ewigen Licht davor, die sie hinter der Tür versteckt hielt. Nie zuvor war Penko in einer Kirche gewesen. In Goritschevo gab es eine Kirche, gebaut während der osmanischen Herrschaft. Sie war niedrig, schien wie im Boden versenkt und war mit einem rostigen Vorhängeschloss versperrt.

Großmutter aber hatte ihm von jenem Wundertäter Jesus erzählt, der mit einer Berührung Kranke heilte, Blinde wieder sehen ließ und über Wasser laufen konnte. Wie ER gekreuzigt wurde von seinen Peinigern, weil ER dem Volk den Glauben an etwas Mächtigeres als Kaiser und Imperatoren gab. ER hatte gelehrt, dass Gott, sein Vater, ihn zur Erde gesandt hatte, um die Gedemütigten und Erniedrigten zu trösten, dass die Seele unsterblich ist und nur Gott allein über Leben und Tod bestimmen kann.

Penko hatte diese Macht bereits gespürt, den Schutzengel, der über ihm wachte, auch damals, als er Mira traf. Er war ein introvertierter Schüler, zu schüchtern, sie anzusprechen. Ganz plötzlich verspürte er einen inneren Impuls, der ihm Mut gab, auf sie zuzugehen:

„Guten Tag. Ich heiße Penko. Darf ich dich ein Stück begleiten"?

Mira hob die rehbraunen Augen und sah ihm ins Gesicht:

„Ich heiße Mira. Lernst du im Technikum"? fragte sie und ging langsam weiter.

„Ja, im letzten Jahr".

„Ich bin in der elften Klasse im Gymnasium. In diesem Jahr mach ich mein Abitur, aber ich weiß nicht, ob ich es schaffe. Physik und Mathematik quälen mich".

„Oh, das sind ja meine Lieblingsfächer", rief Penko, „die Physik erklärt die Phänomene der Natur, sogar die Chemie nutzt die physikalischen Gesetze, und die Mathematik ist ihr wichtigstes Werkzeug. So wie der Traktor dem Bauern hilft, den Pflug zu ziehen, so hilft die Mathematik der Physik, die Naturgesetze zu erklären".

Mira war fasziniert. So eine bildhafte Erklärung hatte sie noch nie gehört. Tief in ihrem Herzen spürte sie eine Zuneigung zu diesem jungen Mann. Vor ihren Augen tauchte jenes Experiment aus der achten oder neunten Klasse auf, bei dem der Lehrer zwei Magnete mit roten und blauen Enden auf dem Tisch legte, und als er sie losließ, bewegten sie sich, aufeinander zu und klebten zusammen – Blau mit Rot und Rot mit Blau.

„Könnte es sein, dass es in den Herzen der Menschen auch Magnete gibt"? fragte Mira.

Penko lachte, aber nach kurzer Überlegung fand er die Frage gar nicht so dumm. Er hatte Leute getroffen, die ihm auf den ersten Blick sympathisch waren wie seine Freunde Toni und Gregor. Andere wie Goranov, der schon seine Eltern schikaniert hatte, waren ihm widerlich und er wäre glücklich gewesen, hätte es ihn nicht gegeben.

„Magnete eigentlich nicht", fing Penko an, „aber wenn das Blut im Kreislauf fließt, könnte es ein Magnetfeld erzeugen, wie der elektrische Strom. Wenn das Blut zweier Menschen in verschiedene Richtungen fließt, ziehen sie sich an, wenn es in die gleiche Richtung fließt, stoßen sie sich ab". Ein Schaudern lief Penko über den Rücken bei dem Gedanken, dass Goranovs Blut in die gleiche Richtung fließen musste wie seines.

„Und wie kann man erkennen, in welche Richtung mein Blut fließt"? fragte Mira.

„Das weiß ich nicht. Ich weiß auch nicht, ob meine Theorie stimmt. Ich denke, dass man es fühlt".

„Das denke ich auch. Es spielt aber keine Rolle, in welche Richtung mein Blut fließt, wichtig ist, dass deines in die andere fließt", sagte Mira, schaute Penko in die Augen und lachte.

Er lachte auch und es wurde ihm warm ums Herz.

Sie waren beim Eingang eines dreistöckigen Hauses angelangt. Die Eisentür war rostig, die ehemalige Verglasung durch ein Stück Blech ersetzt, beschmiert mit verschiedenen Namen und anzüglichen Sprüchen.

„Ich wohne hier", sagte Mira, „im zweiten Stock bei meiner Tante, solange ich zur Schule gehe. Meine Eltern wohnen in Goritschevo".

„Kann ich dich wiedersehen"?

„Ich komme immer um diese Zeit von der Schule. Warte aber um die Ecke, ich möchte nicht von meinen Mitschülerinnen gesehen werden".

„Morgen warte ich auf dich…"

Penko hob den Kopf, als Mira den Raum betrat und ihn aus seinem Gedankengang riss:

„Was ist heute geschehen"? fragte sie.

Er erzählte, was Goranov ihm angetan hatte. Er hielt seine Hand an die verletzte Schulter.

„Dieser Dreckskerl schleicht auch um mich herum und betatscht mich ständig".

„Ich schneide ihm die Kehle durch"! brach es auf einmal aus ihm heraus, dann aber kamen ihm die Worte seiner Großmutter in den Sinn und zum ersten Mal sprach er sie aus:

„Gott soll ihn strafen"!

Mira feuchtete einen Lappen an und legte ihn auf Penkos Schulter:

„Es ist nicht auszuhalten! Er kann sich alles erlauben und keiner darf etwas sagen".

„Versuch es nur und du landest in einem Arbeitslager. Warum war ich zwei Jahre im Arbeitsdienst? Weil ich Radio Freies Europa gehört, Jazz geliebt und Witze erzählt hatte über diese Dummköpfe, die uns regieren".

„Und wie soll es weitergehen"?

„Wir hauen einfach ab, in ein freies Land, wo der Mensch ein Mensch ist und es keine Kommandeure oder Goranovs gibt, die über einen verfügen".

„Wie wirst du das anstellen? Wir sind Eltern, haben ein Kind, das ist unmöglich".

„Wir kriegen es hin, wir müssen nur fest genug daran glauben"!

3.

Einige Tage danach lud Drenka Mira und Penko zu sich nach Hause:

„Wir haben uns eine neue Esstischgarnitur gekauft und wollen das am Sonntag mit euch feiern".

Mit einer Flasche hausgemachten Wein von der Weinlaube und Blumen aus dem eigenen Garten gingen sie am Sonntag zu Drenka und ihr Mann Gregor. Nach alter bulgarischer Sitte war der neue Tisch überladen mit allem, was der bescheidene Haushalt zu bieten hatte. Gregor war Mechaniker und Traktorfahrer, Drenka war Melkerin im Kuhstall. Das Gespräch drehte sich um die Arbeit, um die Instandhaltung der Maschinen und die fehlenden Ersatzteile für den Traktor. Gregor wurde mit all den Problemen allein gelassen und musste sich um alles selbst kümmern. Goranov hat angeblich kein Geld für Ersatzteile, aber einen Fernseher hatte er sich gekauft, nicht irgendeinen, sondern einen westdeutschen, von Corecom, wo man nur mit Fremdwährung zahlen kann. Woher er die Fremdwährung hatte, wusste niemand. Wahrscheinlich hatte er jemanden erpresst, der Verwandte im Westen hat.

Eine Postkarte über der kleinen Kommode, die als Bibliothek diente, zog Penkos Blick an. Die Freiheitsstatue erhob sich in ihrer ganzen Größe vor den Wolkenkratzern von New York.

„Hey, von wem ist diese Karte"? fragte Penko seine Freunde.

„Von einem Cousin", antwortete Gregor. „Vor sechs Jahren ist er geflohen. Er schreibt, dass er in einer Bank arbeitet, eine Amerikanerin geheiratet, zwei Kinder bekommen hat und dass es ihm gut geht". Gregor schaute mit verträumtem Blick auf die Karte. „Besser als uns auf jeden Fall", dachte er und fügte hinzu: „Die Freiheit ist wie Glücksspiel – du kannst Erfolg haben oder verhungern. Vor kurzem habe ich in der Parteizeitung gelesen, dass in New York Leute auf der Straße starben und die Reichen mit ihren Wagen vorbei fuhren und sie mit Dreck bespritzten. Es war sogar ein Bild darin, von einem schwarzen Kind, nur Haut und Knochen, mit aufgeblähtem Bauch".

„Das Bild habe ich auch gesehen, in der „Landwirt". Da stand aber, das Foto sei aus Ruanda. Wem sollst du glauben? fragte Penko, setzte sich an den Tisch und goss sich Wein ein.

In dieser Nacht schlief er unruhig. Ob der Wein oder die Postkarte daran schuld war, konnte er nicht ergründen. Im Traum war er in New York. Er stand vor einer riesigen Leinwand, die auf der Fassade eines Wolkenkratzers aufgespannt war. Louis Armstrong sang mit heiserer Stimme und seine goldene Trompete funkelte in der Nacht. Kolonnen von Autos fuhren vorbei. Auf einmal war er von einer riesigen Menschenmenge umrundet und er merkte, dass er ausgeraubt worden und nackt bis auf die Unterhose war. Die Menschen zeigten auf ihn und lachten ihn aus. Plötzlich tauchte aus der Menge etwas Schwarzes auf, näherte sich ihm, wurde immer größer. Das Maul eines Gorillas war weit geöffnet und drohte ihn zu verschlingen. In seinen Augen erkannte er Goranov und wachte schweißgebadet auf. Mira atmete ruhig neben ihm. Die Wärme ihres Körpers beruhigte ihn. „Was für ein blöder Traum", dachte er, aber das Bild mit den Wolkenkratzern und die leise vorbeifahrenden Autos beschäftigten noch lange seine Fantasie.

4.

Im Technikum hatte Penko einen sympathischen Jungen kennen gelernt, Toni Hristov. Sie mochten sich vom ersten Blick an und mit der Zeit wurden sie beste Freunde. Toni wohnte in Raduschevo, einem Dorf mit zwanzig bis dreißig Häusern direkt am Fluss, durch dessen Mitte die Grenze zwischen Bulgarien und Jugoslawien verlief. Wie Penko stammte auch Toni aus einer Bauernfamilie. Seine Eltern waren Altkommunisten, noch aus der Zeit nach dem Ersten Weltkrieg. Sie waren aktive Kämpfer gegen den Faschismus, mussten aber zusehen, dass die Karrieristen, die erst nach dem Einmarsch der Sowjettruppen der Partei beigetreten waren, es zu hohen Posten mit dicken Gehältern brachten. Sie waren von der Partei und ihrer Politik enttäuscht.

Als Mira und Penko heirateten, hatten sie Toni und Zlatka, eine Freundin von Mira, die jetzt in Sofia studierte, als Trauzeugen gewählt.

Penko hatte noch einen Freund aus dem Technikum, Mitko Stratev. Er war ein bescheidener, etwas schüchterner Junge mit stattlicher Figur und nach hinten gekämmtem schwarzem Haar. Penko mochte ihn, aber Geheimnisse konnte er mit ihm nicht teilen, wobei er zu Toni volles Vertrauen hatte.

Toni grub gerade seinen Vorgarten um, als er den herankommenden Radfahrer sah. Er lehnte den Spaten an den Maschendrahtzaun, an dem sich der Jasmin mit betäubendem Duft emporrankte, und ging hinaus. Die Sonne verschleierte seinen Blick. Er hielt seine Hand vor die Augen.

„Hey Penko, bist du das"? rief Toni, erkannte ihn aber bald und setzte fort: „Freut mich, dass du mich besuchen kommst! Was führt dich hierher"?

„Hallo Toni, du arbeitest zu viel", antwortete Penko, stieg vom Rad und umarmte seinen Freund.

„Komm rein", sagte Toni, hakte sich unter Penkos Arm und führte ihn ins Haus. Er nahm zwei Flaschen Bier aus dem Kühlschrank:

16

„Prosit und willkommen! Was gibt's Neues bei euch? Wie geht's Mira und dem Kleinen? Wahrscheinlich schon ein richtiger Bub geworden".

„Ja, das ist er. Sagt sogar schon Papa, wenn er mich sieht. Wir haben aber ein Problem".

„Schieß los, kann ich dir dabei helfen"?

„Wir halten es hier nicht mehr aus, Toni. Goranov hat meinen Lohn gekürzt, nachdem er mich fast umgebracht hätte. Er stellt Mira nach und belästigt sie ständig". Penko erzählte von seinem Sturz. „Wir wollen weg, deshalb wollte ich mir die Grenze näher anschauen, ob wir irgendwie durchkommen".

„Die Grenze ist dort", Toni zeigte auf den Maschendrahtzaun am Ende des Gartens. „Sie wird aber sehr streng bewacht. Jede Stunde passieren zwei Grenzsoldaten mit einem Hund und schauen nach Spuren auf dem Sandstreifen. Angeblich beschützen sie uns vor Spionen, aber die gibt es nicht. Die Serben kümmern sich nicht um uns. Unsere passen auf, dass keiner in den Westen flieht. Seitdem Schiwkow und Tito sich zerstritten haben, schicken die Serben keine Flüchtlinge mehr zurück. Vielmehr schieben sie die nach Italien oder Österreich ab. Wenn du willst, können wir ein Stück entlang der Grenze gehen. Die Soldaten kennen mich, und wenn die Sonne zu heiß ist, kommen sie ab und zu zu mir auf ein Glas kaltes Wasser oder Limonade. Bier dürfen sie nicht trinken, die Strafen sind hart".

Die Freunde tranken das Bier aus und gingen los. Tonis Haus war eines der letzten in Raduschevo. Der Hof, auf dem ein Hahn inmitten einiger Hennen und Küken munter stolzierte, reichte bis zum Grenzzaun. Er war alle zehn Meter an Betonpfosten befestigt. Die oberen Enden waren zum Hof hin gebogen, auf ihnen waren drei Reihen Stacheldraht gespannt. Es war klar, gegen wen sie gerichtet waren, und was sie schützten. Hinter dem Zaun befand sich das Flussbett. Beide Freunde überquerten den Hof und blieben am Gartenzaun stehen. Dieser bestand aus zwei Reihen Stacheldraht, die zusammengefallen waren, und das Ende von Tonis Grundstück andeuteten. Dahinter zog sich ein Pfad hin, auf dem die Grenzsoldaten patrouillierten. Danach folgten der hohe Maschendrahtzaun und der sorgfältig geglättete Sandstreifen. Im Verlauf des Flussbetts war er unterschiedlich breit, an manchen Stellen weniger als einen Meter.

Penko warf einen Blick auf den hohen Zaun. Toni hielt an und sah Penko in die Augen:

„Jeder Mensch hat das Recht, über sein Schicksal selbst zu entscheiden. Du bist mein bester Freund und ich werde dich nicht verraten". Toni führte Penko näher zum Grenzzaun:

„Siehst du diesen Draht vor dem Zaun"? Penko bemerkte, dass der Draht auf kleinen Porzellanisolatoren befestigt war. „Das ist eine einfache, aber sehr wirksame Alarmeinrichtung. Wenn an dem Zaun gerüttelt wird, berührt er den Draht und das löst Alarm in der Wache aus. Im Nu sind ein paar bewaffnete Soldaten mit Hunden da und der Flüchtling hat keine Chance. Jeden Morgen vor Sonnenaufgang kommt ein Traktor und glättet den Sandstreifen", setzte Toni fort. „Weiter vorne, wo das Ufer steil abfällt, ist der Streifen schmaler. Dort gibt es auch einen Bach, der den Streifen durchquert. Der macht den Grenzern Sorgen, aber da nur wenige davon wissen, unternehmen sie nichts".

Penko wollte in diese Richtung gehen, aber Toni hielt ihn am Arm.

„Die Soldaten werden jeden Augenblick kommen, besser wenn sie uns hier nicht sehen".

Die Sonne neigte sich und auch die Glocken der Kühe, die von den Feldern kamen, kündigten den hereinbrechenden Abend an. Penko wollte ein Treffen mit Tonis Eltern vermeiden und beeilte sich.

„Sag bitte deinen Eltern nicht, dass ich da war". Er schwang sich auf das Rad und verschwand auf dem staubigen Weg.

18

5.

Unter dem Vorwand, Installationsmaterial zu besorgen, fuhr Penko in der folgenden Woche nach Sofia. Die Auswahl an technischen Artikeln war auch in den dortigen Geschäften sehr begrenzt, er wusste jedoch, dass es kaum ein Erzeugnis gab, das nicht auf dem Flohmarkt von Sofia zu finden war. Dort kaufte er einen Chronometer, einen Kompass eine Taschenlampe mit Verdunkelung und ein deutsches Militärfernglas aus dem Zweiten Weltkrieg mit entspiegelten Linsen, eine Schneidezange mit doppelter Übersetzung, mit der man leicht fünf Millimeter Betoneisen durchschneiden konnte, einen Pionierspaten mit kurzem Griff und einen stabilen Rucksack. Anschließend ging er zum bulgarischen Automobilclub und besorgte sich eine Straßenkarte von Europa. Dann kaufte er einen Block mit Pauspapier, und ging in die Nationalbibliothek. Im großen Lesesaal holte er einen Europaatlas und fing an, die Wege in die Freiheit zu studieren. Der Maßstab war zu klein, um Einzelheiten zu sehen, aber die größeren Städte waren gut zu erkennen und es gab auch eine Karte mit den wichtigsten Eisenbahnverbindungen. Er kopierte die Wege auf das Pauspapier. Später am Bahnhof, als er auf dem Zug nach Vidin wartete, fiel ihm ein illegaler Geldwechsler auf. Mit seinem letzten Geld kaufte er zwanzig amerikanische Dollar.

Am nächsten Abend packte er das Fernglas, den Kompass, das Chronometer und die Taschenlampe in den Rucksack, schwang sich aufs Fahrrad und fuhr zur Grenze. Die Straßen waren leer, die Bauern hatten sich nach der Arbeit in ihre Häuser verkrochen und die Jungen waren noch nicht auf dem abendlichen Spaziergang. Am Ortsanfang vom Raduschevo stand ein verlassenes Haus. Der Rest einer Eingangstür flatterte lose an einem verrosteten Scharnier. Penko versteckte sein Fahrrad dort und ging auf einem Seitenweg zwischen den Äckern weiter. In der Ferne sah er eine Anhöhe und steuerte darauf zu. Der Acker zu Füßen des Hügels war schon abgeerntet, der nächste aber war mit hohem Mais bewachsen. Penko schob sich vorsichtig zwischen den Maisstängeln durch und achtete darauf, keine abzubrechen. Mit Hilfe des Kompasses schlich er in Richtung Grenze, bis er das

Ende des Maisfeldes erreichte. Der Hügel stieg weiter an und war bewachsen mit hohem Gras. Die Grenze war noch nicht zu sehen. Penko kroch auf dem Bauch zu einem Gebüsch, das sich vor dem lila gefärbten Abendhimmel abzeichnete. Er erreichte es und hielt inne. Die Grillen spielten ihre Abendserenade. In der Ferne hörte man leises Hundegebell und das Leuten der Kuhglocken, ab und zu mit Esels– oder Kuhgebrüll vermischt. Rings herum war es schon dunkel geworden, nur die schmale Sichel des Mondes warf spärliches Licht auf die Wipfel der Bäume. Zwischen den Ästen der Büsche erkannte Penko den hellen Sandstreifen hinter dem Maschendrahtzaun.

Aus dem Rucksack nahm er das Fernglas und das Chronometer und legte sich in Deckung. Seit seiner Kindheit konnte er sich starr stellen und stundenlang unbewegt bleiben. Bald sah er die zwei Schatten, die geräuschlos den Pfad vor dem Zaun in Richtung Raduschevo gingen. Ein Schäferhund folgte ihnen auf den Fersen, schnüffelte den Boden ab, hob die Schnauze und nahm Witterung auf. Penko hob den angefeuchteten Finger und spürte den schwachen Westwind. „Gott sei Dank", dachte er, „mit dem Wind habe ich nicht gerechnet, aber daran muss ich auch denken". Die Soldaten verschwanden hinter den Büschen und Penko drückte auf das Chronometer. Langsam legte sich der Wind und kein Blatt rührte sich an den Ästen der Bäume. Die Sommernacht war lau und angenehm. Er lag still und wartete auf die Rückkehr der Soldaten.

Die Schatten erschienen wieder, diesmal von der anderen Richtung. Eine Taschenlampe beleuchtete ihren Weg. Penko stoppte die Zeit. Sechzehn Minuten.

Ein Vogel tauchte auf, drehte einen Kreis und verschwand. „Die Vögel sind frei", dachte er, „sie brauchen keine Pässe, um alle Grenzen zu überqueren. Nur wir Menschen sind gefangen hinter Zäunen aus Stacheldraht, wo wir keine Rechte haben, erniedrigt, verletzt und unsere Frauen belästigt werden".

Auf dem Pfad flackerte ein Licht und die Soldaten erschienen. Penko stoppte die Zeit. Vierundvierzig Minuten. „Sie patrouillieren also insgesamt eine Stunde, eine halbe in jede Richtung. Ob dieser Rhythmus immer der gleiche ist"? Er entschied sich, bis zum Morgen auf dem Posten zu bleiben. Der Rundgang der Grenzer wiederholte sich mit pedantischer Pünktlichkeit.

Als es heller wurde, stellte er fest, dass sein Beobachtungsposten sehr gut gewählt war. Der Hügel, mit hohem Gras und Gebüsch bewachsen, lag weniger als hundert Meter von der Grenze entfernt. Der Wind wehte meistens von Westen oder Nordwesten und trug die Gerüche des Dorfes mit sich, an die der Hund gewöhnt war.

Nachdem er genug Information gesammelt hatte, nahm er sein Fahrrad und fuhr nach Hause, um rechtzeitig an seinem Arbeitsplatz zu erscheinen.

6.

Am folgenden Sonntag besuchte er Toni wieder. Er wollte zu dem Bach, von dem Toni erzählt hatte. Sie warteten ab, bis die Soldaten vorbei waren, und liefen dann auf dem heruntergetrampelten Pfad. Nach zwei bis dreihundert Metern, unweit von Penkos Beobachtungsposten, erreichten sie den Bach. Das Wasser der Schneeschmelze hatte einen fast ein Meter tiefen Graben gebildet, in dem jetzt das Wasser leise plätscherte. Hohes Gras überwucherte den ganzen Graben. Penko bemerkte, dass der Maschendrahtzaun nicht bis zum Boden des Grabens reichte, sein unteres Ende verlor sich im hohen Gras. Der Bach hatte den Sandstreifen durchgebrochen. „Idealer Platz", dachte Penko.

Auf dem Weg zurück passierten sie den Stall. Toni nahm einen alten Overall und ein Paar Gummistiefel, steckte sie in einen Sack und gab sie Penko:

„Zieh sie an, dann wird der Hund dich nicht sofort als Fremden erkennen". Toni schwieg eine Weile, dachte nach und fuhr dann fort: „Man versucht uns beizubringen, dass es keinen Gott gibt, aber ich fühle, dass es eine Macht gibt. Manchmal spüre ich eine Kraft, die mich drängt, dies und jenes zu tun, die über mich wacht und mich beschützt, dessen bin ich mir sicher".

„Ich bin mir auch sicher", antwortete Penko. „Und noch etwas werde ich dir anvertrauen. Als ich vorige Woche in Sofia war, sah ich in einem Schaufenster ein tolles Motorrad, „Wjatka". Eine russische Kopie der italienischen „Vespa". Aus purer Neugier bin ich hineingegangen und habe gefragt, was es kostet. „Das ist das letzte und bereits verkauft", sagte der Verkäufer, „Oh, wie schade", sagte ich. „Es gibt aber noch zwei in Petritsch", tröstete er mich. Als ich Petritsch hörte, ging mir ein Licht auf. Dort wohnt Wanga, die berühmte Wahrsagerin. Man sagt, dass auch Schiwkow, ja sogar Breschnew und Chruschtschow sie um Rat gebeten haben. Unser Schulkamerad Toschko hatte eine Frau aus Petritsch geheiratet und wohnt jetzt dort. Es ist aber nicht einfach, nach Petritsch zu kommen. Es ist eine Grenzstadt wie unsere Dörfer und man braucht einen Passierschein. Ich ging zur Miliz, aber dort sagte man mir: „Einen Passierschein bekommst du nur von der Miliz, wo du wohnst". „Bruder", sagte ich, „bis ich nach Vidin fahre und zurückkomme, sind die Motorräder verkauft. Kannst du nicht eine Ausnahme machen"? Ich nahm einen Fünfziger aus der Tasche und legte ihn mit meinem Pass auf den Tisch. Er schaute sich um, steckte das Geld ein, nahm einen Block, schrieb den Passierschein, haute einen Stempel drauf, gab ihn mir und sagte: „Eine Fahrt mit dem Motorrad bist du mir aber schuldig". „Sicher", sagte ich und lief mit dem Passierschein hinaus. Ich übernachtete bei Toschko mit drei Würfeln Zucker unter dem Kopfkissen. Das verlangte Wanga um die Zukunft vorauszusagen. Am nächsten Morgen ging ich zu ihr. Sie war vollkommen blind und stand vor der Tür ihres kleinen Häuschens. Nur das Weiße ihrer Augen war zu sehen.

„Warum bist du zu mir gekommen"?

„Mir steht ein langer Weg bevor, ich möchte wissen, was mich erwartet".

Sie wog die Würfel einige Zeit in ihrer Hand, betastete jeden einzelnen, dann sprach sie:

„Wird nicht leicht, dein Weg. Es erwarten dich gefährliche Unternehmungen und große Schwierigkeiten, aber du wirst sie überwinden, weil du einen starken Willen und einen festen Glauben hast. Weit weg in einem großen Land wirst du leben, wo der Teufel herrscht und es viele schlechte Menschen gibt, aber dein Schutzengel wird dich auf den richtigen Weg führen". Sie schwieg eine Weile, hob ein bisschen den Kopf, als ob sie mit ihren blinden Augen weit in die Zukunft schaute, dann setzte sie fort. „Hör gut auf seine Stimme"! Dann schwieg Wanga, aber das, was ich vernommen hatte, genügte mir.

Toni hatte die ganze Zeit aufmerksam zugehört, die Augen auf seinen Freund gerichtet.

„Das muss dir Mut geben. Wenn du auch Wangas Segen hast, wird es dir gelingen, pass' aber gut auf und sei auf der Hut"!

Toni umarmte seinen Freund und begleitete ihn zur Tür. Es war früher Sonntagnachmittag und die Straßen waren leer. Penko stieg auf sein Fahrrad und war schnell aus Tonis Augen entschwunden.

7.

In dieser Nacht fand Penko keinen Schlaf. Lange sprach er mit Mira über die bevorstehende Flucht. Dass er sich zuerst nach Italien durchschlagen wolle, dann versuchen, etwas Geld zu verdienen um ein Gummiboot zu kaufen, mit dem er dann sie und Bonny über den Fluss bringen könnte. Dann würde er zurückkommen, sie beide mitnehmen und mit ihnen nach Amerika gehen. Sie besprachen, wie Mira sich nach seinem Verschwinden verhalten sollte:

„Wenn sie mich verhaften oder erschießen, wirst du es sowieso erfahren. Wenn ich durchkomme, werde ich dir wahrscheinlich nicht gleich eine Nachricht senden können. Sei bitte geduldig. Wenn sie dich fragen, wo ich bin, sag' wir haben uns gestritten und ich bin abgehauen, du weißt nicht wohin. Ich werde alles vorbereiten und dann werde ich wiederkommen und euch holen. Sei bereit, Gott wird uns helfen"!

Kurz nach Mitternacht zog er Tonis Overall und Gummistiefel an, warf seinen Rucksack über die Schulter, küsste Mira und Bonny und schloss leise die Tür hinter sich. Das Dorf schlief, umhüllt von Finsternis, nur die spärlichen Straßenlaternen schimmerten wie die Sterne am wolkenlosen Himmel. Unbemerkt erreichte Penko das verlassene Haus in Raduschevo und versteckte sein Fahrrad. Dann ging er zu seinem Beobachtungspunkt.

Der zunehmende Mond warf schwaches Licht über die Felder. Mühelos fand Penko den Hügel und ging in Deckung. Bald erschienen die Grenzer, aus Raduschevo kommend. „Ich habe fünfundvierzig Minuten", dachte er. Wangas Rat schoss ihm durch den Kopf: „Sei vorsichtig"! Er zog es vor, noch eine Streife abzuwarten. Der Bach mit dem hoch gewachsenen Gras war unweit der Stelle, wo er lag, etwas südlicher. Er kroch dahin. Zwischen den Ästen eines Busches konnte er den glatten Sandstreifen ausmachen. Vom Fluss her wehte ein leichter Wind.

Die Soldaten kamen pünktlich. Er vernahm ihre Stimmen und verstand sogar Fetzen des Gesprächs. Es waren Jungs, achtzehn oder neunzehn Jahre alt. Einer erzählte von seinem Liebesabenteuer während des Urlaubs. Als sie sich dem Bach näherten, hob der Hund die Schnauze in Penkos Richtung und fing an zu schnüffeln. Penko kauerte sich noch mehr zusammen, sein Herz raste. Die Grenzer schauten kurz in seine Richtung, zogen an der Leine und gingen weiter. Nach fünfzehn Minuten kamen andere. „Nächste Schicht", dachte Penko. Diesmal war der Hund ruhig. Als sie vorbei waren, lief Penko im Bachbett bis zum Grenzzaun. Nahm zwei Holzstöckchen, die er vorbereitet hatte, und klemmte den Alarmdraht weg vom Zaun. Dann kroch er in den Bach und schob das Gras beiseite. Der Zaun reichte nicht bis zum Boden, die Öffnung war aber zu klein, um durchzukriechen. Mit dem Pionierspaten erweiterte er die Lücke, die Erde füllte er in eine Plastiktüte, die er mitgenommen hatte. Dann schob er den Rucksack und die Tüte durch die Lücke und kroch hinterher. Er setzte die entwurzelten Gräser wieder in das Bachbett, entfernte vorsichtig die Stöckchen und ging rückwärts im Bachbett, indem er seine Spuren mit dem Pionierspaten verwischte. Der Sandstreifen war an dieser Stelle weniger als einen Meter breit. Das Ufer fiel steil ab und war mit hohem Gras und kleinen Büschen bewachsen. Der Sommer war trocken gewesen, der Fluss niedrig. Hier und da ragten Steine aus dem Wasser. Am Flussufer angekommen, zog er sich aus und leerte den Inhalt der Plastiktüte ins Wasser. Mit dem Rucksack über dem Kopf überquerte er den Fluss. An der tiefsten Stelle reichte ihm das Wasser bis zu den Schultern. Das andere Ufer war dicht bewachsen, das Gebüsch ging in einen jungen Wald mit Unterholz über. Er kletterte hoch und ging ein Stück in den Wald hinein, bis er vom anderen Ufer nicht mehr gesehen werden konnte. Hier zog er seine Kleider und Schuhe an, die er im Rucksack verstaut hatte, stopfte Tonis Klamotten hinein und band ihn an einen größeren Baum, den er sich gut merken konnte. „Wenn ich zurückkomme, werde ich ihn vielleicht brauchen", dachte er. Von der Stelle konnte er zwischen den Büschen das andere Ufer sehen. Der Himmel hellte sich langsam auf und bald hörte man den Traktor mit der Egge, die den Grenzstreifen ebnete. Die Grenzer kamen und der Hund fing an, um den Bach herumzuschnüffeln und zu bellen, aber nachdem die Egge über den Bach gefahren war, merkten die Soldaten nichts, nahmen den

Hund und gingen weiter. Penko war beruhigt, dass seine Flucht nicht entdeckt worden war. Er ging weiter. Das Unterholz machte ihm zu schaffen. Es war schon hell, als er das Ende des Waldes erreichte. In der Ferne sah er die Umrisse einer Kirche. Ein zirka fünf Meter breiter Grasstreifen trennte den Wald von einem abgeernteten Acker, abgegrenzt durch eine niedrige Mauer aus aufgeschichteten Steinen. Daneben schloss sich ein Maisfeld an. Penko ging ein paar Schritte zurück in den Wald und hielt inne. Er hatte Angst, von jugoslawischen Grenzsoldaten aufgegriffen zu werden. Es herrschte Ruhe, nur das Rauschen des Windes und das Zwitschern der Vögel war zu hören. Penko schlich vorsichtig in die Richtung, wo die Steinmauer an das Maisfeld grenzte. Dazwischen sah er einen schmalen Pfad. Als er weit und breit niemand sah, lief er geduckt zu dem Pfad und weiter, bis zu einer Straße in Richtung Kirche. In der Ferne sah er das Ortsschild „Kobischniza".

8.

Es war schon hell, als Penko das Zentrum des Dorfes erreichte. Die Straßen waren menschenleer. Auf dem Platz neben der Kirche sah er eine Bushaltestelle mit einem Häuschen. Ein Fahrplan war angeschlagen, sogar die Preise der Tickets waren vermerkt. Die nächste Stadt war Negotin. Von dort gab es eine Zugverbindung nach Belgrad, das hatte sich Penko in der Nationalbibliothek gemerkt. In Negotin würde er alles Weitere erfahren. Der erste Bus sollte in einer Stunde kommen. Er setzte sich auf die Bank in dem Häuschen. Er hatte Angst aufzufallen. Am anderen Ende des Platzes machten gerade eine Bäckerei und ein Lebensmittelgeschäft auf und die Bauern fingen an, zu den Geschäften zu gehen. Als er eine Frau und einen Mann auf die Haltestelle zukommen sah, stand er auf und ging einige Schritte zur Seite. Er wollte jeglichen Kontakt vermeiden.

Der Bus kam und Penko stieg ein. Als Schüler im Technikum hatte Penko am Bahnhof von Vidin einen Serben getroffen, der eine Adresse suchte. Penko hatte Zeit und den Mann bis vor das Haus begleitet. Aus Dankbarkeit steckte er ihm damals zwei Hundert-Dinar-Scheine in die Tasche. Penko wusste nicht, was er mit dem fremden Geld anfangen sollte, behielt es aber, um den Mann nicht zu kränken. Jetzt kamen diese Scheine wie gerufen. Er gab einen dem Schaffner, der ihn forschend ansah:

„Negotin", sagte Penko mit fester Stimme und steckte das Ticket und das Restgeld in die Tasche. Dann setzte er sich auf die letzte Bank und starrte aus dem Fenster.

Von Negotin fuhren zwei Züge nach Belgrad. Penko kaufte sich das billigere Ticket für einen Bummelzug, der an jeder Milchkanne hielt. So kam er erst am frühen Nachmittag an. Nachdem er sich überzeugt hatte, dass sich keiner für ihn interessierte, suchte er den Fahrplan. Der einzige Zug nach Ljubljana an diesem Tag war schon abgefahren. Er musste in Belgrad übernachten. Er beschloss, sich nach einem billigen Hotel umzuschauen und sich über seine Weiterreise zu informieren. Am Bahnhofskiosk fand er eine Karte von Slowenien. Er wunderte sich, denn in Bulgarien waren topografische Karten ein streng gehütetes Militärgeheimnis. Er ging in den Park gegenüber, setzte sich auf eine Bank und öffnete die Karte. Die Eisenbahnlinie ging von Ljubljana nach Sežana. Von dort waren es nur zwei Kilometer nach Italien. Er ging wieder zum Bahnhof, um den Fahrplan zu studieren. Der Zug nach Sežana fuhr nur fünf Minuten nach seiner Ankunft in Ljubljana. Seine letzten Dinare gab er für die Fahrkarte aus. Es blieb ihm nur Kleingeld. Er hatte Angst, die zwanzig Dollar, die in seinem Hosenbund eingenäht waren, zu wechseln, weil er dann nach seinem Pass gefragt werden konnte. Er lief die Straße entlang und überlegte, auf einer Bank im Park oder am Bahnhof zu übernachten, als ein junges Mädchen, fast noch ein Kind, auf ihn zukam und ihm ihre Dienste anbot. Das war das letzte, was ihn im Moment interessierte. „In Sofia kann das nicht passieren", schoss es ihm durch den Kopf.

„Ich hab kein Geld", versuchte er sie abzuwimmeln, sie ließ sich aber nicht abweisen.

„Nur fünfhundert Dinar".

„Ich hab nichts", sagte Penko auf Bulgarisch, das dem Mazedonischen sehr ähnlich ist.

„Bist du aus Mazedonien"? fragte die Kleine.

„Ja, aus Ohrid", log Penko. „Im Zug hat man mir die Geldbörse geklaut und jetzt habe ich keinen Cent".

„Du hast gar kein Geld? Wo willst du denn schlafen"? fragte sie besorgt.

„Das weiß ich nicht, auf einer Bank im Park".

Penko wollte gehen, aber die Kleine hielt ihn am Ärmel.

„Dann wird dich die Polizei verhaften. Da unten ist ein kleines Hotel, dort kannst du für fünfzig Dinar schlafen". Sie zeigte auf eine schmale Gasse. In der Dunkelheit flimmerte ein schwaches, gelbliches Licht.

„Danke"! erwiderte er und drehte ihr den Rücken zu.

„Warte, ich komme mit. Ich kenne den Hotelier, sonst wird er viel mehr verlangen".

Hinter einem schmuddeligen Schalter neben der Tür erschien ein Glatzkopf mit unrasiertem Gesicht. Das Mädchen ging zu ihm, flüsterte etwas und zeigte auf Penko, der unsicher im Türrahmen stand. Der Kopf verschwand und gleich kam eine Hand mit einem Schlüssel hervor. Das Mädchen nahm ihn und winkte Penko. Er folgte ihr durch den dunklen Korridor zu einer quietschenden Holztreppe. Es roch nach Speisen und Urin. Am Ende der Treppe öffnete sie eine niedrige Tür. Die blasse Flamme ihres Feuerzeuges erhellte den Raum. Die Dachsparren gingen fast zum Boden, darunter lag eine Matratze, daneben eine Obstkiste, die als Nachtkästchen diente. Auf eine Zeitung lag eine Untertasse mit dem Rest einer Kerze. Sie zündete sie an.

„Die Toilette ist dort". Sie zeigte ans Ende des Flurs, wo eine schwache Birne von der Decke hing und gelbliches Licht spendete. Penko stand wie versteinert da und starrte auf die niedrige Decke, unter der sich sein Schlafzimmer für diese Nacht befand.

„Gute Nacht"! Sie stellte sich auf die Zehenspitzen und küsste ihn kurz auf die unrasierte Wange.

„Gute Nacht", erwiderte er verlegen, überrascht von der plötzlichen Zärtlichkeit. Er wollte noch etwas sagen, aber sie war schon auf der Treppe nach unten verschwunden.

Zum ersten Mal seit Jahren schlief er allein. Er war Miras Wärme und ihren leisen, ruhigen Atem gewöhnt. Er schloss die Augen und fand sich in einem dunklen Wald wieder. Mit Mühe kämpfte er sich durch das Gebüsch. Die Äste schlugen ihm ins Gesicht. In der Ferne hörte er Wolfsgeheul. Anfangs ganz leise, dann kam es näher, wurde lauter und dann sah er die funkelnden grünen Augen der Tiere. Er lief um sein Leben. Plötzlich war er auf einer Wiese mit einem Häuschen, klein wie eine Hundehütte. Die Wölfe hatten ihn schon umkreist, als sich die Tür öffnete. Ein wunderschönes Mädchen, klein wie eine Puppe in einem rosa Kleidchen kam heraus und lud ihn ins Haus ein. Im Vergleich zu ihr sah er aus wie ein Riese. Er versuchte, hineinzukriechen, aber mehr als seinen Kopf konnte er nicht hineinbekommen. Sie stand daneben und lachte …

Er wachte auf und fühlte neben sich einen kleinen, zarten Körper. Es war stockfinster. Er schaute auf die leuchtenden Zeiger seiner Uhr, es war kurz vor acht. „Nur nicht den Zug verpassen"! Er versuchte, über das Mädchen zu steigen, ohne es zu wecken, doch es bewegte sich und zündete die Kerze an.

„Entschuldige, ich wollte dich nicht wecken".

„Macht nichts. Ich heiße Rožana. Wenn du wieder nach Belgrad kommst, melde dich bei mir. Ich bin immer hier".

„Ich heiße Penko und danke für alles". Er nahm aus der Tasche die restlichen Münzen und ließ sie neben der Kerze liegen.

Der Zug nach Ljubljana war nicht voll und Penko setzte sich in ein leeres Abteil. Er öffnete die Karte und versuchte, sich die Einzelheiten um Sežana zu merken. Direkt vor dem Bahnhof verlief die Hauptstraße, die geradewegs nach Italien führte.

Es war spät am Nachmittag, als der Zug mit kleiner Verspätung in Ljubljana hielt. Penko rannte auf den Bahnsteig. Er atmete erst auf, als er den überfüllten Wagon erreicht hatte. Auf einem Klappsitz im Gang fand er Platz. Neben ihm hatte sich ein junger Mann aus dem Fenster gelehnt und verabschiedete sich von seiner Freundin. Die Lok schnaufte und setzte sich in Bewegung. Aus dem offenen Fenster wehte kühle Luft herein. Die Lichter der Stadt flogen vorbei, wurden immer seltener, bis sie ganz verschwanden.

In Sežana war es schon dunkel. Penko stieg aus und fand sich schnell zurecht. Die Hauptstraße war hell beleuchtet. Es herrschte reger Verkehr. Er ging in Richtung Italien. Als er sich dem Ende der Stadt näherte, wurde der Verkehr schwächer. Nur ab und zu kam ein Lastwagen, vorbei. Penko versteckte sich im Straßengraben, wenn er Lichter kommen sah. Er hatte Angst, dass ein Polizist oder Grenzer ihn sehen und stellen könnte. Zum Teil lief er über die Äcker neben der Straße, bis er in der Ferne die Lichter des Grenzübergangs sah. Auf einer Anhöhe hockte er sich hinter einen Busch und hielt inne. Vor ihm lag die markierte Linie, die ihn von der Freiheit trennte.

Der große Platz war hell beleuchtet und voll mit allerlei Fahrzeugen. Dahinter befand sich eine Reihe flacher, grauer Gebäude, die ihn begrenzten. Dazwischen gab es Durchgänge mit Schranken, die ab und zu aufgingen, um einen Lastwagen oder ein Auto durchzulassen. Nach dem letzten Gebäude ganz rechts begann ein Maschendrahtzaun. Dazwischen war ein schmaler Gang mit einer niedrigen Gartentür. Neben ihr schimmerte eine dunkle Tür, die in das Gebäude führte. Penko wurde nervös. Die Minuten erschienen ihm wie Stunden. Bald würde es hell und dann wäre es unmöglich hinüberzukommen. Sein Gehirn arbeitete auf Hochtouren. Den Hügel hochzuklettern und irgendwie über den Maschendraht zu steigen, erschien ihm sehr riskant.

Ein Lastwagen hatte sich der Schranke genähert. Der Fahrer gab dem Zöllner einen Stapel Papiere. Hinzu kam ein zweiter Zöllner. Es fing ein aufgeregter Streit an. Einer der Uniformierten griff nach den Papieren, ging zu dem schmalen Durchgang und verschwand hinter der dunklen Tür. Penko bemerkte, dass der Mann die kleine Gartentür ohne Schlüssel öffnete. Kurz danach kam er zurück, mit einem Mann in glänzender Uniform und Dienstmütze, offensichtlich der Chef. Beide eilten zu dem Lastwagen, neben dem der Fahrer und der verbliebene Zöllner lebhaft gestikulierten.

Es galt keine Zeit zu verlieren. Mit der Schnelligkeit eines Jagdhundes rannte Penko in die Nähe des Durchgangs. Der Streit war wieder entflammt, aus dem Lastwagen flogen Kisten und Pakete, die die Zöllner auf langen blechernen Tischen sortierten. Penko ging zu der Gartentür, öffnete sie und lief hindurch. Nach dem Gebäude erreichte er einen weiteren, größeren Platz, auf dem einige Zwanzigtonner abgestellt waren. Penko lief in deren Schatten zu der nächsten Gebäudereihe, auf der die italienische Flagge wehte. Als er merkte, dass keiner ihm folgte, ging er mit sicherem Schritt auf die Schranke zu. Aus dem Gebäude kam ein Mann in schwarzer Uniform mit rotem Band und Schirmmütze auf dem Kopf.

„Passaporto"!

„Emigrant, Bulgaria", antwortete Penko.

„Prego"! Der Italiener bat ihn in sein Büro.

Der Raum war freundlich eingerichtet mit grünlichen Tischen und Stühlen aus verchromten, gebogenen Röhren. Am zweiten Tisch saß ein anderer Uniformierter. Als er die Hereinkommenden sah, setzte er schnell seine Mütze auf. Der erste grüßte militärisch und legte die Arme an:

"Immigrante! Che cosa facciamo con lui?"

Der Sitzende zeigte auf den Stuhl vor sich. Penko setzte sich.

„Immigrant, da dove"?

An Penkos Gesicht merkte der Italiener, dass er ihn nicht verstand.

„Country? Dokumenti"?

Penko zog seinen bulgarischen Personalausweis heraus. Der Italiener blätterte ihn durch und nachdem er keinen einzigen lateinischen Buchstaben fand, fragte er:

„Serbia? Macedonia"?

„Bulgaria" rief Penko voller Freude, dass er verstanden hatte, was man ihn fragte.

„A, Bulgaria, bene", antwortete der Beamte und legte ein Formblatt in die altmodische Schreibmaschine. „Nome? Pietro? Roberto"?

„Penko", antwortete er etwas sicherer, „Penko Penev".

Die Schreibmaschine fing an zu rattern.

Mit einiger Mühe wurde das Formular ausgefüllt und unterschrieben. Die Beamten führten Penko in einen Warteraum. Das Fenster war vergittert. Er setzte sich auf die Bank, die für mehrere Personen vorgesehen war. Auf dem niedrigen Tisch lagen ein paar zerfetzte Zeitschriften. Er schaute hinein und es wurde ihm klar: „Ohne Fremdsprachen bist du im Westen verloren". Im Technikum hatte er Französisch gelernt, von dieser schönen Sprache aber war ihm nur das Wort „Merci" geblieben, das auch im Bulgarischen für „Danke" übernommen worden war. Er legte die Illustrierten unter seinen Kopf auf die Bank und war im Nu eingeschlafen.

Es klopfte. Ein junger Grenzer brachte ihm eine kleine Tasse Kaffee auf einem Teller mit einem Croissant dazu.

„Buon appetito"!

„Merci"! bedankte sich Penko und dachte: „Was für eine Kultur"! Er schämte sich, nicht mehr sprechen zu können. „Demnächst muss ich Sprachen lernen, zuerst Italienisch, dann Englisch. Ohne Englisch kann ich an Amerika nicht mal denken". Er nahm eine Illustrierte, riss eine Seite heraus und begann die Wörter aufzuschreiben. Er merkte nicht, wie die Zeit verging.

Der höfliche Grenzbeamte kam wieder und deutete, ihm zu folgen. Draußen wartete ein schwarzer Wagen mit der Aufschrift „Carabinieri". Ein rundlicher Polizist öffnete ihm die hintere Tür.

„Prego"!

9.

Das Flüchtlingslager Padriciano war in einer alten, mit Maschendraht umzäunten ehemaligen Kaserne untergebracht. Ein Wächterhaus mit einer Schranke stand am Eingang. Der Polizist hielt an, sprach kurz mit dem Wächter, dann zeigte er auf die Bank nebenan und fuhr davon. Penko setzte sich. Er wusste nicht was ihn erwartete. Am tiefblauen Himmel jagten sich ein Paar weiße Wölkchen. Ein Habicht drehte seine Kreise, nach Beute suchend. Penko schaute in diesen unendlichen Himmel. Seine Gedanken wanderten hin und her, zwischen dem kleinen Haus, in dem er Mira und Bonny, das Kostbarste seines Lebens, zurückgelassen hatte und den Wolkenkratzern der Neuen Welt, wo er sich seine Zukunft vorstellte.

Versunken in Grübeleien bemerkte er den schlanken Mann in Jeans und Sonnenbrille erst, als er neben ihm stand.

„Willkommen"! Sagte der Dolmetscher in Bulgarisch, gab ihm die Hand und lud ihn ein ihm zu folgen. „Ich heiße Mario".

„Ich heiße Penko".

„Woher kommst du"? fragte Mario, während sie den staubigen Hof überquerten.

„Aus der Nähe von Vidin", antwortete Penko.

„Wie bist du abgehauen"?

„Das ist eine lange Geschichte. Müssen Sie sie ganz genau wissen"?

Sie näherten sich einem grauen Gebäude mit staubigen, vergitterten Fenstern.

„Ich nicht unbedingt, aber die dort". Er zeigte auf das Gebäude. „Du musst die Wahrheit sagen. Sie wollen erfahren, warum du geflüchtet bist, was für einer du bist, nicht etwa ein Spion. Sie werden dich mehrmals dasselbe fragen, auch nach ein paar Monaten. Wehe dir, wenn sie dich erwischen, dass du gelogen hast. Dann kommst du hier nicht so schnell raus".

Sie erreichten das graue Haus. Vor ihnen öffnete sich ein langer, düsterer Gang. Es roch nach verbranntem Fett, Schweiß und abgestandener Luft. Der Dolmetscher klopfte an eine Tür und beide traten in ein kleines Büro. Der Leiter des Flüchtlingslagers in Triest, mit graumeliertem Haar und scharfem Blick, saß hinter einem billigen Schreibtisch, in weißem Hemd und Krawatte, das Jackett über die Stuhllehne geworfen, den Kragen aufgeknöpft. Er war um die Fünfzig. Rechts von ihm, an einem kleineren Tisch, saß eine dürre Frau mit Brille, vor einer alten hohen Schreibmaschine bereit, das Verhör zu protokollieren. Die Hereingekommenen setzten sich dem Leiter gegenüber. Seine Tischlampe war auf Penkos Gesicht gerichtet, er konnte keine weiteren Einzelheiten erkennen.

„Name, Vorname, Geburtsdatum, Geburtsort…" fing der Leiter an. Mario übersetzte.

Die Schreibmaschine fing an zu klimpern. Penko erzählte mit allen Details das Erlebte beim Arbeitsdienst, die unmenschliche Behandlung, die Schikanen in seinem Dorf, über die Schmach, die ihm der Vorsitzende angetan hatte und über seine Flucht. Als das Protokoll fertig war, wurde Penko zum oberen Stockwerk, in ein längliches Zimmer geführt. Vier Betten standen dort, je zwei übereinander, auf beiden Seiten der Tür. Am vergitterten Fenster stand ein Tisch mit vier Stühlen. Dort saßen drei Männer, ein Bulgare um die dreißig und zwei jüngere Zigeuner die Karten spielten.

„Guten Tag"! grüßte Penko etwas schüchtern und schaute sich um.

„Wie heißt du"? fragte der Bulgare, stand auf und gab Penko die Hand. „Ich heiße Wlado".

„Penko, sehr erfreut"! Er drückte Wlados Hand fest.

„Woher kommst du"?

„Aus der Nähe von Vidin".

„Ich bin aus Lom, wir sind fast Nachbarn", er breitete die Arme aus und umarmte Penko. „Das sind Pepo und Nuni aus Sofia".

Beide ließen die Karten liegen, standen auf und drückten nacheinander Penkos Hand:

„Kannst du Belot[2]"?

---

[2] Populäres bulgarisches Kartenspiel, zu dritt oder zu viert gespielt

„Ja, aber jetzt bin ich sehr müde".

„Prima! Da ist der vierte", freute sich einer der Zigeuner.

„Das Bett oben ist frei, du kannst dich drauf legen", sagte Wlado. „Hast du kein Gepäck"?

Penko zeigte auf seinem Rucksack. „Ich bin so geflohen, ich konnte nichts mitnehmen".

Nach dem Abendessen gingen Wlado und Penko im Hof spazieren. Wlado weihte ihn in die geschriebenen und ungeschriebenen Gesetze des Lagers ein. Er hatte in Bulgarien Elektrotechnik studiert und einige Jahre im Institut für Kybernetik gearbeitet. Dort hatte er die gerade aufkommende Computertechnologie gelernt. Unfähige Vorgesetzte mit Parteizugehörigkeit hatten ihn in eine Sackgasse bugsiert, ohne Aussicht auf Fortkommen. Das hatte ihn motiviert abzuhauen. Jetzt wartete er auf ein amerikanisches Visum. Ein Verwandter, vor Jahren nach Chicago geflüchtet, hatte für ihn gebürgt. Zu ihm wollte er anfangs gehen.

„Hüte dich vor den Bulgaren und vertraue niemandem", sprach Wlado, „hier wimmelt es von Spionen, die nur lauern, zu erfahren wie einer geflüchtet ist, wer ihm geholfen hat und dann melden sie alles der bulgarischen Staatssicherheit weiter. Und nicht nur das. Vor einen Monat kam ein junger Bulgare, der lautstark gegen das Regime schimpfte. Eines Morgens war er spurlos verschwunden".

Wlado mochte Penko, er empfand ihn wie einen jüngeren Bruder. Er hatte Arbeit als Elektriker in einer Baufirma gefunden. Es war den Flüchtlingen grundsätzlich nicht erlaubt zu arbeiten, aber schlaue Unternehmer hielten gute Beziehungen zu der Verwaltung, die gegen ein „kleines Trinkgeld" ein Auge zudrückte. Wlado ging früh aus dem Lager und kam abends spät, zwar müde aber mit einem glücklichen Gesicht zurück.

„Der ist verrückt, zu arbeiten", lachten ihn die Zigeuner aus, spielten den ganzen Tag Karten, oder nahmen die Neuankömmlinge mit Würfelspielen aus.

Nach einigen Tagen schlug Wlado Penko vor, mit ihm zu arbeiten. Für die Elektroinstallation eines größeren Objekts waren mehr Arbeiter notwendig und der Boss stellte Penko gerne ein. Beide waren fleißig und bekamen gutes Geld.

Die Lagerverwaltung wollte so bald wie möglich die Flüchtlinge loswerden. Asyl in Italien zu bekommen war nicht möglich. Es wurden drei Länder angeboten, die bereit waren Flüchtlinge aufzunehmen – Südafrika, Australien und Schweden. Penko wollte in keines davon, er wollte nach Amerika, das war sein Traum.

„Wenn du nach Amerika gehen willst, muss du Englisch können"! riet ihm Wlado. Penko kaufte sich Lehrbücher für Englisch und Italienisch und lernte beide Sprachen gleichzeitig. Wlado half ihm nach Kräften, indem er Englisch mit ihm sprach. Penko beherzigte seinen Rat und büffelte den ganzen Tag Vokabeln, wenn er an den Drähten zog oder an Steckdosen und an Schaltern schraubte.

Einen Monat nach ihrem Kennenlernen bekam Wlado das lang ersehntes Visum und fing an, seine Abreise vorzubereiten. Als er ging, umarmte er Penko herzlich und gab ihm die Adresse in Chicago. Von Wlado erfuhr Penko, wie schwierig es ist, ein Visum für die USA zu bekommen. Man musste jemanden kennen, der eine Familie und eine gute gesellschaftliche Position hatte und bereit war für einen zu bürgen. So einen kannte Penko nicht. Abend für Abend lag er in seinem Bett, starrte an die Decke und ließ alle seine Freunde und Bekannte Revue passieren. Die Postkarte von Gregor war die einzige Chance, aber Gregor einen Brief zu schreiben war unmöglich. In Goritschevo kannte jeder jeden und der Postbote würde den Brief sofort zu Goranov bringen. Es fiel ihm ein, dass Mitko Stratev, ihr gemeinsamer Freund, in Sofia in einer staatlichen Handelsorganisation arbeitete, die Beziehungen zum Ausland unterhielt. Ein Brief mit dem Logo der Firma Giovanni Matista, wo Penko arbeitete, würde keinen Verdacht erregen. Er kannte den Boss persönlich, er war ein netter Mann und hätte bestimmt nichts dagegen. In dem Brief bat er Mitko, von Gregor die Adresse des Absenders der Postkarte zu erfahren.

Die Arbeit bei Giovanni Matista machte Penko Spaß, obwohl sie nicht leicht war. Nach Wlados Abreise musste er noch mehr arbeiten und bald gewann er das Vertrauen und die Sympathien des Chefs. Eines Tages kam Matista zu ihm mit einem Brief in der Hand, den er nicht lesen konnte. Er war in kyrillischer Schrift geschrieben. Er war von Mitko. Penko konnte seine Aufregung nicht verbergen, seine Hände zitterten, als er den Brief las: „Lieber Penko, nach deinem Verschwinden wurden Mira und deine Eltern von der Miliz verhört. Mira hatte gesagt, dass ihr euch zerstritten habt und dass du zu einer Geliebten nach Sofia gegangen bist. Das haben sie ihr anfangs abgenommen und sie laufen lassen, Verdacht hatten sie aber immer noch, dass du doch geflüchtet bist und bewachen Tag und Nacht Euer und Miras Haus. Sie befürchten, dass sie mit dem Kind auch fliehen könnte". Am Ende des Briefes stand die Adresse von Christo Matev, dem Cousin von Gregor, in New York.

Verzweifelt schrieb Penko einen ausführlichen, aber auch objektiven Brief an den ihm unbekannten Christo Matev, in dem er um eine Bürgschaft für sich bat. Darin beschrieb er seine Situation, seine Fähigkeiten, seinen Fleiß und Tatkraft, seine Ehrlichkeit, dass er jede für ihn getätigte Ausgabe bis zum letzten Cent zurückbezahlen würde und dass er seinen Bürgen von allen Problemen fern halten würde.

Der Herbst neigte sich seinem Ende zu und trotz der warmen italienischen Sonne fühlte man den nahenden Winter. Die Tage wurden kürzer, der Wind wirbelte die Blätter von den Bäumen, die Straßen waren mit einem farbenfrohen Teppich bedeckt. Der erste Regen fiel, kleine Bäche liefen über die Gehsteige, es wurde immer früher dunkel, aber Antwort vom anderen Ende des Ozeans kam und kam nicht. Penko arbeitete und sparte jede Lira. Immer öfter dachte er an Miras warmen Körper und Bonnys süßes Plappern. Sie fehlten ihm. Ab und zu schlichen sie in seine Träume, aber wenn er seine Augen öffnete, sah er nur das dreckige Fenster mit dem verrosteten Gitter. Eines Nachts träumte er, dass ihm Flügel gewachsen waren, dass er über die Grenze geflogen sei und beide auf seinem Rücken mitgenommen hätte. Als er aufwachte, spürte er in sich eine unüberwindbare Kraft, die ihm den Glauben an die Erfüllung seines sehnsüchtigsten Wunsches gab. Er bereitete sich fieberhaft auf seine waghalsige Unternehmung vor. Er wusste, dass ihm eine schwere und risikoreiche Mission bevorstand. Er kaufte sich einen weißen Ski Anzug, ein kleines aufblasbares Boot für zwei Personen, mit kurzen Paddeln, eine kleine Rettungsweste für Bonny, ein Paar Bergsteigerschuhe mit Steigeisen dazu, eine moderne Schneidzange und einen stabilen Rucksack, in den er alles verstaute. Die von ihm angefertigten Plastikstäbchen zum Wegklemmen des Alarmdrahts und eine Taschenlampe ergänzten die Sammlung.

Die Weihnachtstage kamen und die meisten Lagerbewohner schmückten kleine Christbäumchen, die sie in ihren Zimmern aufstellten. Manche hatten sich kleine Backöfen besorgt und es roch nach Glühwein und Plätzchen. Andere nutzten den ihnen zustehenden Urlaub, um Freunde und Bekannte zu besuchen.

10.

Früh am Morgen des dreißigsten Dezembers, nahm Penko
Urlaub vom Lager, schulterte seinen Rucksack und ging. Ein
Türke mit einem Zwanzigtonner versteckte ihn in seiner Kabine
bis nach Belgrad. Hier musste er übernachten. Er erinnerte sich
an Rožana und ihr „Hotel", hatte aber keine Lust auf Abenteuer.
Diesmal hatte er Geld und ein Dokument, das bescheinigte, dass er
im Lager „Padriciano" aufgenommen ist. Es war kein Pass, aber
irgendwie konnte er sich damit ausweisen und wieder nach Italien
einreisen. Er fand ein bequemes Hotel in der Nähe des Bahnhofs.
Am nächsten Tag fuhr er nach Negotin und von dort mit dem Bus
nach Kobischniza, dem Dorf an der Grenze. Hier bereitete man
sich auf die Silvesterfeier vor. Die Straßen waren mit Girlanden
geschmückt und überall roch es nach Glühwein und gerösteten
Maronen. Viele waren schon angetrunken und keiner beachtete
den Fremden. Penko ging zum Wäldchen, zu der Stelle, an der er
einige Monate zuvor angekommen war und tauchte ins Gehölz
ein. Die Nacht war schwarz, nur der Mond hinter den Wolken
warf ab und zu ein blasses, gespenstisches Licht auf ihm. Er nahm
aus dem Rucksack den weißen Ski Anzug und zog ihn an. Es war
bitterkalt. Es schneite fein wie Staub und vom Norden wehte ein
eisiger Wind. Der Fluss war gefroren, nur hier und dort ragten
Steine aus dem Eis. Hinter einem Busch ging Penko in Deckung.
Er schnallte die Steigeisen an. Bald kamen die Soldaten, Gott sei
Dank, aus Raduschevo. Er hatte eine halbe Stunde Zeit. Als er sie
aus den Augen verlor, überquerte er den Fluss. Er sprang links
und rechts zwischen die Steine, damit er keine gerade Spur hinterließ und glättete seine Fußstapfen im Schnee nach mit einem
kleinen Besen aus seiner Ausrüstung. Der Schnee und der Wind
schafften den Rest. Das Bächlein war auch gefroren, Penko nutzte
trotzdem seinen Lauf um hochzuklettern. Mit den Steigeisen war
es kein Problem. Mit den neu vorbereiteten Plastikstäbchen entfernte er den Alarmdraht, schob seinen Rucksack unter den Zaun
und kroch hinterher. Dann verteilte er den Schnee gleichmäßig,
nahm die Stäbchen und stieg weiter rückwärts das Bächlein hoch.
Dabei klopfte er die Äste, schüttelte die Büsche und die hohen

Gräser und mit dem Schnee verdeckte er seine Spuren. Der starke Schneefall half ihm dabei. Er stieg auf den Hügel, wo einmal sein „Beobachtungspunkt" war, überquerte den verschneiten Acker und lief zur Straße. Seinen Rucksack schleppte er hinter sich her und so verdeckte er seine Fußstapfen. Er erreichte die Straße, wo einige Fahrzeuge Spuren hinterlassen hatten und bald kam er an Tonis Haus. In seinem Zimmer lief der Fernseher. Penko klopfte vorsichtig. Toni schaute durch das gefrorene Glas und als er ihn erkannte, lief er durch die Hintertür nach draußen, packte ihn und zog ihn in die Scheune.

„Was machst du hier"? fragte Toni erschrocken.

„Ich will Mira und Bonny holen".

„Du bist verrückt! Weißt du, was mit dir geschieht, wenn sie dich kriegen? Die Genossen hatten Wachen vor eurem und Miras Haus postiert. Ich weiß nicht, ob sie noch da sind".
„Sie werden mich nicht fassen, wenn du mir hilfst"! Penko schaute Toni in die Augen, ohne zu blinzeln und las darin, dass er sich auf ihn verlassen konnte. „Wer bewacht sie und wann wechseln sie"?

„Das weiß ich nicht. Heute Abend ist Silvester, alle feiern. Die Bullen sind wahrscheinlich auch besoffen, aber in diesem weißen Anzug werden sie dich von weiten erkennen. Warte hier. Auf dem Dachboden habe ich noch ein Paar Kleider von meiner Oma, Gott sei ihr gnädig. Vielleicht erkennen sie dich darin nicht".

Als Toni ging, stieg Penko zur oberen Plattform der Scheune, von wo man den Grenzverlauf bis hinter dem Bach übersah. Die Wolken verzogen sich etwas und der Mond kam ab und zu zum Vorschein. Der verschneite Grenzstreifen war gut zu sehen. Nach einigen Minuten sah Penko das schwache Licht einer Taschenlampe und die Soldaten kommen. Der Hund fing an zu wittern, lief um die Stelle, wo Penko unter den Zaun gekrochen war, fing an zu wühlen und zu bellen. Einer der Soldaten, leuchtete herum, konnte wahrscheinlich nichts Verdächtiges ausmachen, zog den Hund weiter und ging. Penko atmete auf. Auch diesmal hatten sie ihn nicht entdeckt.

Toni kam, Penko schob die Kleider in den Rucksack und verabschiedete sich. Er ging zu dem verlassenen Haus, wo er sein Fahrrad versteckt hatte. Es lag da, wie er es verlassen hatte. Er nahm es und stieg darauf. Die Straße war menschenleer. Die Bauern warteten in ihren Häusern auf den Jahreswechsel.

Es war kurz vor Mitternacht, als er in der Ferne den Schweinestall der LPG erblickte, den Arbeitsplatz seiner Eltern. Drin war es warm, die Schweine waren gut versorgt und grunzten zufrieden. Penko ließ sein Fahrrad hinter dem flachen Gebäude, verstaute seinen Ski Anzug in den Rucksack und zog die Frauenkleider an. Er band ein Kopftuch um und gebückt, mit einem Stock in der Hand, ging er zum Hinterhof seines Elternhauses. Aus dem Nachbarhaus erklang fröhliche Musik. Er sprang über die niedrige Steinmauer, wo sie früher Versteck spielten, kroch an der Hauswand entlang zu dem schwach beleuchteten Fenster und klopfte leise. Seine Mutter zog den Vorhang ein bisschen beiseite und als sie das Gesicht ihres Sohnes erkannte, lief sie zur Tür. Umsichtig und vorsichtig, wie sie immer war, machte sie kein Licht an und Penko betrat den dunklen Vorraum. Im Wohnzimmer lag sein Vater auf dem Sofa. Aus dem Radio klang leise ein Volkslied. Verwundert betrachtete Mara die Verkleidung ihres Sohnes.

„Was tust du hier? Weißt du, welche Sorgen und Qualen du uns angetan hast? Deinen Vater hätten sie beinahe totgeschlagen bei der Miliz damit er sagen sollte, wo du bist und mich haben sie eine ganze Woche hungrig und durstig gelassen, mit einer starken Lampe an der Decke und mich ständig geweckt, damit ich nicht einschlafen konnte. Immer wieder sagte ich, dass ich es nicht weiß, hat aber nicht geholfen. Mira haben sie auch verhört. Sie war aber schlauer. Sie hat gesagt, dass ihr euch zerstritten habt, dass du eine Geliebte in Sofia hast und zu ihr gelaufen bist. Das haben sie ihr anfangs abgenommen und uns freigelassen, aber seitdem beobachten sie ununterbrochen unsere Häuser. Bist du sicher, dass dich niemand gesehen hat, als du her kamst"?

„Ja, Mama, aber auch wenn, in den Frauenkleidern konnte mich kaum jemand erkennen".

Sein Vater war aufgewacht und sah ihn an, wie erstarrt. Er rieb sich die schläfrigen Augen, zweifelnd ob er noch träumte.

„Wo kommst du denn her? Welchen Träumen rennst du nach? An uns denkst du nicht, was aus uns wird, wenn sie merken, dass du abgehauen bist"!

„Nur daran habe ich die ganze Zeit gedacht, deshalb bin ich gekommen um euch zu holen".

„Bist du wahnsinnig geworden? Ich gehe nicht von hier weg, solange ich lebe, deine Mutter auch nicht! Nicht wahr"? wandte er sich an seiner Frau. Sie nickte ihm Einverständnis zu. „Wir sind hier geboren und hier werden wir sterben. Das ist unser Land, unsere Vorfahren haben diesen Boden gepflügt, gesät, umgegraben und hier wollen wir beerdigt werden"!

„Wenn ihr nicht wollt, könnt ihr hier bleiben, aber dieses Land ist nicht mein Land! Dieses Land ist versklavt und russische Stiefel trampeln auf ihm herum. Es ist verkauft von den Kommunisten, die sich erlauben das Volk mit Füßen zu treten. Ich habe die Freiheit erlebt, obwohl ich im Lager war, habe ich gespürt, was es bedeutet, geachtet und als Mensch behandelt zu werden. Ich habe einen Sohn und ich möchte nicht, dass er wie ein Sklave aufwächst. Ich will, dass wir in Freiheit leben".

Mara hatte sich inzwischen in die Küche verzogen, woher jetzt der angenehme Geruch von gebratenen Zwiebeln und Fleisch aufstieg. Den ganzen Tag hatte Penko nichts gegessen und der Duft des Gebratenen beschwichtigte ihn.

„Ich bin gekommen, um mit Mira zu sprechen". Sein Ton wurde viel ruhiger. „Zusammen werden wir beschließen, was wir tun werden".

„Mach was du willst, aber hier kannst du nicht bleiben. Jeden Tag kommen sie her und fragen, ob wir Nachricht von dir haben. Hier kannst du dich nicht verstecken".

„Kommt jetzt, esst einen Happen, danach überlegen wir was wir machen", rief seine Mutter aus der Küche.

Vater Dimo holte eine Flasche Wein, die er für „einen besonderen Anlass" aufgehoben hatte. Aus dem Radio erklang die Nationalhymne.

„Prosit Neujahr"! hob Mara als erste ihr Glas. „Wer weiß was es uns bringen wird". Vater Dimo und Penko folgten.

„Gehe und versteck dich jetzt in Omas Zimmer"! riet ihm seine Mutter nachdem alle gegessen hatten, „und wenn jemand von den Nachbarn kommen sollte, versteck dich im Kleiderschrank. Ich gehe Mira Bescheid sagen".

Draußen begann es zu knallen und Raketen beleuchteten den Himmel. Die Bauern, insbesondere die jüngeren, hatten sich auf dem nächsten Hügel versammelt, mit Gläsern und Flaschen in den Händen, um das Silvesterfeuerwerk von Vidin zu schauen. Die Älteren, die noch keinen Fernseher besaßen, hatten sich in der Dorfkneipe eingefunden. Die Straßen waren leer und Oma Mara erreichte unbemerkt Stamatovs Haus.

„Prosit Mara"! empfing sie Dr. Stamatov , Miras Vater mit ein Glas Rotwein in der Hand. „Wo ist Dimo? Warum ist er nicht mitgekommen"?

„Er ist zu Hause geblieben". Als die Tür hinter ihr geschlossen wurde, fuhr sie mit gedämpfter Stimme fort: „Penko ist gekommen, er möchte Mira sehen".

Mira kam angelaufen, als sie es hörte.

„Wann ist er gekommen"? fragte sie erregt. „Ich will zu ihm"!

„Gerade, angezogen wie eine alte Frau. Gedulde dich bis Morgen", besänftigte sie Mara. „Es ist gefährlich, wenn dich heute jemand sieht. Morgen, am Neujahrstag, besuchen sich viele Verwandten gegenseitig. Kommt alle zusammen, nehmt auch Bonny mit, damit er ihn sieht"!

Am nächsten Tag saßen alle um den feierlich gedeckten Tisch bei Penkos Eltern und beratschlagten sie sich, wie er mit Mira und Bonny fliehen könne.

„Zlatka und Mitko Stratev heiraten nächsten Sonntag in Raduschevo", sagte Mira. „Zlatkas Vater ist dort ein großes Tier, zugleich Vorsitzender der Partei und der örtlichen LPG. Er spendiert eine große Hochzeit, wir sind alle eingeladen".

„Großartige Idee"! rief Penko. „Ich gehe vorher zu Toni und werde alles vorbereiten. Ihr ruft ein Taxi aus Vidin und kommt alle zur Hochzeit. Die Grenzsoldaten werden sicherlich auch bei der Hochzeit sein. Toni wird ihnen zuprosten und ihre Aufmerksamkeit ablenken. Mira wird Bonny ein paar Tropfen Baldrian geben, damit er schläft und stillhält. Wenn Toni ein Zeichen gibt, geht Mira mit Bonny zu seinem Haus. Für alles andere werde ich sorgen".

Die folgenden Tage verbrachte Penko im Zimmer seiner Oma und genoss die Köstlichkeiten der mütterlichen Küche. Ab und zu musste er sich im Kleiderschrank verstecken, aber Mutter Mara wimmelte Besucher schnell ab. Am Abend vor der Hochzeit zog Penko Tonis Overall und Gummistiefel an, stülpte eine Mütze tief in die Stirn, nahm seinen Rucksack und ging. Zuerst schlich er durch die Hinterhöfe bis zum Schweinestall, wo sein Fahrrad stand und fuhr nach Raduschevo. Ein warmer Wind hatte den Schnee geschmolzen und die Straße war bedeckt mit Schlamm. Gegen Mitternacht erreichte er Tonis Haus. Er klopfte am Fenster. Toni zog ihn leise in sein Zimmer und stellte das Radio etwas lauter, damit seine Eltern von dem nächtlichen Besuch nicht erfuhren. Leise flüsternd erklärte Penko seinen Plan. Toni sollte bei der Hochzeit bleiben und mit den Soldaten trinken, damit er ein Alibi hätte. Wenn die Diensthabenden ihre Runde antreten, soll er Mira ein Zeichen geben, das sie losgehen soll.

Gegen Mittag am nächsten Tag ging Toni mit seinen Eltern zur Hochzeit. Penko blieb allein und stieg in den Giebel der Scheune, von wo er den ganzen Grenzstreifen beobachten konnte. Trotzt der lauten Feier, schoben die Grenzsoldaten, ihren Dienst weiter. Der warme Südwind hatte auch das Eis des Flusses geschmolzen und der Wasserpegel war stark angestiegen.

Zlatkas Haus war mitten im Dorf, aber nicht weit von Tonis Haus. Gegen Abend war die Hochzeit in vollem Gang. Die Musik dröhnte und der Kreistanz lief schon auf die Straße. Das ganze Dorf feierte. Die Grenzsoldaten waren auch dabei und schäkerten mit den Mädchen. Nur diejenigen, die demnächst auf Streife gehen sollten, standen traurig abseits. Toni war auch dabei und hob einen Toast nach dem anderen. Als die nächste Schicht sich zum Gehen anschickte, gab Toni Mira das Zeichen. Sie hatte sich ein Kopftuch umgebunden und einen Umhang umgeworfen, unter dem sie Bonny versteckte. Penko sah sie über die Straße kommen und erschrak. Sie war nicht allein. In den zwei Schatten, die ihr folgten erkannte er ihre Eltern.

„Wir wollen auch mitkommen", sagte Miras Vater, als Penko sie in die Scheune schob. „Was sollen wir hier ohne Mira und Bonny. Sie sind alles, was wir haben. Wenn wir hier bleiben, werden sie uns verhaften und foltern. Ich bin Arzt und spreche Deutsch, wir werden euch kein Ballast sein".

Es gab keine Zeit zu verlieren. Aus der Scheune sah man die Soldaten vorbeimarschieren. Als sie hinter die nächste Kurve bogen, lief Penko zum Grenzzaun, entfernte den Alarmdraht und schnitt mit seiner Zange eine Öffnung, groß genug damit alle durchkriechen konnten. Ohne auf den glatten Sandstreifen zu achten, liefen sie alle hinunter zum Fluss. In aller Eile blies Penko das Gummiboot auf und ließ es zu Wasser. Mira mit Bonny auf dem Arm und ihre Mutter setzten sich nach vorn, Dr. Stamatov nach hinten. Das Boot, das nur für zwei vorgesehen war, sank halb und neigte sich. Penko hielt es fest, schob es vor sich hin und ging ins Wasser. Nach ein paar Metern verlor er den Boden unter den Füßen und musste schwimmen. Der angestiegene Fluss war tief geworden und das kalte Wasser drang an seinen Körper. Dr. Stamatov hatte die Paddel genommen und ruderte kräftig. Penko spürte, wie ihn die Kräfte verließen. Die Kälte stach ihn wie mit tausend Nadeln. Er schob das Boot vor sich her, bis er mit den Füßen den Grund erreichte. Auf einmal konnte er sich nicht mehr bewegen. Mit letzter Kraft schob er das Boot weiter und blieb stehen. Dr. Stamatov drehte das Boot, erreichte mit dem einen Paddel das Ufer. Flink sprang er raus und zog das Boot mit beiden Frauen ans Ufer. Dann lief er mit dem leeren Boot gegen die Strömung, hielt es mit der Schnur und warf es Penko zu, der wie angenagelt im kalten Wasser stand und sich nicht von der Stelle rühren konnte. Dr. Stamatov nahm seinen Gürtel ab, band ihn an die Schnur und versuchte es wieder. Diesmal kam das Boot direkt auf Penko zu. Mit übermenschlicher Anstrengung fasste sich Penko an das Boot und alle drei zogen ihn ans Ufer. Es war Eile geboten. Wenn die Flucht entdeckt würde, solange sie sich im Flussbett befänden, könnten alle erschossen werden.

Mira hatte Bonny auf dem Boden gelegt und alle drei massierten und rieben Penko bis er sich wieder zu bewegen begann. Dann zogen sie ihm die nassen Kleider aus, Mira trocknete ihn mit ihrem Poncho und zog ihm den weißen Ski Anzug und Schuhe aus seinem Rucksack an. Als er zu sich kam, sprang Penko auf und sie liefen alle in den Wald. Penko schob die Büsche beiseite und alle liefen so schnell sie konnten. Fast hatten sie das Ende des Waldes erreicht, als sie Sirenengeheul hörten. Die Musik, die noch entfernt zu hören war, brach ab und sogleich fielen Schüsse. Die Kugeln zischten durch die Bäume. Die rückkehrenden Soldaten hatten den durchschnittenen Zaun und die Fußstapfen auf dem Sandstreifen gesehen. Die Flucht war entdeckt.

Als die Schüsse aufhörten, standen sie auf und gingen weiter. Das nahe serbische Dorf war dunkel, nur auf dem Platz gegenüber der Kirche brannte in einer Kneipe noch Licht. Zwei Männer saßen an der Bar und unterhielten sich mit dem Wirt. Durchnässt und durchfroren trat die Gruppe ein. Der Wirt schickte sich gerade an etwas zu sagen, als die Tür wieder aufgestoßen wurde und zwei Soldaten mit aufgerichteten Gewehren eintraten. Penko, Dr. Stamatov und seine Frau hoben die Hände, Mira drückte noch stärker den noch schlafenden Bonny an ihre Brust. Einer der Soldaten fing an, beide Männer nach Waffen zu durchsuchen und als er nichts Verdächtiges fand, ging er zu dem anderen zurück. Beide nahmen ihre Gewehre herunter.

„Woher kommt ihr"? fragte der eine.

Penko zog seinen italienischen Passierschein hervor und erklärte die Situation. Die Soldaten tauschten Blicke, dann sagte der eine zu dem anderen:

„Was machen wir mit denen"?

„Sie wollen doch nach Italien", sagte der andere. „Sollen wir sie jetzt, mitten in der Nacht noch auf die Wache bringen? Mehr werden sie uns auch dort nicht erzählen. Außerdem ist noch das Baby dabei. Wir haben dort auch keinen Platz zu schlafen".

„Hast Recht! Lassen wir sie laufen", sagte der andere.

Beide drehten sich um und mit einem kurzen „Gute Nacht" verließen sie das Lokal. Alle atmeten auf. Vor Schreck hatten sie die Kälte und ihre nassen Kleidern total vergessen.

„Kommt, setzt euch", sagte der Wirt hinter der Bar, der die ganze Geschichte vernommen hatte. Er kam mit einer Karaffe Rotwein und vier Gläsern. „Trinkt erst einen Schluck, damit ihr euch aufwärmt, nachher werden wir sehen".

Er hob sein Glas und zum ersten Mal an diesem Abend empfanden sie Erleichterung. Nach kurzer Zeit gesellten sich auch die beiden anderen Männer dazu.

„Wollt ihr etwas essen"? fragte der Wirt. „Ihr seht ja immer noch so müde und verfroren aus. Große Auswahl habe ich nicht, aber Cevapcici könnte ich auf dem Grill werfen, er ist noch warm. Eingelegtes gibt es auch dazu"?

„Gern" sagte Penko. „Etwas Geld hab' ich, könnten wir irgendwo hier schlafen"? Er zeigte auf die Bänke, die entlang der Wände standen.

„ Nein, nein", sagte einer der beiden Männer, die am Tisch saßen. Ich kann euch in meinem Auto nach Negotin mitnehmen. Dort ist ein kleines Hotel, kein großer Komfort, aber besser als die Bänke hier auf jeden Fall. Außerdem seid ihr morgen gleich am Bahnhof".

Am nächsten Morgen bestiegen sie den Zug nach Belgrad. Solange sie auf die Verbindung nach Ljubljana warteten, wagten sie einen Spaziergang durch die Bahnhofsgegend. Er reichte aus, Mira und ihre Eltern in Staunen zu versetzen. Der Glanz der überfüllten Schaufenster, die Sauberkeit der Straßen und die gut angezogenen Menschen verschlug ihnen die Sprache.

In Ljubljana kamen sie am Nachmittag an und gingen in ein kleines, unscheinbares Hotel, dessen Adresse Penko von einem Mitbewohner aus dem Lager hatte. Hinter einem schmuddeligen Vorhang streckte ein kleiner Mann sein unrasiertes Gesicht hervor. Das schwarze Haar war zerzaust und es sah aus, als ob er gerade aufgewacht wäre. Hinter der Hornbrille blickten zwei schwarze, neugierige Augen hervor.

„Viele Grüße von Dragan". Penko drückte ihm zwanzig Dollar in die Hand. „Wir brauchen jemanden, der uns nach Italien bringt", flüsterte er ihm ins Ohr.

„Das wird fünfzig Dollar pro Nase kosten".

„Geht in Ordnung. Wann können wir abreisen"?

„ Heute Abend um acht hier vorm Hotel".

Der wolkenverhängte Himmel hatte sich über die malerische Stadt gesenkt, als ob er sich auf die spitzen Kuppeln der katholischen Kirchen und die grünen kupfernen Dächer der historischen Gebäude abgestützt hätte. Schneeflöckchen wirbelten durch die Luft und hauchten auf dem nassen Pflaster ihr kurzes Leben aus. Die Schaufenster, feierlich beleuchtet und geschmückt, boten Waren mit großem, weihnachtlichem Rabatt an. Mira und ihre Mutter konnten ihre Augen nicht davon trennen. Trotzt des schlechten Wetters waren die Straßen wie frisch gewaschen. Dr. Stamatov erinnerte alles an seine Studentenjahre in Wien.

In der Auslage einer Metzgerei sahen sie Fleisch und Wurstwaren wie sie sie in Bulgarien, seit der kommunistischen Machtergreifung nicht mehr gesehen hatten. Aus der offenen Tür kam ein Duft, bei dem ihnen das Wasser im Munde zusammenlief. Außer Bierwurst und Specksalami, die es in Bulgarien nur vor dem Nationalfeiertag und Silvester gab, hatten sie seit langem nichts anderes gegessen. Penko ging mit Bonny auf dem Arm hinein. Er kaufte Schinken und Speck, dünn geschnitten wie Papier, gelben Käse mit großen Löchern und knusprige weiße Brötchen. Die Verkäuferin lachte Bonny an und gab ihm eine Scheibe gelber Wurst, die er gierig in Mund steckte. Dann schnitt sie noch ein Paar Scheiben von einer anderen Sorte ab und legte sie dazu, ohne sie zu berechnen.

Um acht Uhr an diesem Abend wartete ein „Zastava[3]" vor dem Hotel. Mira mit Bonny auf dem Arm und die Stamatovs zwängten sich auf dem Rücksitz, Penko setzte sich neben den Fahrer. Ein junger Mann in schwarzer Lederjacke und schwarzem Haar. Er streckte seine Hand aus:

---

[3] gleich Fiat 600

„Zweihundertfünfzig Grüne"!

„Zwanzig habe ich dem Hotelier schon gegeben", sagte Penko

„Die sind für ihn. Zweihundertfünfzig, oder aussteigen"! Sein Ton duldete keine Widerrede.

„Müssen wir auch für das Baby bezahlen"?

Der Fahrer drehte sich um.

„Wie alt ist es"?

„Kein Jahr".

„OK. Dann zweihundert".

Penko zahlte und der Wagen fuhr ab. Anderthalb Stunden sprach niemand ein Wort. Es gab auch keine gemeinsame Sprache, in der eine Plauderei hätte zustande kommen können. Das Slowenische ähnelte dem Bulgarischen, aber nur soweit, dass eine elementare Verständigung möglich war. Für eine Unterhaltung reichte es nicht.

Kurz nachdem Penko das Schild „Sežana" erblickte, bog das Auto in eine Seitenstraße. Danach folgte ein schlammiger Feldweg, der bald durch einen Wald führte. Nach einigen Minuten hielt das Auto.

„Aussteigen"! befahl der Fahrer.

Penko war verblüfft.

„Wir haben doch nach der Grenze ausgemacht".

„Sie ist dort". Der Fahrer zeigte nach vorne in die Dunkelheit.

Der Feldweg verengte sich zu einem Pfad. Das Auto drehte um und die roten Lichter verloren sich in der Ferne. Penko zog seine Taschenlampe, löschte aber gleich das Licht aus Angst, dass sie gesehen werden könnten. Als sich ihre Augen an die Dunkelheit gewöhnt hatten, gingen sie den Pfad weiter entlang. Nach ca. hundert Meter erreichten sie einen Zaun aus einigen Reihen Stacheldraht. Die unteren Reihen hingen ziemlich locker herunter. Es schien, als ob andere bereits auch durchgekrochen waren. Penko trat auf den untersten Draht und hob den darüber hängenden hoch. Nacheinander krochen erst die Stamatovs, dann Mira mit Bonny, als letzter ging Penko durch. In der Ferne erblickten sie Lichter. Nach weiteren hundert Metern war der Wald zu Ende. Mit großen Schritten überquerten sie die folgende Wiese und erreichten eine geteerte Straße. Auf dem Straßenschild stand "Località Monrupino". Es gab keinen Zweifel, sie waren in Italien. „Wir haben es geschafft. Endlich frei"! Sie fielen sich vor Freude in die Arme und konnten ihr Glück nicht fassen.

Nach ein paar Straßenbiegungen sahen sie ein beleuchtetes Schild „Ristorante-Pizzeria". Der Wirt war gerade dabei zu schließen, als die Gruppe das Lokal betrat. Penko, der etwas Italienisch gelernt hatte, wollte den fremden Gastwirt nicht in ihrer Flucht einweihen und so gab er vor, dass ihr Auto kaputt gegangen sei und sie ein Obdach für die Nacht brauchen. Der Wirt holte eine Karaffe Rotwein und goss ihnen ein. Seine Frau ging in die Küche und kam mit einem Teller fein geschnittener Schinken, Wurst und Käse und ein Körbchen mit frischem Brot zurück. Außerdem boten sie ihnen zwei Gästezimmer für beide Familien an.

11.

Die Milizwache in Goritschevo befand sich in einem alten, einstöckigen Haus mit einem kleinen Hof, der mit Unkraut überwuchert war. Das Haus hatte einem reichen Weinbauer gehört, der nach der kommunistischen Machtergreifung umgebracht worden war. Im ehemaligen Wohnzimmer stand jetzt ein Schreibtisch, zwei einfache Stühle für die Besucher und einen mit Armlehnen hinter dem Schreibtisch für den Beamten. An die Wand gegenüber stand eine Bank für die Wartenden. Darüber hingen die Porträten vom Lenin und vom Staatschef Schiwkow. Die anderen Zimmer dienten als Archiv, Lager und Wachstube für den Dorfmilizionär. Eine der Türen führte über eine steile Holztreppe in den Keller, in dem zwei rissig gewordene Weinfässer von der ehemaligen Weinherstellung zeugten. Jetzt wurde der Keller manchmal als Gefängnis benutzt, wenn ein Unglücksrabe wegen eines Diebstahls erwischt worden war.

Mit auf den Rücken gebundenen Händen, saßen jetzt Penkos Eltern auf der Bank in Erwartung ihres Schicksals.

„Wenn wir mitgegangen wären, würden wir jetzt nicht hier sitzen", flüsterte Mara Dimo ins Ohr.

„Es ist wie es ist", antwortete Dimo, „wir sind nicht mehr die Jüngsten, wir wären nur eine Last gewesen".

Die Tür ging auf und Goranov erschien, gefolgt von dem Bezirkschef der Miliz Zagorski in Uniform und zwei Beamten in Zivil. Der eine groß, schlank und elegant, mit gepflegtem Oberlippenbart, trug einen Anzug aus beigen Gabardine und eine rote Krawatte. Der andere steckte in einem Trainingsanzug, klein, untersetzt mit verfilztem schwarzem Haar. Über einer krummen, vom Boxen zerdrückten Nase, wucherten zusammengewachsenen Augenbrauen, darunter zwei kleinen schwarzen Augen, aus denen Grausamkeit blitzte. In seiner Hand wackelte eine abgewetzte Aktentasche.

Der „Elegante", der Untersuchungsbeamte Leutnant Veselinov aus Vidin, setzte sich hinter den Schreibtisch und zog aus der Aktentasche ein Heft mit Formularen. Der Untersetzte zog sich den einen Stuhl heran und setzte sich neben der Bank. Goranov und Zagorski hatten sich am Fensterrahmen angelehnt.

„Name, Vorname, Familie, Geburtsdatum, Beruf"! fing Veselinov das Verhör an, zuerst zu Mara gewandt, dann an Dimo. „Warum seid ihr hier"? fragte er nachdem er mit den Personalien fertig war.

„Woher kann ich das wissen, frag die dort"! antwortete Mara aufgebracht und wandte ihren Kopf zu den beiden am Fenster. Sie konnte Ungerechtigkeit nicht leiden.

„Benimm dich anständig und antworte auf die Fragen des Untersuchungsbeamten, sonst gibt es Prügel", zischte Goranov.

„Die wird es sowieso geben", fügte Zagorski hinzu.

„Was wollt ihr von uns"? wand sich Dimo an beide. „Wir haben nichts Böses getan. Wie Verbrecher habt ihr uns gefesselt. Von morgens bis abends arbeiten wir im Schweinestall, aber den Tageslohn kürzt ihr uns, damit ihr euch an uns bereichert".

Goranovs Faust traf Dimos Gesicht. Durch die Wucht des Schlags rutschte er von der Bank und fiel zu Boden. Aus seiner Nase floss Blut. Ein Tritt in die Lende folgte. Dimo schrie auf vor Schmerzen. Wutentbrannt stand Mara auf, näherte sich Goranov und biss ihn mit aller Kraft in die Hand. Er stöhnte auf und schubste sie zu Boden neben ihren Gatten. Goranov hielt seine verletzte Hand, stöhnte und hüpfte auf einem Bein wie ein geprügelter Hund.

„Widerliche Scheusale"! rief Mara und versuchte aufzustehen, „schämt ihr euch nicht, hilflose, gefesselte Menschen zu schlagen"?

„Wir setzen das Verhör fort"! meldete Veselinov, der die ganze Zeit schweigend die Szene betrachtete.

Der Untersetzte erhob sich, griff mit der einen Hand Dimo am Kragen, mit der anderen Mara und warf sie mit Leichtigkeit auf die Bank. Er verfügte über gewaltige Kräfte.

„Also, ihr wisst nicht, warum ihr hier seid", fragte Veselinov spöttisch und in seinen Augen flackerten bösartige Funken. Habt ihr nicht einen Sohn, Penko Penev, einen Abtrünnigen? Wo ist er? Wer hat ihm geholfen, zu fliehen"?

„Woher soll ich's wissen"? sagte Mara ruppig. „Uns hat er nichts gesagt".

„Einen guten Sohn habt ihr großgezogen! Feind des Volkes! Du weißt es auch nicht"? fletschte er Dimo an.

Dimo zuckte mit der Schulter.

„Uns hat er nichts gesagt, woher sollten wir es wissen"?

„Und das Kind, die Schwiegertochter und ihre ganze Sippe, von der wisst ihr auch nichts? Wo sind sie"? brüllte der Untersuchungsbeamte und sein Oberlippenbart zitterte vor Wut. „Jetzt habt ihr keinen Arzt und keine Krankenschwester, die werdet ihr aber bald brauchen". Er stand auf und öffnete die Tür zum Keller: „Wir werden es euch erinnern"!

Der Untersetzte stand auf, warf seine abgewetzte Tasche die Treppe herunter, packte die Gefangenen und schleifte sie zum Keller.

„Zuerst muss ich dir die Zähne polieren, damit du nicht mehr beißen kannst"! sagte er kopfschüttelnd und entnahm eine Eisenstange aus seiner Tasche.

Er packte Mara an den Haaren, holte aus und schlug sie mit der Stange auf den Mund. Die Zähne knirschten. Ein scharfer, stechender Schmerz durchzog ihr Körper. Aus Ihrem Mund strömte Blut. Ihr Schrei blieb ihr im Hals stecken. Sie war eine starke Frau. Noch als Kind musste sie als Dienstmädchen auf einem Bauernhof dienen. Der Verwalter war ein grausamer Mensch. Immer trug er eine Peitsche aus Lederriemen mit Knoten bei sich, die blutige Spuren hinterließ. Noch heute trug sie die Narben auf ihrem Rücken.

Dimo ging auf den Folterer zu, sah ihn mit wahnsinnigem Blick an, hob den Kopf, stieß einen Schrei „Du Schuft"! aus und schlug mit aller Kraft seinen Kopf ins Folterers Gesicht. Dieser taumelte zu Boden und hielt sich am Treppenlauf fest.

Es ist schwer in Worten zu beschreiben, was danach geschah. Außer sich vor Wut nach diesem unerwarteten Überfall, lockerte der Folterer seine Fäuste. Wie Hammer schlugen sie auf Dimos Kopf, der hin und her flog, wie eine Boxerbirne, bis er zu Boden fiel. Dann folgten Tritte. Ein Eimer Wasser in Dimos Gesicht, wenn man diese blutige Masse noch Gesicht nennen konnte, half nur soweit, dass er die Flüche, die aus dem zahnlosen Mund seiner Frau strömten, noch hören konnte.

„Du Schuft! Du Teufelsbrut! Du Ausgeburt der Hölle! Das deine Hände verdorren! Im Fegefeuer sollst du braten! Lieber Gott, bestrafe dieses Scheusal"!

Ohne ihr Schimpfen zu beachten, holte er ein Seil aus der Tasche, band es ihr um die Handgelenke, warf das andere Ende über einen Balken an der Decke und zog sie hoch. Der Schmerz, der ihren Körper durchfuhr, ließ sie das Bewusstsein verlieren. Mit der Kaltblütigkeit eines Schlächters band der Peiniger das Seilende an den Treppenlauf, packte die noch bewusstlose Frau an den Füßen und zog sie mit seinem ganzen Gewicht herunter. Die Arme bogen sich nach oben, die Schultern krachten und sie blieb leblos hängen. Er nahm sie herunter, legte sie auf den Boden und band ihre Hände los. Es schien, als ob sie nicht zu ihrem Körper gehörten, sie hingen wie zwei leere Ärmel herab.

Als er sein Höllenwerk beendet hatte, warf er Maras leblosen Körper über die Schulter, lief die Treppe hoch und warf ihn auf die Bank. Dasselbe tat er mit dem zerschundenen Dimo. Er war zu sich gekommen und spürte den hängenden Kopf seiner Frau auf seiner Schulter. Mara wimmerte leise.

„Was hast du da gemacht?! Kennst du kein Maß"? schalt Veselinov den Folterer.

„Haben Widerstand geleistet, Genosse Veselinov". rechtfertigte er sich

„Werdet Ihr jetzt endlich sagen, wer ihm geholfen hat und wo sich die Geflohenen verstecken, oder sollen wir weitermachen"? wandte sich Veselinov an Dimo, der einen etwas lebendigeren Eindruck machte.

„Wir wissen es wirklich nicht, ich schwöre! Sie haben sich nicht gemeldet, seitdem sie weg sind", sagte Dimo mit kaum vernehmbarer Stimme.

„Wenn ihr Nachricht bekommt, werdet ihr mir sofort berichten! Sofort! Ist das klar? Sonst…" Er zeigte mit dem Kopf zur noch offenen Kellertür. Dann wand er sich zu Goranov und Zagorski:

„Bringt sie nach Hause"!

Beim Anblick der Gefolterten senkte Zagorski den Kopf und Goranov vergaß seine schmerzende Hand. Beide halfen Mara und Dimo aufzustehen und schleppten sie schweigend nach Hause.

12.

Das Taxi hielt vor der Schranke des Lagers Padriciano. Der Wächter erkannte Penko sofort. Als er die anderen aus dem Taxi aussteigen sah, war er verblüfft.

„Bringst du uns neue Flüchtlinge"?

„Das ist meine Frau mit meinem Sohn und das sind meine Schwiegereltern".

„Und die hast du alle aus Bulgarien herausgeschmuggelt? Alle Achtung"!

Mario empfing sie mit einer freundlichen Umarmung und führte sie zum Lagerverwalter.

„Benarrivati" begrüßte er sie und bot einen Stuhl zuerst Frau Stamatov an, die anderen müssten draußen warten. Nacheinander nahm der Verwalter die Personalien der Neuangekommenen auf und protokollierte ihren Erzählungen. Dann wurden sie im ehemaligen Zimmer von Penko untergebracht. Die beiden Zigeuner waren während den Feiertagen verreist und noch nicht zurückgekehrt.

Miras Eltern hatten das Gefühl in einem Gefängnis angekommen zu sein. Sie kannten es von der Zeit der kommunistischen Machtergreifung. Dr. Stamatovs Vater war ein berühmter Chirurg in Sofia. Er hatte eine große Privatklinik und stand Zar Boris III. sehr nah. Seine Mutter war österreichisch-ungarischer Abstammung und gehörte zur Oberschicht, war mit Königin Joanna befreundet und verkehrte oft am Hofe des Zaren. Ihren Sohn hatten sie nach Wien zum Medizinstudium geschickt, er sollte einmal die Klinik seines Vaters übernehmen. Die Familie bewohnte eine fünf-Zimmer-Wohnung in Zentrum von Sofia. Als die Kommunisten die Macht ergriffen, wurde zuerst die Klinik enteignet. Dr. Stamatovs Vater dürfte bis Ende des Krieges noch verletzte Soldaten operieren, dann wurde er zum „Feind des Volkes" erklärt, verschleppt und umgebracht. Dr. Stamatov war kurz vor dem Einmarsch der Roten Armee nach Bulgarien zurückgekehrt und wurde als Assistenzarzt in einem zweitrangiges Krankenhaus angestellt, wo er Miras Mutter, die dort Krankenschwester war, kennen gelernt und geheiratet hatte. Im Laufe der „Säuberungen" Anfang der fünfziger Jahre wurde die Familie Stamatov unter „Feindliche Elemente" geführt und wurde in zwei der kleinen Zimmer ihrer großen Wohnung eingepfercht. Die übrigen Zimmer wurden mit drei Familien von Milizbeamten aus der Provinz zwangsbesiedelt. Frau Prof. Dr. Stamatov, Miras Großmutter hatte diese Schande nicht überlebt, sie wurde eines Morgens mit aufgeschnittenen Pulsadern in der Badewanne gefunden. Dr. Stamatov und seiner jungen Frau wurden nach Goritschevo zwangsausgesiedelt, wo er Dorf Arzt wurde. Für das Geld, das er aus dem Verkauf der übriggebliebenen Möbeln und Bildern, sowie die lächerliche Summe, die er für die verstaatlichte Wohnung bekam, kaufte er das Haus in Goritschevo.

Gleich am Tag nach der Ankunft in Padriciano ging Penko zu Signore Matista. „Il Capo" hatte einen neuen Auftrag angenommen und freute sich über die Rückkehr seines fleißigen Mitarbeiters. Penko führte seine Aufgaben sorgfältig und genau aus. Bald wurde er Vorarbeiter und erhielt einen höheren Lohn. Er bat Matista auch Dr. Stamatov anzustellen. Obwohl Arzt von Beruf, hatte er geschickte Hände und konnte Penko helfen. Auch für Mira fand sich ein Job. In Matistas Büro und Werkstatt herrschte heilloses Durcheinander und es war dort seit einer Ewigkeit nicht gereinigt worden. Mira putzte und ordnete die Werkzeuge und das Material. Sie hatte im Gymnasium Französisch gelernt und versuchte im Büro zu helfen. Nach kurzer Zeit konnte sie die Rechnungen von den Aufträgen unterscheiden und die Papiere ordentlich sortieren. Matista war glücklich.

Beide Familien lebten bescheiden und sparten jede Lira. Dr. Stamatov hatte Kontakt mit ehemaligen Kollegen in Wien aufgenommen und sogar einige Anstellungsangebote erhalten. Mit ihrer Hilfe, konnte er nachweisen, dass seine Großmutter eine Österreicherin war und so bekam er einen österreichischen Pass. Seine Frau, kümmerte sich liebevoll um ihren Enkel und versorgte die Familie.

Ende Januar kam Post aus Chicago. Wlado hatte eine Anstellung in einem Computershop bekommen, hatte ein kleines Apartment gemietet und auch sonst ging es ihm gut. In seiner Antwort sandte Penko die Adresse vom Gregors Cousin in New York und bat Wlado ein gutes Wort für ihn einzulegen.

Manchmal fuhren Mira und Penko abends nach Triest, schauten sich die leuchtenden Vitrinen an und genehmigten sich ab und zu einen Drink in einem der zahlreichen Cafés. In einem davon lernten sie Nikos, einen Matrose aus Kavala kennen. Er sprach etwas Bulgarisch, da seine Mutter Bulgarin war. Penko erkundigte sich über die Möglichkeiten per Schiff in die „Neue Welt" zu gelangen. Die Flugtickets waren sehr teuer. Das Schiff, auf dem Nikos diente, fuhr nicht nach Übersee, er würde sich aber bei seinem Kapitän erkundigen, welche Möglichkeiten es gebe.

Eines Tages erhielt Matista einen Brief in kyrillischer Schrift. Penko las ihn und wurde bleich. Mitko Stratev beschrieb die Folter, die Penkos Eltern ertragen mussten und Penko erfuhr vom jämmerlichen Zustand seiner Mutter, die ohne Zähne und mit gebrochenen Armen bettlägerig war. Die „Genossen" erlaubten den Ärzten aus der Kreisstadt nicht, sich um sie zu kümmern. Mitko hatte aber einen Arzt aufgetrieben, der bereit war gegen zwei tausend Dollar sie nach Sofia zu bringen und sie dort zu operieren. Penkos Hände zitterten, sein Gesicht ähnelte dem eines Toten. Es wurde ihm schwindlig, er musste sich festhalten.

„Schlechte Nachrichten"? fragte Matista, der ihn beobachtete.

Penko übersetzte ihm den Inhalt des Briefes. Matista war entsetzt. So eine Grausamkeit und Gesetzlosigkeit überstieg seine Phantasie. In Gangsterfilmen über die Mafia hatte er Gräuel gesehen, aber für ihn war das nur in den Studios von Hollywood möglich.

„Woher kann ich zwei tausend Dollar nehmen, das sind drei Millionen Lire? Wir haben schon einiges gespart, aber das reicht bei weitem nicht".

„Wieviel fehlt noch"? fragte Matista.

Penko schaute ihn wie einen Ertrinkenden an, der einen Rettungsring sieht.

„Ich werde es mit meiner Familie bereden, wieviel wir zusammenbringen können. Würden sie mir vielleicht einen Vorschuss geben? Da ist aber noch ein Problem, wie bringe ich das

Geld nach Bulgarien? Offizielle Wege gibt es nicht, es wird sofort beschlagnahmt".

„Ich habe einen Bekannten", Matista legte sein Arm um Penkos Schulter, „der Geschäfte mit Bulgarien macht. Vielleicht findet sich ein Weg".

Zurück in ihrem Zimmer legten beide Familien ihre ganzen Ersparnisse auf den Tisch. Es waren fast zwei Millionen Lire, die eintausendvierhundert Dollar entsprachen. Am nächsten Tag brachte Penko das Geld zu Matista.

„Wenn Sie mir den Rest borgen könnten, werde ich länger arbeiten und es Ihnen bis auf die letzte Lira zurückzahlen".

„Das musst du nicht. Du arbeitest jetzt schon genug, bist mein bester Mitarbeiter. Du musst auch etwas Zeit für deine Familie und für dein Kind haben. Ich habe mit meinem Bekannten schon gesprochen. Er fährt Anfang März nach Sofia zu einer Messe und wird das Geld dem Arzt übergeben".

Penko wusste nicht, wie er sich bei seinem Chef bedanken sollte. Er arbeitete noch fleißiger und schneller und führte seine Aufgaben zur Perfektion aus. Auch Dr. Stamatov und Mira gaben ihr Bestes. Manchmal verletzte sich einer der Arbeiter und Dr. Stamatov war sofort zur Stelle und leistete Erste Hilfe. So wurden viele Stunden gespart, die sonst die Mitarbeiter beim Arzt verbrachten.

Mitte März bekam Dr. Stamatov seinen österreichischen Pass. Seine Frau durfte auch mitreisen. Das Krankenhaus, das ihn anstellen wollte, schickte ihm die Bahntickets nach Wien. Schweren Herzens verabschiedeten sich die Stamatovs von ihre Tochter, Schwiegersohn und ihrem Enkel. Ohne die Unterstützung ihrer Mutter war es Mira nicht möglich, den ganzen Tag zu arbeiten. Zum Glück fand sich im Lager eine Bulgarin mit einem Mädchen in Bonnys Alter. Sie nahm Bonny für einen halben Tag zu sich und so konnte Mira etwas dazuverdienen. Die Tage vergingen und Nachricht aus Amerika kam und kam nicht. Penko ging zur Post und meldete ein Ferngespräch an. Wlado war angenehm überrascht, die Stimme seines Freundes zu hören. Er versprach, sich noch einmal mit Christo Matev, Gregors Cousin in New York in Verbindung zu setzen. Er selbst könne keine Bürgschaft abgeben, da er noch kein US Bürger sei. Auch sein Onkel konnte es nicht, da er schon für Wlado gebürgt habe. Penko begann zu verzweifeln und sich mit dem Gedanken zu tragen, einfach mit einem Schiff, ohne Visum nach Amerika zu reisen und dort um Asyl zu bitten. Würden sie aber abgewiesen, könnten sie Amerika für immer vergessen, das hatten ihm Lagerbewohner gesagt.

Kurz vor Ostern kam endlich die heißerwartete Post aus USA. Christo Matev wollte vom Penko eine Bestätigung haben, dass er keine weiteren Ansprüche stellen und dass Penko ihm alle Ausgaben erstatten würde, die er in Verbindung mit seinem Aufenthalt tätigen müsse. Penko unterschrieb die Bestätigung, bedankte sich für das Vertrauen und einen Monat später bekam er die lang ersehnte Bürgschaft, die er sofort an das Amerikanische Konsulat weiterleitete.

Auch Mitko Stratev schrieb. Der Arzt hatte einen Krankenwagen nach Goritschevo geschickt, seine Mutter abgeholt und sie so gut wie möglich medizinisch versorgt. Jetzt erholt sie sich zu Hause. Das wichtigste war, ihre Schmerzen wurden erträglicher. Penko und Mira fingen an, ihre Abreise vorzubereiten. Das Geld, was sie mühsam gespart hatten, war nach Bulgarien geschickt worden. An Flugtickets war nicht zu denken. Fast jeden Abend fuhr Penko mit dem Bus nach Triest in der Hoffnung dort Nikos' Schiff „Kalimnos" zu finden. Eines Abends sah er es. Er traf Nikos an der Bar, wo sie sich auch schon früher getroffen hatten. Nikos machte ihn mit seinem Kapitän bekannt. Das Schiff war schon in die Jahre gekommen, es gab vieles zu reparieren und der Kapitän willigte gerne ein, Penko anzuheuern. Das „Kalimnos" fuhr zwar nicht nach Amerika, aber in zwei Wochen nach Lissabon. Von dort starteten Überseeschiffe. Penko musste sowieso auf die Visa warten, es war ihm recht.

In der folgenden Woche erhielten sie eine Einladung zu einem Interview im Amerikanischen Konsulat in Rom. Die Fahrt in die „Ewige Stadt" war allein für sich ein Erlebnis. Zuerst überquerten sie die weiten Felder der Po Ebene. Dann fuhr der Zug durch unzählige Tunnel an den lieblichen Hügeln der Toskana und an Florenz vorbei. In Rom mussten sie noch drei Tage auf die lang ersehnten Visa warten. Sie nutzten sie um diese prachtvolle Stadt zu erkunden. Der Petersdom, die Engelsburg und der „Fontana di Trevi" blieben für immer in ihrer Erinnerung.

Zurück im Lager, packten Mira und Penko ihre Sachen, verabschiedeten sich von Matista, der traurig war, seinen besten Arbeiter zu verlieren, sich aber andererseits freute für die Familie, die ihrem Glück näher gekommen war. Sie nahmen auch Abschied von der Bulgarin, die sich Bonny angenommen hatte und ihrer Tochter, von Mario, dem Dolmetscher und anderen Freunden aus dem Lager.

„Das Leben liegt vor uns", sagte Mario zuversichtlich und drückte allen die Hand, sogar das winzige Händchen von Bonny, „es gibt immer ein Wiedersehen, wenn nicht auf dieser Welt, dann bestimmt ins Jenseits".

Beide Zigeunerjungs, Pepo und Nuni waren zurückgekehrt und winkten ebenfalls zum Abschied.

Der Kapitän entschuldigte sich, dass er der jungen Familie keine bessere Unterkunft, als eine Matrosenkoje bieten könne. Mira und Penko aber waren froh, überhaupt mitfahren zu dürften.

Während der Fahrt reparierte Penko einige Leuchten und zwei marode Verteilerkästen, an denen der Rost kräftig genagt hatte. Der Kapitän war sehr zufrieden und versprach Penko in Lissabon ein Schiff zu suchen, das sie nach USA mitnehmen könnte und sie zu empfehlen. Sie fanden ein griechisches Containerschiff und Penko heuerte an. Arbeit gab es genug, sogar Mira half in der Küche und Bonny rannte den ganzen Tag durch das Schiff und war an allem interessiert. Die Matrosen mochten ihn, spielten mit ihm und freuten sich. Einer davon, ein Inder namens Sunil, hatte ihn besonders ins Herz geschlossen. Er hatte auch einen Sohn im Alter von Bonny. Bei der Ankunft in New York gab er Penko einen Zettel mit einigen Adressen, die ihm nützlich sein könnten.

„Melde dich dort und grüße von mir".

Als sie unten waren und zum ersten Mal das Gelobte Land betraten, winkte Sunil noch lange vom Oberdeck.

13.

Der Emigrationsbeamte, ein korpulenter Afroamerikaner mit gutmütigem Gesicht, empfing sie freundlich. Auf seiner breiten Nase saß eine viel zu kleine Brille. Er nahm die Papiere und betrachtete interessiert die Ankömmlinge.

„Noch eine Familie, dem kommunistischen Paradies entronnen". – murmelte er ironisch vor sich hin und vertiefte sich in das Studieren der vorgelegten Papiere. Bonny war auf Penkos Schulter eingeschlafen. Der Beamte drückte einige Stempel auf die Papiere und schickte die Familie in den nächsten Raum – eine weite Halle voll mit Menschen unterschiedlichster Nationen. Neben der Tür stand ein Kasten mit einem roter Knopf und die Aufschrift: „Please, take a number". Penko befolgte die Anweisung und ein kleiner Zettel mit einer Zahl sprang aus dem Schlitz. Sie gingen hinein. Eine ganze Wand bestand aus Schaltern und einige Türen. Über jedem Schalter und über jeder Tür war eine Leuchte angebracht, auf der ab und zu eine Zahl erschien. Die Zeit schien stehengeblieben zu sein. Es war mehr als eine Stunde vergangen, da leuchtete Penkos Zahl über einer der Türen auf. Penko und seine Familie betraten ein Büro, in dem eine Frau mittleren Alters mit gelockten blonden Haaren saß. Sie gab Bonny ein rotes Auto, mit dem er sich beschäftigte, während Mira und Penko ihre ganze Geschichte erzählten. Die Beamtin machte sich Notizen. Als Penko über die Folter seiner Eltern berichtete, war die Beamtin sichtlich gerührt. Sie schüttelte fassungslos den Kopf. Nach dem Gespräch wurden sie in einen anderen Raum geleitet, wo es nur drei Schalter gab. „Ob diese Frau sich die Geschichten all dieser Menschen anhören musste, die draußen warteten"? ging es Penko durch den Kopf während sie den Raum verließen.

Am nächsten Schalter erhielten sie endlich zwei graue Emigrantenpässe, zwei „Grüne" Karten, die sie zu Arbeitsaufnahme befähigten und fünfzig Dollar für jeden als „Startkapital". Für Bonny gab es noch zehn Dollar dazu. Sie waren zwar noch keine Amerikaner, aber sie durften in diesem Land bleiben. Das war der erste große Schritt. Draußen kaufte Penko einen Stadtplan und die junge Familie begab sich zur New Yorker Subway.

14.

Das „Blue Dolphin Motel" war ein einstöckiges Gebäude in „U" Form gebaut auf einer der Hauptverkehrsadern der Bronx. Ein korpulenter Farbiger mit freundlichem Gesicht, füllte den ganzen Raum hinter dem „Reception Desk" aus. Das Zimmer für acht Dollar fünfzig die Nacht war relativ geräumig mit einem großen Bett, einem Tischchen mit zwei Stühlen, Bad mit Dusche und Toilette. Penko füllte das Empfangsformular aus und reichte es dem Mann.

„Bul-ga-ri-a", stotterte der Dicke, „Ist das in Afrika"?

„Nein, in Europa", antwortete Penko erstaunt und erklärte: „Es ist ein kleines, von den Kommunisten unterdrücktes Land. Zum Glück ist es uns gelungen, abzuhauen".

„Oh! Das ist sehr traurig, aus der Heimat fliehen zu müssen", sagte er mitfühlend, „Hattet Ihr dort auch Verwandte und Freunde"?

„Ja, meine Eltern sind dort geblieben. Sie wollten nicht mitkommen. Sie wurden nach unserer Flucht grausam misshandelt und gefoltert".

„Das tut mir sehr leid! Mein Name ist Jack".

„Ich heiße Penko".

„Ich gebe euch das geräumigste Zimmer und werde ein Kinderbett für den Kleinen hineinstellen. Wenn ihr länger als eine Woche bleibt, gebe ich euch eine Nacht gratis. Wenn ihr 'was benötigt, sagt es mir. Hast du hier einen Job"?

„Ich muss irgendeine Arbeit finden. Ich bin Elektriker, meine Frau ist Buchhalterin, aber mit der Sprache hapert es noch. Außerdem muss sie sich um das Kind kümmern".

„Für Elektriker weiß ich nichts, aber auf der Straße weiter unten gibt es einige Restaurants, die Aushilfe suchen. Vielleicht für den Anfang"?

„Vielen Dank, ich werde mich umschauen".

Unweit vom Motel gab es ein kleines Einkaufszentrum, wie typisch für Amerika ist. Es bestand aus vielen kleinen Läden mit großem Parkplatz davor. Penko sah das große Schild „Restaurant Demos" und auf der Tür „Help Wanted". Er trat hinein. Ein hagerer Mann mit pechschwarzem Haar und durchdringenden Augen stand hinter der Theke.

„Sie suchen Aushilfe"?

Zwei schwarze Augen musterten den Neuankömmling von Kopf bis Fuß.

„Wo hast du gearbeitet"?

„Hier in Amerika noch nicht. Wir sind gestern angekommen".

„Angekommen? Woher"?

„Wir sind aus Bulgarien geflüchtet. Jetzt suche ich Arbeit".

Das strenge Gesicht hellte sich auf. Er streckte die Hand aus:

„Ich heiße Wasilis. Meine Eltern sind während des Krieges aus Griechenland geflüchtet, als die Deutschen es besetzt haben. Ich war noch nie dort. Es soll ein sehr schönes Land sein".

„Das habe ich auch gehört, aber die Kommunisten ließen uns nicht ins Ausland reisen".

„Was hast du gelernt, was hast du gearbeitet"?

„Ich bin Elektriker".

„Hier brauche ich eine Küchenhilfe, einer der die Teller aufräumt, die Tische putzt und den Kunden Wasser einschenkt. Bedaure, für Elektriker habe ich keinen Job".

„Ich habe eine Frau und ein kleines Kind, ich muss sie ernähren. Es macht nichts, dass ich Elektriker bin, die Arbeit kann ich machen, Sie werden zufrieden sein".

„Ich zahle ein Dollar fünfzig die Stunde und dazu gratis das Essen. Wir öffnen um 6:30 und schließen, wenn der letzte Kunde gegangen ist, meistens zwischen zehn und elf, manchmal auch später. Es gibt einen freien Tag in der Woche, nach Absprache mit dem Kellner. Bist du einverstanden"?

„OK"! Die Freude war in Penkos Gesicht abzulesen. Er streckte seinem neuen Chef die Hand entgegen und Wasilis besiegelte per Handschlag die Anstellung. Er zog eine Flasche Ouzo unter der Theke hervor und goss zwei Gläser ein:

„Willkommen"! Die Gläser klirrten und Penko schien es, als ob die Glocken der zerfallenen Kirche in Goritschevo auflebten und eine neue Ära in seinem Leben einläuteten. Anderthalb Dol-

lar waren nicht viel, aber für sechzehn Stunden waren es vierund-
zwanzig Dollar. Sie reichten für die Hotelmiete, das Essen, Win-
deln für Bonny und um etwas beiseitelegen zu können. Das Restaurant war nicht weit vom Hotel, so dass Penko keinen Transport
brauchte und das war ein großer Vorteil.

15.

Einen Tag nachdem Mara und Dimo Penev verhört und gefoltert wurden, klopften um fünf Uhr in der Früh drei Männer an der Tür der Familie Hristov in Raduschevo. Der eine, groß mit gepflegtem Oberlippenbart, trug einen langen Trenchcoat, die anderen beiden waren Milizionäre.

„Wo ist Euer missratener Sohn"? – rief der Große, drückte die Tür ein und beide Milizionäre stürzten ins Haus. Sie drangen in Tonis Zimmer ein und schleppten ihn, so wie er in Unterhemd und Unterhose war, in Handschellen heraus.

„Was wollt ihr von ihm? Was hat er verbrochen"? fragte sein Vater entsetzt.

„Das wird er auf der Wache erfahren", knurrte der Große und wandte sich zu den Milizionären: „Los, mitnehmen"!

Die Milizwache von Raduschevo befand sich in einem der schönsten Häuser, mitten im Dorf. Der ehemalige Eigentümer, ein reicher Händler, war nach der kommunistischen Machtergreifung ins Ausland geflüchtet, sein Haus wurde enteignet und das Rathaus darin eingerichtet. Der Keller funktionierte man zum Gefängnis um. Dort saß jetzt Toni, auf dem einzigen Stuhl, vor einem kleinen, klapprigen Tisch. Von der Decke hing eine Glühbirne, die spärliches Licht verbreitete. Gegen Mittag kam der Große, der ihn verhaftet hatte, herein, warf einen Stapel weißes Papier auf dem Tisch und befahl: „Schreib"!

„Was soll ich schreiben"? – fragte Toni ahnungslos.

„Wie du deinem Freund Penko Penev geholfen hast, zu fliehen. Alles, ganz ausführlich und vergiss nichts"! Er schlug die Tür hinter sich.

Toni hat nie gern geschrieben. In der Schule hatte er lange auf dem Bleistift gekaut, bis er ein paar Worte aufs Papier brachte. Er saß da und starrte auf den Stapel Papier. Er dachte an Penko, an die sorglosen Tage ihrer Jugend. Wo mag er jetzt sein? Seit seiner Flucht hatte er nichts von ihm gehört. Toni hielt seinen Kopf zwischen den Händen, die Ellenbogen auf den Tisch gestützt. Er wusste nicht, wie lange er so gesessen hatte, als die Tür aufging und der Große in die Zelle trat. Das Papier vor Toni war leer.

„Warum hast du nichts geschrieben"? – schrie er.

„Ich weiß nicht, was ich schreiben soll".

Das Klatschen der Ohrfeige und die hellen Sterne war das letzte, was Toni vernahm bevor er das Bewusstsein verlor. Kaum zu sich gekommen, nach einem Schwall kalten Wassers ins Gesicht, beförderte ihn ein Tritt in die Ecke des Raumes.

„Du bleibst solange hier, bis du alles aufgeschrieben hast was du weißt"!

Leutnant Veselinov hatte nicht viel Zeit. Nach weniger als eine Stunde fing die Übertragung des Fußballspiels zwischen seiner Lieblingsmannschaft „ZSKA" und ihren stärksten Rivalen „Levski" an. Er griff den winselnden Toni am Ohr und zog ihn auf den Stuhl.

„Du schreibst alles! Wie ihr die Flucht geplant habt, wie er, samt Frau, Schwiegereltern und Kind abgehauen ist und wie du ihm geholfen hast. Alles! Ich komme heute Abend wieder und wenn du nicht alles, mit Einzelheiten, geschrieben hast, werde ich dich wieder daran erinnern"! Er zog noch stärker an seinem Ohr und Toni schrie vor Schmerz.

Der Dorfmilizionär war alleine mit Toni geblieben. Er kannte ihn als dieser noch ein Kind war. Tonis Eltern waren ehrliche, fleißige Leute, Parteimitglieder, arbeiteten von morgens bis abends in der LPG und besuchten regelmäßig die Parteiversammlungen.

„Ganz schön hast du dich da in die Brennesel gesetzt" sagte er mit Mitleid in der Stimme „und erkälten wirst du dich oben drauf, so nass wie du bist. Ich gehe schnell zu euch nach Hause und hole dir trockene Kleider und du fängst gleich zu schreiben an, sonst wird es dir schlecht ergehen, wenn der Leutnant zurückkommt".

Toni zitterte vor Kälte. Sein Kopf dröhnte vor Schmerzen, sein Ohr fühlte er nicht mehr. Ob er taub geworden war? Das weiße Blatt lag immer noch vor ihm. Was sollte er schreiben? Wie er mit Penko als Kind gespielt hat, die jugendlichen Geheimnisse in der Schule, von ihrem Schwur Freunde zu bleiben „bis zum Tod". Toni hatte Penko gewarnt, nicht zu fliehen, aber aufhalten konnte er ihn nicht. Das konnte er nicht! Diese Tyrannen, die nur ihre eigene Haut hegen, können all dies nicht verstehen. Wir sind ihre Gefangene. Was für Verbrechen hatte Penko begangen, dass er weggegangen ist, als ihm das Wasser bis zum Hals stand? Ist es ein Verbrechen, die Freiheit zu wählen?

Toni begann zu schreiben. Die Wahrheit. Die Wahrheit siegt immer! Sie ist stärker als die Lüge und die Heuchelei. Er soll es lesen, der Untersuchungsbeamte. Er soll wissen, was die bulgarische Jugend über die verlogenen, verdrehten Ideen der Kommunisten denkt!

Sollen sie mich schlagen, sollen sie mich einsperren! Als ob nicht ganz Bulgarien ein Gefängnis wäre! Wo ist der Unterschied, wenn man nicht frei dorthin gehen kann, wohin man will? Der Stift in Tonis Hand glitt über das Papier, wie von einer unsichtbaren Macht geführt, die nach Gerechtigkeit schrie.

Der Untersuchungsbeamte nahm die vollgeschriebenen Blätter und stopfte sie in seine Tasche. Er war wütend. In der ersten Halbzeit führte „Levski" mit 1:0.

„Lass ihn gehen, aber lass ihn nicht aus den Augen"! befiel der Leutnant dem Milizionär und stieg in seinen „Moskwitsch". Er drehte das Radio auf und fuhr los.

16.

Das Restaurant „Demos" offerierte Frühstück, Mittag- und Abendessen. Die Gäste waren vorwiegend Arbeiter und Angestellte der umliegenden Betriebe. Penko räumte flink die Tische ab, wischte sie sorgfältig und legte frisches Besteck und Servietten auf. Alles glänzte, war sauber und freundlich. Wasilis bemerkte bald, dass Penko ein Gewinn für das Lokal war.

Einer der regelmäßigen Gäste war ein schlanker Mann um die Vierzig, in Sporthemd, Jeans und Lederjacke, immer mit einem Lächeln im Gesicht. Penko mochte ihn und fühlte, dass diese Sympathie gegenseitig war. Er goss ihm immer rechtzeitig Wasser nach, räumte auf und wischte seinen Tisch nach jedem Gang.

Eines Tages, gerade in der Mittagszeit, als Hochbetrieb herrschte, fiel die Fritteuse aus. Die Köchin geriet in Panik. Wasilis versuchte den Kundendienst anzurufen, wurde aber auf die nächste Woche vertröstet.

„Darf ich nachsehen", fragte Penko schüchtern.

„OK", antwortete dieser hoffnungsvoll. Er erinnerte sich, dass Penko Elektriker von Beruf war.

Penko öffnete die Rückwand der Fritteuse und sah, dass der Hauptschalter verbrannt war. Er schnitt die Drähte ab, schloss sie kurz, wickelte Leukoplast herum und die Fritteuse brutzelte wieder. Wasilis war erleichtert. Er umarmte Penko und klopfte ihm auf die Schulter. Der Gast in der Lederjacke hatte aufmerksam die Aktion verfolgt. Als Penko ihm sein Glas erneut füllte, sprach er ihn an:

„Sie haben sicherlich mal was anderes gemacht, als Geschirr abzuräumen und Tische zu putzen"?

„Ja, von Beruf bin ich Elektriker, aber wir sind aus unserer Heimat geflohen und ich muss jetzt irgendwie meine Familie ernähren".

Der Mann zog eine Visitenkarte hervor und reichte sie Penko:

„Rufen Sie mich an, wenn Sie Zeit haben".

Penko steckte geschwind die Karte ein. Der Chef mochte es nicht, wenn sich seine Mitarbeiter mit den Gästen unterhielten.

Als der Mittagstrubel vorbei war, erkundigte sich Wasilis nach dem Defekt, den Penko so schnell beseitigen konnte.

„Der Hauptschalter ist verbrannt. Wenn Sie möchten, kann ich einen neuen besorgen und ihn auswechseln". schlug Penko vor. Wasilis rechnete schnell aus, wieviel er dem Kundendienst für die gleiche Arbeit hätte zahlen müssen und willigte gerne ein.

Am Abend im Motel angekommen, zog Penko die Visitenkarte heraus:

Burlock Metallwarenfabrik
James Brown – Production Manager

Am nächsten Nachmittag, als keine Gäste im Restaurant waren, lief Penko zum nächsten Telefon und rief die angegebene Nummer an.

„Burlock Metallwarenfabrik, wie kann ich Ihnen behilflich sein"? hörte er eine weiche weibliche Stimme am anderen Ende der Leitung.

„Mein Name ist Penko Penev. Mr. Brown gab mir gestern seine Visitenkarte und bat mich ihn anzurufen".

„Einen Moment, bitte".

„Hallo Penko, wie geht's Ihnen"? fragte die freundliche Stimme.

„Sehr gut, danke! Sie gaben mir gestern Ihre Karte".

„Ja, ich weiß. Es hat mich beeindruckt wie schnell Sie die Fritteuse reparierten. Wo haben Sie das gelernt"?

„In Bulgarien. Ich bin vor kurzem von dort gekommen zusammen mit meiner Frau und unserem Baby. Ich musste den erstbesten Job annehmen, um die Familie zu ernähren".

„Wir brauchen hier einen tüchtigen Mann, der unsere Maschinen wartet. Würde Sie das interessieren"?

„Ja, sicher".

„Wann könnten Sie mich besuchen, damit wir uns ein wenig unterhalten könnten"?

„Donnerstag ist mein freier Tag, würde es Ihnen passen"?

„Perfekt! Bis dann, um zehn Uhr".

Am Donnerstagmorgen zog Penko sein neues, weißes Hemd, seine neue Jeans und sein kariertes Jackett an, das er von der Sonderzahlung für die Reparatur gekauft hatte. Aufgeregt und neugierig fand er die Adresse auf dem Stadtplan.

Die Firma Burlock befand sich in einem alten Fabrikgebäude aus roten Ziegeln. Einige der Fenster waren zerbrochen, die anderen seit Jahren nicht geputzt. Einige verblasste Schilder vor dem Tor zeugten von Firmen, die längst das Gebäude verlassen hatten.

Dennoch gab es eine Schranke neben dem Wächterhaus, in dem ein Pförtner saß. Der Hof war voll geparkter Autos.

„Ich möchte zur Firma Burlock, Mr. Brown".

Die Schranke hob sich. Penko überquerte den Hof und blieb vor einem altmodischen Lastenaufzug stehen, dessen Gittertor sich mit einem Seil öffnete. Das Ungetüm setzte sich mit Getöse in Bewegung und blieb im dritten Stock stehen. Eine gut aussehende Dame empfing ihn mit charmantem Lächeln.

„Mr. Penev? Mr. Brown erwartet Sie".

Mr. Browns Office war bescheiden eingerichtet. Ein Schreibtisch auf einem Metallgestell, zugedeckt mit Dokumenten und Fachzeitschriften, zwei Stühle und ein Aktenschrank.

James Brown erhob sich und zeigte auf den Stuhl gegenüber.

„Bitte, nehmen Sie Platz. Sie erwähnten, dass Sie aus Bulgarien kommen. Das ist doch eines der Ostblockländer. Sind Sie geflüchtet"?

„Ja, wir haben es nicht mehr ausgehalten". Penko erzählte kurz seine Geschichte. Mr. Brown war sichtlich beeindruckt"

„Lassen Sie mich jetzt unseren Betrieb zeigen".

Penko ahnte bereits um was für einen Betrieb es sich handelte. Draußen hatte er in einer Vitrine verschiedene Armaturen für Küchen und Bäder gesehen.

James Brown führte ihn in eine längliche Halle mit Oberlichtern. An beiden Seiten, vor langen Werkbänken voll mit Gussstücken verschiedener Wasserhähne, saßen Frauen in blauen Arbeitskitteln, Rücken an Rücken. Penko schätzte ihre Anzahl auf mehr als dreißig. Mit einem Schaber und einer Drehbewegung reinigten sie den Sitz der Dichtungen.

„Das ist eine der wichtigsten Arbeitsgänge bei uns. Davon hängt die Qualität der Produkte ab". – erklärte Brown.

In der nächsten Halle arbeiteten Männer. Schleifbänder sausten und zischten. Hier wurden die Guss-Stücke geschliffen und poliert. Die nächste Halle war für die Montage und den Test der fertigen Produkte. Eine Tür zwischen den beiden Hallen führte zu einer Werkstatt, ausgestattet mit antiken Maschinen – einer Drehbank, einer Fräsmaschine, einer Bohrmaschine und einer Werkbank mit einem Schraubstock. Die dicke Staubschicht zeugte von seltener Benutzung.

Penko war enttäuscht. Er hatte sich die amerikanische Industrie ganz anders vorgestellt. Er dachte an Roboter, die automatisch Produkte erzeugten, ohne dass Menschenhand sie berührte. So eine primitive Fertigung, wie am Anfang des Jahrhunderts, hatte er hier nicht erwartet.

„Wir haben nicht viele Maschinen, aber für die wenigen brauchen wir jemanden, der sie in Schuss hält. Könnten Sie Sich vorstellen, bei uns zu arbeiten"?

Penko dachte nach. Das finstere Gebäude einerseits, die primitive Maschinen, die Handarbeit von einigen Dutzend ausgemergelten Männern und Frauen, die den ganzen Tag für das tägliche Brot schufteten, stimmten ihn traurig. Andererseits die Aufgabe etwas Gutes für diese Menschen zu tun, ihre Arbeit zu erleichtern, gefiel ihm. Auf jeden Fall wäre diese Tätigkeit besser, als Tische abzuräumen und Wasser einzuschenken.

James Brown vernahm Penkos zögern und beschloss, ihn zu ermutigen.

„Wie viel zahlt Ihnen der Wirt"?

„Anderthalb Dollar die Stunde"

„Bei uns werden Sie einhundert Dollar die Woche bekommen, für vierzig Stunden, Samstag und Sonntag frei. Das ist viel mehr als Sie jetzt verdienen. So werden Sie auch mehr Zeit für Ihre Familie haben. Außerdem werden Sie und Ihre Familie krankenversichert. Stellen Sie sich vor, wenn jemand von Ihnen sich verletzt oder erkrankt! Wissen Sie was der Arzt kostet? Und das Krankenhaus"?

Diese Argumente waren überzeugend. Es war nicht die Arbeit, von der Penko träumte, aber sie sicherte ihm regelmäßiges Einkommen und er hätte mehr Zeit für Mira und Bonny, die er in der letzten Zeit kaum sah. Er hob den Blick und streckte die Hand aus. James Brown drückte sie kräftig:

„Willkommen an Bord"!

17.

In Burlock erhielt Penko einen kleinen Schreibtisch im James Büro, an dem er aber selten saß. Den ganzen Tag lief er durch die Hallen, beobachtete die Maschinen und die Arbeitsgänge und überlegte, was er verbessern könnte. Häufig blieb er noch nach der regulären Arbeitszeit, um die Maschinen zu warten und Reparaturen durchzuführen. Zwischen seinem Büro und der Werkstatt, die er schnell auf Vordermann brachte, lag die Abteilung, wo die Frauen die Wasserhähne reinigten. Sie waren unterschiedlichen Alters – von achtzehn bis über sechzig, schätzte er. Ihre Hände, insbesondere der älteren, waren abgeschürft. Die Frauen wurden nach fehlerfrei gereinigten Stücken bezahlt und das erforderte höchste Konzentration. Mit einem Schaber und einer Drehbewegung der Hand, reinigten sie den Sitz der Dichtung. Ihre Arbeit war eintönig und anstrengend. Sie saßen nebeneinander, ratschten und manchmal gerieten sie in Streit. Dann war James gleich zu Stelle, versuchte das Gezanke zu schlichten oder setzte die Streitenden weit auseinander.

Eine der jungen Frauen zog Penkos Aufmerksamkeit an. Sie war Mitte zwanzig, schlank, dunkelblond mit einer kleinen geraden Nase und braunen Augen. Manchmal wenn Penko auftauchte, stand sie auf und ging vor ihm zur Toilette, wobei ihr rundes Hinterteil hin und her wippte. Unter dem blauen Kittel sah er ihre schön geformten Beine mit schmalen Knöcheln. Wenn sie saß und er vorbei ging, schaute sie ihn aus dem Augenwinkel an und schenkte ihm ein verschmitztes Lächeln.

Am Freitag blieben oft einige Frauen nach Arbeitsende, um die angefangenen Chargen fertig zu stellen. Die Blonde war auch dabei und als Penko zu seinem Büro ging, sprach sie ihn an:

„Warum erfindest du nicht etwas, um unsere Arbeit zu erleichtern? Schau dir meine Hände an. Mein Freund hat mich deswegen verlassen".

„Ich werde nachdenken", sagte Penko, „das ist wirklich notwendig".

In der Werkstatt gab es einen Schrank mit allen möglichen, alten Maschinenteilen. Einige Handpressen, zogen seine Aufmerksamkeit auf sich. Sie hatten ein Gewindespindel, die sich drehte, wenn man den Griff herunterdrückte. „Ein Fräser vorne und der Dichtungssitz kann gereinigt werden", dachte er.

Am kommenden Samstag ging er in die Werkstatt und am Abend war die Vorrichtung fertig.

Am Montag, als er an der Blonden vorbei ging, flüsterte er ihr ins Ohr:

„Bleib heute Abend länger, ich habe was für dich".

Sie sah ihn neugierig an.

Am Abend, als die anderen gegangen waren, brachte er seine Vorrichtung mit und stellte sie auf ihrem Arbeitsplatz. Er nahm einen der Wasserhähne, legte ihn unter die Spindel und drückte auf den Hebel. Der Fräser drehte sich und hinterließ einen glänzenden, glatten Dichtungssitz. Die junge Frau war verblüfft. Sie nahm den nächsten Hahn, drückte auf den Hebel und er glänzte. „Fabelhaft"! jubelte sie, stand auf, umarmte ihn und gab ihm ein Kuss auf die Wange. Er erschrak und wurde verlegen, sie bemerkte es aber nicht. Mit Begeisterung setzte sie sich hin und fing an, die Hähne mit der neuen Vorrichtung zu reinigen. Er stand einige Zeit hinter ihr, beobachtete sie und spürte die Begierde, die in ihm aufstieg. Sie hatte ihn oft in Verlegenheit gebracht, wenn er an ihr vorbei ging. Jetzt nahm er den Duft ihrer Haare, ihres Körpers war und spürte den Kuss der noch immer auf seiner Wange brannte. Ihr Kittel war aufgegangen und entblößte einen Teil ihres Oberschenkels.

Unauffällig entfernte er sich von ihr und schloss sich in der Werkstatt ein. Dort blieb er lange sitzen und starrte vor sich hin. Er dachte an Mira. Er sah vor sich ihr Gesicht – bekannt, heimisch, geliebt, das Gesicht einer ergebenen Mutter und treuen Gattin, mit der er das letzte Stück Brot geteilt hatte, das schmale Bett, seine Gedanken, seine Träume und Leiden, seine Ängste und Freuden.

Draußen war es schon dunkel geworden. Er sah wieder zu Tür. Dort drüben war die Andere. Ihre Anwesenheit vernebelte sein Gehirn, warf einen Schleier über sein bisheriges Leben und ließ ihn sogar seine Familie, die ihm so wichtig war, vergessen.

Ihr Duft berauschte ihn, die Vorstellung ihren sinnlichen Körper zu berühren raubte ihm den Verstand. Er öffnete die Tür und ging in die Halle. Sie war gegangen. „Nein, ich darf Mira nicht betrügen", dachte er.

18.

Die folgenden Tage verbrachte Penko in der Werkstatt. Er blieb lange und überarbeitete die übrigen Pressen. Diese gab er den älteren Frauen mit den geschundenen Händen. Er mied die Nähe zur jungen Frau. James Brown lobte Penkos neue Vorrichtung und sah ein, dass damit wesentlich mehr Teile produziert werden konnten:

„Wir haben noch etwas Budget für Reparaturen. Du könntest noch mehr Pressen kaufen und Vorrichtungen für alle anfertigen", sagte James.

Penko besorgte sie und strich alle gefertigten Vorrichtungen knallrot an.

„Komm herein", sagte eines Morgens James, als Penko an seiner offenen Tür vorbeiging. „Unser Generaldirektor Mark Fillmen aus Kalifornien kommt nächste Woche uns besuchen. Wir müssen einen guten Eindruck hinterlassen. Alle Maschinen und Vorrichtungen müssen in bestem Zustand sein".

Penko tat sein Bestes, befestigte Maschinen die sich gelockert hatten, ersetzte veraltete Kabel und Schalter, schliff die Werkzeuge. Alles glänzte.

„Gut, sehr gut", sagte der Generaldirektor als er nach der Werkbesichtigung in James Büro saß. „Ich sehe, die Produktion läuft und das Ergebnis lässt sich sehen. Fünfzig Prozent mehr in den letzten drei Monaten. Ist es vielleicht diesen roten Vorrichtungen zu verdanken? Woher kommen die? Ich kann mich nicht erinnern, in der letzten Zeit investiert zu haben".

„Vor drei Monaten habe ich einen jungen Mann angestellt, um die Maschinen zu warten. Einmal sehe ich, wie eine der Arbeiterinnen doppelt so viele Hähne produziert, alle einwandfrei und vor ihr eines dieser roten Geräte. Penko, der neue Mann hat es aus einer alten Drehspindelpresse gebastelt. Dann habe ich ihm etwas Geld aus dem Reparaturbudget gegeben und er hat die restlichen angefertigt".

„Ein gescheiter Mann! Wo ist er, ich möchte ihn gerne kennen lernen".

James ließ ihn rufen.

Penko klopfte leise an die Tür und stand, mit gesenktem Kopf vor dem Generaldirektor. Dieser trug ein modernes Sporthemd mit offenem Kragen, das beige Jackett über die Stuhllehne geworfen.

„Doch nicht so schüchtern, junger Mann, setzten Sie sich". Mark Fillmen zeigte auf den freien Stuhl, „woher kommen Sie, was haben Sie früher alles gemacht"?

Penko erzählte seine Story. Sein Mut und seine Zielstrebigkeit beeindruckten Fillmen. „Dieser junge Mann hat offensichtlich Mut, Talent und Ideenreichtum", dachte er:

„Sie fliegen mit mir nach Kalifornien, ich möchte Ihnen unser Werk dort zeigen, es könnte Ihnen gefallen"

Penko zuckte ein wenig zusammen. Er war noch nie in seinem Leben geflogen. „Welch eine Chance"! dachte er. Um nicht unschlüssig zu wirken, sagte er schnell:

„Ja, ich bin sehr interessiert das Werk zu sehen".

„Übermorgen um zehn hole ich Sie hier ab".

19.

Die Motoren heulten auf, das Flugzeug wackelte und hob ab. Die Häuser wurden immer kleiner, Wolken flogen am Fenster vorbei, langsam ließ die Vibration nach, Penko versank in dem weichen Sessel der ersten Klasse und erst jetzt konnte er sich ein wenig entspannen. Die Stewardess brachte Champagner und er begann seinen ersten Flug zu genießen.

Mark Fillmen war ein fröhlicher, redseliger Mensch. Er sah gut aus für sein Alter. Etwas über sechzig, dunkelblondes Haar, weiße Strähnen, sportliche Figur, große Hornbrille. Noch bevor sie das Flugzeug bestiegen, schlug er vor sich zu duzen. Penko erfuhr einiges über Burlock und warum in dieser Firma nicht investiert wird. Die Armaturen, die dort produziert wurden, waren veraltete Modelle, die nur als Ersatz dienten und die Nachfrage war zunehmend rückläufig. Die Schließung dieser Firma war nur eine Frage der Zeit. Das stimmte Penko traurig. Er dachte an die vielen Arbeiterinnen, die entlassen werden und insbesondere an die Eine… Ihr Antlitz tauchte vor dem Hintergrund der unendlichen Felder Kansas auf, die sie gerade überflogen. Es wurde immer blasser und blasser, bis es vollkommen verschwand.

Mark Fillmen war verheiratet, hatte aber keine Kinder. Er war Vizepräsident von Burlock. Der Hauptsitz der Firma war in Kalifornien. Die Fabrik in Bronx war eine Erbschaft des Vaters seiner Frau und so war auch sie in den Konzern integriert.

Eine schwarze Limousine erwartete sie am Flughafen in San Francisco und brachte sie ins Hyatt Regency, eines der vornehmsten Hotels der Stadt. Nach einem gemeinsamen Drink an der Bar, verabschiedete sich Fillmen. Am nächsten Morgen wartete die Limousine vor dem Hoteleingang und brachte Penko zu Burlock. Die Firma war in zwei flachen Gebäuden untergebracht, getrennt durch einen riesigen Parkplatz. Die voll verglasten Fassaden glänzten in der kalifornischen Sonne. Der Unterschied zur Fabrik in der Bronx war verblüffend. „Das ist hier etwas anderes, etwas ganz anderes", sagte Penko leise zu sich selbst.

Fillmen empfing Penko mit einem breiten Lächeln und zeigte auf dem Sessel gegenüber. Die Sekretärin wartete:

„Möchtest du Kaffee, Tee, Cola, Wasser"?

„Ein Glas Wasser, bitte".

„Hast du gut geschlafen"? fragte Fillmen. „Bedauere, dass ich gestern nicht zum Dinner bleiben konnte, die Küche im Hyatt Regency ist ausgezeichnet, nicht wahr"?

„Ja, das stimmt. Es war alles perfekt, vielen Dank".

„Ich möchte dir zeigen, was wir hier machen". Fillmen stand auf und legte freundschaftlich seinen Arm über Penkos Schulter. „ Burlock ist der größte Hersteller von Beschlägen und Armaturen aller Art. Angefangen von kleinen Schlössern für Schubladen und Kleiderschränken, bis zu hochkomplizierten Tresoren für Banken".

Sie liefen durch riesige Hallen mit gewaltigen Stanzen, die Blechteile aller Dimensionen ausspuckten, mit Pressen neben denen Arbeiter in blauen Kitteln standen und Teile hineinschoben oder herausnahmen. In einer anderen Halle an langen Werkbänken saßen hunderte Arbeiterinnen, die alle möglichen Teile montierten.

„Wir haben hier über viertausend Mitarbeiter", sagte Fillmen. „Der Umsatz lässt sich sehen, aber der Profit ist zu niedrig. Wie du siehst, werden viele Arbeitsgänge von Hand erledigt. Wir müssen arbeitsintensive Prozesse automatisieren und so die Produktivität steigern". Sie passierten einen langen Gang, eine Brücke über den Parkplatz und erreichten das zweite Gebäude. Fillmen öffnete die Tür zu einer großen leeren Halle. „Das könnte dein Reich werden". Fillmen holte aus und mit einer breiten Armbewegung betonte er die Größe des Raumes. „Wir haben ein neuartiges Türschloss entwickelt, das mit einer Magnetkarte bedient wird und viel sicherer ist. Es ist für Hotelzimmer gedacht. Wir erwarten einen sehr großen Markt. Ich möchte es vollautomatisch produzieren. Von dem Blatt Blech bis zum fertigen Gerät. Für diese Aufgabe suche ich den richtigen Mann. Es ist ein ausreichendes Budget vorgesehen und wir haben zwei Jahre Zeit. Wenn du diese Aufgabe übernimmst, kannst du auch Mitarbeiter bekommen, wenn du welche brauchst".

Fillmen hielt inne und schaute Penko an. Dieser stand wie angewurzelt da und konnte es nicht fassen. Er glaubte zu träumen. Dies hier war aber Wirklichkeit. Langsam wandte er sich zu Fillmen:

„Ich weiß nicht, was ich sagen soll, Mr. Fillmen. Sie überschätzen mich. Was ist, wenn ich es nicht schaffe? Wenn ich versage"?

„Dann werden wir beide aufgehängt", scherzte Fillmen und legte seinen linken Arm um Penkos Schulter. Mit der anderen Hand zeigte er an die Decke in die Mitte der Halle. „Genau dort"! Dann drehte er sich zu Penko. „Hab keine Angst, weder wirst du gehängt, noch gefeuert. Ich stehe hinter dir, egal was geschieht! Ich bin aber überzeugt, dass du es schaffst. Du bist nicht von der Sorte, die schnell aufgeben. Du bist ein Kämpfer, du verfolgst hartnäckig deine Ziele, ohne Angst und erreichst sie. Das habe ich aus deinem Lebenslauf erfahren, deshalb habe ich dich für dieses Projekt auserkoren".

Penko schaute verunsichert, dann senkte er den Kopf. Die Aufgabe war gigantisch, aber gleichzeitig eine Herausforderung. „Welche Alternative hatte er? In dem jämmerlichen Nest in Bronx zu bleiben, das bald geschlossen und er arbeitslos werden würde? Nein, das wollte er bestimmt nicht! Elektriker auf einer Baustelle, den ganzen Tag Drähte ziehen und Schalter und Steckdosen schrauben, wie bei Matista, bis die Hände voller Schwielen wären? Das war nicht die beste Alternative"! Er warf nochmals einen Blick in die leere Halle. Vor seinem inneren Auge erschienen Stanzen, Pressen und Roboter, die Teile von einer Maschine auf die nächste brachten, Bohrmaschinen sausten, Schleifbänder zischten… Er hob seinen Blick, sah Fillmen in die Augen und sagte mit entschiedener Stimme:

„Ich werde es tun"!

„Willkommen an Bord"! Die gleichen Worte hatte er vor drei Monaten von James Brown gehört. Fillmens Gesicht strahlte, er war zufrieden. Er streckte Penko die Hand entgegen und drückte sie kräftig.

Noch am selben Nachmittag, nachdem die Formalitäten mit dem Arbeitsvertrag erledigt waren, fuhr Fillmen mit ihm zur Bank, wo er ein Konto eröffnete und eine Bankkarte und eine VISA Kreditkarte bekam. Danach brachte er ihn zu einer Immobilienvermittlung. Penko sah die Bilder in der Auslage und vor seinem inneren Auge tauchte die Zukunft auf, wie ein undeutlicher ferner Ufer im Morgennebel.

Penko fand ein geräumiges Haus mit zwei Stockwerken, Schwimmbad und Doppelgarage in Fremont, einer ruhigen Stadt unweit vom Werk. Unten war die voll eingerichtete Küche, ein großes Wohnzimmer, ein Gästezimmer mit Bad und Toilette. Im oberen Stockwerk gab es vier Zimmer – ein Schlafzimmer, ein Kinderzimmer für Bonny und je eines für Mira und ihn.

20.

Zwei Wochen nach Penkos Anstellung kam auch Mira mit Bonny nach Kalifornien. Sie war überglücklich. In Vergleich zu dem schummerigen „Blue Dolphin" war dies hier das Paradies. Miras wichtigste Aufgabe war, Bonny das Schwimmen beizubringen, denn sonst hätte sie wegen des Pools keine ruhige Minute gehabt. Er war inzwischen drei und flitzte ausgelassen überall umher. Mit seinen Schwimmflügelchen war er aus dem Wasser nicht mehr rauszubekommen. Mit der Zeit hatte Mira mit dem Englischlernen Fortschritte gemacht. Penko und sie hatten Führerscheine bekommen und aus dem Vorschuss auf Penkos Gehalt zwei Autos geliest – einen Van für Mira mit Bonnys Utensilien und einen kleinen Toyota für Penko.

Zwei Monate später trafen sich, Penko und Fillmen auf dem Parkplatz.

„Wo hast du diese Schildkröte gefunden"? lachte Fillmen und zeigte auf den Toyota.

„Wenn das Projekt fertig ist, kaufe ich mir einen Mercedes" antwortete Penko.

„Ich wusste, dass du die richtige Einstellung hast"! klopfte er Penko auf dem Rücken.

Mit verstellbaren Wänden teilte Penko die große Halle in kleineren Räumen für Büros und Werkstätten. Er besorgte einen Computer mit dem Zeichenprogramm „AutoCAD" und studierte es solange, bis er damit zeichnen konnte. Außer mechanischen Teilen enthielt das neue Schloss auch eine Menge Elektronik. Die Zeichnungen, die er von der Konstruktionsabteilung erhielt, waren auf herkömmliche Art auf Papier gezeichnet, mit handschriftlichen Korrekturen versehen und unvollständig. Von der Elektronik gab es nur einen Schaltplan, ohne Erklärungen. Der mitgelieferte Prototyp war klobig und funktionierte nicht richtig. Penko beschloss die Zeichnungen mit dem Computer neu zu erstellen und sie einer automatisierten Fertigung anzupassen. Oft arbeitete er bis spät in die Nacht und am Wochenende.

Eines Abends saß er müde auf seinem Stuhl und schaute aus dem Fenster in die Nacht hinaus. In einem Büro in dem Gebäude gegenüber war noch Licht, darin sah er einen langhaarigen Kopf. Nach kurzer Zeit ging das Licht aus. „ Für mich ist auch Zeit", dachte er, stellte den Computer aus und ging. Auf dem Parkplatz standen nur noch zwei Autos. Gerade hatte er seines erreicht, als eine Frau lächelnd an ihn vorbei lief.

„Zeit ins Bett zu gehen" rief er ihr zu. Sie blieb stehen und schaute ihn an.

„Ja, aber jeder in seines"! erwiderte sie. Er überging ihre Bemerkung.

„Zahlt man Ihnen die Überstunden?

„Und Ihnen"?

„Ich habe ein großes Projekt, das ich fristgerecht beenden muss. Für mich ist es eine Frage der Ehre. Keiner sagt mir, wann und wie lange ich arbeiten soll, aber ich möchte alles so schnell wie möglich erledigen".

„Damit sie ein neues Projekt bekommen und noch eines an dem sie wieder Tag und Nacht schuften, bis sie eines Tages merken, dass das Leben vergangen ist. Eine zweite Chance gibt es nicht"!

Es gab viel Wahrheit in den Worten dieser jungen Frau. Ihre Blicke trafen sich. Lange, dunkle Haare fassten ihr ovales Gesicht ein. Ihre hellen Augen glänzten in den flackernden Lichtern der fernen Lampen.

„Warum arbeiten denn Sie so lange"?

„Das Leben ist hart. Manchmal gibt es unaufschiebbare Dinge. Sie haben einen eigenartigen Akzent, woher stammen Sie"?

„Aus einem kleinen Land, genannt Bulgarien. Wahrscheinlich kennen sie es nicht".

„Ich glaube ich habe davon gehört, ist es nicht in Afrika"? Sie sah Penko an und korrigierte sich gleich. „Sie sind aber nicht farbig. Das kann nicht sein".

Penko erweiterte ihre geografischen Kenntnisse, dann gab ihr die Hand: „Ich heiße Penko"

„Marlis Chalsen, sehr angenehm".

"Gute Nacht, Marlis! Wenn wir uns am einem anderen Abend treffen, werde ich Ihnen mehr über Bulgarien erzählen". Mit einem Lächeln öffnete er die Tür seines Wagens.

„Gute Nacht, Penko. Ja, sehr gern"!

Die Arbeit an dem Projekt ging nur langsam voran. Der Prototyp, den Penko zusammen mit den Zeichnungen bekam, funktionierte nicht. Außerdem waren die Teile, aus denen er bestand zu kompliziert und schwer zu fertigen. Penko schlug Fillmen vor, das Schloss neu zu konstruieren, stieß aber auf Ablehnung: „Die Entwicklungsabteilung wüsste was sie tut und es wäre nicht Penkos Aufgabe das Schloss neu zu entwickeln, sondern Vorrichtungen zu konstruieren und Maschinen zu besorgen, um das Schloss automatisch zu fertigen". Penko war enttäuscht. Er überließ die Instandsetzung des Prototyps einem Ingenieur und einem Techniker, die Fillmen als Unterstützung für Penko angestellt hatte und kümmerte sich fortan um die Automatisierung. Um die vielen Blechteile zu stanzen, war eine große Anzahl teurer Matrizen notwendig, die sich schnell abnutzten. Es gab Laser, die Blech schneiden konnten, die aber programmiert werden mussten. Penko dachte an Wlado, mit dem er in Italien zusammengearbeitet hatte. Wlado hatte Elektronik studiert und in einem Institut für Kybernetik gearbeitet. Penko fand seine Adresse in Chicago und rief ihn an. Wlado arbeitete immer noch als Verkäufer in dem Computergeschäft, in dem er angefangen hatte, war aber nicht besonders zufrieden mit diesem Job. Er war nicht verheiratet und hatte keine feste Beziehung, was eine Abwerbung erleichterte. Nach einem Monat erschien Wlado in Burlock. Penko brachte ihn in seinem Gästezimmer unter. Die Idee zusammen zu arbeiten begeisterte beide und gab dem Projekt einen neuen Impuls. Im nächsten halben Jahr entwickelten sie ein System, das erlaubte, alle Blechteile des Schlosses aus einem einzigen Blatt Blech auszuschneiden. Das Stanzen und die Anfertigung teurer Matrizen entfielen. Für Änderungen an den Teilen brauchte man es nur umzuprogrammieren. Viele der Teile mussten auch gebogen werden. Penko besorgte einige kleine Pressen und ein Transportband. Auch eine Extrudier Maschine für Plastikteile wurde installiert. Für die Montage benötigte man Roboter, aber passende gab es nicht zu kaufen. Die auf dem Markt angebotenen waren zu simpel und hatten nur einen Arm. Penko brauchte einen Roboter mit zwei „Armen" und er beschloss ihn, mit der Hilfe von Wlado, selbst zu entwickeln.

An einem warmen Sommerabend, nach der Arbeit, trafen Penko und Wlado Marlis auf dem Parkplatz. Keiner hatte zum Abend gegessen und so beschlossen sie ein Restaurant in der Nähe aufzusuchen. Marlis erwies sich als gute Unterhalterin und Wlado wendete sein Blick nicht von ihr ab. Bei ihrem ersten Treffen, vor mehr als sechs Monaten, hatte Penko sie begehrt, merkte aber jetzt, dass Wlado noch mehr an Marlis interessiert war. Sie war in einer kleinen Stadt in Illinois, unweit von Chicago aufgewachsen und sie fanden bald gemeinsame Gesprächsthemen. Penko dachte über Details des Projektes nach und mischte sich nicht in die Unterhaltung ein. Auf dem Nachhauseweg gestand Wlado Penko, dass er Marlis sehr mochte.

Bonny war schon vier und ging in Kindergarten. Mira hatte die Sprache in Abendkursen gut gelernt und fand schnell einen Job in einem Schuhgeschäft. Eine ihrer Kundinnen war Bulgarin. Sie berichtete über ein Café, das von vielen bulgarischen Emigranten besucht wird.

21.

Das Café „Free Europe" war voll und laut wie immer. Bulgarische Volksmusik aus den Lautsprechern übertönte das Scheppern der Backgammonwürfel und das Klatschen der Spielkarten. Außer bulgarischem Wein und Rakija, gab es auch nationale Speisen und Produkte. Das Café war Anziehungspunkt für Emigranten aus der ganzen Gegend. Als Mira, Wlado und Penko hereintraten, empfing sie die Wirtin Cenka mit freundlichem Lächeln und führte sie zu einem großen Tisch, an dem schon zwei Männer mittleren Alters saßen und sich leise unterhielten. Sie stellten sich als Ognjan und Boris vor. Ognjan war Fliesenleger, Boris hatte eine Autoreparatur Werkstatt, in der er alles selbst machte. Seine Frau half ihm mit dem Papierkram. Penko stellte sich mit einer Visitenkarte vor. Später schlossen sich ihnen noch einige Männer mit Frauen aus verschiedenen Nationen an. Die Gespräche drehten sich um Erlebnisse und Probleme in der Heimat. Sein Onkel hatte Wlado gewarnt, sich niemandem anzuvertrauen, den er nicht gut kannte und er hatte es Mira und Penko übermittelt. „Kalifornien ist voll bulgarischer Spione" hatte er gesagt, „die über jeden Informationen sammeln".

Der Abend war lustig, der Wein floss, die Appetithäppchen gingen schnell weg. Ein Witz folgte dem anderen und erzielte lautes Gelächter. Witze erzählen war nicht Penkos Stärke und er hielt sich damit zurück. Er war aber froh, Landsleute kennengelernt zu haben.

Einer der Neuankömmlinge war Rumen Dragiev. Er hatte Elektrotechnik studiert und arbeitete jetzt in „Fairchild", einer Firma, die Mikrochips herstellte. Für Penko könnte er eine gute Beziehung sein. Sie tauschten Visitenkarten aus und vereinbarten, sich wieder zu treffen.

Die Party ging bis tief in der Nacht. Jemand hatte eine Kamera herausgeholt und machte Fotos. Alle drei gingen gutgelaunt nach Hause. Keiner ahnte, wie schicksalhaft sich dieser Abend später erweisen sollte.

22.

Wie an jedem Arbeitstag, pünktlich um acht in der Früh, betrat Major Klement Hadzhikov sein Büro, im vierten Stock des riesigen Gebäudes der bulgarischen Staatsicherheit. Er war in bester Laune, hatte gut geschlafen und gefrühstückt. Die Akten der aus Bulgarien geflüchteten waren in letzter Zeit weniger geworden. Ob es an der strengeren Bewachung der Grenzen oder an der etwas gelockerten Ausreisepolitik lag, war nicht ganz klar festzustellen. Major Hadzhikov erwartete einen ruhigen Tag. Er setzte sich an seinem Schreibtisch, zündete sich eine Zigarette an und blies drei Ringe in die Luft. Erst jetzt bemerkte er die frisch beschriftete Mappe.

Mit großen, schwarzen Buchstaben stand „Penko Penev" drauf. Hadzhikov öffnete sie. Das oberste Blatt war ein Fax mit einem verwackelten Foto von Mira und Penko in Gesellschaft anderer Leute. Darunter stand „Im Café Free Europe" und eine Kopie von Penkos Visitenkarte mit seinen Dienst- und Privatadressen war abgebildet. Die anderen Seiten der Akte waren alt. Auf diesen war seine zweifache Flucht beschrieben, die Leute die ihm geholfen hatten, eine Liste aller seiner Freunde und Bekannten, die Adresse von Dr. Tomov, der Penkos Mutter, Mara Penev, nach Sofia geholt um ihre, bei dem Verhör zerbrochenen Knochen, zu operieren. Ein anderes Blatt enthielt das Protokoll des Verhörs von Penkos Eltern. Darin stand, dass Mara Penev während des Verhörs verletzt worden war. Das letzte Blatt beschrieb, wie Penko das Lager in Italien oft verlassen und für eine italienische Firma gearbeitet hatte. Dann verlor sich seine Spur.

Major Hadzhikov war zufrieden. Ognjan hatte gute Arbeit geleistet. Er nahm den Federhalter und schrieb eine Anweisung in die obere rechte Ecke: „Weiter Beobachten"!

Zum Unterschied von vielen seiner Kollegen, war Major Hadzhikov ein gebildeter Mensch. Bei der kommunistischen Machtübernahme am 9. September 1944 war er Schüler im Gymnasium. Seine Eltern waren aktive Helfer der Partisanen und er war überzeugter Kommunist. Nach dem Gymnasium studierte er Jura und wurde aktives Mitglied der kommunistischen Jugendorganisation. Er wurde ausgezeichnet als erfolgreicher Verfolger von „Feindlichen Elementen". Mancher frei denkender Student wurde aufgrund seiner Berichte in eines der neugeschaffenen Arbeitslager verbannt. Die Staatsicherheit schätzte seine Fähigkeiten und förderte seine Karriere.

Nach Abschluss des Studiums wurde er Assistent an der Universität und berichtete über „unzuverlässige Studenten". Während des Ungarischen Aufstands 1956 traf er seinen Professor, einen überzeugten Altkommunisten. Unter seinem Einfluss änderte sich seine Weltanschauung und seine Augen wurden geöffnet. Er verstand, dass die Sowjetunion ein Imperium ist, dass die Weltvorherrschaft anstrebt und dass die sozialistischen Länder, ihre gehorsamen Vasallen sind. Der Prager Frühling erschütterte noch mehr seine politische Überzeugung. Er bewunderte ins geheimen den Mut von Dubcek und musste sich vorsehen, sich mit seinen Ansichten nicht zu verraten. Sein Posten, in dem er zuständig für politische Emigranten war, spaltete seine Persönlichkeit. Einerseits gab es bei ihm die Treue zur kommunistischen Partei, andererseits, in seinem Inneren sympathisierte er mit jenen, die ihre Heimat, Eltern und Freunde verlassen mussten um in Freiheit zu leben.

Hadzhikov blätterte erneut in den Seiten. „Verletzt während des Verhörs" war kurz im Verhörprotokoll von Penkos Eltern vermerkt. Was für eine „Verletzung", fragte er sich und blätterte zurück. „Dr. Tomov hat die Mutter operiert". Sein detektivischer Sinn wurde geweckt. Was war das für eine „Verletzung", die operiert werden musste und ein Chirurg aus Sofia damit beauftragt wurde? Er ging wieder alle Seiten durch, fand aber nichts, außer den Namen des Untersuchungsbeamten unter dem Verhörprotokoll: Leutnant Veselinov.

Hadzhikov ging in den Nebenraum, wo seine Sekretärin saß. Sie legte auf seine Anweisung ein Blatt mit dem Logo der Staatssicherheit in die Maschine und schrieb.

„An Leutnant Veselinov
Abteilung Untersuchung
Gemeinde Vidin

Betreff: Verhör des Ehepaares Mara und Dimo Penev, im Dorf Goritschevo

Genosse Veselinov!

Bitte um Darstellung der näheren Umstände, die zu der Verletzung Mara Penevs geführt haben und in welchen Umfang diese waren, welche Körperteile wurden in Mitleidenschaft gezogen und in welchem Grade?

Unterschrift:

Major Klement Hadzhikov"

23.

Fast ein Jahr war vergangen seit Penko angefangen hatte an dem Projekt zu arbeiten. Die automatische Fertigung des Schlosses war noch weit entfernt. Fillmen kam von Zeit zu Zeit in die Abteilung, um sich von dem Fortschritt des Projektes zu informieren. Zuerst war er vom Laser und seiner Funktion beeindruckt. Seitdem war aber ein halbes Jahr vergangen und große Fortschritte sah er nicht. Die große Halle stand noch immer zu dreiviertel leer. Penko erklärte ihm, dass er Roboter mit zwei „Armen" brauche, um die Aufgabe zu erfüllen. Dass es solche auf dem Markt nicht gäbe und er einen selbst entwickeln möchte. Fillmen war deshalb besorgt, dass dadurch das Projekt nicht rechtzeitig abgeschlossen werden könne.

„Wie lange brauchst du noch, um das erste Schloss zu produzieren"? fragte er mit strenger Stimme. Es war nicht der freundliche Ton, den Penko kannte. „Ein Jahr ist schon vergangen und ich sehe nichts als Zeichnungen. Wenn das Projekt nicht bald abgeschlossen wird, fliegen wir beide raus"!

„Bedauere Mr. Fillmen, wir arbeiten bis zu vierzehn Stunden am Tag und manchmal auch am Wochenende, aber die Dinge gehen nicht so schnell. Wenn wir traditionelle Technik verwenden, werden wir mehrere separate Roboter benötigen und sie zu synchronisieren, wird uns zusätzliche Probleme schaffen. Die Zeit, die wir in der Entwicklung eines eigenen Roboters stecken, werden wir mehrfach in der Produktion einsparen".

„Neuentwicklungen sind immer mit Risiken verbunden, man kann nie voraussagen, wie lange es dauert bis das Produkt einwandfrei funktioniert. Ich denke, es ist besser sich traditioneller Technik zu bedienen".

„Wir werden das ins Auge fassen. Wir werden einige dieser Roboter besorgen und versuchen sie zu synchronisieren".

„Wie viel Zeit brauchst du noch"? wiederholte Fillmen. „Die Werksleitung ist ungeduldig. Wir wissen, dass auch andere Firmen an ähnlichen Schlössern arbeiten. Wenn wir auf der nächsten Messe im Oktober das Schloss nicht zeigen können, sind wir vom Markt! Out of Business"!

„Als Sie mich mit diesem Projekt beauftragt haben, gaben Sie mir zwei Jahre Zeit. Ich hoffe, wir schaffen es bis Oktober".

„Wenn bis Ende September diese Abteilung keine Schlösser ausspuckt, sind wir beide gefeuert. Ab sofort möchte ich wöchentliche Berichte über den Fortschritt des Projektes sehen"!

Fillmen verließ den Raum, ohne sich umzudrehen. Penko war verstört. Er hatte alle seine Kräfte eingesetzt. Nächtelang hatte er kein Auge zugemacht. Verschiedene Lösungen überlegt und wieder verworfen und immer wieder von neuem begonnen. Solange Wlado bei ihm wohnte, blieben sie noch lange nach dem Abendessen zusammensitzen um Problemen zu diskutieren. Mira hatte sich mit dem Fernseher getröstet. Sie schlief schon lange als Penko zu Bett ging.

Ende des Jahres, vor Weihnachten war Wlado mit Marlis zusammengezogen und sie hatten sich einen eigenen Haushalt eingerichtet. Für Mira war es eine Erleichterung. Penko aber verlor seinen wertvollen Gesprächspartner und blieb nun länger im Werk. Der Zeitdruck lastete auf seinen Schultern.

Mit der Entwicklung seines eigenen Roboters war Fillmen nicht einverstanden, deshalb beschloss Penko die Entwicklung zu Hause fortzusetzen. Er verwandelte seine Garage in eine Werkstatt, und arbeitete dort am Wochenende. Manchmal kamen Wlado und Marlis zu Besuch. Wlado, der sich mit der Elektronik und der Programmierung beschäftigte half Penko. Marlis half Mira im Haushalt und kümmerte sich um Bonny, wenn dieser nicht bei seinem Vater in der Werkstatt war. Die Technik interessierte ihn mehr als das Spielzeug. Trotzt der permanenten Zeitnot, antwortete Penko ausführlich auf Bonnys Fragen und erklärte ihm, was er gerade machte.

Mira mochte ihre Arbeit im Schuhgeschäft und setzte sich sehr ein. Ihre Chefin, eine sympathische Witwe, Mitte Vierzig schätzte sie und nach kurzer Zeit wurden sie Freundinnen. Mira war stets nett und zuvorkommend zu den Kunden, beriet sie ehrlich und brachte unermüdlich neue Modelle und Größen bis alles perfekt passte. Sie ordnete die Ware und notierte sorgfältig was bestellt werden sollte. Langsam verstand sie immer mehr von der

Buchführung, die sich nur wenig von der bulgarische unterschied. Ihre liebenswürdige Art zog die Kundschaft an und das Geschäft florierte.

Eines Morgens empfing sie die Chefin mit einem besonderen Lächeln:

„Hi Mira, wie geht es dir? Ich möchte dich etwas fragen". Sie legte ihren Arm um Miras Schulter und führte sie hinter der Kasse. „Seitdem mein Mann vor drei Jahren verstorben ist, habe ich mich von diesem Laden nicht getrennt. Jetzt sehe ich, dass ich eine würdige Vertretung habe und mir den Luxus leisten könnte für zwei Wochen zu verreisen. Ich bin sicher, dass du das Geschäft auch alleine führen kannst"!

Mira sah sie an. Sie strahlte. Bis dato arbeitete Mira nur einen halben Tag. Sie brachte in der Früh Bonny in den Kindergarten und holte ihn mittags ab. Jetzt müsste sie den ganzen Tag arbeiten. Sie wusste nicht, was sie antworten sollte, sie wollte ihre Chefin nicht kränken.

„Gerne würde ich den Laden führen und glaube, dass ich es schaffe, aber ich habe ein Problem".

„Ja, ich weiß. Daran habe ich auch gedacht. Die Tochter einer Cousine studiert in Berkeley und wohnt in San Leandro. Das ist nicht weit von Fremont. Jetzt hat sie Ferien und sie ist einverstanden als Babysitter zu euch zu kommen. Die Bezahlung werde ich übernehmen".

„Du bist wunderbar, du hast an allem gedacht. Ich freue mich, dass ich dir helfen kann. Ich bin sicher, dass wir in diesen zwei Wochen nicht Pleite gehen werden".

Die Chefin lachte und umarmte Mira wieder.

„Du bist ein Schatz"!

Als am Nachmittag Mira mit Bonny nach Hause kam, wartete eine junge Frau im Sportanzug und Turnschuhe vor der Tür.

„Ich heiße Mira. Ich freue mich dich kennen zu lernen. Möchtest du dich wirklich um diesen Bengel kümmern"?

Bonny war aus dem Auto ausgestiegen, hielt sich an Miras Hand fest und betrachtete neugierig die Studentin.

„Oh, ich bezweifle nicht, dass wir Freunde werden". Linda kniete sich zu Bonny nieder und gab ihm die Hand. „Ich heiße Linda und wie heißt du"?

Bonny versuchte schüchtern sich hinter seiner Mutter zu verstecken, sie schob ihn nach vorn.

„Sag mal deinen Namen"!

Bonny überwand seine Schüchternheit und gab Linda die Hand:

„Bonny", sagte er leise.

Mira führte Linda ins Haus, bot ihr Kaffee an und erklärte ihr die wichtigsten Dinge im Haushalt. Beide Frauen fanden schnell gemeinsame Gesprächsthemen. Linda gewann schnell die Zuneigung von Bonny und blieb als Babysitter auch nach den Ferien von Miras Chefin.

24.

Das Dorf Raduschevo schlief noch, als eindringliches Klopfen die Hristovs weckte. Toni fuhr aus dem Schlaf auf. Unbekannte Männerstimmen hallten durch das Haus.

„Sie suchen Dich"! Sein Vater hatte seinen Kopf durch die Türspalte gesteckt. „Los, zieh dich an! Sie sagten, du sollst Rasierzeug mitnehmen und Unterwäsche zum Wechseln. Wahrscheinlich ist es wieder wegen dieses Halunken Penko. Bleib aber ruhig! Wir können nichts dafür, dass er von unserem Hof abgehauen ist".

Aus dem Schlaf zu sich gekommen ging Toni ins Bad. „Was wollen sie wieder von mir"? dachte er. „Seit Penkos Flucht waren fast drei Jahre vergangen. Die letzte Nachricht von ihm war von vor zwei Jahren. Eine Postkarte aus Amerika, adressiert an Dinko den „Spatz", der zur selben Zeit in Sofia studierte. Dinko zeigte sie Toni, als er in den Ferien nach Hause gekommen war. Der Text war kurz: „Uns geht's gut, Grüße an alle. P,M und B"."

Das Leben in den Dörfern hatte sich in den letzten Jahren nicht verändert und Ereignisse wurden sofort überall bekannt. In Goritschevo wussten alle Bescheid über das Schicksal von Mara und Dimo Penev. Eine Woche nach der Folterung, nahm Dimo Penev seine Arbeit im Schweinestall wieder auf. Mara Penev blieb im Bett. Neben der Arbeit im Schweinestall musste er auch Mara pflegen. Die Gelenke die gebrochen wurden, taten ihr bei jeder Bewegung schrecklich weh. Sie war nicht in der Lage alleine zu essen oder sich zu waschen. Eines Tages kam ein Krankenwagen aus Sofia und sie wurde auf einer Trage mitgenommen. Mehr hatte keiner erfahren.

Die frühen Besucher waren zwei – einer in Uniform, der andere in Zivil. Diesmal verzichteten sie auf die Handschellen. In dem Zivilgekleideten erkannte Toni den Untersuchungsbeamten, der ihm einmal fast das Ohr abgerissen hatte.

Ein Wagen brachte Toni direkt in das Gefängnis von Vidin. In der Zelle saß schon ein „Mitbewohner", ein dunkelhäutiger Zigeuner, mit fetten schwarzen Haaren. Er war zwischen fünfundzwanzig und dreißig Jahre alt, trug ein altes, viel zu großes Jackett, das wie ein Sack an ihm herunter hing, darunter ein Hemd von undefinierbarer Farbe und eine Hose, die mit einem Seil um die Taille befestigt war.

Kaum war Toni eingetreten, fing der Zigeuner an, auf ihm einzureden. Erzählte mit allen Einzelheiten wie er wegen Diebstahl sozialistischer Eigentums festgenommen wurde.

„Wie sollst du sie, Bruder, nicht nehmen? Sie lacht dich an, als ob sie sagen wollte „nimm mich", die Schachtel, meine ich, die mit den Wasserhähnen. Sie waren neu, glänzend und die Schachtel war in einer fremden Sprache beschriftet, Europäisch, aus dem Westen. Auf dem Flohmarkt kriege ich mindestens zwanzig Lewa pro Stück, dachte ich. Gerade habe ich sie gepackt, kam aus dem Nichts ein Wächter, lief mir nach und schrie „Miliz, Miliz"! Die Schachtel war schwer, ich konnte nicht schnell laufen und um die Ecke kamen zwei Milizionäre mit gezogenen Pistolen. Hab die Schachtel fallen lassen und die Hände gehoben. Woher sollte ich wissen, dass dieses Haus für die Milizchefs gebaut wird. Und du, warum bist du hier? Was hast du verbockt? Du siehst nicht aus wie ein Dieb oder Räuber. Wie heißt du"?

Toni betrachtete seinen Mitbewohner von oben bis unten. Er hatte keine Lust, sich mit diesem Schwätzer zu unterhalten. Was interessierten ihn seine Geschichten? Dann überlegte er aber, dass er möglicherweise noch einige Zeit seine Anwesenheit ertragen müsste und antwortete ihm.

„Ich heiße Toni, und du"?

„Hasan. Warum bist du hier"? fragte er wieder neugierig.

„Ich weiß nicht genau. Ein Freund floh von unserem Hof. Wir wohnen direkt an der Grenze".

„Du hast ihm sicher geholfen, wie kommt er sonst auf euren Hof"? kombinierte Hasan schnell.

„Ich weiß nicht, wie er hereingekommen ist. Es reicht mir, dass ich deswegen hier bin und wahrscheinlich verhört werde".

„Oh, das ist sicher. Überleg dir gut, was du sagst. Hier prügeln sie kräftig. Ist möglich, dass sie dir die Knochen brechen oder die Zähne ausschlagen. Sie fackeln nicht lange".

Toni schwieg. Er dachte an die Folter von Penkos Eltern. Er ordnete seine spärliche Habe, legte sich auf die Pritsche und starrte an die Decke. Eine Glühbirne, bedeckt mit Fliegenkot, hing an einem geflochtenen Draht. Aus dem vergitterten Fenster kam spärliches Licht herein. Seine Gedanken gingen Jahre zurück. Er sah Penko, wie er das kleine aufblasbare Boot in das eisige Wasser schob. Seitdem hatte er nichts von ihm gehört, bis auf den Gruß, den ihm Dinko der „Spatz" übergab. Hasan hörte nicht auf zu quasseln, Toni hörte ihm nicht mehr zu und langsam schlummerte er ein.

„Hristov"! rief jemand und Toni schreckte auf. Der Untersuchungsbeamte, war in die Zelle eingetreten mit einem Stoß Papier und einem Kugelschreiber in der Hand. Er warf das Papier auf den Tisch: „Schreib"!

„Was soll ich schreiben", fragte Toni naiv.

„Frag nicht so dumm, sonst ziehe ich dich wieder am Ohr! Alles, was du über deinen Freund weißt. Wie ihr euch kennen gelernt habt, was ihr gemeinsam gemacht habt, worüber ihr gesprochen habt, wie lange er seine Flucht geplant hat, wie er geflüchtet ist… Alles! Wenn das Papier nicht reicht, ruf nach der Wache!

„Aber, ich habe das letzte Mal alles geschrieben"!

„Es spielt keine Rolle, du schreibst es noch einmal! Der Staatsanwalt verlangt es"!

Toni sah den Haufen Papier. Es wurde nicht gespart, es waren über hundert Blatt. Seit dem letzten Verhör, hatte er nichts mehr geschrieben. Er setzte sich auf den Stuhl und dachte nach. Es gab keinen Ausweg. Bis er diese Seiten nicht vollgeschrieben hat, wird er aus diesem Keller nicht herauskommen.

„Gut, dass du schreiben kannst", meldete sich Hasan. „Ich kann's nicht und deshalb hatt' ich damit kein Problem".

„Sei still und stör mich nicht! Denk nicht, dass es mir leicht fällt"! fuhr Toni ihn an und Hasan schwieg.

Es war dunkel geworden und Toni stand auf, um das Licht anzumachen. Der Stapel lag immer noch vor ihm und wurde nicht kleiner. Er schrieb weiter, aber die Müdigkeit übermannte ihn und sein Kopf fiel auf das Papier.

Langsam fing der vollgeschriebene Haufen an zu wachsen und zu wachsen, erreichte fast die Decke. Eine riesige Säule entstand, neigte sich über ihn. Oben drauf der Untersuchungsbeamte mit einem Federhalter in der Hand. Es war aber kein Federhalter, es war eine Pistole, sogar eine Maschinenpistole. Die Säule bog sich und verschüttete Toni. „Aua"! Er erwachte. Er war auf dem Papier eingeschlafen. Die Glühbirne in der Zelle spendete schwaches Licht, Hasan schnarchte leise.

„Morgen ist auch ein Tag", beschloss Toni und legte sich auf die Pritsche.

25.

Mit leichtem Schritt, ein Liedchen vor sich hin trällernd betrat Veselinov, in bester Laune, sein Büro. Die gestrige Theatervorstellung hatte er genossen. Seinen Hochzeittag hatte er natürlich vergessen gehabt, seine Frau jedoch hatte Karten besorgt und ihn so dezent daran erinnert. Anschließend lud er sie ein in das beste Restaurant der Stadt. Das Essen war vorzüglich und nach einer Flasche Mavrud und einigen Schnäpsen gingen sie glücklich ins Bett.

Plötzlich war die gute Laune zu Ende. Auf dem Schreibtisch lag ein Brief mit dem Logo der Staatssicherheit. Dieses Logo erzeugte bei jedem Bulgaren, unabhängig vom Rang und gesellschaftlicher Position, ein mulmiges Gefühl. In der oberen rechten Ecke stand in Rot geschrieben: „Bericht erforderlich"!

Mit zitternder Hand las Veselinov den Brief. Vor seinen Augen tauchten die blutüberströmten Körper der älteren Leute auf, grausam gefoltert von jener Bestie. „Warum habe ich ihn damals mitgenommen? Ich wusste ja, dass er nur ein Vogelhirn hat und keine Kontrolle über seine Kräfte. Als ob ich nicht auch alleine zurechtgekommen wäre? Was wollte ich eigentlich von diesen Schweinezüchtern erfahren? Dass sie ihren Sohn angestiftet hatten abzuhauen? Quatsch! Das sie ihm geholfen haben? Ja, sie haben ihn versteckt, aber welche Mutter wird ihren Sohn verraten, der gekommen ist um sein Kind zu holen? Das alles hätte protokolliert werden können, als Ergebnis des Verhörs, ohne diese widerliche, peinliche Folter. Reue?! Wer braucht sie? Sich rechtfertigen, Folter als Abschreckung. Ja das ist es"!

Veselinov nahm den Brief und las ihn aufmerksam wieder. Seit er Goritschevo damals verlassen hatte, hatte er nichts mehr über die Gefolterten gehört. „Wann war es? Vor ziemlich langer Zeit", dachte er und schaute auf den hohen Schrank an der Wand, voll mit dicken Ordnern. „Irgendwo dort ist das Verhörprotokoll. Aber wo"? Die Ordner waren nach Jahren sortiert. Auf einmal fiel ihm ein: „Unten ist doch der, den ich gestern verhaftet habe, der Freund des Flüchtlings. Der muss es wissen"!

„Stefko"! rief er den Milizionär, der unter dem Schatten der Kastanie im Hof duselte. „Bring mir den Typ, den wir gestern aus Raduschevo gebracht haben"

Stefko sprang, wie von einer Tarantel gestochen auf, grüßte militärisch, bemerkte dabei, dass seine Schirmmütze fehlte und entdeckte sie unter der Bank. Er bückte sich schnell, stülpte sie ungeschickt auf den Kopf und grüßte wieder.

„Sofort, Genosse Kapitän"!

Veselinov lächelte. Die Anrede „Kapitän" schmeichelte ihm. Er war immer noch Leutnant, erwartete jedoch in Kürze seine Beförderung.

Der Milizionär stieß Toni, der den Stapel Papiere mit sich trug, rüde durch die Tür, grüßte militärisch und verzog sich. Veselinov wies auf den Stuhl vor sich. Toni setzte sich und legte vorsichtig die beschriebenen Blätter auf den Schreibtisch. In der Zelle hatte er versucht, sich genau zu erinnern, was er vor drei Jahren geschrieben hatte. Er wusste, dass die Untersuchungsbeamten, um die Wahrheit herauszufinden, die Beschuldigten ihre Aussagen mehrere Male, mit Zeitabständen dazwischen aufschreiben lassen, um Widersprüche zu erkennen. Er vermutete, dass das der Grund für seine wiederholte Verhaftung war.

Veselinov nahm die Blätter, versuchte zu lesen, aber die gekritzelte Handschrift machte ihm Mühe. Er schmiss die Blätter vor Toni hin:

„Warum schreibst du kein Datum? Hast du in der Schule nicht gelernt, dass man immer oben das Datum hin schreibt? Und was sind das für Hieroglyphen? Du schreibst alles noch einmal, sauber und leserlich! In Druckbuchstaben! Papier hast du genug und Zeit auch". Er wartete, bis Toni die Papiere gesammelt hatte und setzte in milderem Ton fort:

„Wann habe ich dich das letzte Mal verhört"?

„1973, im Sommer".

„Was ist eigentlich mit den Eltern deines Freundes passiert"?

„Ich habe nur gehört, dass seine Mutter schwer verletzt war, aber man hat sie in ein Krankenhaus nach Sofia gebracht und dort haben sie sie einigermaßen wieder hergestellt. Mehr weiß ich nicht"

Veselinov öffnete die Tür eine Spalte breit:

„Stefko, komm, bring ihn zurück"!

Allein zurückgeblieben, nahm der Untersuchungsbeamte den Ordner 1973 aus dem Schrank und fand das Protokoll. „Mara Penev verletzt bei einem Unfall". Er las den Brief drei Mal. Major Hadzhikov wollte offensichtlich alles erfahren. Es war nicht einfach sich auszureden, die Staatssicherheit verstand keinen Spaß. „Er hat bestimmt auch mit dem Arzt gesprochen", dachte er, ging zur Tür und rief die Sekretärin:

„Margi, komm mit der Schreibmaschine".

Er müsste antworten. Seine Beförderung hing an einem seidenen Faden, der jetzt besonders dünn geworden war. Er vermutete, dass dieser Major alles wusste und beschloss die Schuld auf jenen sadistischen Taugenichts abzuwälzen, den er so leicht feuern und loswerden könnte. Er fing an zu diktieren:

„An Genosse Major Hadzhikov…. „

Die alte Schreibmaschine fing an zu rattern unter den geschickten Fingern der Sekretärin.

26.

Der Oktober näherte sich, aber die Automatisierung war immer noch nicht fertig. Die gekauften Roboter konnten einige Operationen erledigen, bei weitem aber nicht alle. Penko beschloss, bei der Produktion der ersten Schlösser die übrigen Arbeitsgänge manuell zu erledigen.

Einmal beim Abendessen gab Marlis Penko den Rat, seinen Roboter nicht bei Burlock zu entwickeln und patentieren zu lassen, sonst blieben die Patente und die Rechte bei der Firma. Penko wollte, dass der Roboter sein Eigentum bliebe und setzte die weitere Entwicklung in seiner Garage fort.

Auf der Messe in San Mateo im Oktober lag das Interesse an Burlocks Schloss unter den Erwartungen. Es gab starke Konkurrenz. Eine Woche danach rief Fillmen Penko in sein Büro. Es war das erste Mal seit seiner Anstellung. Gewöhnlich kam Fillmen in Penkos Raum und erkundigte sich über den Fortschritt des Projektes. Jetzt bot er ihm den Stuhl gegenüber an und die Sekretärin brachte ein Tablett mit zwei Tassen Kaffee. Das Meeting hatte offiziellen Charakter.

„Es sieht nicht gut aus" fing Fillmen an. „Von der Messe haben wir nur einige wenige Anfragen und zwar nur für Bemusterung. Die Hoteliers möchten die verschiedenen Modelle testen und die Preise vergleichen. Für sie ist es eine Investition, die sich nur langsam auszahlt. Wir brauchen Referenzen von zufriedenen Kunden und wir müssen vor allem ihre Wünsche kennen. Unsere Handelsvertreter sammeln solche Informationen, können aber nicht beurteilen, welche Änderungen möglich und nicht sehr kostspielig sind. Deswegen möchte ich dich mit dieser Aufgabe beauftragen. Rick ist unser bester Handelsvertreter, er wird dich begleiten. Ihr besucht die Kunden, die auf der Messe Interesse gezeigt haben zusammen mit einem Techniker, der einige Schlösser installieren wird. Rick wird den Direktor, aber auch die Zimmermädchen befragen, wie sie die neuen Schlösser finden. Du musst genau aufpassen, was ihnen gefällt und was nicht und wirst Änderungen vorschlagen und diskutieren. So werden wir Erfahrung sammeln und unser Schloss besser machen können als die Konkurrenz"

Am nächsten Tag fuhren sie nach San Francisco. Das Hotel war in einem alten, dreistöckigen Gebäude aus dem neunzehnten Jahrhundert untergebracht. Als ehemaliges Haus eines reichen Händlers hatte es das große Feuer von 1906 überlebt. Der neue Besitzer hatte dreißig Zimmer eingerichtet, zehn in jedem Stockwerk. Der Direktor war ein junger Mann, der das Hotel geerbt hatte. Er hatte keine Lust, wie sein Vater in jeder Nacht zu wachen, um die Zimmerschlüssel, die mit einem schweren Anhänger versehen waren, den spätheimkommenden Gästen auszuhändigen. Das neue Schloss, auf der Messe in San Mateo gezeigt, hatte seine Aufmerksamkeit angezogen. Der Hotelier hatte das Angebot, zehn dieser Schlösser gratis zur Probe eingebaut zu bekommen, gerne angenommen. Er bot ihnen Kaffee an. Danach ging der Techniker in den ersten Stock, wo die Schlösser eingebaut werden sollten. Penko und Rick blieben im Foyer.

Zwei Männer in grauen Gabardin Anzügen, die die Treppe herunterkamen, fielen Penko auf. Sie sprachen seine Muttersprache.

„Ich muss noch Damenunterwäsche für die Frau meines Chefs besorgen, von „Victoria Secret", "sagte der eine.

„Hast du sie schon mal gesehen"? fragte der andere. „Für ihre Maße gibt es keine Wäsche bei „Victoria Secret". Wahrscheinlich ist sie für seine Geliebte".

Sie hängten den Schlüssel Nr. 23 an die Schlüsseltafel und gingen. Rick hatte sich in einem Automagazin vertieft, der Direktor war in seinem Büro verschwunden.

„Ich gehe schnell nach oben um zu schauen, was der Techniker macht" sagte Penko. Er ging an der Schlüsseltafel vorbei, nahm unbemerkt den Schlüssel Nr. 23 und stieg die Treppe hinauf. Das Zimmer war nicht sehr groß – zwei Betten mit Nachtkästchen, ein kleiner Schreibtisch, zwei Stühle. Hemden, Socken, Schuhe lagen auf dem Boden und auf den Betten verstreut. Auf dem Schreibtisch lag eine rote Mappe. Penko öffnete sie und sah das Logo der bulgarischen Staatssicherheit. Unter der Aufschrift „Ziel der Dienstreise" waren Aufgaben aufgelistet: Informationen über bulgarischen Emigranten sammeln mit genauen Adressen, Familienstand, Arbeitsplätze, Hobbys etc. Darunter waren Adressen und Telefonnummern von Kontaktpersonen eingetragen. Penko nahm einen Zettel und notierte sich einige: Ognjan, Pirin, Rozhen, Sergej. Trotz akutem Mangels an Devisen, schien die bulgarische Regierung keine Mittel zu scheuen, um ihre ehemaligen Bürger, die den Weg der Freiheit gewählt hatten, auszuspionieren.

27.

Toni musste in seiner Zelle noch einen Monat bleiben, bis zum Anfang des Prozesses. Seine Mutter besuchte ihn und brachte ihm ein frisches Hemd, eine Krawatte und seinen einzigen Anzug, den er sich für den Schulabschlussball hatte nähen lassen.

Der kleine Gerichtssaal befand sich im ersten Stock des Gemeindehauses in Vidin. Als der Milizionär ihn hineingeführt hatte, saßen dort vier Männer auf einem kleinen Podium hinter einem langen Tisch. Vor dem Tisch stand ein Pult. Seitlich an einem kleineren Tisch saß der Untersuchungsbeamte Leutnant Veselinov. Auf der gegenüberliegenden Seite, vor einer altmodischen Schreibmaschine saß die Sekretärin Margi. In der Mitte des Saals waren zwei Schulbänke aufgestellt. Darauf saßen Tonis Eltern und der Verteidiger Varbanov. Toni setzte sich neben ihn.

Einer der vier Männer in schwarzer Robe stand auf und las die Namen der Beschuldigten vor: „Penko Penev, Mira Penev, Dr. Stamatov, Frau Stamatov, Toni Hristov. Die ersten vier sind abwesend, da sie sich im Ausland mit unbekannte Adresse aufhalten. Die Verhandlung kann beginnen"! Die Schreibmaschine fing an zu rattern.

Der Staatsanwalt, ein kleinwüchsiger Mann mittleren Alters mit Glatze und altmodischer Brille, trat vor das Pult:

„Die Beschuldigten haben, ohne das Gesetz für Auslandsreisen zu beachten, unerlaubterweise die Grenze der Volksrepublik Bulgarien überschritten. Dadurch haben sie der Souveränität und dem internationalem Ansehen Bulgariens geschadet". Der Staatsanwalt zitierte noch einige Paragrafen. „Außerdem haben sie sozialistisches Eigentum zerstört, insbesondere einen Grenzzaun. Als Strafe schlage ich vor, für alle Beschuldigten: Fünf Jahre Freiheitsentzug.

Toni zuckte zusammen, aber der Anwalt klopfte ihm leicht auf die Schulter „es wird nichts so heiß gegessen wie es gekocht wird".

Der Mann in der schwarzen Robe erhob sich:

„Die Verteidigung hat das Wort".

Tonis Eltern hatten den Anwalt Varbanov aus dem Telefonbuch herausgesucht, der sich als eine gute Wahl erwies. Er sah die einzige „Schuld" in Tonis Verhalten, dass er seinen Freund nicht verraten hatte.

In seinem Plädoyer hob Varbanov Tonis Verdienste für die LPG hervor, unterstrich seine Jugend und Unerfahrenheit, seine enge Freundschaft mit dem Hauptbeschuldigten und wies energisch daraufhin, dass in Bulgarien kein Gesetz existierte, dass die Bürger verpflichtete sich gegenseitig zu denunzieren, wonach Toni verurteilt werden könnte und plädierte auf Freispruch.

Danach wurde als Zeuge der Untersuchungsbeamte Veselinov aufgerufen. Er sagte aus, dass es zwischen den Aussagen Tonis von 1973 und jetzt Differenzen gäbe, woraus zu schließen sei, dass er seinem Freund bei der Flucht aktiv geholfen habe. Der Richter verurteilte Toni wegen „Beihilfe zur Zerstörung von Staatseigentum" zu drei Jahren Gefängnis.

Solch ein „Urteil" war nur in einem kommunistischen Land möglich.

28.

Eines Sonntags beschlossen Penko und Mira, wieder einmal in Cenkas Café zu gehen und die köstlichen Cevapcici zu genießen. Als sie hereinkamen stand Rumen Dragiev, der Ingenieur von „Fairchild" auf und begrüßte sie. Er bat sie zu seinem Tisch und war sehr erfreut sie wieder zu sehen. Seine Freundin, eine nette redselige Amerikanerin kam sofort mit Mira ins Gespräch. Alle tranken Wein und amüsierten sich. Bald aber wechselte das Gespräch der Männer zu professionellen Themen. Die Mikrochips, die Firma „Fairchild" produzierte wurden zu tausenden auf tellergroßen Siliziumscheiben hergestellt, die mit fotoempfindlichem Lack beschichtet und dann getrocknet wurden. Rumen war in dieser Abteilung beschäftigt und sprach über seine Probleme beim Transport der Scheiben, der mit einer Pinzette erfolgte. Dabei wurden oft die Scheiben verkratzt und tausende von Mikrochips beschädigt. Penko erzählte von seiner Neuentwicklung. Sein Roboter konnte diese Operation fehlerfrei ausführen. Er lud Rumen ein, ihn zu besuchen. Beide waren in der technischen Diskussion mit Skizzen auf Servietten so vertieft, dass sie nicht bemerkten, wie Ognjan vom Nachbartisch seine Ohren spitzte. Mira war in die Unterhaltung mit der Amerikanerin engagiert und merkte auch nichts von dem Lauscher.

Cenka brachte die Cevapcici und füllte die halbleeren Gläser nach.

„Ruf an, Rumen, wenn du Zeit hast, du bist jederzeit willkommen", sagte Penko.

Nach dem Abendessen begann der lustige Teil. Die Musik wurde lauter. Manche standen auf und fingen an zu tanzen. Am Nachbartisch war eine heiße Diskussion entflammt. Vor einem Jahr war in Polen die Gewerkschaft „Solidarnošt" gegründet worden und hatte Veränderungen in der Staatspolitik bewirkt. Könnte man auch in Bulgarien diesen Weg einschlagen? „Unmöglich", sagte einer: „Drei Deutsche gründen einen Verein, drei Engländer – einen Club, drei Italiener – einen Chor, drei Bulgaren gründen drei Parteien, die sich bekämpfen. Deshalb war Bulgarien nie frei, es wurde immer von außen gesteuert". Als die Gemüter sich zu sehr erhitzten, die Köpfe rot wurden und Fäuste flogen, näherte sich die Wirtin Cenka mit einem Glas in der Hand und rief: „Es lebe Bulgarien"! Sogleich wurde es still. Der Streit hörte auf, alle schauten sie an und hoben die Gläser „Nazdrave"! Auch das war auch typisch für die Bulgaren. Wenn ein starker Führer erscheint, folgen ihm alle wie eine Schafherde.

29.

Die Tests mit dem Kartenschloss waren in großem und ganzen, bis auf einige Änderungen und Verbesserungen erfolgreich. Penko hatte alle Hände voll zu tun. Rick und sein Team waren in ganz Amerika unterwegs, um das neue Schloss zu präsentieren. Es kamen einige Aufträge und die Fertigung sollte forciert werden. Penko kaufte noch einige Roboter, die er zwischen den einzelnen Maschinen einsetzte. Oft gab es Störungen und Penkos Mitarbeiter waren gezwungen, die Teile manuell von einer Maschine zur anderen zu bringen, bis die Störung behoben wurde. Diese Störungen hatten auch einen positiven Effekt. Dadurch lernte Penko wie er seinen eigenen Roboter effektiver konstruieren sollte. Abends arbeitete er immer länger in seiner Garage. Von Zeit zu Zeit kam auch Wlado hinzu und half ihm. Bonny ging schon zur Schule und war ziemlich selbstständig geworden. Mira engagierte sich weiter im Schuhgeschäft und die Studentin Linda, die inzwischen ganz zu Penevs gezogen war, kümmerte sich um den Haushalt.

Trotzt der Bemühungen von Rick und seinem Team blieben aber die Absatzzahlen des Schlosses hinter den Erwartungen zurück. Die starke Konkurrenz untergrub die Preise und riss immer größere Anteile dieses umkämpften Marktes an sich. Das Konzept dieses Schlosses war nicht gut überlegt. Penko wusste es, aber seinerzeit hatte Fillmen ihm nicht erlaubt es neu zu entwickeln.

Fillmen wurde gefeuert. Penko kam in sein Office, als er gerade seine privaten Sachen zusammenpackte. Fillmen sah müde und kraftlos aus. Er war blass und um Jahre gealtert. Ein ungezwungenes Lächeln erhellte sein Gesicht, als er Penko ansah:

„Pferde erschießt man, wenn sie alt werden oder man jagt sie in die Prärie und wirft sie den Kojoten zum Fraß vor", sagte er mit verbitterter Stimme.

„Oder sie finden einen neuen Stall, wo ihre Kräfte noch geschätzt werden", erwiderte Penko.

„Was willst du damit sagen"? Fillmen sah ihn verwundert an.

Penko erinnerte sich, wie er vor zwei Jahren in diesem Büro saß, gespannt auf seine Zukunft, voller Erwartungen. Jetzt fühlte er sich sicher. Er erzählte in allen Einzelheiten von seinem Roboter, den er daheim in der Garage entwickelte, von den vielen Anwendungsmöglichkeiten und dass er durch ein gutes Marketing große Erfolge erzielen könnte:

„Einen Partner wie Sie, mit langer Erfahrung und vielseitigen Beziehungen könnte helfen, aus meiner Idee ein erfolgreiches Konzept zu entwickeln und damit auf dem Markt zu gehen".

Fillmen sah ihn die ganze Zeit mit wachsendem Interesse an. Sein Gesicht hellte sich auf:

„Viele große Firmen haben ihren Anfang in einer Garage genommen", sagte er, „Ich würde mir gerne alles vor Ort anschauen".

Am selben Abend stand Mark Fillmen vor Penkos Haus. Mira lud ihn zu einem bulgarischen Essen ein. Es gab mit Fleisch und Reis gefüllte Paprikaschoten. Bulgarischer Mavrud Wein ergänzte das Dinner. Fillmen war begeistert. Nach Baklava und türkischem Kaffee führte Penko Fillmen in die Garage. Obwohl der Roboter noch nicht sehr professionell aussah, beeindruckte er Fillmen. Im Unterschied zu den linearen Robotern, die Penko bei Burlock eingeführt hatte, ähnelte dieser eher einer menschlichen Hand mit zwei Fingern. Sein Funktionsbereich war relativ klein, konnte aber jeden Punkt genau erreichen, einen Gegenstand nehmen und ihn genau positionieren. Fillmen staunte.

„Noch damals in New York, als ich dich zum ersten Mal traf, wusste ich, dass in dir enormes Potenzial schlummert. Jetzt sehe ich, dass ich mich nicht getäuscht habe. Gerne werde ich dein Partner werden, wenn dein Angebot noch steht".

„Natürlich nehme ich dich, Mark"! Penko streckte ihm die Hand hin und Mark schlug ein.

Nach der Vorführung gingen sie ins Wohnzimmer und beratschlagten die Einzelheiten ihres Teamworks. Es stand ihnen eine enorme Arbeit bevor und sie benötigten Startkapital. Nach Fillmens Kündigung war zu erwarten, dass Burlock das Schloss einstampfte und die Abteilung schließen würde. Auch Penko wäre dann ohne Job. Bei verringerter Produktion war eine weitere Automatisierung überflüssig.

Penko konnte sich nur auf seine dürftigen Ersparnisse verlassen. Fillmen besaß noch Anteile an der Firma in New York, aber sein dortiges Einkommen reichte nicht aus um seinen gewohnten Lebensstandard zu halten. Er musste den Gürtel enger schnallen. Auf Penkos Haus lag noch eine Hypothek, die ohne sein Gehalt schwer abzuzahlen war. Seine einzige Sicherheit war Miras Job. Sie hatte seit einiger Zeit die Leitung des Ladens übernommen und gleich noch zwei Verkäuferinnen angestellt. Die Inhaberin lag irgendwo unter der karibischen Sonne und interessierte sich wenig für das Schuhgeschäft. Anfangs sendete ihr Mira Monatsberichte, die sie kaum las. Dann wurden es dreimonatliche, dann halbjährliche. Mira fragte einmal vorsichtig, ob sie nicht eine Gehaltserhöhung verdient hätte. Daraufhin schlug ihr die Inhaberin vor, sie mit dreißig Prozent des Profits zu beteiligen. Diese steigerte Miras Motivation noch mehr und bald machte sie noch größere Umsätze. Jetzt war sie Penkos Rettung.

Mark Fillmen schlug vor, größere Räume zu mieten. Ein Freund von ihm hatte ein passendes Gebäude in der Mitte von Silicon Valley und die Miete war moderat. Die Nähe der vielen technologischen Firmen würde das Business fördern. Sie entwarfen einen Vertrag, den sie in der nächsten Woche von einem Anwalt würden überprüfen ließen. Der Name der zukünftigen Firma sollte die Namen der Gründer vereinen:

P E N M A R K, Inc.

30.

Die Verträge wurden abgeschlossen, jeder Teilhaber bekam fünfzig Prozent. Die neuen Räume wurden gemietet, Penkos Maschinen hergebracht und in Firmeninventar umgewandelt. Penko zahlte seine ganzen Ersparnisse ein, Fillmen die gleiche Summe dazu, kaufte sich aber gleich einen luxuriösen Schreibtisch, wie er von Burlock gewöhnt war und einen Chefsessel aus feinem Leder. Ein Mechaniker wurde angestellt und eine Sekretärin für vier Stunden am Vormittag.

Penko rief Rumen Dragiev bei „Fairchild" an und schlug ihm vor den Roboter bei ihm zu installieren um zu beweisen, dass damit die Produktion gesteigert werden konnte. Rumen sprach mit seinem Vorgesetzten und beide waren mit dem Vorschlag einverstanden. Sie stellten in Aussicht, den Roboter auf die nächste Budgetliste zu setzen, falls dadurch die Produktion tatsächlich steigen sollte.

Es begannen rege Vorbereitungen. Der Roboterarm musste die fünfzehn Zentimeter großen Scheiben zuverlässig am Rande fassen und sie auf das Transportband legen, ohne Spuren zu hinterlassen. Neue Teile mussten konstruiert und angefertigt werden. Wlado, der auch zum Team gehörte bekam ein separates Büro, damit er in Ruhe programmieren konnte. Er wurde aber vorerst nicht angestellt. Solange er noch bei Burlock beschäftigt war, arbeitete er für Penmark nur in seiner Freizeit. Penko war den ganzen Tag mit Arbeit eingedeckt. Er musste die Teile konstruieren und selbst anfertigen, wenn sie für den Mechaniker zu kompliziert waren.

Die Zeit verflog, aber es gab keine Umsätze. Fillmen hatte sich in seinem Office eingesperrt, las Fachzeitschriften und telefonierte. Er behauptete, es sei „Public Relation", Aufträge kamen aber keine herein. Als Penko mit ihm den Vertrag aufgesetzt hatte, hatten sie beschlossen, sich Monatsgehälter auszuzahlen. Penko verzichtete auf seines um die spärlichen Finanzen der Firma zu schonen. Das Einkommen von Mira reichte für ein bescheidenes Leben und für die Abzahlung der Hypothek. Mark

Fillmen dagegen zahlte sich regelmäßig sein Gehalt aus, was er mit seinen Bedürfnissen rechtfertigte.

Eines Tages lud Penko ihn zum Dinner, zusammen mit seiner Frau ein. Mira hatte Musaka, einen Kartoffelauflauf mit Auberginen und Hackfleisch und Banitza, einen mit Käse gefüllten Blätterteig als Nachtisch vorbereitet. Frau Fillmen, eine rundliche Dame mittlerer Gestalt, erschien mit einem Hermelincape, duftete stark nach teurem Parfüm und war mit Brillanten behängt wie ein Christbaum. Sie trug ein dunkelblaues Kleid mit tiefem Dekolleté. Ihr Haar schimmerte bläulich und ihr Gesicht war mit einer dicken Schicht Makeup bedeckt. Sie war um die sechzig, vielleicht auch etwas drüber. Penko wusste, dass Fillmen bei solchen Gelegenheiten immer einen Anzug mit weißem Hemd und Krawatte trug und hatte auch einen Anzug angezogen. Mira trug ihr Businesskostüm, das sie zu Modemessen anzog.

Am Anfang servierte Mira einen Cocktail und Madam Fillmen fing ein Gespräch zum Thema neueste Modetrends an. Sie hatte erstaunliche Kenntnisse über berühmte und weniger berühmte Modedesigner und ihren Kollektionen. Mira konnte durch ihre Erfahrung im Schuhgeschäft einigermaßen mithalten. Es stellte sich heraus, dass Madam Fillmen alle Marken von teuren Schuhen, Handtaschen, Parfüms, Schmuck kannte. Das war ihre Welt. Als sie sich um den Esstisch setzten und Mira die lecker duftende Musaka aus dem Ofen nahm, runzelte Madam Fillmen ihre puderbedeckte Nase.

„Was ist das? Es sieht wie Lasagne aus, die in diesen billigen italienischen Restaurants mit Glasscheiben auf dem Tischen, serviert wird. Tut mir leid, das kann ich nicht essen. Mein Magen verträgt diese fetten Speisen nicht. Ich nehme nur leichte Kost zu mir. Austern oder Lachs, oder schwarzen Kaviar".

„Schwarzen Kaviar haben wir nicht, aber roten könnte ich Ihnen anbieten mit Zitrone und Toastbrot", sagte Mira und ging zum Kühlschrank.

Mark Fillmens Gesicht war rot angelaufen, er schämte sich für seine Frau, sagte aber nichts. Die warme häusliche Atmosphäre war abgekühlt. Mira bot Wein an, roten, weißen und natürlich

Champagner für Frau Fillmen. Mark Fillmen entschuldigte sich, dass er vergessen hatte, die besondere Diät seiner Frau zu erwähnen. Langsam ging das Gespräch auf allgemeine Themen über und der Abend war gerettet. Penko wurde an diesem Abend klar, dass dieser ehemals angesehene Manager und Vizepräsident eines großen Konzerns nur ein kleiner Spießbürger war. Ein Jammerlappen, der unter dem Pantoffel seiner Frau stand. Penko erkannte, dass er sich beim Aufbau der Firma nicht auf ihn verlassen konnte. Bei aller Dankbarkeit darüber, dass Fillmen ihn vor zwei Jahren aus jenem stinkenden Loch in New York herausgeholt und ihm ungeahnte Entwicklungsmöglichkeiten gegeben hatte, überwog jetzt sein Mistrauen und der fehlende Respekt ihm gegenüber.

31.

Major Klement Hadzhikov klopfte die Asche seiner Zigarette ab und ließ einen Würfel Zucker in die Tasse mit dem heißen Nescafé fallen. Sein Vorzimmer war ständig voll Bittstellern, die eine Ausreisegenehmigung begehrten. Sie brachten Geschenke aus dem Corecom – Zigaretten, Schokoladen, Kaffee. Verschiedene Whiskey Sorten fehlten auch nicht.

Hadzhikov trank seinen Kaffee aus und öffnete die Mappe vor sich. Die Berichte der unzähligen Spione wie Sergej, Ognjans, Pirin, die das Staatsgeld im Ausland verschwendeten, die mit nichtssagenden Meldungen über bulgarische Emigranten gefüllt waren, langweilten ihn. Er blätterte weiter. Ein sauber geschriebener Brief weckte seine Aufmerksamkeit:

An Genosse Major Hadzhikov
Staatssicherheit, Abt. 6.
Sofia
Sehr geehrter Genosse Major Hadzhikov,
in Beantwortung Ihrer Anfrage, möchte ich Ihnen mitteilen, dass die Genossin Mara Penev, Mutter des ins Ausland geflüchteten Penko Penev, beim Verhör verletzt wurde, da sie eine Treppe hinabstürzte und sich beide Arme brach. Sie wurde von Dr. Tomov aus dem Ersten Städtischen Krankenhaus in Sofia behandelt und ihre Gesundheit ist weitgehend wiederhergestellt. Ich hoffe hiermit Ihr Interesse befriedigt zu haben.
Leutnant Veselinov
Untersuchungsbeamter
Gemeinde Vidin.

„Eine Lüge"! Das Blut schoss in Hadzhikovs Kopf, sein Körper stieß eine beträchtliche Menge Adrenalin aus. „Es ist offensichtlich, dass sie geschlagen wurde und irgendein Schuft sie zum Krüppel gefoltert hat". Er ließ sich nicht für dumm verkaufen. Er hob den Hörer:

„Verbinden Sie mich mit Dr. Tomov, Erstes Städtisches Krankenhaus". Hadzhikov zündete sich eine Zigarette an.

Nach einer Weile klingelte das Telefon:

„Hier Dr. Tomov, womit kann ich Ihnen dienen"? Die Stimme klang klar und deutlich. Er wusste mit wem er sprach.

„Vor zirka drei Jahren haben Sie eine ältere Frau namens Mara Penev aus Vidin operiert. Wir brauchen detaillierte Informationen über die Art und den Grad der Verletzungen. Wie sie entstanden sind, was genau operiert wurde und wie der Zustand der Patientin nach der Behandlung war. Was wissen Sie darüber"?

„Bedauere, dass ich Ihnen nicht sofort Auskunft geben kann. Wir operieren täglich mehrere Patienten. Ich muss im Archiv nachschauen… "Er hielt inne. Vor seinem inneren Auge erschien diese tapfere Frau mit ihren gebrochenen, herunterhängenden Armen. Dann fuhr er fort:

„Wie kann ich Sie erreichen, wenn ich die Informationen habe"?

Major Hadzhikov diktierte seine Nummer.

„Gleich werde ich in das Archiv gehen und Sie dann anrufen". Als er den Hörer auflegte, merkte er, dass seine Hände immer noch zitterten.

Er erinnerte sich jetzt plötzlich an die zwanzig grünen Scheine die er damals hinter dem Spülkasten in der Toilette versteckte. Ein junger Mann hatte sie sie ihm gegeben, als er ihn beauftragte hatte, sich der Frau anzunehmen. Er schickte dann einen Krankenwagen in dieses Dorf in der Nähe von Vidin um die Frau abzuholen. Als er dann die Frau sah, war er entsetzt. Was war das nur für eine Bestie, die ihrem Opfer solche Verletzungen zufügen konnte. Das Geld hatte er ganz vergessen. Der Eid des Hippokrates zwang ihn, alles nach seinen Kräften zu tun um das Leiden dieser Frau zu lindern. Er erfüllte seine ärztliche Pflicht. Er starrte durch das Fenster und beobachtete lange die vorbeifahrenden Busse. Langsam beruhigte er sich. Dieser Major erwähnte nichts vom Geld. Er wollte nur über die Art der Verletzungen Bescheid wissen. Wahrscheinlich untersuchte er, wer sie verletzt hatte. Er ging nach unten in das Archiv und fand die Mappe. Beide Schultergelenke waren gebrochen. Man hat sie mit nach hinten gebundenen Händen aufgehängt und gezogen, bis die Schultern brachen. Dr. Tomov wählte die Nummer und teilte dem Major der Inhalt der Akte mit.

„Könnte ich, bitte Fotokopien von den Dokumenten bekommen"? fragte Hadzhikov.

„Sie sind vertraulich, aber für Sie mache ich eine Ausnahme", sagte er in schmeichlerischem Ton. „Gleich werde ich Fotokopien machen und sie Ihnen per Kurier zusenden".

Hadzhikov lehnte sich selbstzufrieden in seinen Sessel. „Diese Schurken! Ja, es wurde geprügelt und gefoltert, Strom angelegt oder die Köpfe in Wassereimer gesteckt, damit sie gestanden. Aber welches Geständnis wollten sie von der armen Frau erzwingen? Wo ihr Sohn sich aufhielt? Woher konnte sie es wissen? Und wenn, was würde ihnen das nutzen? Würden sie ihn ausfindig machen können und ihn zurückzuholen"?

Am nächsten Tag überbrachte der Kurier den Umschlag mit den Fotokopien von Dr. Tomov. Darin waren auch Bilder der verstümmelten Frau, sowie Bilder die bei der Operation gemacht wurden. Hadzhikov war entsetzt. „Diese Typen gehören hinter Gitter", dachte er.

Die Sekretärin spannte ein neues Blatt in die alte Schreibmaschine und fing an zu tippen:

„An den Genossen Staatsanwalt
Gemeinde Vidin
Der Untersuchungsbeamte Leutnant Veselinov und seine Mitarbeiter werden beschuldigt, während eines Verhörs, absichtlich und vorsätzlich die Bürgerin Mara Penev aus dem Dorf Goritschevo schwer verletzt und verkrüppelt zu haben. Sie sollen gerichtlich zur Verantwortung gezogen und bestraft werden. Beweismaterial ist beigefügt.
Unterschrift:
Major Klement Hadzhikov"

Als er den Brief unterschrieben hatte, öffnete er erneut die vor ihm liegende Mappe und las den letzten Bericht. „Womit beschäftigt sich dieser Penko? Aha, „er baut Roboter für militärische Zwecke". Für wen? Wer bestellt sie? Schreibt er nicht! Diese Dummköpfe protzen nur, verschwenden das Staatsgeld und erledigen nur die halbe Arbeit"!

Die Sekretärin legte die Seiten zusammen und bereitete sie zum Versand vor. Hadzhikov stand auf und ging zum Fenster. Auf dem großen Platz unten liefen die Menschen mit Einkaufstaschen, mit Koffern oder einfach mit Händen in den Taschen umher. „Was sind wir nur für ein Volk", dachte er. "Jeder hat sein eigenes Schicksal…"

32.

An diesem Freitag war die Cocktailbar des Hilton-Newark Hotels voll von Männer und Frauen aller Altersgruppen. Es war Happy Hour. Die Bar zog Mitarbeiter und Angestellten der vielen Firmen aus der Gegend an. Oft wurden hier Bekanntschaften geschlossen, nicht nur privaten Charakters. Auch Spezialisten und gute Arbeitskräfte wurden hier ab- und angeworben.

Laura Coldwater drückte ihre Zigarette in den Aschenbecher und griff nach ihrem Glas. Ihr Blick traf zwei lebhafte graue Augen hinter einer modernen großen Hornbrille. Das melierte blonde Haar war nach einer Seite gekämmt. Darunter ein buntes Freizeithemd mit offenem Kragen unter beigem Jackett. Der Mann schaute sie freundlich an und hob sein Glas.

Laura hatte den ganzen Tag gearbeitet und war müde. Sie musste die nächste Vorstellung des neuesten Pear Produkts, „„„McWrite““" vorbereiten, das das Steckenpferd Ihres Chefs war. Er persönlich hatte ihr die Aufgabe gestellt. Sie wusste, dass er das Letzte aus seinen Mitarbeitern herauspresste um ein maximales Ergebnis zu erreichen. Hier, in der Bar wollte sie sich entspannen und für einen Moment ihre Aufgaben vergessen.

Laura lebte seit ihrer Scheidung vor anderthalb Jahren allein in Fremont. Sie hatte die Vierzig schon überschritten, als sie damals ihren Ehemann mit einer zwanzigjährigen Schönheit erwischte. Bei der Scheidung hatte sie versucht, ihn finanziell auszunehmen. Sie hatte das Haus und ein Bankkonto mit hunderttausend Dollar bekommen. Es war aber nicht genug um ihren Lebensstandard zu erhalten und sie musste wieder arbeiten gehen.

Laura nippte an ihrem Cocktail, nahm eine Zigarette aus ihrem goldenen Etui und fing an in ihrer Tasche nach dem Feuerzeug zu suchen. Im Augenwinkel bemerkte sie den Herrn mit der Hornbrille, der sich ihr mit einem Feuerzeug in der Hand näherte und ihr Feuer anbot. Laura lächelte und bedankte sich. Sie mochte es, wenn jemand höfflich und Aufmerksam war. Sie nahm genüsslich einen tiefen Zug und blies den Rauch in das Gesicht des Mannes.

„Rauchen Sie nicht"?

„Nein".

„Warum tragen Sie dann ein Feuerzeug mit sich, wenn Sie nicht rauchen"?

„Eigentlich rauche ich ab und zu, nur so zum Spaß, wenn ich mich ausruhe".

„Ruhen sie sich jetzt nicht aus oder sind sie auf der Jagd"?

„Oh, nein. Ich bin kein Jäger, ich suche keine Beute. Ich ziehe Freundschaften vor, wenn mir die Menschen sympathisch sind".

„Und dann bieten Sie ihnen Feuer an, so wie ein Fischer die Angel auswirft".

„Das stimmt eher. Die Angel ist ein Köder. Der Fisch hat die Wahl. Er kann anbeißen oder auch nicht. Der Jäger erschießt seine Beute, ohne ihr eine Chance zu geben".

„Also Sie sind ein Fischer und werfen Ihre Angel aus in Form von Feuerzeugen und ich bin das Fischlein mit der Möglichkeit auf Auswahl" sagte sie mit einem verschmitzten Lächeln.

Mark war entzückt:

„Sie sind eine kluge und intelligente Frau. Sie haben bestimmt einen interessanten Beruf. Sie sehen nicht so aus, als ob Sie Sich langweilen".

„Ich habe keine Zeit mich zu langweilen. Ich arbeite für einen „Sklaventreiber", der immer unzufrieden ist und immer mehr und mehr verlangt, dafür aber Erfolg hat".

Mark hob sein Glas und sah Laura in die Augen. Sie stießen beide an.

„Ich heiße Mark".

„Laura, Laura Coldwater"

„Mark Fillmen, sehr angenehm". Sie streckte ihm die Hand entgegen und er drückte sie fest.

Laura trug Ohrringe mit Smaragden, die ähnliche Farbe hatten, wie ihre blaugrünen Augen. Die nach hinten gebundenen Haare ließen ihr offenes, anmutiges Gesicht strahlen. Der Rock ihres dunkelgrünen Kostüms erlaubte einen Blick auf ihre wohlgeformten Knie und Oberschenkel und die gelbe Bluse unter dem

Jackett bedeckte spärlich ihre verführerischen Brüste. An ihrer rechten Hand glitzerte ein großer Smaragd.

Sie nahm einen Schluck aus ihrem Glas und Mark tat es ihr gleich.

„Eine sehr angenehme Bar"! sagte er, „kommen Sie öfter nach der Arbeit hierher"?

„Ja, von Zeit zu Zeit, mein Office ist nicht weit, aber Sie sehe ich hier zum ersten Mal".

„Es ist mein erstes Mal, ich habe eine Verabredung mit einem Freund". Mark schaute auf seine Uhr.

„Er oder Sie"? fragte sie neugierig.

„Er, mein Partner. Und wie heißt die Firma dieses „Sklaventreibers"?

„Pear Computers".

„Ja, ich habe davon gehört, machen keine schlechten Computer, aber IBM ist mehr verbreitet".

„Mag sein, aber unsere sind besser, weil das Programm sehr intuitiv ist, jeder kann damit arbeiten, ohne vorher viel zu lernen. Insbesondere der neue „„McWrite"" ist eine Wucht. Er ist klein, passt in jedes private Büro. Vorne hat er einen Schlitz. Man steckt die Diskette hinein und fängt sofort an zu schreiben. Sie müssen nächsten Monat zu der Präsentation in San Mateo kommen, dort werden Sie ihn sehen. Und was machen Sie, wenn Sie nicht gerade nach Frauen die Angel auswerfen"?

„Ich bin Partner in einer kleinen Firma. Wir haben einen intelligenten Roboter entwickelt, der viele Dinge machen kann".

„Zum Beispiel"?

„Er kann Teile von einer Maschine zu einer anderen zur Bearbeitung bringen. Es sieht aus wie eine menschliche Hand und so bewegt er sich auch. Er könnte zum Beispiel die Diskette in den Schlitz Ihres neuen Computers hineinstecken und den Knopf drücken. Ist das nicht eine interessante Idee"?

„Warum nicht? Ich werde darüber nachdenken".

„Wenn es Sie interessiert, kommen Sie vorbei. Wir würden ihn Ihnen gerne vorführen". Mark gab ihr seine Visitenkarte. Sie öffnete ein kleines, vergoldetes Schächtelchen und gab ihm ihre. Mark las:

Pear Computers
Laura Coldwater
Marketing Manager

„Wir suchen fähige Ingenieure und Programmierer. Wenn Sie jemanden kennen, geben Sie ihm meine Adresse", sagte Fillmen.

„Hier laufen so viele junge Leute herum. Warum verplempern Sie Ihre Zeit mit einer alten Schachtel wie mir"?

„Sie sind eine reizende Dame und haben mit einer alten Schachtel nichts gemeinsam! Für mich ist es ein Vergnügen Ihnen Gesellschaft zu leisten, nur in Ihrem Gesicht sehe ich einen Schatten von Verbitterung".

„Ja, mein Mann hat mich verlassen, wegen einer zwanzigjährigen Schlampe. Obwohl ich ihn nicht liebte, war es erniedrigend". Laura schaute auf ihre Uhr. „Es ist Zeit für mich zu gehen".

„Oh bitte, bleiben Sie noch ein bisschen. Erlauben Sie mir Sie auf einen Cocktail einzuladen". Ohne die Antwort abzuwarten winkte er dem Barmann. Laura nippte an ihrem frisch gereichten Glas:

„Jetzt sind Sie an der Reihe, ich habe schon viel zu viel erzählt".

„Ich war lange Jahre Vizepräsident eines großen Konzerns. Dort traf ich einen außerordentlich begabten jungen Mann. Jetzt sind wir Partner. In der Tat ist die Technik nicht meine Stärke, ich kümmere mich mehr um das Marketing, insoweit sind wir Kollegen".

„Wahrscheinlich sind Sie schon lange verheiratet. Wie viele Kinder haben Sie"?

„Keine Kinder und mit meiner Frau verbindet mich nur noch wenig. Gott sei Dank haben wir ein großes Haus, jeder hat seinen Bereich und wir stören uns gegenseitig nicht. Meine Frau interessiert sich nicht für meine Arbeit und ich nicht für ihre Hobbys".

Vertieft in das Gespräch mit Laura, bemerkte Fillmen den jungen Mann nicht, der sich ihnen näherte.

„Hi"! grüßte Penko.

„Ist das der Freund auf den Sie warten"?

„Ja, das ist mein Partner und das ist Laura Coldwater, Marketing Managerin beim Pear Computers".

„Es ist mir eine Freude"! Penko gab ihr die Hand. „Pear II ist ein sehr guter Computer. Zurzeit arbeiten wir auf IBM, aber unser Programmierer denkt daran einen Pear II anzuschaffen. Er sagt, es gehe schneller und man könne besser mit ihm arbeiten".

„Warten Sie bis nächsten Monat. Wir haben ein neues Model, „„McWrite"", den wir in San Mateo präsentieren werden".

„Wir haben einen Roboter entwickelt, der wie eine menschliche Hand funktioniert", sagte Penko

„Ja, ich habe es schon Laura erzählt und habe ihr vorgeschlagen, dass wir ihn ihr vorführen. Unser Roboter soll die Diskette in den neuen „„McWrite"" einstecken und auf den Knopf drücken", mischte sich Fillmen ein.

„Keine schlechte Idee, aber ich muss es mit meinem Chef besprechen. Rufen Sie mich nächste Woche an".

Laura trank den Rest ihren Cocktails aus und verabschiedete sich:

„Habe mich sehr gefreut Sie beide kennen gelernt zu haben".

„Das ist eine hervorragende Idee unseren Roboter zu demonstrieren"! sagte Penko, nachdem Laura gegangen war. Er war aufgeregt. „Ganz Silicon Valley wird dort vertreten sein. Ich spüre schon unseren Erfolg. Schon morgen werde ich Wlado bitten, den Roboter umzuprogrammieren. Auch am Arm und an der Hand muss ich noch einiges ändern".

„Du hast die ganze nächste Woche Zeit. Ich würde sie am Wochenende anrufen, um die Beziehung zu festigen", sagte Fillmen. „Hoffentlich verjagst du sie nicht, wenn du ihr zu frech wirst", dachte Penko, sagte aber nichts.

Das Gesprächsthema wurde gewechselt, aber die Idee, ihr Roboter zusammen mit der berühmten Firma Pear Computers vorzuführen, ging Penko nicht aus dem Kopf.

33.

Penko hatte seinen Roboter bei Rumen Dragiev in „Fairchild" installiert. Die Produktion ging gleich in die Höhe und Rumens Vorgesetzter war zufrieden. Er versprach den Roboter und vielleicht mehrere davon nächstes Jahr ins Budget aufzunehmen. Penko besuchte Rumen öfter um die Funktion des Roboters zu beobachten und eventuelle Fehler rechtzeitig zu beseitigen. Auch Verbesserungen wurden durchgeführt. Penko skizzierte die neuen Teile, blieb abends länger, um sie anzufertigen und ging früh am nächsten Morgen um sie zu installieren. Diese erste praktische Anwendung war außerordentlich wichtig, um im Dauerbetrieb die Zuverlässigkeit zu testen und zu beweisen. So wie Penko vor Jahren die Vorrichtungen bei Burlock in New York grell rot gestrichen hatte, brachte er auf seinem Roboter ein großes Messingschild „PENMARK, Inc". an.

Fillmen begeisterte die Idee, den Roboter bei Pear vorzuführen umso mehr, weil es ihm die Möglichkeit bot Laura wieder zu sehen.

Eine Woche nach dem Kennenlernen in der Bar klingelte Laura Coldwaters Telefon:

„Mark hier, Mark Fillmen. Ich hoffe, Sie erinnern sich an unseren Treffen im Hilton-Newark".

„Oh, ja, selbstverständlich erinnere ich mich an den charmanten Nichtraucher mit dem Feuerzeug. Wie geht es Ihnen"?

„Ausgezeichnet! Wenn ich Ihre Stimme höre, fühle ich mich zehn Jahre jünger. Wann könnte ich ihre wunderschönen Augen wieder bewundern? Darf ich Sie zum Dinner einladen, irgendwo nach Ihrem Wunsch"?

„Sehr lieb von Ihnen, aber während der Woche bin ich voll beschäftigt. Eventuell nächsten Freitag ins „Shalimar" in Fremont wäre eine gute Wahl".

„Perfekt! Nächsten Freitag um halb acht werde ich Sie im „Shalimar" erwarten". Er legte auf.

Plötzlich fiel ihm ein: „Ob seine Frau nicht irgendeine gemeinsame Unternehmung am Freitagabend ausgeheckt hatte"? Er griff zum Hörer:

„Hallo Liebling, haben wir am Freitagabend etwas vor"?

„Darling, hast du vergessen, dass ich jeden zweiten Freitag im Kirchenchor singe? Bedauere, du musst dich alleine amüsieren"!

„Es geht nicht ums Amüsieren. Eine neugegründete Firma muss gute Beziehungen zu ihren zukünftigen Kunden unterhalten. Ich werde am Freitag einen davon besuchen und denke, ihn dann zum Dinner einzuladen. Es kann etwas später werden".

„Kein Problem. Sei bitte nur leise, geh in dein Schlafzimmer und weck mich nicht".

Fillmen lehnte sich selbstzufrieden zurück und schaute verträumt durch das Fenster. Irgendwo in der Ferne hob gerade ein Flugzeug vom Flughafen San Jose ab. Er schloss die Augen und sah sich drin, mit Laura Coldwater wie er ihre zarte Hand hält. Vor ihnen je ein Glas Whiskey und draußen der unendliche blaue Himmel über der Karibik.

34.

Fieberhaft bereitete Penko den Roboter für die Vorführung bei Pear Computers vor. Er hoffte auf dem langerwarteten Durchbruch. Die finanzielle Situation der Firma war trostlos. Penkos Familie lebte von Miras Verdienst aus dem Schuhgeschäft, jedoch eine neueröffnete Mall in der Nähe bedrohte als Konkurrenz auch sie. Wlados Lage war auch nicht viel besser. Er lebte seit über einem Jahr glücklich mit Marlis zusammen, aber auch bei ihnen hielt sie Marlis Gehalt über Wasser. Wlado hatte Burlock verlassen und eine eigene Firma gegründet. Er verstand die prekäre finanzielle Situation seines Freundes und solange sein Unterhalt durch gelegentliche Reparaturaufträge gesichert war, bedrängte er ihn nicht. Trotzdem arbeitete er vorwiegend für Penmark, ohne Lohn, versteht sich. Er war überzeugt, dass eines Tages Roboter verkauft würden und er bangte nicht um seine Bezahlung. Angesicht der Situation traute sich auch Fillmen nicht, Geld zu verlangen, schrieb aber pedantisch alle seine Ausgaben und Forderungen auf. Auch der Techniker und die Sekretärin wurden entlassen. Der bei Fairchild installierte Roboter funktionierte tadellos, eine Bestellung war jedoch vor dem nächsten Jahr nicht zu erwarten. Die anstehende Vorführung mit Pear Computers sollte den langersehnten Erfolg schaffen und den Weg zu zahlreichen Aufträgen ebnen. Penko erwartete ungeduldig das Treffen von Fillmen mit Laura.

Am besagten Freitag trug Fillmen ein dunkelblaues Blaser, hellblaues Hemd und eine farblich passende Krawatte. Hellblaue Jeans und moderne, dunkelblaue Mokassins vollendeten sein Outfit. Mit einem Strauß roter Rosen bewaffnet, betrat er kurz vor halb acht das „Shalimar". Die Hostess führte ihn zu einem der Séparées des Restaurants. Sie stellte die Rosen in einer Kristallvase in der Mitte des Tisches. Nach einer kurzen Weile erschien Laura Coldwater in einem feuerroten, tiefdekolletierten Kleid, das über die Knie reichte, mit einem riesigen Dekolleté, das ihren Brüsten erlaubte, ihren Reiz zu entfalten. Das offene blonde Haar bedeckte ihre nackten Schultern. An ihren Ohren schimmerten Brillanten und der große Smaragdring war durch einen schlichten, mit Diamantstaub bedeckten, ersetzt. Fillmen stand auf, um sie zu begrüßen und ihr den Stuhl anzubieten, aber der Kellner war schneller. Fillmen nahm ihre Hände und näherte sich ihren Wangen, erst die eine, dann die andere.

Kaum hatten sie ihre Plätze eingenommen, wurden „Amuse-Gueule", bestehend aus rotem und schwarzem Kaviar, knusprigem Baguette und zwei Gläser Champagner serviert. Fillmen konnte seinen Blick von Lauras Smaragdaugen nicht abwenden. Er erzählte ihr von seiner unglücklichen Ehe, von der permanenten Abhängigkeit von seiner Frau und ihrem Geld. Endlich habe er einen begabten und zuverlässigen Partner, mit dem zusammen er ein eigenes Geschäft aufbauen wolle und betonte wie wichtig die bevorstehende Vorführung für die Existenz ihrer Firma sei. Der Champagner floss in Strömen, das lebhafte Gespräch trocknete die Kehlen und der Kellner schenkte pausenlos nach. Als dieser die Rechnung brachte, war das Restaurant leer. Nach drei Flaschen Champagner war keiner mehr in der Lage Auto zu fahren.

Das Taxi hielt vor Lauras Haus. Fillmen sprang heraus, öffnete ihr die Tür und bot ihr die Hand. Dann flüsterte er ihr ins Ohr:

„Jetzt brauche ich einen starken Kaffee" und drückte ihr einen zärtlichen Kuss auf die Wange.

„Aber nur einen Kaffee", antwortete sie und fing an, in Ihrer Tasche nach dem Schlüssel zu suchen. Der Taxifahrer verstand, dass es keinen Sinn hatte zu warten und fuhr los.

Lauras Haus war klein, einstöckig aber mit viel Geschmack eingerichtet. Die Küche war vom Wohnzimmer durch eine Bar mit zwei Stühlen getrennt. Auf dem Küchentisch lag eine dunkelgrüne Tischdecke, auf den zwei Frühstücksgedecken standen, in der Mitte zwei Kerzen. Neben dem Fenster stand eine hellgrüne Couch, daneben auf einem kleinen Serviertischchen eine Stehlampe, die das Zimmer mit gemütlichem Licht erfüllte. Zwischen dem Tischchen und der Bar gab es eine Tür, die den Rest der Wohnung verbarg. Während Fillmen sich die Reproduktionen von Kinkade und Egon Schiele anschaute, bereitete Laura den Kaffee.

„Ich habe auch einen alten Calvados, hast du Lust? (Nach der zweiten Flasche Champagner im Restaurant waren sie auf „Du" übergegangen).

„Warum nicht! Wie ich sehe ist diese Couch sehr bequem zum Übernachten".

„Ich könnte sie dir überlassen, aber nur für diese Nacht"!

Fillmen griff nach ihrer Hand, aber die Bar trennte sie. Er streckte sich und küsste sie. Sie erwiderte den Kuss, schlich um die Bar herum und landete auf seinem Schoß. Der zweite Kuss war noch sinnlicher und betörender. Laura spürte die Feuchte in ihrem Schritt. Sie öffnete die geheimnisvolle Tür hinter sich und führte ihn ins Schlafzimmer.

Sie lagen eng umschlungen als Fillmen wach wurde. Er wurde langsam nüchtern. Heimlich schaute er auf die Uhr. Es war nach Mitternacht. „Vielleicht wartet meine Frau zu Hause, vielleicht schläft sie schon? Wann mag sie nach Hause gekommen sein"? In der ganzen Gegend gab es kein Restaurant, das nach Mitternacht noch offen hatte. Er nahm vorsichtig seinen Arm unter Lauras Kopf hervor. Sie schlief. Er zog sich schnell an und verließ leise den Raum. Im Wohnzimmer fand er sein Jackett, warf es über die Schulter und ging auf die Straße.

Es war stockdunkel. Irgendwo in weiter Ferne flimmerten die gelben Lichter einer Hauptstraße. „Vielleicht finde ich dort ein Taxi" dachte er und ging.

35.

Am Montag nach ihrer Liebesnacht wählte Fillmen Lauras Nummer.

„Wie fühlt sich der Wegschleicher? Lebt er noch, oder hat ihn seine Frau mit dem Nudelholz verprügelt"?

„Bitte, entschuldige vielmals für Freitag. Wenn wir uns das nächste Mal treffen, erkläre ich dir alles."

„Ich weiß nicht, ob es ein nächstes Mal geben wird. Ich bin es nicht gewöhnt, dass meine Gäste sich herausschleichen ohne sich zu verabschieden".

„Bitte, sei mir nicht böse! Ich habe dir von meiner Lage erzählt. Eine schuldhafte Scheidung, kann ich mir im Moment nicht leisten. Wenn wir anfangen, Roboter zu verkaufen, werde ich genügend Mittel haben, um auf eigenen Füßen zu stehen und das hängt weitgehend von Deiner Hilfe ab".

Die Membran gegenüber schwieg. Dann in einem etwas milderem Ton:

„Und womit kann ich helfen"?

„Bei unserem ersten Treffen haben wir davon gesprochen, dass unser Roboter die Diskette in Euren Computer einstecken und die Starttaste drücken könnte. Möchtest du ihn nicht sehen"?

„Ja, warum nicht. Es könnte interessant sein. Ich werde mit meinem Chef sprechen. Wann können wir ihn sehen"?

„Jeder Zeit, wann du möchtest"

„Ok. Ich rufe später an".

Nach einer Stunde klingelte Filmens Apparat.

„Passt es Euch am Mittwochnachmittag, so gegen drei"?

„Perfekt! Wir erwarten Euch".

Fillmen sprang hoch vor Freude. Lauras süße Stimme hatte ihn wieder erregt. Der Gedanke, sie am Mittwoch wieder zu sehen, erfüllte ihn mit freudiger Erwartung, aber nicht für lange. Zu Hause braute sich ein Sturm zusammen. Sein inneres Auge sah die dunklen Wolken am Horizont. Er hatte nicht erfahren, wann seine Frau am Freitag nach Hause gekommen und wann sie ins Bett gegangen war. Am nächsten Morgen ging er unter die

Dusche – Kalt, warm, kalt. Im Spiegel sah er sein aufgequollenes Gesicht.

Seine Frau erwartete ihn wie jeden Samstag um neun zum Frühstück. Sie hatte ihn von oben bis unten gemustert, so wie er in seinem Bademantel steckte, mit jenem Blick, mit dem Frauen den Männern mitteilen, dass sie sie der Untreue verdächtigen. Mark Fillmen wusste, dass Angriff die beste Verteidigung ist und er grüßte mit einem breiten Lächeln.

„Guten Morgen, Darling. Wie war dein Chor gestern Abend? War die Kirche voll"?

„Oh, ja. Sogar der Bürgermeister war mit seiner Frau da. Und auch der Senator mit seiner Tochter. Du weißt ja, seine Frau ist letztes Jahr gestorben, du erinnerst dich doch an die Beerdigung. So eine Pracht! Diese Kränze und der riesige Strauß weißer Chrysanthemen! Und die Rede des Pastors. Ich weinte. Und seine Tochter im schwarzen, hochgeschlossenem Kleid, geschmückt mit Brillanten…„

„Fillmen schmierte sich Butter auf das Brot und tat so, als ob er ihr aufmerksam zuhörte. Solange sie sprach, war kein Platz für unangenehme Fragen. Als sie fertig war, schaute sie ihn fragend an:

„Wie ich sehe, hast du gestern etwas zu tief ins Glas geschaut. Wie war dein Geschäftstreffen"?

„Dieser Typ, ein Russe, Chef einer Computerfirma, säuft wie ein Loch. Angeblich wollen sie einige Roboter kaufen, aber mir schien es, er wollte sich nur auf meine Kosten vollllaufen lassen". Fillmen fing an, seine eigenen Lügen zu glauben. Seine Fantasie ging mit ihm durch. „Beim Abendessen soff er alleine eine ganze Flasche Wein, dann bestellte er Wodka. Beinahe hätten sie uns aus dem Lokal rausgeschmissen, sie wollten schließen. Ich wollte nach Hause, aber dieser Typ ließ nicht los. Hat mich in eine Striptease Bar nach San Francisco geschleppt. Du weißt wie mich diese Sachen anwidern. Dass sie nicht verboten werden! Fast wäre ich auf dem Tisch eingeschlafen, aber er füllte immer wieder mein Glas und schrie "Nazdorowie"! Zum Schluss hat er mich in ein Taxi geschoben, ich weiß nicht, wann ich nach Hause gekommen bin".

„Ah du mein liebes, kleines Häschen, du darfst dich nicht mit solchen Typen treffen! Du musst aufpassen, du könntest geschlagen und ausgeraubt werden. Weißt du nicht, was für Verbrechen in dieser Stadt passieren. Dort treibt sich nur Gesindel herum. Und die vielen Obdachlosen. Gestern stand in der Zeitung, für zwanzig Dollar haben sie einen Mann erschlagen"!

„Ja, meine Liebe, du hast Recht. In Zukunft werde ich besser aufpassen, mit wem ich ausgehe".

Am Montag, in seinem Büro angekommen, war Fillmen froh, dass alles so glimpflich verlief. Er mochte Laura, sie zog ihn immer noch stark an. Sicherlich wird es noch einmal und noch einmal geben. Er wusste, dass er sein Leben neu einrichten musste, aber wie? Alles in seinem Haus gehörte seiner Frau. Er hatte es geschafft, ein Paar Kröten beiseite zu schaffen, das reichte aber bei weitem nicht aus, um ein Leben ohne Arbeit und Gehalt zu führen.

Kurzes Klopfen, dann öffnete sich die Tür seines Büros und Penko kam herein.

„Hi Mark, wie geht's"?

„Sehr gut! Gerade habe ich eine gute Nachricht bekommen. Du erinnerst dich an die Dame in der Bar von Hilton-Newark, die bei Pear Computers arbeitet. Heute hat sie mich angerufen und gesagt, dass sie daran interessiert sind unseren Roboter zu sehen. Sie wird mit ihrem Chef am Mittwoch um drei da sein. Sind wir für eine Demo bereit"?

„Selbstverständlich"! Penko strahlte. Das war der erste Schritt zum Erfolg. Er hätte am liebsten Mark umarmt und geküsst, hat sich aber zurückgehalten.

36.

Die Vorführung war vorbereitet. Der Roboter nahm die Diskette vom Tisch, steckte sie in den Schlitz des Computers. Dieser startete, danach warf er die Diskette wieder heraus. Der Roboter nahm sie und legte sie auf den Tisch. Dann nahm er sie erneut und steckte sie wieder in den Computer.

Laura und ihr Chef waren sichtlich beeindruckt.

„Diese Demo wird das Publikums anziehen" wand sich Laura an ihren Chef.

„Ja, ich denke auch. Aber es muss an unser Produkt angepasst werden und ich weiß nicht wie wir das schaffen. Der große Boss hat strengstens verboten den „McWrite", vor der offiziellen Vorstellung jemandem zu zeigen".

„Wir können eine Vereinbarung unterzeichnen, dass wir das Geheimnis hüten werden", sagte Fillmen.

„Das ist auf jeden Fall notwendig, aber wir müssen es trotzdem dem großen Boss mitteilen", sagte der Chef.

„Er ist aber in Asien und ich weiß nicht, wo wir ihn finden können" antwortete Laura.

Fillmen schaute sie mit flehendem Blick an:

„Die Anpassung an Euer Produkt kann auch bei Euch erfolgen. Der einzige Mensch, der Euren Computer zu Gesicht bekommen wird, ist unser Programmierer und er wird schweigen wie ein Grab, nachdem wir die Vereinbarung unterzeichnen haben".

„Wenn wir es am Sonntag machen, wird es keiner erfahren", sagte Laura.

„Vergiss nicht, dass alle Besucher registriert werden und überall Kameras sind", antwortete der Chef.

„Lass das meine Sorge sein", fuhr Laura fort, „Ich habe den Schlüssel für den Lieferanteneingang. Dort sind keine Kameras. Wir bringen den „McWrite" zu dem Tisch für die Eingangskontrolle. So wird der Programmierer nichts sehen außer dem Computer"

„Wir könnten ihn auch in schwarze Folie einwickeln. Dann wird man nichts sehen außer dem Schlitz. So bleibt das Geheimnis erhalten", schloss der Chef ab.

Die Abmachung war erreicht und die Geheimhaltungsvereinbarung, die Fillmen vorbereitet hatte wurde unterzeichnet. Alle waren zufrieden.

„Das müssen wir begießen", sagte Filmen, „hier in der Nähe ist ein mexikanisches Restaurant, sie machen die besten Enchiladas.

Laura schaute zu ihrem Chef, er nickte bejahend mit dem Kopf und alle gingen zu den Autos.

37.

In Cenkas Café traf Penko Rumen Dragiev. Er erzählte ihm von einem ehemaligen Kollegen, John Marlow, der jetzt bei Intel arbeitete. Er hatte ihn kürzlich besucht und den Roboter gesehen, war sehr interessiert und nahm Penkos Adresse.

An der Tür erschienen Ognjan und Wasil.

„Das sind Leute der Staatssicherheit, das weiß ich gewiss", flüsterte Penko Rumen ins Ohr, „die kann man nicht so leicht loswerden, aber veräppeln könnten wir sie, wenn sie uns ansprechen".

Bulgarische Musik dröhnte aus den Lautsprechern. Cenka stellte die Musik gerade so laut, dass Gespräche an einem Tisch von den anderen nicht so leicht abgehört werden könnten.

Mit breitem Lächeln kam Ognjan auf die beiden zu:

„Hallo! Na, wie stehen die Aktien? Dürfen wir uns dazu setzen"? Sie setzten sich ohne eine Antwort abzuwarten.

Rumen setze seine Erzählung über die Anwendung des Roboters fort.

„Was macht man mit diesen Scheiben, über die ihr sprecht"? mischte sich Ognjan ein.

„Das ist die moderne Elektronik", antwortete Rumen „Auf denen werden die Mikrochips erstellt, die in allen Computern und Handys stecken".

„Das ist ja eine große Sache, was ihr da macht. Arbeiten auch andere Bulgaren bei euch"?

„Könnte sein, aber ich kenne sie nicht", beendete Rumen das Gespräch.

„Und was machst du"? wurde nun Penko gefragt.

„Ich baue einen Roboter, der Rumen bei seiner Arbeit helfen könnte", antwortete Penko.

„Was macht denn dieser Roboter? Macht er die Chips"? wollte Ognjan wissen.

„Er kann alles machen, sogar Fliesen an die Decke kleben".

Ognjans neugierige Fragen waren beiden lästig und sie versuchten ihn abzuschütteln.

„Letzte Woche war ich in einer Bar mit tollen Weibern, da laufen dir die Augen über", wechselte Penko das Thema, „aber ich habe nur zugeschaut, bin meiner Frau treu".

„Wo ist diese Bar"? fragte Ognjan und vergaß die Mikrochips und den Roboter.

„Sie ist nichts für dich, dort fährt man nur in Mercedes oder Cadillac vor"

„Was soll das? Denkst du, ich lebe von Sozialhilfe? Das Fliesenlegen ist ein lukratives Handwerk".

„Wenn du genug Kohle hast, kannst du dorthin gehen". Penko gab ihm eine Visitenkarte, die ihm einer auf der Straße im Rotlichtviertel von San Francisco zugesteckt hatte. Ognjan steckte sie in sein Portemonnaie und bedankte sich.

Zwei aufgetakelte Amerikanerinnen kamen zu Tür. Ognjan und Wasil standen auf und setzten sich mit den Frauen an den Nebentisch.

„Mit diesen Spitzeln darf man, über nichts Anderes reden als über Autos und Weiber", flüsterte Penko, „sie hocken in den Cafés, sammeln Informationen über die Emigranten und schreiben Berichte. Einmal habe ich zufällig zwei dieser Typen getroffen, noch als ich für Burlock gearbeitet hatte, sie waren von der Staatssicherheit. Sie versuchen technologische Spionage zu betreiben. Sie sind aber dafür zu dumm, verstehen nichts von der Materie".

„Eigentlich brauchen wir keine Angst zu haben, solange wir keinen Staatsstreich vorbereiten", sagte Rumen. „Wie stehen die Sachen bei dir"?

„Wir bereiten zurzeit eine Präsentation vor, zusammen mit Pear Computers. Unser Roboter soll die Diskette in den Schlitz des neuesten „McWrite" einstecken".

„Bravo, das ist super! Hoffentlich wird das euer Durchbruch"!

„Es muss werden, sonst sind wir verloren. Das Geld geht zur Neige und es sind keine Aufträge in Sicht. Wenn Miras Business nicht wäre, wären wir schon längst auf Sozialhilfe angewiesen und du weißt, wie schnell es dann geht. Das Haus wird verkauft und wir bleiben auf der Straße. San Francisco ist voller Obdachloser".

„Hoffentlich kommt es nicht soweit! Morgen werde ich John Marlow anrufen. Er war sehr interessiert. Ich bin sicher, dass Intel früher oder später Roboter brauchen wird. Deiner läuft gut und macht gute Arbeit". Rumen flüsterte nicht mehr und Ognjan spitzte wieder die Ohren.

„Hoffentlich"! erwiderte Penko.

38.

Auf Major Hadzhikovs Schreibtisch lag an diesem Morgen wieder die bekannte Mappe „Penko Penev". Einige Fotokopien dokumentierten den Prozess gegen den Untersuchungsbeamten Veselinov und seinen Gehilfen. Ausführlich waren die Szenen in jener improvisierten Polizeiwache in Goritschevo in dem Gerichtsprotokoll beschrieben. Veselinov hatte versucht, sich zu rechtfertigen aber es wurde bewiesen, dass er absichtlich diesen Psychopaten mitgebracht hatte, um Penkos Eltern zu foltern und so eine „Abschreckung für die anderen jungen Leute des Dorfes zu situieren". Er wurde zu zwei Jahren Gefängnis auf Bewährung verurteilt, verlor seinen Leutnant Grad und wurde ins Archiv versetzt. Der Folterer, wurde zu fünf Jahren Arbeitslager ohne Bewährung verurteilt. „Dort könnte er seine Kräfte nützlicher einsetzen", dachte Hadzhikov.

Das nächste Blatt war ein Fax. Der Bericht zitierte das Gespräch im Café „Free Europe" und beschrieb flüchtig Penkos Betätigungsfeld. „Scheint ein tüchtiger Mann zu sein, dieser Penko", dachte Hadzhikov, „wir müssen herausfinden was er genau macht, aber zuerst, ob er sich nicht politisch gegen unseren Staat betätigt". Er durchblätterte von neuem die Seiten. „Baut Roboter für militärische Zwecke. So ein Quatsch! Die ganze Halbleiterindustrie in den USA arbeitet für militärische Zwecke".

Er hob den Hörer:

„Genosse General, hier habe ich einen besonderen Fall, könnten wir darüber reden"?

Nach einer Stunde stand Hadzhikov, mit der Mappe unterm Arm im Vorzimmer.

„Einen Kaffee"? fragte die Sekretärin.

„Gerne. Hat der Chef jetzt Zeit"?

„Bitte, setzen Sie sich. Er wird Sie gleich empfangen".

Das Arbeitszimmer des Generals war geräumig und hell, zweimal größer als Hadzhikovs. Es lag im obersten Stockwerk und nahm den ganzen Erker mit vielen Fenstern ein. Auf der gegenüberliegenden Wand hingen in Übergröße die Porträts von

Breschnew, Lenin und des Staatschefs Todor Schiwkow.
Hadzhikov setzte sich und öffnete die Mappe.

„Ich habe Ihnen über diesen jungen Mann, der über die Grenze floh und dessen Eltern gefoltert wurden, bereits berichtet".

„Ja, ich erinnere mich. Was ist mit ihm"?

„Er hat, zusammen mit einem Amerikaner, eine Firma gegründet und baut Roboter für die Halbleiterindustrie. Er hat wenig Kontakt zu Bulgaren. Nur einige Freunde, mit denen er zusammenarbeitet und die sich nur für Technik interessieren. Nach unserer Information hegt er keine politischen Ambitionen oder Aggressionen gegen unseren Staat. Dieser Mann könnte für uns nützlich sein, deshalb schlage ich vor, ihn für unsere Zwecken anzuwerben".

Der General nahm die Mappe und fing an zu blättern, dann blieb er bei Miras Foto stehen.

„Wir könnten seine Frau oder sein Kind entführen lassen und ihn so zwingen für uns zu arbeiten".

„Das ist sehr gefährlich, Genosse General. Wenn die Polizei davon erfährt, gibt es einen großen Skandal. Das wird dem Ansehen Bulgariens großen Schaden zufügen. Denken Sie an das Attentat gegen den Papst! Viel besser ist es, ihn zu kaufen. Seine neue Firma wird Geld brauchen. Wir könnten ihm einen unserer Männer schicken, der ihm hilft und sein Vertrauter wird. Dann hätten wir Zugang zu jeder Information, die uns nützlich sein könnte".

„Das ist eine gute Idee. Von welche Summe ist die Rede"?

„Das kann ich jetzt nicht sagen, aber in dieser Branche sind einige hunderttausend Dollar üblich".

„Nicht doch, das ist eine gewaltige Summe! Aber lass uns darüber reden, wenn es so weit ist. Lasst ihn nur nicht aus den Augen"!

„Jawohl Genosse General"!

39.

Silicon Valley erwartete mit Spannung die Vorstellung des neuen Pear Computer. Es waren nur noch ein paar Tage bis zum großen Ereignis. Mit Hilfe von Laura hatte Wlado sich in die Räume von Pear eingeschlichen und den Roboter an den neuen „McWrite" angepasst. Man erwartete die Rückkehr des großen Bosses aus Asien. Er würde persönlich sein „Baby" vorführen.

Bei Penmark herrschte an diesem Nachmittag reges Treiben. Wlado saß vorm Computer, Penko fräste gerade irgendein Teil und Mark Fillmen las in einer Zeitschrift, als das Telefon klingelte. Fillmen hob ab und alle eilten zu ihm.

„Hallo Laura, freue mich deine süße Stimme zu hören. Was gibt's Neues"?

Sein fröhliches Gesicht änderte sich. Er wurde bleich wie eine Leiche.

„Ja…Ja…Verstehe, ja es tut mir sehr leid", fing er an zu stottern. „Und man kann nichts machen? Bedauere außerordentlich, vielen Dank für alles! Es tut mir sehr leid für Dich und deinen Chef". Er legte auf.

Penko und Wlado standen neben ihm und schauten ihn an. Keiner sagte ein Wort. Sie verstanden, dass etwas Schlimmes, ja Schicksalhaftes geschehen war.

„Das ist das Ende"! stammelte Fillmen kaum hörbar. Niedergeschlagen auf seinen Stuhl gesunken, sah er einen Kopf kleiner aus.

„Was hat Laura gesagt"? fragte Penko nach einer Weile.

„Als der Boss von unserem Projekt erfahren hat, war er außer sich vor Wut: „Wie kann Euch so eine Idee in den Kopf kommen"? hatte er gesagt. Wir wollen unser Produkt vorführen und nicht irgendwas, was die Aufmerksamkeit des Publikums ablenkt"! Laura wurde auf der Stelle gefeuert, ihr Chef auch".

„Sehr schade, es wäre eine gute Publicity gewesen, aber warum soll es das Ende sein"? sagte Penko.

„Weil wir kein Geld mehr haben", erwiderte Fillmen, „weder um die nächste Miete zu bezahlen, noch für unsere Gehälter".

„Ein, zwei Monate könnten wir auch ohne Gehälter überleben, deine Frau ist nicht arm".

„Sie hat mir das Konto gesperrt, als wir die Firma gründeten. „Wenn du genügend verdient hast", sagte sie, „kannst du dein eigenes Konto eröffnen".

„Was schlägst du denn vor"? fragte Penko.

„Wir müssen die Firma liquidieren, bevor wir Konkurs anmelden müssen, alles aufteilen und jeder sollte seinen eigenen Weg gehen".

Penko antwortete nicht. Er drehte sich um und schlug die Tür hinter sich zu. Wlado lief ihm nach und hielt ihn am Arm. „Ich halte zu dir"!

„Ich danke dir! Es gibt nichts Kostbareres als einen treuen Freund"!

Penko stieg in sein Auto und fuhr zur nächsten Bucht. Auf einem Felsen sitzend, betrachtete er die Boote und die Windsurfer, die über die Wellen glitten. Seine Gedanken versuchten sich die Umrisse seiner Zukunft auszumalen. „Miras Geschäft blühte, sie könnte die Familie ernähren, er könnte Arbeit suchen, irgendwo für acht Stunden am Tag, Feierabend um fünf. Er hätte mehr Zeit für Bonny, der gerade in die Pubertät kam und väterlichen Beistand brauchte. Das bedeutete aber, seine Erfindung, in die er seinen ganzer Ehrgeiz, ja seine Seele gesteckt hatte, wegzuwerfen"! Vor seinem inneren Auge erschien eine ganze Reihe Roboter in einem weißen Reinraum, die Siliziumscheiben von einer Maschine zur anderen transportierten.

Die Halbleiterindustrie entwickelte sich mit rasendem Tempo. Die Personal Computer drangen schon in die Haushalte, auch die Mobiltelefone waren auf dem Vormarsch. Alle diese Geräte brauchten Mikrochips in ungeheuerlichen Mengen, die durch manuelle Fertigungsmethoden nicht zu erbringen waren. Man brauchte Roboter und seiner war dafür prädestiniert. Er erinnerte sich an Rumen Dragiev. Heute war Freitag. „Eine Ablenkung wird mir gut tun", dachte er.

Das Café „Free Europe" war voll wie immer. Zwei Emigranten waren gerade aus Bulgarien zurückgekehrt und schilderten lebhaft ihre Eindrücke. Vor ein-zwei Jahren ist die Tochter des Staatschefs Todor Schiwkow Kultusministerin geworden und hat ein Gesetz erlassen, wonach Bulgaren die im Ausland keine anti-staatliche Tätigkeit ausüben, nicht mehr „Abtrünnige" und „Verrä-ter" genannt werden, sondern einfach „Im Ausland lebenden Bulgaren". Als solche dürften sie Bulgarien besuchen.

In diesem Augenblick erschien Rumen an der Tür. Penko winkte ihn zu sich.

„Wie geht's meinem Roboter, funktioniert er noch"?

„Wunderbar und er liefert gute Ergebnisse".

„Und ihr wollt ihn dennoch nicht kaufen"?

„Du weißt, für dieses Jahr haben wir kein freies Budget, aber für nächstes Jahr haben wir mindestens zehn Stück geplant. Übrigens, du kannst für das geliehene Gerät Miete verlangen. Dafür brauchen wir kein Budget, es geht als Verbrauchsmaterial. Schick mir ein Angebot"!

„Erledige ich noch morgen. Am Montag hast du es auf dem Tisch".

„Gestern war ein Amerikaner bulgarischer Abstammung bei mir, ein Berater" sagte Rumen. „Soll bei der Optimierung der Produktionsprozesse helfen. Interessanter Typ, vielleicht solltest du ihn auch mal kennen lernen".

Rumen zeigte Penko die Visitenkarte:

Technoconsult International
„Dr. Ivan Antonov,
Consultant"

„Ich werde keinen Berater brauchen", dachte Penko, steckte dennoch die Karte ein.

„Ich habe ihm von dir erzählt", fuhr Rumen fort, „und er war daran interessiert, dich kennenzulernen. Er vermittelt auch Finan-zierungen".

Als spät am Abend Penko nach Hause kam wartete Mira auf ihm. Sie hatte mit Wlado telefoniert und wusste was passiert war.

„Reg dich nicht auf", beruhigte sie ihn, „mit meinem kleinen Business kann ich die Familie ernähren".

Am Samstag und manchmal auch am Sonntag ging Penko in die Firma und Mira in ihr Geschäft, aber dieses Wochenende nahmen sie sich etwas anderes vor. Mira bat die Verkäuferin, sie zu vertreten und so konnten sie, zusammen mit Bonny einen Stadtbummel in San Francisco machen. Sie amüsierten sich, machten Einkäufe, besuchten ein Museum, einen Vergnügungspark, aßen in einem Restaurant und schauten sich einen James Bond Film an. Der Ausflug tat Penko gut, er hatte vorübergehend seine Sorgen vergessen und war glücklich, diesen Tag seiner Familie gewidmet zu haben. Bonny war auch glücklich, seit Monaten hatte er kein Wochenende mit seinen Eltern verbracht.

40.

Als Penko am Montag in die Firma kam, saß Wlado schon vor seinem Computer. Bald kam auch Fillmen herein.

„Wir müssen Konkurs anmelden", sagte er „und jeder von uns nimmt die Hälfte des Inventars".

„Die Hälfte wovon? Wie du weißt, sind nur ein paar Dollar auf dem Konto", erwiderte Penko.

„Wir könnten das Inventar verkaufen".

„Zum Beispiel deinen Schreibtisch, deinen Ledersessel und überhaupt deine luxuriöse Büroausstattung". Penko hatte auch den letzten Tropfen Respekt, seinem ehemaligen Chef gegenüber, verloren. „Die kannst du mitnehmen"!

„Ich weiß nicht, wo ich sie hintun soll", jammerte Fillmen.

„Deine Frau hat doch ein großes Haus, du wirst schon einen Platz finden. Oder verkaufe sie, sie haben mehr gekostet als meine Maschinen".

Sie unterzeichneten ein Abkommen und Fillmen ging. Penko atmete auf, als die Tür sich hinter ihm schloss. Wlado näherte sich und legte sein Arm um Penkos Schultern.

„Nur Mut, ich stehe zu dir"!

„Es ist dir klar, dass solange wir keine Verkäufe haben, du umsonst arbeiten musst".

„Ich habe damit kein Problem. Marlis verdient nicht schlecht und ich helfe ab und zu Leuten, mit ihren Computern klar zu kommen".

Die erste Miete von „Fairchild" reichte gerade für die Raummiete. Die Firma war vorerst gerettet, aber die schweren Zeiten waren noch nicht vorbei. Einige Monate vergingen mit der Entwicklung neuer Modelle, aber Einkünfte gab es nicht. Trotzdem war Penko überzeugt, dass sie eines Tages Erfolg haben würden.

Jeden Sommer fand in San Francisco eine große internationale Messe, SEMICON, für Maschinen und Materialien für die Halbleiterindustrie statt. Die Teilnahme an dieser Messe wäre eine gute Möglichkeit die junge Firma Penmark zu präsentieren, die Standmieten aber waren horrend. Penko und Wlado investierten alle ihre Ersparnisse. Sie bekamen einen kleinen Stand in der letzten Ecke einer großen Halle. Sie wollten den Prototyp, den sie für die Demonstration mit Pear vorbereitet hatten, ausstellen.

Einen Monat vor Messeanfang rief John Marlow von Intel an. Er hatte ein großes Problem mit der Effektivität der Produktion und dachte es mit Hilfe von Penkos Roboter lösen zu können.

„Wir haben ein Demo-Model, das wir für die SEMICON vorbereitet haben. Wollen sie es mieten oder kaufen"?

„Wir könnten es zuerst mieten. Wenn alles gut geht werden wir es kaufen".

Der Prototyp war weg! Der erste Erfolg brachte das nächste Problem. In Windeseile musste ein neuer Roboter für die Ausstellung gebaut werden. In Tag- und Nachtarbeit gelang es ihnen zwei zu bauen. Wlado programmierte sie so, dass der erste eine Scheibe nahm, sie dem zweiten reichte, der sie dann wieder dem ersten übergab. Dieses Spiel zog die Aufmerksamkeit des Publikums an und der Stand war ständig von Interessenten belagert. Nach der Messe hatten sie mehr als hundert Anfragen.

Die ersten Aufträge flatterten ins Haus und damit auch die nächsten Herausforderungen. Für die Produktion waren Teile und Leute notwendig und vor allem GELD! Penko stellte einen Businessplan auf und beantragte einen Kredit bei der Bank. Diese lehnte ihn ab. Er konnte nicht genügend Sicherheiten vorweisen. In seiner Verzweiflung erinnerte er sich an die Visitenkarte, die ihm Rumen gegeben hatte.

„Technoconsult International" meldete sich eine weibliche Stimme, „was kann ich für Sie tun"?

Penko stellte sich vor. Dann fragte er, ob er Dr. Antonov sprechen könne.

„Einen Moment, bitte". Im Hörer erklang klassische Musik. Nach kurzer Pause meldete sich eine sanfte männliche Stimme:

„Antonov".

„Guten Tag Dr. Antonov", setzte Penko in Bulgarisch fort. „Ich habe Ihre Karte von Rumen Dragiev, Fa. Fairchild, bekommen und möchte Sie fragen, ob Sie mir in einer prekären Situation helfen könnten"?

Penko schilderte kurz sein Problem. Dr. Antonov zeigte sich bereit, ihn zu besuchen, die Produkte kennen zu lernen und die Situation detailliert zu besprechen.

Ein eleganter junger Mann mit kurzgeschnittenem schwarzem Haar und dunkler Sonnenbrille tauchte am nächsten Tag bei Penmark auf. Er nahm Platz im ehemaligen Fillmen Office und setzte seine Brille ab. Zum Vorschein kamen zwei dunkelbraune Augen. Ein Oberlippenbart verdeckte einen kleinen Leberfleck. Sein Gesicht war glatt rasiert.

„Ich verstehe Ihr Problem und werde versuchen, Ihnen zu helfen", fing Dr. Antonov an. „Die Banken hier sind erbarmungslos. Kein Wunder, dass sie Ihren Businessplan verworfen haben. Sie haben ein ungewöhnliches Produkt, sehr interessant und mit großer Zukunft. Diese kleinkarierten, kurzsichtigen Bürokraten verstehen nichts davon. Sie wollen nur schnelle Dollar sehen".

Dr. Antonov betrachtete mit Interesse die Bilder der Roboter an der Wand.

„Diesen haben wir Fairchild vermietet, diesen an Intel", erklärte Penko.

„Ausgezeichnet! Sie haben schon Beziehungen zu den größten der Branche. Sie sagten, Sie haben Aufträge, von wem"?

„Texas Instruments in Dallas haben zwölf bestellt, National Semiconductors – weitere acht. Das ist aber nur der Anfang. Von der Messe haben wir über hundert Anfragen. Ich weiß nicht wie ich antworten soll, wir können nicht liefern"!

„Ich schlage vor, diese Sorge mir zu überlassen. Sie Sind ein Glückspilz! Ich sehe wie eine große Firma geboren wird. Haben Sie schon mal von Venture Capital gehört? Es gibt Firmen oder reiche Leute, die in vielversprechende Produkte investieren, gegen minimale Beteiligung. Ich kenne eine kleine Bank in Los Angeles, die interessiert sein könnte. Ich könnte für Sie einen professionellen Businessplan erarbeiten, den wir dieser Bank vorlegen. Ich vermute ein Kredit von hundert bis zweihunderttausend Dollar ist durchaus drin".

Es klang wie ein Märchen, Penko konnte es nicht glauben, er dachte, er träume. Mit hunderttausend Dollar könnte er drei bis

vier Mitarbeiter anstellen, die Teile anfertigen lassen und die
Aufträge leicht erledigen.

„Wie sind Ihre Bedingungen? Wie hoch ist der Zins"? fragte
Penko.

„Oh, seien Sie unbesorgt. Ich habe einen Vertrag mitgebracht". Er öffnete sein Diplomatenköfferchen und nahm aus
einer ledernen Mappe ein sauber gedrucktes Blatt heraus. „Lesen
Sie ihn durch und überlegen Sie. Wenn Sie sich entschließen,
meine Dienste in Anspruch zu nehmen, unterschreiben Sie ihn.
Wenn Sie etwas ändern oder ergänzen möchten, können wir es
gerne diskutieren".

Penko nahm das Blatt. Der Text war offensichtlich von
einem Anwalt verfasst. Das, was Penko verstand war, dass Dr.
Antonov sich, gegen fünf Prozent des zukünftigen Gewinns verpflichtete, Startkapital zu besorgen und technische Unterstützung
zu leisten. Im Falle eines Misserfolgs, hatte Penko keine Verpflichtungen.

„Dürfte ich fragen, über welche Kenntnisse Sie verfügen,
wenn Sie auch technische Unterstützung anbieten"?

„Ja, selbstverständlich. Ich kam in die USA dank eines
UNESCO Programms, das Stipendien für begabte Schüler aus
dem Ostblock vergab, um in den USA zu studieren. Ich habe
mich in der elektro-mechanischen Fakultät des MIT in Boston
eingeschrieben, die ich mit einem Doktortitel absolvierte. Danach
habe ich in einigen kleineren Firmen hier in Silicon Valley prakti-
ziert. Die erworbenen Kenntnisse brachten mich auf die Idee,
mehreren Firmen nützlich sein zu können und so wurde ich Berater. Wie es in §2 steht, verpflichte ich mich jegliche Informationen und Firmengeheimnisse streng vertraulich zu behandeln und
mich rechtlichen Schritten zu unterwerfen, wenn ich Firmengeheimnisse verrate".

Penko überlegte. „Konnte er sich diesem Mann anvertrau-
en"? Er wunderte sich wie es möglich war, dass ein junger Mann
wie dieser Dr. Antonov in die Vereinigten Staaten gekommen war,
und hier Karriere machte. Seine Erzählung aber klang glaubwür-
dig.

„Sie haben Glück gehabt"! sagte Penko, „ich war gezwungen über die Grenze zu fliehen, aber das ist eine lange Geschichte und hier ist sie nicht am Platz".

Penko las den Vertrag noch einmal und nachdem er nichts Verdächtiges fand, unterschrieb er ihn.

„Das Wichtigste ist jetzt einen Businessplan zu erstellen, worum ich mich kümmern werde", fuhr Dr. Antonov fort. Er verstaute den unterschriebenen Vertrag in seine Ledermappe. „Für mich ist es eine Freude, einem so tüchtigen Landsmann helfen zu können".

Pünktlich um neun am nächsten Tag traf Dr. Antonov ein. Diesmal trug er ein Sporthemd, Jeans und Mokassins, die Sonnenbrille auf dem Kopf. Aus einem Köfferchen entnahm er den gerade auf dem Markt erschienen „McWrite" Computer und einen kleinen tragbaren Printer. Penko führte ihn in das ehemalige Fillmen Office und gab ihm die Anfragen von der Messe.

Während der Mittagspause redete Penko über seine Tätigkeit bei Burlock und wie es zu der Entwicklung des Roboters kam. Bis zum Abend war der Businessplan fertig. Ein stürmisches Wachstum der Firma wurde prognostiziert, Verkäufe von einigen hunderttausend Dollar jährlich und Profit von zwanzig bis dreißig Prozent. Beide führten noch einige kleine Korrekturen aus und unterschrieben ihn.

„Ich rufe an, wenn ich ein Ergebnis habe", verabschiedete sich Antonov.

Es verging mehr als Monat, aber von Dr. Antonov hörte er nichts. Penko begann zu zweifeln. Er rief ihn an. Die zarte Frauenstimme sagte ihm, dass Dr. Antonov auf einer Dienstreise im Ausland wäre und sofort anrufen würde, sobald er zurück sei.

In den Angeboten an Texas Instruments und National Semiconductors hatte er Lieferzeiten von drei bis vier Monaten zugesagt. Die Teile hatte er bestellt, hatte aber kein Geld, sie zu bezahlen. Dank früherer korrekter Zahlungen hatte er das Vertrauen der Lieferanten gewonnen gehabt, was ihm jetzt zugutekam. Wlado hatte den elektrischen Teil fertig entworfen und produzierte die Elektronikplatinen, Penko fertigte selbst Teile, die ihm seine

Maschinen erlaubten. So vergingen die Tage der Erwartung schneller.

Penkos Gesicht strahlte, als er die bekannte Stimme Dr. Antonovs im Hörer vernahm.

„Ja, sicher. Kommen Sie, sobald sie können".

Dr. Antonov kam am nächsten Tag, feierlich angezogen, mit der bekannten Ledermappe unter dem Arm. Er entnahm aus ihr einen neuen Vertrag mit dem Logo der International Investors Bank, in dem sie der Firma Penmark und ihrem Gründer Penko Penev einen Kredit von hunderttausend Dollar mit acht Prozent Zins und Tilgung innerhalb von fünf Jahren einräumte. Es folgten weitere Dokumente zur Kontoeröffnung, sowie ein Checkbuch.

„Die Bank will Übersicht über die Ausgaben haben", sagte Antonov, „und sie wollen auch mindestens einen Garanten. Da bin ich für Sie in die Bresche gesprungen, weil ich vom Erfolg des Unternehmens überzeugt bin. Lediglich bei Ausgaben über dreißigtausend Dollar muss ich mitunterschreiben".

Unter dem Vertrag standen zwei Unterschriften – P. Klemens, Direktor und J. Marinov, stellvertretender Direktor. Der Name hörte sich bulgarisch an und Penko wunderte sich, dass in dieser Bank ein Bulgare einen verantwortlichen Posten bekleidete, aber es schickte sich nicht, danach zu fragen. Der Vertrag wurde unterzeichnet, es gab keine Alternative. Das Geld wurde dringend gebraucht. Auf Penkos Schreibtisch häuften sich die Anfragen.

„Vielen, vielen Dank"! sagte Penko, „dieser Kredit rettet uns im Moment, es ist aber nicht nur das Geld. Sie hatten technische Unterstützung erwähnt. Worin könnte sie bestehen? Jeder Kunde hat spezifische Anforderungen. Die Roboter müssen modifiziert werden. Dafür brauchen wir fähige Ingenieure und Mitarbeiter".

„Selbstverständlich helfe ich Ihnen, wie ich versprochen habe. Einige Aufgaben könnte ich auch selbst übernehmen. Wie ich sehe, kommen viele Aufträge. Das geht nicht mehr mit manueller Fertigung. Das ist Fabrikation! Sie brauchen Logistik. Lassen sie mir Zeit bis Ende der Woche, ich werde einen Organisationsplan anfertigen, wie wir die Bestellungen rechtzeitig ausliefern könnten".

An diesem Abend war Penko glücklich wie seit langem nicht mehr. Er sah Licht am Ende des Tunnels. Er lud Mira, Bonny und Wlado mit Marlies zum Dinner ein. Es war ein warmer Herbstabend. Vor dem Restaurant am Kai ankerten weiße Boote aller Größen. Aus der Ferne hörte man ein Zischen und wie ein Pfeil, brauste ein langes Schnellboot vorbei, das kaum das Wasser berührte.

„Schaut! So eins möchte ich haben, wenn wir zu Geld kommen und dieser Tag ist schon in Sicht"! Penko erzählte von dem Gespräch mit Dr. Ivan Antonov und dem Kredit.

„Diesen Mann kenne ich nicht", sagte Mira, „aber ich habe ein mulmiges Gefühl im Magen. Noch nie habe ich von solchen Stipendien gehört. Ist es nicht merkwürdig, dass ein junger Bulgare am MIT studiert? Entweder hat er dicke Beziehungen, oder ist selbst einer von „denen"".

„Mir kommt er auch etwas verdächtig vor, " mischte sich Wlado ein, „aber auf den Kredit, den er uns gebracht hat, können wir nicht verzichten".

„Passt auf", sagte Mira, „dass es nicht so kommt, wie mit dem Spatz, der im kalten Winter erfroren zu Boden fiel. Da kam eine Kuh und ließ einen Fladen auf ihn fallen. Aufgewärmt zeigte der Spatz seinen Kopf und fing an mit den Flügel zu flattern. Da sah ihn die Katze und schnappte ihn. Die Lehre daraus ist: Nicht jeder, der dich bescheißt, meint es böse und nicht jeder, der dich aus der Scheiße holt, meint es gut mit dir".

Alle lachten über Miras Witz und der Abend verlief in bester Stimmung.

41.

Dr. Ivan Antonov kam mit einem tadellos ausgearbeiteten Plan und einem Diagramm, das die Firmenstruktur zeigte. Ganz oben, in einem Quadrat stand „Penko Penev, CEO". Es folgten eine Reihe leerer Quadrate mit den Bezeichnungen der einzelnen Abteilungen, die für die richtige Funktion der Firma notwendig waren.

In den folgenden Monaten wuchs die Firma schnell. Penko stellte zwei Ingenieure an – Paul Bullhead, den er von Burlock kannte und seinen Freund Frank Miller. Paul war Penkos Mitarbeiter und konnte mit dem neuen Zeichenprogramm AutoCAD umgehen. Frank war ein geschickter Konstrukteur und scheute sich nicht, einen blauen Kittel anzuziehen und eine Feile in die Hand zu nehmen.

Auf Drängen von Penko, verlies Mira das Schuhgeschäft und wurde als Hauptbuchhalterin angestellt. Zusätzliche Räume wurden gemietet. Den ganzen Tag lernte Penko die neuen Mitarbeiter an. Ivan Antonov kam auch zwei bis drei Mal die Woche vorbei. Er beschäftigte sich vorwiegend mit Organisationsaufgaben, half aber auch bei der Lösung technischer Probleme. Er kannte alle Mitarbeiter, sowie die Konstruktion der Roboter und die Funktionen eines jeden Models. Von Zeit zu Zeit verschwand er für ein, zwei Wochen, stürzte sich dann aber in die Arbeit, sobald er zurück war.

Penko wusste, dass Ivan Antonov sehr viel zu der Entwicklung der Firma beigetragen hatte, konnte aber, obwohl sie sich duzten, nicht richtig warm mit ihm werden. Eine Freundschaft, wie mit Wlado war mit Ivan unmöglich. Ivan war Junggeselle, fuhr BMW Cabrio, war immer korrekt gekleidet, war außerordentlich diszipliniert, meldete immer rechtzeitig seine Abwesenheit und hinterließ niemals unerledigte Aufgaben. Die mehrmaligen Einladungen Miras nach Hause zum Dinner aber lehnte er höflich ab. Keiner erfuhr, ob er eine Freundin hatte oder gar ein Freund, aber für letzteres gab es keine Anzeichen.

Eines Sonntags besuchte Penko, aus reiner Neugier die Adresse auf der Visitenkarte von Ivan Antonov. Das Büro befand sich in einem dieser einstöckigen Malls, mit lauter kleinen Geschäften, die es in jedem Stadtviertel gab. Das Fenster war mit schwarzer Folie verdunkelt, an dem Briefkasten an der Tür klebte nur seine Visitenkarte. So hat Penko nie erfahren, wo er wirklich wohnte, vielleicht in diesem dunklen Office, oder in einem herrschaftlichen Haus mit Swimmingpool? Einmal hatte Penko ihn direkt gefragt. Ivan antwortete ausweichend, dass er in Concord wohne, eine Adresse hatte er aber nicht angegeben. Er versprach, ihn mit Mira irgendwann zum Abendessen einzuladen, dieses „irgendwann" aber kam nie.

Penmark war ausgestattet mit Personal Computern. Alle Zeichnungen wurden nacheinander im neuen Programm „Auto-CAD" übernommen und auf Disketten gespeichert. Ivan konnte auch gut mit dem System arbeiten, Penko überließ es lieber Paul Bullhead, da er selbst andere Aufgaben hatte und freute sich dann seine Skizzen sauber und professionell gezeichnet zu sehen. Das Programm erlaubte es, die Zeichnungen direkt an die Verarbeitungsmaschinen zu senden und somit Übertragungsfehler zu vermeiden. Die Gefahr, die sich dahinter verbarg, übersah er. Die Zeichnungen auf den Disketten konnten leicht vervielfältigt und einfach mitgenommen werden.

Seinen Mitarbeitern gegenüber hatte Penko volles Vertrauen und war ständig bemüht eine freundliche Atmosphäre zu schaffen. Er organisierte Partys und Feste anlässlich von Geburtstagen, beim Eintreffen größeren Bestellungen und Ausflüge während der Feiertage. Wie bei jeder amerikanischer Firma, gab es auch bei Penmark Personalfluktuation. Es fiel Penko auf, dass beide Ingenieure Paul und Frank sich in der letzten Zeit sonderbar benahmen. Sie blieben Firmenfesten fern und saßen mittags abseits und unterhielten sich leise.

Eines Nachts bekam Bonny Bauchschmerzen und musste dringend ins Krankenhaus. Sein Blinddarm war geplatzt, sein Leben in Gefahr. Penko und Mira blieben über das Wochenende bei ihm. Als sie am Montag zur Firma fuhren, sahen sie von weitem die blinkenden Lichter der Polizei. Ein gelbes Band versperrte ihnen den Weg. Einige Mitarbeiter standen besorgt herum,

152

darunter auch Paul und Frank. Die Tür war eingebrochen, die Polizisten fotografierten und sicherten Spuren. Nach einiger Zeit ließen sie Mira und Penko hinein. Es sah aus wie nach einem Wirbelsturm. Auf dem Boden lagen Zeichnungen, Teile, Platinen und Werkzeuge. Die Computer waren verschwunden, samt allen Disketten. Ein halbgebauter Roboter lag in einer Ecke. Die Polizisten nahmen Fingerabdrucke von allen Mitarbeitern.

Die Untersuchung brachte keine Ergebnisse. Fremde Spuren wurden nicht entdeckt. Entweder wurde der Überfall von Mitarbeitern ausgeführt, oder von sehr professionellen Dieben, die keine verwertbaren Spuren hinterließen. Es folgten Hausdurchsuchungen bei Mitarbeitern. Das führte dazu, dass einige von ihnen beleidigt die Firma verließen. Paul und Frank waren auch dabei.

Es standen schwere Zeiten bevor. Ein großer Auftrag war in Vorbereitung, aber wichtige Teile waren gestohlen und die Zeichnungen dafür fehlten. Der Vertrag sah eine Verzugsstrafe für verspätete Lieferung vor. Penko zur Hilfe kam Ivan. Er hatte Kopien der Disketten angefertigt, die jetzt die Situation retteten. Penko konnte sich nicht erinnern, ihm das genehmigt zu haben, andererseits war er froh darüber und bedankte sich bei ihm für seine Vorsorge.

42.

Der General stand auf und wies beide Besucher auf die Ledersessel vor sich.

„Was darf ich Euch anbieten? Cafe, Tee, Coca-Cola, Whiskey"?

"Danke! Nur ein Wasser, bitte". Der junge Mann war elegant gekleidet, hatte kurzgeschnittenes schwarzes Haar und einen schmalen Oberlippenbart, der einen kleinen Leberfleck verdeckte.

„Darf ich Ihnen „Sergej" vorstellen, Genosse General", fing Major Hadzhikov an, „von dem ich gesprochen hatte. Er hat großartige Arbeit geleistet".

„Gratuliere"! Der General stand wieder auf und streckte die Hand aus. „Was hast du uns mitgebracht"?

Sergej öffnete sein Diplomatenköfferchen und legte einige Disketten auf dem Tisch.

„Unsere Freunde werden zufrieden sein". sagte der General. „Es sind nur Zeichnungen, nicht wahr"?

„Ja, aber danach kann man einen Roboter bauen. Ich habe auch einige Fotos". Sergej griff in das Köfferchen und legte die Fotos dazu.

„Das alles ist sehr gut, aber unsere Freunde brauchen Mikroprozessorchips von Intel. Eure Firma, wie war der Name, hat doch Kontakte zu Intel, oder"?

„Penmark", antwortete Sergej, „aber das ist unmöglich, wir haben kaum Zutritt. Jede Scheibe wird registriert, sogar die defekten Chips werden genau gezählt".

„Wenn du „kaum" sagst, habt ihr doch Möglichkeiten! Sorgt dafür, dass der Roboter Fehler macht. Sie werden euch rufen, ihn zu reparieren und dann – ein Paar Chips in die Tasche. Soll ich es euch beibringen"?

„Es ist nicht so einfach, wie Sie es sich denken! Unsere Roboter werden nur in der Fotolithographie verwendet. Das ist der erste Prozessschritt. Zu den fertigen Chips haben wir keinen Zutritt".

„Ihr werdet es schaffen! Baut Roboter, die die fertigen Chips zählen! Wofür geben wir Euch so viel Geld"?

„Wir werden es versuchen, Genosse General".

„Nicht versuchen, sondern tun! Dieser Penko scheint ein kluger Kopf zu sein, er wird es schaffen. Du musst ihn dazu bringen, das ist deine Aufgabe"!

„Ich werde versuchen, ihn zu überzeugen, es wird nicht einfach".

„Wenn es einfach wäre, hätten wir nicht dich dorthin geschickt. Du musst dir etwas einfallen lassen. Wir haben diese Firma unterstützt, damit wir Zugang zu technologischen Informationen bekommen, die unsere Freunde brauchen".

„Die Information, die Sie verlangten, habe ich Ihnen mitgebracht. Die Technologie für die Herstellung von Mikrochips ist um Grade komplizierter", wand Sergej ein, „In Botevgrad⁴ schaffen sie es nie"!

„Wer spricht hier von Botevgrad? In der Sowjetunion haben sie alle möglichen Laboratorien. Sie schaffen alles! Wenn du das nächste Mal kommst, will ich eine Handvoll Chips sehen, ist das klar"!

„Yes Sir"! Sergei grüßte militärisch.

Auf dem Weg ins Hotel überlegte Ivan Antonov, alias Sergej, für wen er eigentlich arbeitete. Bislang war er überzeugt, dass er seinem Vaterland diente. So hatten sie es ihm beigebracht, als er angeworben wurde. Das hatte ihm auch sein Vater gesagt, der seinem Todesurteil auf ein Haar entgangen war und später unter „ungeklärten Umständen" sein Leben verlor. Dasselbe hatten sie ihm ins Gehirn eingehämmert, als sie ihn zum Studieren nach Amerika geschickt hatten. Heute verstand er, dass die Auftraggeber die „Freunde" aus der Sowjetunion waren, besser gesagt die „Brüder", Freunde könnte man sich ja aussuchen. Bulgarien war eine jämmerliche Marionette in den Händen des „Großen Bruders", die die heißen Kastanien aus dem Feuer zu holen hatte. Gegen die Sowjetunion war ein Embargo verhängt worden, das den Import von Hochtechnologie unterbinden sollte.

---

⁴ In dieser Stadt war das einzige Halbleiterwerk in Bulgarien.

Penko war ein unermüdlicher Gestalter, Idealist und unbeugsamer Kämpfer. Ivan mied seine Nähe und wich einer Freundschaft mit ihm aus, aus Angst entdeckt zu werden. Er empfand jedoch Penko gegenüber eine tiefe Verehrung, Respekt und Sympathie. Er beschloss, ihm zu helfen, Penmark weiter zu entwickeln. Mit Freude würde er für ihn arbeiten, anstatt für seine jetzigen Befehlshaber. Er wusste aber genau, dass es nicht leicht war, sich aus den Ketten zu befreien, an denen er hing.

Die Zeichnungen, die er dem General und seinen Gebietern gegeben hatte, konnten Penko und seiner Firma nicht schaden. Erstens war es ziemlich unwahrscheinlich, dass danach ein funktionierender Roboter gebaut werden könnte und zweitens, wenn doch, würde er niemals in den USA zum Verkauf angeboten werden und so Penmark Konkurrenz bieten.

43.

Mit viel Mühe und Entbehrungen schaffte es Penko, die Firma aus der misslichen Lage, in die sie nach dem Einbruch gefallen war, zu retten. Die Diskettenkopien halfen die verschwundenen Teile wieder anzufertigen und der Auftrag wurde mit geringer Verspätung, die der Kunde tolerierte, ausgeliefert.

Neue Ingenieure und Mitarbeiter mussten angestellt werden. Einige der treuen Angestellten verstanden die Notwendigkeit der Hausdurchsuchungen und kehrten nach einiger Zeit zurück. Die Neuen wurden sehr sorgfältig von Penko und Mira auf ihre Loyalität hin geprüft. Ivan hatte sich seit über zehn Tagen nicht gemeldet, aber als er wieder kam, hatte er sich noch aktiver als zuvor in den Wiederaufbau der Firma eingeschaltet. Er übernahm die Aufsicht über die Mitarbeiter in der Fertigung und hatte Ideen und Vorschläge, die er abends mit Penko diskutierte. Oft saßen sie bis spät über Skizzen und Zeichnungen und tauschten Meinungen aus. Eines Abends lud ihn Mira, die auch lange geblieben war, zum Abendessen ein. Diesmal sagte er nicht ab. Unvorbereitet kochte sie eine Bohnensuppe aus der Dose mit ein paar Würstchen. Der Gast war sehr zufrieden. Seit langem hatte er keine Hausmannkost mehr gegessen. Er erzählte vom neuen Parteisekretär der Sowjetischen Kommunistischen Partei Gorbatschow und über seine „Perestroika". Große Veränderungen stünden bevor, die den ganzen Ostblock betreffen würden. Penko war entzückt. Er hatte sich nicht besonders für Politik interessiert und im Café „Free Europe" hatte er vermieden, sich über solche Themen zu äußern. Die neue politische Entwicklung eröffnete die Möglichkeit, seine Eltern wiederzusehen, die viel gelitten hatten. Er schickte regelmäßig Geld für die Frau, die für sie sorgte. Seine Eltern waren bescheidene Leute und brauchten nicht viel. Einige Bulgaren waren schon dorthin gereist und erzählten im Café „Free Europe" von ihren Eindrücken.

Während der letzten Monate waren sich Penko und Ivan näher gekommen. Ivan lud Penko und Mira einige Male zum Dinner ein, aber immer in ein Restaurant. „Meine Junggesellenbude ist nichts für Gäste", rechtfertigte er sich.

Die nächste SEMICON Messe brachte einen noch größeren Erfolg. Die Halbleiterindustrie in der USA befand sich in einem enormen Aufwind. Die Personal Computer von IBM und Pear drangen in jedes Heim ein. Die tragbaren Telefone gehörten zur Ausstattung eines jeden Geschäftsmanns. Ronald Reagan hatte einen gewaltigen Anstoß zur Weltraumeroberung und zur Aufrüstung gegeben. Alle suchten Roboter. Es kamen aber auch andere Firmen auf den Markt. Eine davon hatte ähnliche Produkte wie Penmark. Penko erfuhr, dass hinter dieser Firma seine früheren Mitarbeiter Paul Bullhead und Frank Miller standen, aber direkte Beweise für ihre Beteiligung an dem Einbruch konnten nicht nachgewiesen werden. Penkos Firma hatte genügend Anfragen und Aufträge. Penmark hatte sich einen Namen auf dem Markt gemacht und fürchtete die Konkurrenz nicht.

Auf dem Messestand erntete Ivan, mit seinem tadellosen Englisch und guten Kenntnissen der Technologie große Erfolge. Nach der Messe überließ ihm Penko die Kundenanfragen und mit der Zeit das ganze Marketing. Er selbst vertiefte sich in der Entwicklung neuer Modelle. Die Verkäufe wuchsen und damit die Firma. Die Belegschaft umfasste über dreißig Personen. Es waren mehr Maschinen und Räume notwendig und dafür mehr Geld, viel mehr Geld.

Nach der Messe waren zwei Wochen vergangen, als Ivan Penko für ein Gespräch unter vier Augen bat. Auf den Hügeln um Fremont gab es viele unbebaute Wiesen. Nur dort war man vom Mithörer sicher. Vor ihnen öffnete sich eine weite Aussicht, die bis zum anderen Ufer der San Francisco Bay reichte. Irgendwo in der Ferne schimmerten die Häuser von Palo Alto.

„Am Stand waren Leute von einer englischen Firma „White Metals", fing Ivan an, nachdem sich beide auf das sonnenverbrannte Gras niedergelassen hatten. „Sie wollen sechzig Roboter kaufen, aber in Einzelteilen. Die mechanischen Teile sollen beim Zoll als „Metallware" deklariert werden, die Elektronik als „Aufzugssteuerung". Sie versprachen fünfzig Prozent in Cash mit der Bestellung, den Rest bei der Lieferung. Zusätzlich wollen sie zehn Prozent in Cash für das Zerlegen der getesteten Roboter zuschießen".

„Seltsam", wunderte sich Penko. „Normalerweise werden solche Geschäfte mit „Letter of Credit" abgeschlossen. Außerdem vermute ich Probleme mit dem Zoll, sie sind bei der Ausfuhr hochtechnologischer Produkte sehr empfindlich, sogar einem befreundeten Land wie England gegenüber".

„Probleme sind dafür da, um gelöst zu werden! Denk daran, es sind fast eine Million Dollar. Mit diesem Geld kannst du automatische Maschinen kaufen und die Teile selbst herstellen. Was kümmert dich, was „White Metals" mit den zerlegten Robotern machen? Wenn sie Lust haben, können sie sie einschmelzen, Hauptsache, sie bezahlen".

Penko starrte in die Ferne. Dreihunderttausend Dollar in Cash, unversteuert war keine zu vernachlässigende Summe. Wo die Roboter hingehen werden, konnte er sich vorstellen. Wenn aber wir nicht liefern, werden es die Konkurrenten tun. Für Geld tun die Leute alles, sogar morden.

„Warum wollen sie Cash zahlen"? fragte Penko.

„Das können wir leicht regeln", antwortete Ivan, „wenn du Bedenken hast. Die Bank wird einen Check ausstellen, aber es ist nicht schlecht, wenn du ein Paar Kröten an der Steuer vorbei in der Tasche hast. Dann kannst du dir auch etwas leisten, ohne dafür Rechenschaft ablegen zu müssen". Er zwinkerte ihm vieldeutig zu.

„Wenn das Geschäft als ganz normaler Auftrag abläuft, Zahlung mit Check über die Buchhaltung, dann hört es sich sauber an. Die zehn Prozent in Cash unter die Hand".

„Ich werde mit der Bank sprechen wegen des Checks. Die zehn Prozent, teilen wir uns 50/50. Bist du einverstanden"?

Penko stand auf und schaute Ivan in die Augen. Sie sahen ihn freundlich an. Er nahm die ihm ausgestreckte Hand:

„Ok. Wann kommt die Bestellung"?

„Sie ist schon da. Wir müssen sie nur bestätigen".

„Gut, aber zu unseren Bedingungen".

44.

Mit dem Geld aus der Vorauszahlung kaufte Penko zwei neue Maschinen und stellte Arbeiter und Techniker an. Er mietete noch eine Halle in der Nähe, wo die Montage erfolgte. Eine der Vertragsbedingungen war, die Roboter fertigzustellen und sie dann von Vertretern der Firma „White Metals" testen und abnehmen zu lassen. Danach sollten die Geräte zerlegt werden und in separate Lieferungen, die Mechanik als Metallteile und die Elektrik als Aufzugssteuerungen deklariert, versendet werden. Beim Vertragsabschluss hatte Penko ein mulmiges Gefühl. Mira riet ihm sogar, vom Vertrag zurückzutreten, aber die Summe war so verlockend. Ivan brachte einen Anwalt mit, der die Richtigkeit des Vertrages und seiner Übereinstimmung mit den Gesetzen überprüfte. Die Zerlegung und die zehn Prozent cash wurden als „Gentlemen Agreement" nur mündlich vereinbart.

Nach drei Monaten Arbeit in zwei Schichten wurden die ersten zwanzig Stück fertig. Die Kunden, drei Männer, erschienen trotz des warmen Wetters in dunklen, englischen Anzügen mit Krawatten und Sonnenbrillen. Penko erkannte sofort, dass einer davon mit russischem Akzent sprach. Dieser testete jeden Roboter besonders sorgfältig, markierte die einzelnen Teile mit einem Stift, der keine Spuren hinterließ und fotografierte ihn von allen Seiten. Das Abendessen der fünf Männer verlief in sachlicher Atmosphäre. Mira entschuldigte sich. Sie hatte keine Lust, mit diesen äußerst unsympathischen Männern, an einem Tisch zu sitzen. Auch Ivan gegenüber hatte sie gemischte Gefühle. Er war immer sehr aufmerksam und höflich, warm aber konnte sie mit ihm nicht werden.

Nach dem Dinner schlug Ivan etwas Zerstreuung vor. Die drei hatten ihre dunklen Anzüge mit lockerer Freizeitkleidung, wie in Kalifornien üblich, getauscht. Ivan führte sie in eine Bar in San Francisco. Das Lokal war verqualmt und dürftig beleuchtet. Paare in intimer Umarmung tanzten zur Musik eines farbigen Trios. Eine lange Bar in U-Form umschloss die Tanzfläche. Vor ihr hockten Männer und Frauen wie die Spatzen auf einem Telegrafendraht. Manche tranken, andere unterhielten sich oder beobachteten einfach die Tanzenden.

Die Neuangekommenen fanden drei Hocker, Ivan und Penko standen vor ihnen. Sie brachten einen Toast aufeinander aus, ebenso in Richtung einer Gruppe Frauen. Diese antworteten und als die Musik wieder zu spielen begann, hatten die drei Engländer je eine Frau in ihren Armen und tanzten. Ivan hatte ein Gespräch mit einer fein angezogenen Dame angefangen, als eine andere, mit einem Glas in der Hand, auf Penko zu kam und mit ihm anstieß:

„Magst du nicht tanzen"?

„Ich habe es noch nie probiert". Er erinnerte sich an seine Jugend, als seine Schulkameraden nach Vidin zum Tanzen gingen, sich besoffen und nach einer Schlägerei mit blutenden Nasen zurückkamen.

„Komm, ich bringe es dir bei, es ist ganz einfach. Leg deine Hand um meine Taille" und als sie die andere ergriff führte sie ihn etwas abseits der Tanzfläche. Das Trio spielte Blues.

„Den einen Fuß zur Seite, den anderen bewegst du dazu nach dem Takt der Musik".

Penko liebte Musik und hatte ein gutes Taktgefühl. Schnell begriff er die Schritte und der Tanz gefiel ihm, aber viel mehr der betäubende Duft ihrer Haare, die auf seiner Schulter lagen. Bei der nächsten Drehung, schob sie ihren Oberschenkel zwischen seine Beine und drückte ihren Körper an seinen. Sie spürte seine Erregung:

„Es scheint mir, ein anderer Tanz würde dir besser gefallen", flüsterte sie in sein Ohr.

„Ich denke auch, aber die Toiletten sind stark frequentiert".

„Im Hotel gegenüber kann man Zimmer stundenweise mieten". Sie nahm ihn an der Hand und schleppte ihn zum Hinterausgang. „Hast du einen Hunderter"?

Penko erinnerte sich an Ivans Augenzwinkern, als sie auf dem Hügel saßen. „Fünf Prozent Cash für jeden", dafür war es, um sich ab und zu einen Spaß zu gönnen.

Als sie wieder gingen, trafen sie im Foyer den Mann mit dem russischen Akzent, auch mit einer „Dame" im Arm. Beide Frauen nickten einander zu, ließen die Männer los und verabschiedeten sich.

„Ciao Jungs, es war uns ein Vergnügen"!

Allein geblieben, gingen beide Männer wieder in die Bar. Bald erschienen auch die beiden Engländer.

„Wie gefällt euch das Etablissement"? fragte Ivan

„Toll"! antworteten sie einstimmig.

„Trinken wir noch ein Bier, oder sollen wir gehen? Morgen erwartet uns wieder Arbeit", sagte Ivan.

„Besser noch einen Wodka", sagte der Mann mit russischem Akzent.

45.

Das Zerlegen der Roboter war eine vertrauliche Angelegenheit und keiner der Mitarbeiter durfte etwas davon erfahren. Penko kam am Wochenende mit Wlado und Ivan. Sie brachten die fertigen Geräte in einen separaten Raum und nahmen sie auseinander. Penko fand zwei mexikanische Gelegenheitsarbeiter, die die Einzelteile verpackten. Die Kisten wurden einer Spedition übergeben, die sie als „Metallerzeugnisse" und als „Aufzugssteuerungen", die nicht unter dem Embargo standen, beim Zoll deklarierte. So wurde der Auftrag erfüllt und bald kam das erste Geld.

Zum ersten Mal in seinem Leben fühlte sich Penko reich. Bei Burlock verfügte er zwar auch über viel Geld, es war aber nicht sein eigenes. Er war auch zu bescheiden, um ein höheres Gehalt zu verlangen. Jetzt konnte er sich etwas leisten. Auf den Gewässern der San Francisco Bay flitzten Schnellboote aller Größen und Klassen. „So ein Boot auf der Donau, da werden alle Augen machen", dachte er. Bulgarien war fern, noch in den Ketten des Sozialismus, aber am Horizont sah man schon eine leichte Aufheiterung. Die Amnestie für einen großen Teil der Emigranten ließ Hoffnung aufkeimen. Penko war erfüllt von einem Gefühl der Überheblichkeit, das er so bisher nicht gekannt hatte.

Im Yachthafen bei Oakland waren Boote zum Verkauf angeboten. Penko sah sich um und bald verliebte er sich in eines. Es war lang und schmal, hatte nur zwei Sitze, aber seine starken Motoren ließen es über die Wellen gleiten, als ob es das Wasser nicht berührte. „Damit bin ich der Schnellste auf der Bay", dachte er und der Kauf wurde kurzerhand abgeschlossen.

Das Boot war fantastisch. Wie ein Delfin sprang es von Welle zu Welle und seine Spur erinnerte an eine kurvenreiche Autobahn. Berauscht von der Geschwindigkeit bemerkte Penko das andere Boot erst, als es ihn überholte. Die Welle erschütterte ihn und brachte ihn wieder in die Gegenwart. Sein Boot war schnell, sehr schnell, es gab aber noch schnellere! Es gibt im Leben immer bessere. Es ist nicht einfach, der Beste zu sein. Danach aber strebte er. Penko war Perfektionist. Nie war er mit dem Erreichten zufrieden, immer wollte er mehr, er wollte der Beste, der Schnellste sein. Er fuhr zum Ufer und öffnete die Motorhaube. Zwei sechs Zylinder Daimler. „Die frisiere ich" dachte er, hing den Trailer mit dem Boot an sein Auto und brachte es in seine Garage.

Von da an war die Garage wieder zu einer Werkstatt umfunktioniert. Penko überließ die Arbeit in der Firma den Angestellten, kam spät und ging früh. Ivan, der sich mehr um die Firma kümmerte, als es einem Berater gebührte, nahm ihn eines Abends beiseite und schalt ihn gehörig. Es gab Probleme in der Firma, manche arbeiteten schlampig und es kamen sogar Beschwerden von den Kunden. Er, Ivan, hatte noch andere Aufgaben und konnte sich nicht nur um Penmark kümmern. Penko schämte sich und verschob die Arbeit am Boot auf spätere Zeiten.

Die nächste Charge Roboter für „White Metals" war bereit für die Abnahme, aber es folgten noch mehr Bestellungen von bekannten heimischen Firmen. Um die Lieferzeiten einzuhalten, waren weitere Maschinen und Mitarbeiter notwendig und vor allem Geld, viel Geld. Ivan schlug vor, sich um weitere Kredite zu kümmern.

Während sie in der Bank warteten, sah Penko in einer Illustrierten des Auktionshauses Sotheby's ein Haus, das seine Aufmerksamkeit erregte. Es lag auf einem Hügel in Los Gatos Hills, eine der begehrtesten Gegenden des Silicon Valley. In einer Ecke erhob sich ein Turm, der dem Haus ein mittelalterliches Aussehen verlieh. Im Untergeschoss gab es vier Garagen und vor dem Haus ein Schwimmbad. Rings herum breitete sich englischer Rasen aus. Die Statue eines farbigen Pagen empfing die Besucher mit einer einladenden Geste. In der großen Halle, die mit ihrer Kuppel einer Kirche ähnelte, führte eine breite Treppe zu den oberen, im Kreis angeordneten Räumen. Blumen in eingemauerten Vasen und Trogen schmückten die Halle, eingerichtet mit Designermöbeln und Vitrinen voll mit chinesischem Porzellan.

„Gefällt es dir"? Lächelte Ivan, der hinter Penko stand. „Bald wirst du es dir leisten können".

46.

Mitte September verabschiedete sich Ivan:

„Ich muss für einige Zeit verreisen", sagte er, „für wie lange kann ich nicht sagen, du musst alleine zurechtkommen".

Die letzte Charge Roboter für „White Metals" war fertig zum Zerlegen. Bonny kam auch um zu helfen. Er war schon sechzehn und interessierte sich für Technik. Gerne wollte er seinem Vater helfen, obwohl er nicht verstand, warum funktionierende Maschinen auseinander genommen werden mussten.

„So will es der Kunde und der ist König", erklärte ihm Penko und Bonny fragte nicht mehr.

Die verpackten Teile wurden auf den Weg gebracht und Penko entschloss sich, seine Familie mit einem Spaziergang nach Los Gatos zu überraschen. Der schmale Weg wand sich durch ein Wäldchen an einem Kloster vorbei und nach einer Kurve erschien, auf eine Anhöhe, das prächtige Haus mit dem Turm. Der Makler empfing sie mit einem freundlichen Lächeln. Mira und Bonny hatten schon einige Häuser von reichen Leuten gesehen, aber das, was sich nun ihren Augen bot raubte ihnen den Atem. Sie traten hinein und hörten nicht auf zu staunen. Als sie alles gesehen hatten, fragte Penko auf Bulgarisch:

„Was sagt ihr dazu. Wie ist es hier zu wohnen"?
Dann wand sich Penko an den Makler:

„Wieviel kostet es"?

„Zweieinhalb Millionen".

Penko gab ihm seine Visitenkarte.

„Ich rufe Sie nächste Woche an".

„Nehmen Sie Sich Zeit, überlegen sie es sich gut. Wenn Sie wünschen, können Sie noch einmal kommen".

Die Hausbesichtigung beeindruckte Mira und Bonny stark, sie verstanden aber nicht, wofür sie so ein großes Haus brauchten. „Woher soll Penko zweieinhalb Millionen Dollar nehmen"? dachte Mira, „oder will er sich so tief verschulden? Wir brauchen jeden Dollar in der Firma".

47.

Noch von der Tür aus spürte Sergej die Kälte, die aus dem Büro des Generals strömte. Die Sekretärin, sonst freundlich und liebenswürdig, hatte ihr charmantes Lächeln verloren.

„Guten Tag, wie geht es? Sie sehen so traurig aus, ist was geschehen"?

„Wenn du rein kommst, wirst du es erfahren", sagte sie kurz angebunden und öffnete die Tür.

Ohne ihm einen Stuhl anzubieten, begann der General in einem Ton, den Sergej bislang nicht kannte:

„Du, Bastard du, wie kannst du es wagen, mir vor die Augen zu treten? Warum haben wir dich dorthin geschickt? Wofür haben wir Staatsgeld ausgegeben um dich in den teuersten Universitäten auszubilden? Damit du mir unbrauchbare Zeichnungen bringst, die niemand versteht. Wo sind die Mikrochips? Unsere Freunde brauchen die Mikroprozessoren, die nur Intel hat! Das ist deine Aufgabe und nicht mit diesem Hurensohn Freundschaft zu schließen und irgendwelche Spielzeuge zu bauen"!

Sergej wartete geduldig bis der wütende General sich etwas beruhigte. Als dieser seine Schimpftirade beendet hatte, näherte sich Sergej dem Stuhl:

„Darf ich"? fragte er demütig.

„Setzt dich! Was stehst du herum wie 'ne Vogelscheuche"?

„Bedauere sehr, dass Sie so enttäuscht sind. Hat man Ihnen von den sechzig Robotern nicht berichtet, die wir an White Metals" geliefert haben"?

„Keiner hat mir etwas berichtet. Wer ist diese „White Metals"? Ich habe noch nie davon gehört"

„Eine Britische Firma, die verdeckt Embargoware in die Sowjetunion liefert".

„Das höre ich zum ersten Mal. So was fällt nicht in dein Aufgabengebiet! Wer hat euch beauftragt"?

„Keiner. Sie haben uns auf der Messe in San Francisco angesprochen. Ich wusste sofort, was sie vorhatten, stellte ich mich aber dumm".

„Wie viel habt ihr verdient an diesem dubiosen Geschäft? Du belügst mich nicht"! der Zeigefinger des Generals reichte bis vor Sergejs Nase, „Ich werde es überprüfen und weh dir, wenn du gelogen hast"!

„Neunhunderttausend Umsatz, der Gewinn ist weniger als zehn Prozent und die sind dringend nötig für die Existenz der Firma". Die zehn Prozent cash verschwieg er weise.

„Dreißig Prozent des Gewinns will ich auf meinem privaten Konto in Wien! Ist das klar"?

„Es gibt keinen Weg. Das Geld ist offiziell auf dem Firmenkonto gebucht und ich kann ohne Penkos Einverständnis nichts machen".

„Du wirst dir etwas einfallen lassen. Beratervergütung, Anwaltskosten, soll ich es dir sagen"? Der Ton wurde sanfter, schmeichlerischer. „Unsere Lage hier wird unsicher", setzte der General mit leiser Stimme fort, „der neue Parteisekretär Gorbatschow ändert den Kurs. Keiner weiß, was aus uns wird. Es ist wichtig, etwas beiseite zu schaffen. Unter uns sind Wölfe, man weiß nicht wer wen zerreißen wird".

„Ich werde alles tun, was in meiner Macht steht, Genosse General".

„Auch das Unmögliche wirst du tun! Was ist mit den Chips"? Der drohende Ton war zurückgekehrt.

„Das ist außerordentlich schwer. Vor jeder Tür steht ein bewaffneter Wächter. Die Chips werden pedantisch gezählt, sogar die defekten. Die einzige Chance, die ich sehe ist, Intel Roboter zu liefern. Wir haben schon eine Anfrage. Wenn wir die Möglichkeit bekommen, hinein zu kommen, werden wir versuchen einige Chips zu entwenden. Aber warnen muss ich Sie noch, es ist nahezu unmöglich sie zu kopieren".

„Das interessiert mich nicht! Die Brüder wollen die Chips und zahlen gutes Geld. Was sie damit machen ist nicht unser Bier".

„Ich werde mein Bestes tun, Genosse General".

Der korpulente Mann stand auf, legte seinen Arm um Sergejs Schulter und begleitete ihn väterlich zur Tür.

Ein warmer Septembertag hatte draußen seine Flügel über Sofia ausgebreitet. Das Leben floss durch die Straßen in gewohnter Weise. Die Cafés waren voll, als ob kein Arbeitstag wäre. Sergej fand einen kleinen Tisch vor dem Hotel Balkan im Zentrum und nahm eine Zeitung. Die ewigen Berichte über Arbeitshelden und überfüllte Normen langweilten ihn. Er schmiss die Zeitung hin und hob seinen Blick. Eine aufgetakelte junge Frau im Minirock stolzierte zwischen den Tischen herum, als ob sie jemanden suchte.

„Bitte sehr". Er zeigte auf den Stuhl neben sich, als sie an seinem Tisch vorbei kam.

Die Kleine sah ihn verwundert an, sein gepflegtes Aussehen gab ihr Mut und sie blieb. Er schob seine dunkle Brille auf den Kopf und lächelte sie an.

„Ich bin mit einer Freundin verabredet, aber sie kommt immer zu spät", rechtfertigte sie sich und nahm Platz.

„Ist das nicht ein typisch bulgarisches Merkmal"?

„Sie leben bestimmt im Ausland"! stellte sie fest.

„Ja, in Amerika".

„Und was machen Sie hier, besuchen Sie Verwandte"?

„Ich bewundere die hübschen Frauen".

Die Kleine fühlte sich geschmeichelt. Mit einer grazilen Bewegung warf sie ihre langen, braunen Haare zurück.

„Gibt es in Amerika keine hübschen Frauen? Ich dachte die Amerikanerinnen sind besonders schön".

„Ja, wenn sie gepudert und geschminkt sind, aber die Bulgarinnen besitzen natürliche Schönheit und Charme".

Die Bedienung kam vorbei.

„Darf ich Ihnen etwas anbieten"? fragte er.

„Ja, gerne, einen Kaffee".

„Bringen Sie zwei und mit je einem Schuss Cognac".

Das Taxi brachte beide zum New Otani Hotel, wo er Quartier genommen hatte. Die stürmische Liebesnacht und das üppige Frühstück hatten seine trüben Gedanken zerstreut.

„Zeit an mich zu denken", entschied er, als das Flugzeug über die grüne bulgarische Felder abhob. Die Worte des Generals gaben ihm den Anstoß, sein Leben zu überdenken. Bis jetzt hatte er treu der Partei und dem Staat gedient, erfüllte gewissenhaft seine Aufgaben, die immer schwieriger wurden. Tatsächlich diente er nicht seinem Vaterland, sondern fremden Interessen. Das hatte er schon bei seinem letzten Besuch beim General erkannt.

Seine Eltern starben bei einem Autounfall, unter ungeklärten Umständen, als er zwölf war. Sein Onkel, damals Oberst, sandte ihn in die Militärschule nach Leningrad, die er mit besten Noten absolvierte. Er lernte Russisch, Englisch und Wodka zu trinken. Danach änderte sein Onkel seinen Namen und erwirkte für ihn ein Stipendium zum Studium in Massachusetts. Dort hatte er sich in ein Mädchen verliebt, aber es wurde ihm verboten, sie zu heiraten. Er müsste verdeckt bleiben, er wurde für besondere Aufgaben bestimmt. Solche Leute hatten kein Recht auf Familie. Er lebte in einem unpersönlichen Haus mit vielen Apartments in Oakland, wo man sich nicht kannte. Es war ihm verboten, Gäste nach Hause zu bringen. Seine Kreditkarte war aber immer gedeckt und dies gab ihm eine gewisse Freiheit.

„Was hatte da der General, gesagt"? dachte er, „große Veränderungen sind zu erwarten, jeder müsste an sich denken". Die Ratten verlassen als erste das sinkende Schiff, sie sind schlaue Tiere.

In Wien stieg er aus. In zwei verschiedenen Banken eröffnete er je zwei Konten, eines auf den Namen Sergej Gavrilov, israelischer Staatsbürger und eines auf Ivan Antonov, Amerikaner.

48.

Das Neue Jahr brachte Erfolge für Penmark. Fairchild bestellte fünfzehn Roboter, General Dynamics – zwanzig. Die gut organisierte Fertigung und Logistik brachten Ergebnisse. Die Aufträge wurden in kürzester Zeit erledigt und mehr Bestellungen konnten angenommen werden. Der Profit stieg. Die bestellten Roboter waren meistens vom gleichen Typ, was Penko mehr Freizeit bescherte. Diese verbrachte er mit seinem Boot. Er hatte die Motoren zerlegt, die Zylinderköpfe gefräst und so die Leistung erhöht. Sein Boot war jetzt das schnellste in der Bay. Penko trug sich für einen Wettbewerb auf dem Michigan See ein und gewann den dritten Platz. Das war ein kolossaler Erfolg, aber er reichte ihm nicht, er wollte den ersten Platz. Er verchromte die Propeller, beschichtete den Korpus mit Teflon, um den Gleitwiderstand zu reduzieren und meldete sich für den nächsten Wettbewerb an.

Eines Morgens klopften zwei Männer in schwarzen Anzügen und dunklen Brillen an seiner Haustür an. Sie zeigten ihre FBI Ausweise und einen Hausdurchsuchungsbefehl. Nachdem sie einige Dokumente und seinen Personal Computer beschlagnahmten, begleiteten sie Penko in sein Büro bei Penmark. Hier wühlten sie alles durch, nahmen beide Computer und mehrere Mappen mit. Schließlich gaben sie Penko eine Liste der konfiszierten Gegenstände und suchten das Weite.

Penko war erschrocken. Er wollte Wlado anrufen um ihn zu warnen, hielt sich aber zurück. Die Telefone wurden mit Sicherheit überwacht, auch sein Auto. Er ging durch den Hinterausgang, überquerte den Hof, sprang über die Mauer zum benachbarten Grundstück, lief über die Straße zu Wlado, zog ihn in die Toilette und erzählte ihm, was geschehen war. Wlado stand da wie versteinert, sein Gesicht war blass.

„Wir müssen alle Spuren des Geschäfts mit „White Metals" verwischen", fing Penko an, „insbesondere dass wir Teile verschickt haben. Eigentlich haben wir die Elektronik als Steuerungen für Aufzüge deklariert. Du musst eine solche als Beweis aufbauen, falls sie es verlangen".

„Für mich ist das kein Problem", sagte Wlado, nachdem er wieder zu sich gekommen war, „aber wenn ich nachdenke, weiß ich nicht, warum du so erschrocken bist. „White Metals" ist eine offiziell registrierte Firma in Großbritannien und dieses Land ist NATO Mitglied. Wir sind Lieferanten, wie viele andere auch. Warum bist du so sicher, dass es deswegen war? Was ist mit deinem Busenfreund Ivan Antonov? Einmal, als er seinen Kofferraum geöffnet hatte, sah ich an seiner Tasche einen Anhänger der Fluggesellschaft „Balkan". Damals habe ich es nicht beachtet, aber jetzt denke ich, dass alle diese „Dienstreisen" nach Bulgarien gehen und was er dort tut, kannst du dir selbst ausdenken".

„Viele Dinge um ihn herum sind unklar, aber andererseits setzt er sich sehr für die Firma ein", erwiderte Penko. „Das Darlehen, das er für uns erwirkt hat, war entscheidend für unsere Existenz. Die Bank aus der das Geld gekommen war, ist offiziell registriert und die Checks waren in Ordnung. Ich habe auch etwas Verdacht geschöpft, als ich die Unterschrift eines Marinovs sah, aber warum sollte nicht jemand, mit einem bulgarischen Namen bei einer amerikanischen Bank arbeiten"?

„Ich bin mir sicher, dass die bulgarische Staatssicherheit dahinter steckt, aber warum auch nicht? Sie geben dir Kredit, Antonov hilft dir. Tun sie das nur für die fünf Prozent vom Gewinn? Ich bezweifle es".

„Du hast Recht, ich weiß auch nicht, was sie davon haben mich auszuspionieren. Meinetwegen, sollen sie meine Pläne kopieren und an die Sowjetunion weitergeben, was juckt mich das? Ich weiß nichts davon".

„Das musst du aber dem FBI beweisen".

Penko erinnerte sich an den Worte Wasilis vom Restaurant Demos. Er hatte ihn seinerzeit gewarnt:

„Pass auf, dass du nicht mit den Gesetzen in Konflikt kommst. Sie sind hier wie ein Reißwolf, wenn sie nur deinen kleinen Finger erwischen, ziehen sie dich hinein und du wirst deines Lebens nicht froh".

Ivan hatte sich, seit er vor Weihnachten zu seiner nächsten Reise aufgebrochen war nicht gemeldet.

„Wir sollten nachschauen, ob jemand in seinem Office ist", schlug Penko vor.

„Das ist gefährlich, wenn er der Grund für die Durchsuchung war. Wir sollten uns nicht dort herumtreiben". Wlado dachte einen Moment nach, dann fuhr er fort. „Ich könnte Marlis bitten, dort vorbeizuschauen. Du sagtest, es ist in einer Mall. Dort gibt es bestimmt Dinge, die eine Frau interessieren könnten".

Die Idee war gut und beide stimmten zu. Am nächsten Tag, nach der Arbeit besuchte Marlis die Mall. Die Tür von Ivans Büro war mit dem Siegel des FBI plombiert.

Beim Abendessen versuchte Mira Penko zu beruhigen.

„Als sie weggegangen waren, habe ich nachgeschaut, was sie mitgenommen haben. Die Ordner mit den Bestellungen, die Lieferscheine, die Rechnungen, sowie die Rechnungen unserer Lieferanten. Auch die Mappe mit deinen Zeichnungen haben sie mitgenommen. Ich habe Kopien von allen Dokumenten. Es gibt keinen Grund zur Beunruhigung. Die Steuer- und Zollerklärungen sind geprüft und in Ordnung, die Ware ist weg, es gibt keine Beweise für irgendwelche Missstände.

Penko fand aber keine Ruhe. „Was war mit Ivan? Hatten sie ihn verhaftet? Konnten sie beweisen, dass er für die bulgarische Staatssicherheit arbeitet"? Penko wusste, dass er in diesem Moment nichts unternehmen konnte. Wahrscheinlich wurde er weiter überwacht.

In den folgenden Wochen konzentrierte sich Penko auf die Technologie seiner Produkte. Er arbeitete wie früher den ganzen Tag, kam müde nach Hause und traute sich nicht in das Café „Free Europe" zu gehen. Er war bitter enttäuscht. Das Land der „unbegrenzten Möglichkeiten", die „Wiege der Freiheit" erwies sich als nicht viel anders, als das unterjochte Bulgarien. Was dort die Staatssicherheit war, war hier die FBI.

Einen Monat nach der Hausdurchsuchung brachte UPS ein Paket mit den beschlagnahmten Computern und den konfiszierten Dokumenten. In einem kurzen Schreiben entschuldigte sich die Behörde für die verursachten Unannehmlichkeiten und wünschte

„diesem erfolgreichen technologischen Betrieb" weiterhin viel Erfolg.

Penko beruhigte sich, hielt das Ganze für ein Missverständnis. Als Anfang des Jahres die Bestellung von Fairchild kam, eröffnete Penko ein neues Konto bei der renommierten Bank of America und ließ alle Kundenzahlungen über dieses Konto laufen. Auf das Konto bei der kleinen Los Angeles Bank hatte er allein nur begrenzten Zugriff. Von Ivan fehlte weiterhin jede Spur. Ohne ihn war das Kapital eingefroren. Penko musste alle Zahlungen aus den Verkäufen bestreiten, was den Profit auf ein Minimum reduzierte. Trotzdem kamen Aufträge, die Kunden schätzten die Roboter und sie verkauften sich einfach durch Mund zu Mund Propaganda. Für die kommende SEMICON – Messe wurden drei neue Modelle vorbereitet. Die Nachfrage war gestiegen und Penmark war führend in dieser Technologie. Nur das Fehlen von ausreichendem Kapital behinderte ihr schnelles Wachstum.

Nach fast einem halben Jahr, rief Ivan Antonov an:

„Ich hatte viel zu tun", versuchte er sich zu rechtfertigen, „aber jetzt habe ich fast alles abgeschlossen und werde mehr Zeit für Penmark haben. Wie läuft das Geschäft"?

„An Aufträgen fehlt es nicht, aber das Geld ist knapp. Seit du verschwunden bist, konnte ich nicht über größere Summen verfügen. Wenn du nur eine Vollmacht oder zumindest eine Telefonnummer hinterlassen hättest. Wo warst du so lange? Hat dich das FBI verhaftet"?

„Es gab so was Ähnliches", sagte Ivan ausweichend, „aber sie konnten nichts beweisen. Wenn du von Geld sprichst, wie viel brauchst du"?

„Viel, sehr viel. Halbe Million mindestens. Wir brauchen Maschinen, Teile und Personal, sonst werden die Lieferzeiten unakzeptabel und wir werden Kunden verlieren".

„Ich werde mit meinen Leuten sprechen und eine Vollmacht für das Konto für dich hinterlassen".

49.

Mira bereitete das Frühstück vor, während Penko sich rasier-
te:

„Komm! Schnell, schnell"! rief sie aus der Küche.

Penko kam mit Schaum im Gesicht. Der Fernseher zeigte
eine Menschenmenge, Plakate und Geschrei. Irgendwo in der
Ferne sah er das Brandenburger Tor in Berlin.

„Die Mauer in Berlin ist gefallen", erklärte sie ihm mit Begeisterung.

Penko konnte seinen Augen nicht trauen. In der letzten Zeit
zeigte das Fernsehen Massenversammlungen und Demonstratio-
nen in der DDR und Kolonnen von Trabis, die aus Ungarn ausreis-
ten. Wenn er sich aber an den Prager Frühling erinnerte und an
seine Niederschlagung, konnte er an tiefgreifende Änderungen
nicht glauben. Seit langem hatte er keine Zeitungen gekauft, aber
diesmal beeilte er sich. Die Regierung der DDR war durch die
Proteste gezwungen worden, die Grenzen zu öffnen und ihren
Mitbürgern die Reisefreiheit zuzugestehen. Gorbatschow hatte
allen Satellitenstaaten die Freiheit überlassen, ihr Schicksal selbst
zu bestimmen.

Penko rief Wlado an und noch am selben Abend gingen beide
Familien ins Café „Free Europe". Es war voll, sie mussten an der
Bar stehen. Alle stritten laut darüber, was aus Bulgarien werden
würde, als spät am Abend die Meldung kam, dass Staatschef
Schiwkow und die Hälfte des Politbüros abgesetzt wurden. Einige
der jüngeren Politbüromitglieder haben die Macht übernommen
und versprachen freie Wahlen, Reise- und Redefreiheit.

Bulgarien war frei! Das dachten wenigstens die Gäste an
diesem Abend. Was diese „Freiheit" dem Volke bringen würde,
konnten sie nicht ahnen. Wenn ihnen jemand gesagt hätte, dass
nach ein paar Jahren ehrliche, anständige Leute, Lehrer, Ingenieure, Wissenschaftler in den Mühltonnen nach Essbarem wühlen
würden, hätten sie ihn für verrückt erklärt. Dafür haben andere,
weniger ehrliche, anpassungsfähigere das „trübe Wasser" genutzt,
um reichlich Beute zu machen. Die Diebstähle wurden häufiger,
die Fenstergitterschmiede hatten Hochkonjunktur, aber die Sper-

ren halfen auch nicht viel. Es gab kaum Häuser und Wohnungen, in die nicht eingebrochen wurde.

Zu sozialistischer Zeit wurde viel Geld in den Sport investiert. Insbesondere die Ringer und die Gewichtheber wurden die verwöhnten Kinder des Staates. Auf einmal gab es diesen Staat nicht mehr und sie blieben Waisen. Große, starke junge Männer mit dicken Hälsen und harten Muskeln. Sie mussten etwas essen und so beschlossen sie es sich zu nehmen. Sie gründeten Versicherungsgesellschaften und redeten denjenigen, die kleine Geschäfte angefangen hatten, ein, dass sie beschützt werden müssten. Wer das nicht glaubte, verlor entweder sein Auto, oder sein Laden wurde geplündert. Das Geld drehte sich im Kreise, wie die Herbstblätter im Wind, die sich an gleicher Stelle sammeln.

Private Banken boten überhöhte Zinsen von über dreißig Prozent für Spareinlagen. Das Bulgarische Volk, für seine Sparsamkeit bekannt glaubte, so reich werden zu können. Die Banker tauschten das Geld in Dollar, brachten es ins Ausland und ließen ihre Banken Pleite gehen. So verschwanden die letzten Groschen der Bevölkerung.

Geschäftsmänner erschienen, die mit allem Handel trieben, sowohl mit Rauschgift als auch mit „lebendiger Ware". Junge, hübsche Mädchen brachten gutes Geld, aber auch Straßenkinder. Für Nieren, Leber und Herzen zahlte der Westen horrende Preise. Die anfängliche Ansammlung von Kapital brach ein. Ähnlich den Goldgräbern im mittelalterlichen Amerika, die mühsam den Goldstaub aus den Flüssen wuschen und unterwegs überfallen und zu Futter für Schakale und Kojote wurden, bevor sie die nächste Bank erreichen konnten, ging es vielen erfolgreichen Geschäftsleuten. Bestellte Morde waren an der Tagesordnung. Gigantische Summen flossen in schweizerische, luxemburgische und andere Steueroasen. Ihre Besitzer suchten nach gewinnbringenden Investitionen.

50.

Penmark hatte ausgezeichnete Produkte, die die Kunden schätzten, aber mit den vorhandenen Produktionsmitteln war sie nicht in der Lage, den Bedarf zu decken. Wegen zu langer Lieferzeiten gingen Aufträge verloren. Trotzdem entwickelte Penko immer neue Modelle und versuchte, die Anforderungen der anspruchsvollsten Kunden mit einzelnen Exemplaren zu befriedigen. Für eine erweiterte Produktion fehlten die Mittel. Penko versuchte bei verschiedenen Banken einen Kredit zu bekommen, aber die Sicherheiten reichten nicht aus.

Eines Tages standen plötzlich zwei Typen vor der Tür, die unangemeldet mit Penko sprechen wollten. Der eine, Marke Kleiderschrank, füllte den Türrahmen aus. Sein Haar war kurz geschoren, an seinem dicken Hals hing eine massive Goldkette mit einem goldenen Anker daran, eine dunkle Sonnenbrille saß auf seiner Boxernase. Er trug ein schwarzes T-Shirt, an seinem linken Handgelenk glitzerte eine Rolex. Der andere, klein und schmächtig, mit graumeliertem, nach einer Seite gekämmtem Haar sah wie ein Buchhalter aus. Zum Unterschied von seinem Partner, zeigte sein Gesicht, intelligentere Züge. Als er hereinkam, nahm er seine Sonnenbrille ab und steckte sie in seine Hemdtasche.

„Wir haben gehört, dass du eine entwicklungsfähige Firma hast und Geld brauchst", fing der Buchhalter auf Bulgarisch an, „Wir haben etwas Geld, das wir investieren möchten".

Penko hörte aufmerksam zu. Es störte ihn, dass sie ihn duzten aber er war neugierig zu erfahren, was sie ihm anzubieten hatten:

„Wie viel können Sie investieren und zu welchen Bedingungen"? fragte er

„Wie viel brauchst du"? fragte der Schmächtige.

„Viel. Wir brauchen Maschinen, Personal und größere Räume.

„Werden dir drei Millionen reichen"?

Penko schwieg und schaute prüfend den einen, dann den anderen an. Der Dicke stand da wie angewurzelt, mit gleichgültiger Miene. Der Kleine wurde durch Penkos Schweigen unsicher und blickte zu ihm.

„Wenn es nicht reicht, können wir noch zwei dazu geben". Der Dicke nickte zum Zeichen des Einverständnisses.

„Wie sind die Bedingungen"? fragte Penko, dem das Ganze unglaubwürdig erschien.

„Zehn Prozent Jahreszins plus dreißig Prozent des Gewinns. Rückzahlung in fünf Jahren. Wenn du guten Profit machst, wirst du es leicht zurückzahlen können".

„Und was ist, wenn ich es nicht kann"?

Der Dicke nahm die Zigarettenschachtel vom Tisch, zerdrückte sie, mit einer vielsagenden Geste, in seiner fleischigen Hand und warf sie in den Papierkorb.

„Du wirst es schon zurückzahlen können, du bist ein tüchtiger Bursche", sagte der Kleine, „du schaffst einen guten Profit. Wir investieren nicht dort, wo es sich nicht lohnt"!

„Ich muss darüber nachdenken".

„Wir haben keine Zeit zum Nachdenken! Entweder du nimmst es jetzt zu unseren Bedingungen an oder wir gehen weg mit den fünf Milliönchen, die du so dringend brauchst".

Der Kleine sah ihn mit durchdringendem Blick an. „Du verkaufst deine Maschinchen für fünfzehn bis zwanzigtausend das Stück. Bestellungen hast du genug und kannst noch mehr kriegen. Zwei bis dreihundert Stück pro Jahr sind leicht drin und mindestens dreißig Prozent Gewinn kannst du machen. Was gibt es hier noch zu überlegen"? Er streckte die Hand zum Dicken aus und nahm den Diplomatenkoffer, den er hinter seinen Rücken hielt. Er entnahm ihm einige Papiere. Der Vertrag war offensichtlich von einem Anwalt in Englisch geschrieben worden und enthielt mindestens zehn Seiten. Ganz oben auf die erste Seite stand ein Logo „Multiinvest OHG". Der Kleine nahm einen Kugelschreiber und trug die Summe ein, dann reichte er ihn an Penko. „Das kommt bestimmt von Ivan", dachte Penko und fühlte eine gewisse Sicherheit. Er beruhigte sich und unterschrieb. Zeit zum Lesen gab es nicht.

Der Kleine drehte den Koffer zu Penko und öffnete den Deckel:

„Willst du zählen"?

Penko verstummte. Vor seinem inneren Auge tauchte ein Bild wie aus einem Krimi auf, den er kürzlich gesehen hatte. Der Verräter bekam einen Koffer voll Geld und wurde erschossen, als er sich gerade über die Banknoten freute. Instinktiv schaute sich Penko um, aber einen Revolver sah er nicht.

„Was soll ich mit diesen Scheinen"? Alles wird nur mit Checks bezahlt. Keiner nimmt Cash an. Wenn das FBI diesen Koffer hier findet, lande ich für einige Jahre ins Gefängnis"!

„Stell dich nicht so an! Du kennst Marinov von der International Investment Bank. Er wird die Scheine in Checks umtauschen".

51.

Das malerische Dörfchen Bistriza, verborgen in den Hängen des Vitoscha Gebirges, hatte sich seit langem in eine Zuflucht für jene Sofioter verwandelt, die saubere Luft, Ruhe und Entspannung suchten. Viele, insbesondere jene, die der kommunistischen Staatsgewalt dienten, hatten sich kleinere, manche auch größere Wochenendhäuser gebaut.

An diesem frühen Nachmittag, strahlte die Sommersonne auf die Hänge und ein alter Walnussbaum warf einen erfrischenden Schatten auf die Terrasse eines dieser Häuser. Es war alt, noch in den fünfziger Jahren gebaut, aber gut gepflegt. Die Beete mit Tomaten, Paprika und sich an den Pfählen windenden Bohnen sprachen für den Eigentümer, der an Ordnung und Disziplin gewöhnt war. Er harkte gerade, in ärmellosem Unterhemd und kurzer Hose die Beete, als ein junger Mann mit schwarzem Oberlippenbart und Sonnenbrille am Zaun erschien. Der Hausherr lehnte die Harke an einen der Bohnenpfähle und öffnete das niedrige Gartentor.

„Hallo Sergej, komm rein"!

Beide Männer gingen zur Terrasse. Eine Schachtel Marlboro lag auf dem Tisch.

„Magst du eine rauchen"? fragte der Hausherr, reichte seinem Gast die Schachtel und rief Richtung Küche:

„Minka, bring uns bitte zwei Bier"!

Minka, eine rundliche Bäuerin mit Kopftuch und umgebundener Schürze über einem geblümten Baumwollkleid, brachte zwei Flaschen mit zwei Gläsern und einem Teller dünn geschnittener Lukanka[5].

„Das ist Minka, meine treue Gattin", sagte er.

Minka lächelte verschämt, Sergej stand auf und gab ihr die Hand.

„Was ist aus unserem Jungen geworden, hast du ihm unter die Arme gegriffen"? fragte der Ex-General.

---

[5] Flache bulgarische Trockenwurst

„Multiinvest war schneller. Sie haben ihm viel Geld gegeben und „sauber geknebelt", aber er hatte es noch nicht gemerkt. Seine Firma läuft gut und er hat den Duft des Geldes gerochen. Er hat sich ein Haus für zweieinhalb Millionen Dollar gekauft, ein Palast auf einem Hügel, in der begehrtesten Gegend des Silicon Valley".

„Multiinvest ist doch die Firma der Ringer. Sie wüten herum, erpressen und rauben die armen Leute aus und schauen, wo sie das geklaute Geld investieren können. Was hast du eigentlich mit unserem Geld gemacht"?

„Einen Teil habe ich in die Schweiz gebracht, den anderen nach Österreich. Es ist sicher, bringt aber kaum Zinsen. Wir warten ab. Unser Junge ist schon auf den Geschmack gekommen. Je reicher er wird, umso mehr wird er wollen. So ist die menschliche Natur. Solange er für das tägliche Brot arbeitet, ist er bescheiden und freut sich über das Wenige. Wenn er aber schnell viel verdient, will er mehr Luxus, mehr Ansehen. Er sucht sich neue Freunde, vor denen er protzen kann, kauft sich teure Autos, Jachten, Bilder, Skulpturen, Kunst. Dann braucht er Wächter und Bodyguards und noch mehr Geld. Und dann sind wir an der Reihe, Genosse General".

52.

Mit dem Geld von Multiinvest stabilisierte Penko Penmark. Er kaufte einige automatische Maschinen, Messtechnik, mietete zusätzliche Räume und stellte Techniker und Arbeiter an. Nach dem Fall des Kommunismus kamen viele junge Leute aus Bulgarien in die Vereinigten Staaten. Penmark wurde zu einem Magnet für gebildete und fähige Ingenieure. Penko fand würdige Vertreter und befreite sich von vielen lästigen Aufgaben. Er erhielt auch viele Briefe von früheren Freunden.

Toni hatte eineinhalb Jahre im Gefängnis gesessen, er wurde wegen guter Führung früher entlassen und arbeitete als Traktorfahrer. Er war immer noch nicht verheiratet. Gregor war Abteilungsleiter in einer Fabrik in Vidin, Dinko" der Spatz" war Vorsitzender der Rinderfarm in Goritschevo geworden. Nach der Wende wurden die LPG und die Fabriken geschlossen und viele seiner Freunde wurden arbeitslos. Jetzt versuchten sie, der Eine mit kleinem Handel, der Andere mit Gelegenheitsjobs, ihre Familien zu ernähren.

Eine der Nachrichten berührte ihn besonders: Er war nicht religiös, aber damals, als er von den Folterungen seiner Eltern erfuhr, hatte er sich gen Himmel gewandt und voller Inbrunst ausgerufen: „Gott, bestrafe sie"!

Dem Vorsitzenden Goranov wurde ein Sohn, kurz nach Penkos Flucht geboren. Er hatte eine Freundin gehabt, die er sehr geliebt hatte. Eines Tages hatte er seinen Vater mit seiner Freundin im Bett erwischt. Ohne viel nachzudenken, hatte er sein Messer gezogen und seinen Vater erstochen. Der Milizchef Zagorski hatte sich aufgehängt. Er hat ein schwachsinniges Kind bekommen und konnte sich nicht damit abfinden. „Es gibt einen Gott", dachte Penko „und er richtet gerecht, früher oder später".

Als er die Briefe las, überkam ihn Sehnsucht. Er hatte genügend fähige Mitarbeiter, die für die Produktion sorgten und die Firma konnte auch ohne ihn auskommen. Er beschloss Bulgarien zu besuchen und endlich seine Eltern zu sehen.

Er flog allein. Mira und Bonny sollten sich um die Firma kümmern. Sein Flug ging über Berlin. Penko verbrachte einige

Tage in der früher geteilten Stadt. Es gibt keinen anderen Ort auf der Erde wo der Kontrast zwischen Ost und West so augenfällig war. Die Reste der Mauer, die achtundzwanzig Jahre die Welt teilte, erweckten Trauer in ihm, aber auch Stolz, dass sie überwunden wurde.

Am Flughafen Sofia wartete Mitko Stratev auf ihm. Er hatte sich zum Direktor einer Staatlichen Handelsorganisation hochgearbeitet, hatte eine Dreizimmerwohnung und einen Lada[6] gekauft. Nach der Wende wurde die Handelsorganisation aufgelöst und jetzt mussten sie von Zlatkas mickrigem Gehalt leben, das sie bei einer der unzähligen Privatbanken verdiente. Mitko dachte an ein Geschäft oder einen Laden, aber dafür fehlte ihm das Startkapital. Penko belohnte alle Gefallen, die Mitko ihm früher erwiesen hatte mit einem Check über tausend Dollar. Voll von Glück hörte er nicht auf, sich zu bedanken und bot ihm an, ihn nach Goritschevo zu fahren.

Sein Geburtshaus erschien ihm noch kleiner und wertloser. Sein Vater empfing ihn mit einer langen, warmen Umarmung. Er war älter geworden, doch man merkte ihm den stattlichen Burschen an, der er einmal gewesen war, der vor einem halben Jahrhundert seine Mutter getroffen und sich in sie verliebt hatte. Als er aber seine Mutter sah, stiegen ihm die Tränen in den Augen. Außer den großen blauen Augen und dem dichten, früher blonden Haar, war von jener schönen Frau, die den Kopf seines Vaters verdreht und ihn nach Goritschevo gelockt hatte, nichts übrig geblieben. Ihre Arme hatten keine Kraft, ihn zu umarmen und die Beine hielten sie nicht mehr. „Diese Schufte", dachte er. Zwei davon hatten bereits ihre Strafen bekommen. Er bedauerte, dass er nicht dabei gewesen war. Zvetanka, die Haushaltshilfe, die Penko vor Jahren engagiert hatte, kümmerte sich liebevoll um seine Eltern und sie liebten sie wie eine eigene Tochter. Sie hatte schon eine festliche Tafel bereitet und die Familie Penev saß seit über achtzehn Jahren wieder zusammen.

---

[6] Sowjetische Automarke

Die Nachricht von Penkos Rückkehr hatte sich wie ein Lauffeuer verbreitet. Mitko lud alle am nächsten Tag in das Kulturhaus ein, wo Penko seine Lebensgeschichte erzählen sollte. Dort wurde er wie ein Staatschef empfangen. Der kleine Saal war voll mit alten Freunden und Neugierigen, die von ihm gehört hatten. Die Frauen hatten Blumen gebracht, die Freunde - Wein und Schnaps. Penko wurde mit stürmischem Applaus empfangen, als er das aus der Schule mitgebrachte Pult betrat. Seine Rückkehr hatte großes Interesse hervorgerufen. In Goritschevo kursierten alle möglichen Gerüche über die Umstände seiner Flucht und seiner Tätigkeit in Amerika. Manche behaupteten, er wäre ein Spion der Staatssicherheit, für andere arbeite er für das FBI. Dritte beteuerten, dass er Schwarzgeld bekommen habe, um seine Firma zu gründen und darüber, woher dieses Geld gekommen sei, gab es noch mehr Varianten. Der Fantasie der Bulgaren sind keine Grenzen gesetzt.

Penko betrachtete das Publikum und versuchte seine ehemaligen Freunde zu erkennen, als er sie erblickte. Ihre großen pechschwarzen Augen fixierten ihn, das kastanienbraune Haar fiel über ihre Schulter. Sie trug ein enges T-Shirt mit der Aufschrift USA über dem Sternenbanner. Sie sah sehr jung aus, der Mann neben ihr war viel älter, etwa in Penkos Alter, aber er konnte sich nicht erinnern ihn vorher gesehen zu haben. Er trug ein weißes Hemd mit weit geöffnetem Kragen unter dem eine schwere goldene Kette glänzte. Ein Ohrring schmückte sein linkes Ohr. Sein schwarzes Haar war kurz geschnitten, darauf saß eine Sonnenbrille. Die gelbgrüne Farbe seiner Augen erinnerte an eine Schlange.

Der Beifall ebbte ab und Penko bedankte sich für den warmen Empfang. Er erzählte über seine Flucht, über die Folter seiner Eltern, über die ersten Jahre im Lager, über seinen Aufstieg vom Tellerwäscher bis zum Inhaber einer großen Technologiefirma und über die Schwierigkeiten die er überwinden musste.

Als er fertig war, verwandelte sich die Versammlung in eine rauschende Party. Dinko „der Spatz" und noch zwei Schulkameraden, die in Goritschevo geblieben waren, brachten einige Kästen Bier. Dontscho, der ehemalige Wirt der Dorfkneipe, jetzt Eigentümer, hatte einen Grill aufgestellt. Die Luft duftete nach saftigen Cevapcici und Schweinekoteletts. Alle hatten Penko umkreist. Sie stellten viele Fragen, die Penko gerne und ausführlich beantwortete. Seine Landsleute schauten mit Neugierde auf ihn. In der Unterhaltung vertieft, bemerkte Penko nicht, dass die Schwarzäugige sich ihm genähert hatte. Als er sich umdrehte, trafen sich ihre Blicke. Ein strahlendes Lächeln erhellte ihr Gesicht:

„Da hatten Sie aber großes Glück gehabt, dass Sie unbeschadet die Grenze überschritten haben. Mein Vater wurde erschossen, ungefähr ein Jahr nach Ihrer Flucht. Sie haben ihn unten am Fluss verbluten lassen, anstatt ihm Hilfe zu leisten".

„Das tut mir sehr leid, mein herzlichstes Beileid! Ich bedauere, dass vielleicht nach meiner Flucht die Grenze noch strenger bewacht wurde. Sind Sie aus Goritschevo? Kannte ich möglicherweise Ihren Vater"?

„Nein, ich bin aus Vidin. Ich denke nicht, dass Sie ihn gekannt haben. Ich heiße Jana".

„Penko. Freue mich Sie kennen zu lernen". Er reichte ihr die Hand. Sie drückte sie fest und hielt sie länger als üblich.

„Belästige den Mann nicht, er ist wahrscheinlich müde nach so vielen Fragen"! Der Mann mit der goldenen Kette hatte sich ihnen genähert mit einem Kotelett zwischen zwei Schnitten Brot und einer Flasche Bier in der Hand. „Komm, lass uns gehen"!

„Auf Wiedersehen. Es war mir eine große Freude". Sie drehte sich um und das Paar ging zum schwarzen BMW, der gegenüber dem Kulturhaus geparkt war. Der Mann stieg zuerst ein, sie lief um den Wagen herum. Penko konnte seinen Blick von ihrer schlanken Figur nicht lassen. Als sie bemerkte, dass er ihr nachschaute, schickte sie ihm einen Luft Kuss zu und stieg in den Wagen, der mit quietschenden Reifen in einer Staubwolke verschwand. Penko drehte sich um und sah neben sich Gregor, der die ganze Szene beobachtet hatte:

„Diese Schönheit hat dir gefallen, was? Pass aber auf! Ihr Macker ist gefährlich! Er ist sehr reich, hat eine Bar, wo er zockt, aber auch mit Drogen und auch mit Mädchen handelt".

Penko sagte nichts. Es hatte keinen Sinn etwas zu kommentieren. Die Frau hatte ihm gefallen, ohne Zweifel. Aber sich mit einem lokalen Mafioso anzulegen, darauf hatte er keine Lust. Sie war ihm hörig, das hatte er gemerkt.

„Gregor, ich möchte ein großes Haus bauen, für meine Eltern und für uns, wenn wir eines Tages die Firma verkaufen und uns zur Ruhe setzen. Hier habe ich Freunde, die mich nicht vergessen haben und die Luft ist hier reiner".

„Ich kenne einen Architekten aus Vidin, ich mache euch bekannt. Er könnte diese Aufgabe übernehmen".

Ein junger Mann in schwarzer Robe und Priesterkappe näherte sich beiden.

„Das ist unser neuen Pope", sagte Gregor, „Man hat ihn gesandt, um die Kirche wieder aufzubauen".

„Ich bin Pop Konstantin", stellte er sich vor.

„Sehr angenehm", sagte Penko, „als ich jung war, hat man uns gelehrt, dass es keinen Gott gebe und alles, was die Alten erzählten nur Märchen seien. In meinem Leben wurde ich aber überzeugt, dass es IHN gibt. Oft hat er mir geholfen und die Bösewichte bestraft".

„Gott ist immer mit jenen, die IHN lieben und seine Befehle folgen. Gott liebt uns alle und zeigt uns den richtigen Weg. Sieh was aus dieser gottlosen Generation geworden ist – Diebe, Banditen, Vergewaltiger und Erpresser. Früher hatten die Leute ihre Fenster nie vergittert. Wenn du dich jetzt in Vidin umschaust, gibt es kein Haus, das nicht ausgeraubt wurde. Sogar umgebracht haben sie die alten Leute, weil sie geschrien haben, als die Diebe mitten in der Nacht ins Haus eingedrungen sind. Und alles für zwanzig Lewa, ihre jämmerliche Rente. Wir müssen unsere Kinder und Enkelkinder zu Ehrlichkeit und Gerechtigkeit erziehen und im Glauben an Gott. Aber wo soll ich sie unterrichten? Die alte Kirche ist eine Ruine, jeden Augenblick kann sie in sich zusammenfallen. Sogar ich habe Angst sie zu betreten".

„Wir bauen eine neue"! sagte Penko bestimmt. Er erinnerte sich an die alte Bibel, die seine Oma unter der Bodenplatte versteckt hatte, am Ewigen Licht vor dem Antlitz der heiligen Maria hinter der Tür. „Ich sagte Euch, ER hat mir in meinem Leben geholfen, für IHN werde ich ein Gotteshaus bauen".

Der Pope verbeugte sich, nahm seine Hand und küsste sie. Penko wurde verlegen:

„Ich muss Ihre Hand küssen, nicht Sie die meine".

„Sie werden gesegnet sein und viele werden Ihnen die Hand küssen. Ich werde für Sie beten".

„Morgen treffe ich den Architekten, der ein Haus für meine Eltern bauen soll, ich werde ihn auch mit der Bau einer neuen Kirche beauftragen".

53.

In den folgenden Tagen traf Penko auch andere frühere Freunde. Mitko Stratev hatte sich in seinen Chauffeur, Butler und „Mädchen für alles" verwandelt. Er begleitete ihn überall. Sie fuhren nach Vidin. Auf der Hauptstraße reihten sich wie an einer bunten Halskette, frisch eröffnete kleine Boutiquen, Restaurants, Kiosks und Cafés, die alles anboten, von Bonbons bis Zigaretten. Junge Leute saßen an kleinen Tischen, tranken und rauchten. Penko und Mitko schlenderten langsam die Hauptstraße entlang und genossen die schöne Aussicht an diesem sonnigen Tag.

Von einem der Tische traf ihn der Blick zweier schwarzer Augen. Jana saß mit noch zwei jungen Frauen vor einer leeren Kaffeetasse und einem vollen Aschenbecher.

„Wollen Sie einen Kaffee mit uns trinken", lächelte sie ihn an.

„Warum nicht, gerne".

Beide Männer zogen zwei Stühle herbei und setzten sich.

„Dürfte es noch ein Kognak zum Kaffee sein"? Penko winkte der Bedienung herbei.

„Zum Wohl und noch mal willkommen"! Janas Stimme war weich und angenehm. „Erzähle mir von Amerika! Ich möchte alles wissen. Oft träume ich, das ich dort wohne, in einem schönen Haus am Strand unter Palmen…"

Penko wollte ihre Illusionen nicht zerstören, wollte ihr nicht erzählen, wie hart das Leben dort ist, dass Amerika ähnlich einem Dschungel ist, voll wilder Tiere, die einen auffressen, wenn man nicht ständig auf der Hut ist. Er ließ sie träumen. Sie hatte seine Hand ergriffen und schaute ihm in die Augen.

„Ich mag dich, ich mag dich sehr! Wenigstens einen Tag möchte ich mit dir alleine sein"!

„Und was sagt dein Freund dazu? Ich habe gehört, dass er sehr eifersüchtig sei".

„Er ist ein Ekel! Man nennt ihn „Itso das Messer". Als kleiner Junge hatte er immer ein Messer dabei gehabt, mit dem er sich Respekt verschafft hat. Für Geld würde er sogar seine eigene Mutter verkaufen. Seine frühere Freundin ist spurlos verschwunden. Man sagt, er habe sie an einen Araber verkauft. Ich würde mich nicht wundern, wenn er auch mich verkaufen wird, aber dann möchte ich, dass du mich kaufst"!

„Du bist sehr schön, aber ich bin kein arabischer Scheich. Ich habe eine Familie und einen Sohn in deinem Alter. Ich kaufe keine Frauen!

„Ich möchte nicht gekauft werden, wie eine Sklavin. Ich möchte geachtet und geliebt sein von einem Mann, den ich liebe".

Mitko hatte ein Gespräch mit einer der anderen Frauen angefangen. Sie war schlank mit blondiertem Haar und braunen Augen. Sie hatten schon den vierten Kognak getrunken, als die dritte sich überflüssig vorkam und sich schickte aufzustehen und die Gesellschaft zu verlassen.

„Warte, geh noch nicht! Ich habe eine Idee", sagte Mitko, „fahren wir nach Vratsa. Ein Freund von mir hat dort einen Weinberg und ein schönes Haus mit einem Keller voller herrlichem Wein. Wir schmeißen dort eine tolle Party".

Es war früher Nachmittag und der „Lada" mit der lustigen Gesellschaft machte sich auf dem Weg. Ljudmil war unerwartete Gäste gewöhnt. Von seiner Großmutter hatte er das Haus und den Weinberg geerbt, um den er sich selbst kümmerte. Zwei Läden, die er vermietet hatte, sorgten für sein sorgloses Bohemien Leben. Als geschickter Handwerker, hatte er das Haus renoviert und im Keller einen Partyraum eingerichtet mit einer modernen Stereoanlage, zwei Sofas und einigen Sesseln. Im oberen Stockwerk hatte er zwei Schlafzimmer für Gäste. Als ewiger Junggeselle liebte er das Leben, den guten Wein, die schönen Frauen und freute sich immer über Besuch. Nicht wenige verheiratete Männer und Frauen hatten mit ihren Liebhabern seine Gastfreundschaft genossen.

Penko kannte Ljudmil flüchtig vom Technikum. Er war ein Jahr jünger und war für sein Bohemien Leben berühmt. Beide freuten sich, sich nach so langer Zeit wiederzusehen und umarmten sich herzlich. Die gute Laune der leicht angetrunkenen Gesellschaft sprang schnell auf Ljudmil über. Er holte Wein und füllte die Gläser. Auf der Terrasse zündete er den Grill an, Mitko fuhr zur nächsten Metzgerei und brachte Cevapcici und Hambur-

188

ger. Musik ertönte und die Paare wiegten sich im Takt des Blues-
es. Penko war kein guter Tänzer, aber Janas Körper an ihn ge-
presst erregte ihn und er folgte der Musik mit unsicheren Schritten. Die leckeren Cevapcici, das warme Brot und der gute Wein
heizten die Stimmung mehr und mehr auf, bis die Nacht herein-
brach.

Als Penko am nächsten Morgen erwachte, lag Jana splitter-
nackt neben ihm. Ihr langes Haar war über das Kopfkissen ausgebreitet. Die gleichmäßigen Züge ihres Gesichts und der weiße
Teint ihrer Haut strahlten, wie bei einer schlafenden Prinzessin.
Penko genoss den Augenblick bis sein Gewissen sich zu regen
begann. Mit einem entschiedenen Schwung ging er ins Bad. Die
warme Dusche erfrischte ihn. Er war Mira noch nie untreu gewesen. Aber was war das jetzt? Jana war märchenhaft schön und
zog ihn unglaublich an. Ihr junger Körper wartete auf ihn gerade
hinter dieser Tür. Er schaute sich im Spiegel an. „Niemand, auch
Mira nicht, hat das Recht mir die Lust zu verwehren", dachte er,
öffnete die Tür und sprang in das Bett mit der schlafenden Schönen.

Seit dieser Nacht fand Penko keine Ruhe mehr. Das Abenteuer in Vratsa verfolgte ihn und sein Gewissen quälte ihn, aber
der Wunsch wieder mit Jana zusammen zu sein wurde immer
stärker. Mitko Stratev war zurück nach Sofia gefahren, ohne
jegliche Gewissensbisse: „Die Frauen sind zum Bumsen da", hatte
er auf dem Rückweg gesagt. „Wenn dich deine Frau nicht in
flagranti erwischt hat, brauchst du dir keine Sorgen zu machen".
„Vielleicht hatte Mitko Recht", dachte Penko, „für ihn war die
Nacht in Vratsa ein flüchtiges Abenteuer". Für Penko war es
mehr, er hatte sich verliebt.

In seinem Elternhaus gab es viel zu richten, der Garten war
vernachlässigt. Penko stürzte sich in die Arbeit in der Hoffnung
Jana zu vergessen. Es gelang ihm nicht. Am dritten Tag fuhr er
nach Vidin.

Jana arbeitete in einer Boutique für feine Damenwäsche, die
einem Freund von Itso gehörte. Es gab keine Kunden und Penko
ging hinein. Überrascht schloss Jana schnell die Tür und zog ihn

189

in die Umkleidekabine. Sie trug ein Kopftuch, wie eine Moham-
medanerin, ihre Bluse war zugeknöpft. Ihre Lippen trafen sich in
einem sinnlichen Kuss. Als er die Bluse aufknöpfte, sah er das
Pflaster.

„Was ist passiert"? Penko erschrak

„Dieser Schuft, Itso. Er ist verrückt geworden, als er mich in
jener Nacht nicht gefunden hatte. Beinahe hätte er mich umgebracht".

Sie öffnete das Kopftuch. Ihr Gesicht war bedeckt mit grünblauen Flecken.

„Ich bringe ihn um, ich erschieße ihn"! In seiner Wut vergas
Penko, das er noch nie eine Waffe in der Hand gehalten hatte.

„Mach dir die Hände nicht schmutzig mit ihm. Es gibt andere, die diesen Job erledigen werden". Sie umarmte ihn zärtlich
und ihr Kuss ging in Liebestaumel über.

„Liebe mich, liebe mich", stöhnte sie in sein Ohr und ihre
satte, zarte Stimme erregte ihn bis zum Wahnsinn. Er glaubte, sie
würde ihn verschlingen, wie die Gottesanbeterin das Männchen.

„Warum gehst du nicht von ihm weg", fragte er nachdem die
Leidenschaft sich gelegt hatte.

„Wohin soll ich? Er wird mich finden, egal wohin ich gehen
werde und er wird mich umbringen. Er ist verrückt"!

Sie nach Amerika mitzunehmen war undenkbar. „Wenn ich
mit diesem Itso spräche und ihm Geld anböte? Vielleicht wäre
das eine Lösung"? dachte er und sagte laut:

„Ich werde mit ihm reden, vielleicht können wir uns einigen".

„Sprich mit ihm, aber pass auf. Er ist unberechenbar. Wenn
ihn die Wut packt, weiß er nicht was er tut. Im Nachhinein bereut
er es. Zwei Mal saß er im Gefängnis wegen Schlägerei und
schwerer Körperverletzung".

„Wo kann ich ihn finden"?

„Jeden Abend hockt er in seiner Bar „Las Vegas", spielt
Billard, Backgammon, Karten und Würfel und nimmt seine Gäste
aus, die auf seine Tricks hereinfallen. Du kannst ein bisschen

mitspielen, pass aber auf, dass er dich nicht ausnimmt wie eine Weihnachtsgans".

„Las Vegas" war einer jene Bars, die nach dem Fall des Kommunismus wie Pilze aus dem Boden schossen. An der einen Wand waren „einarmige Banditen" aufgereiht, in der Mitte stand ein Billardtisch, außerdem zwei weitere, kleinere Tische für Poker oder Black Jack. Links, neben dem Eingang befand sich die Bar mit einigen Hockern, an der zwei Frauen und drei Männer saßen. Hinter der Bar saß Itso Messer vor einem Glas Bier.

„Hey, unser Amerikaner"! rief er, als er Penko erblickte.

„Guten Abend", erwiderte Penko höflich und setzte sich am anderen Ende der Bar: „Ein Bier, bitte"!

Itso reichte ihm das Bier und hob sein Glas:

„Prosit"! Die Gläser klangen. Itso blieb, Penko gegenüber stehen, angelehnt an die Bar:

„Wie ist das Leben jenseits des Ozeans"?

„ Es gibt Leute oben, für die es leicht ist, aber die Schlange dorthin ist lang".

Itso lachte:

„Du musst aber ziemlich weit vorne sein, wie aus deinen Erzählungen zu entnehmen war".

„Du täuschst dich. Leider bin ich immer noch weit hinten in der Schlange".

„Wie gefallen dir unsere Mädchen"? Itso zeigte mit dem Kopf zum anderen Ende der Bar.

Penko warf einen Blick dorthin. Beide sahen wie Nutten aus:

„Deine Freundin ist sehr hübsch".

„Sie ist reserviert, aber es gibt auch andere. Möchtest du ein junges Mädchen? Sie ist dreizehn, aber Titten hat sie, wie die Madonna.

„Danke, aber ich bin kein Pädophiler. Wie sieht es mit Jana aus, ist sie deine Verlobte"?

„Verlobte ist zu viel gesagt, sie ist meine Freundin, zum Vorzeigen in der Gesellschaft. Sie ist sehr hübsch, nicht wahr? Und sehr intelligent. Lass aber deine Finger von ihr", sein Ton bekam eine bedrohliche Note, „sonst gibt's Ärger"!

„Was für ein Business kann man hier in Bulgarien anfangen"? Penko wechselte seinerseits das Thema.

„Wenn du ein mutiger Unternehmer bist, kannst du in kurzer Zeit viel Geld machen. Ich zum Beispiel, habe als Geldwechsler angefangen, noch unter den Kommunisten. Jetzt schmeiße ich einige Geschäfte und kann nicht klagen.

„Wir sehen uns wieder". Penko hatte sein Bier ausgetrunken und schickte sich an zu gehen.

„Hey, wohin so schnell? Gerade waren wir in Gespräch. Spielst du Billard"?

„Hab schon mal gespielt, hoffentlich habe ich es nicht verlernt".

Penko hatte einen Billardtisch zu Hause und spielte fast jeden Abend mit Bonny. Er hatte schon mal in Clubs gespielt und war ziemlich gut. Er hatte eine ruhige Hand und einen zielsicheren Stoß.

„Um wie viel spielen wir"? fragte Itso.

Penko legte eine Hundertdollarnote auf die Tischkante. Das Spiel verlief anfangs ebenbürtig. Penko ließ Itso einige Spiele gewinnen.

„OK". Penko zog ein Bündel hundert Dollar Scheine aus der Tasche und legte zehn davon auf die Tischkante. Itso zögerte etwas, dann legte er alles, was er gewonnen hatte daneben, ging zu einem hinter der Bar versteckten Tresor und brachte den Rest. Er fing an. Drei Kugeln hatte er gespielt, bis die Weiße in einem Loch verschwand. Jetzt war Penko an der Reihe. Geschickt spielte er die Kugeln eine nach der anderen, bis nur die schwarze übrig blieb, direkt an der Kante. Penko dachte nach. Itso kaute an den Nägeln vor Spannung. Auf dem Tisch lagen zwei tausend Dollar. Penko drehte sich mit dem Rücken zum Tisch, schob den Billardstock hinter seine linke Schulter und schlug gezielt die weiße Kugel gegen die Schwarze. Diese rollte die Kante entlang und senkte sich in das nächste Loch. Kaltblütig ließ Penko das Geld ruhen:

„Noch ein Spiel"?

„Ich hab kein Geld mehr", winselte Itso, „Ich kann meine Bar einsetzen, bist du einverstanden"?

„Damit kann ich kaum 'was anfangen, aber deine Freundin Jana kannst du einsetzen. Wenn du gewinnst, gehört das ganze Geld dir, wenn du verlierst, gehört sie mir, solange ich noch da bin und das sind nur zwei bis drei Wochen. Dann fahre ich sowieso weg".

Itso musterte ihn von oben bis unten, dann ging sein Blick in Richtung des Geldhaufens und verweilte dort:

„OK, aber du legst noch mal so viel drauf, wenn ich gewinne"!

Penko nickte. Itso fing an. Nach dem vierten Stoß verlor er die weiße Kugel. Eine Menge Neugierige hatten sich um den Tisch versammelt. Penko nahm den Stock und begann die Kugeln nacheinander zu versenken. Als nur die schwarze geblieben war hielt das Publikum den Atem an. Itso war ganz bleich geworden, behielt aber einen kühlen Kopf. Penko versuchte sich zu konzentrieren. Die beiden Kugeln standen äußerst ungünstig.

„Komm, gib auf! Aus dieser Position schaffst du es nie"! schrie Itso verzweifelt.

Penko beachtete ihn nicht. Es war so still, man konnte das Summen einer Fliege hören. Penko umkreiste noch mal den Tisch, suchte die beste Position, berechnete im Kopf die Bahn der weißen Kugel, die die schwarze ins nächste Loch befördern sollte. Er strich Kreide auf die Spitze seines Stocks, bückte sich in höchster Konzentration und schlug zu. Die weiße Kugel flog, traf die Schwarze, diese rollte gegen die Kante langsam auf das mittlere Loch zu und verschwand. Stürmischer Applaus folgte. Penko streckte die Hand aus und nahm das Geld.

„Such sie selbst, ich werde sie dir nicht auf'n Tablett servieren". Itso schmiss den Stock in die Ecke, ging zur Bar und goss sich einen Whiskey ein.

„Du hast vor Zeugen zugestimmt! Wenn du ein Mann bist, wirst du dein Wort halten"! rief ihm Penko nach, als er das Lokal verließ und ins erste Taxi einstieg.

Jana wohnte bei ihrer Mutter in einem Plattenbau am Stadtrand. Unbeschreiblich überrascht war sie, als sie Penko erblickte. Ihre Mutter lud ihn ein und ging gleich in die Küche.

„Hast du ihn getroffen"? war die erste Frage.

„Ja".

„Und was, hast du mich freigekauft"?

„Nein, ich habe dich freigezockt".

„Kann nicht wahr sein, erzähle"!

Penko erzählte was geschehen war.

„Und er war einverstanden"? Sie konnte es nicht glauben.

„Du hast selbst gesagt, dass er für Geld auch seine eigene Mutter verkaufen würde, warum nicht seine Freundin"?

„Ich traue ihm nicht, er ist ein gemeiner Schurke! Er kann dich auflaufen lassen und dich umbringen. Er gibt nicht so schnell auf, ich kenne ihn. Es ist besser, wenn ich verschwinde und niemand weiß wo ich bin. Ich habe nur Angst, dass er meine Mutter belästigen und erpressen wird".

„Er hat es vor Zeugen gesagt. Es war eine ganze Meute da, die das Spiel beobachtete. Sie klatschten sogar, als er verlor. Ich habe aber eine Idee. Ich brauche noch ein-zwei Tage in Goritschevo, um ein paar Sachen zu erledigen, dann fahren wir mit Mitko nach Sofia. Du kannst mitkommen. Er möchte ein Geschäft eröffnen und du könntest bei ihm als Verkäuferin arbeiten. Pass aber auf! Kein Wort über Vratsa und was dort geschah vor seiner Frau"!

„Ich kann schweigen, bin keine Plaudertasche"!

„Du bist das netteste Geschöpf, das ich kenne und du verdienst ein besseres Leben, als dieses hier"!

Ihre Mutter kam herein mit einem Tablett voll Leckerbissen und einer Flasche Wein. Sie fing an zu weinen, als die Rede auf ihren erschossenen Mann kam. „Sie ließen ihn verbluten, als er verwundet neben dem Fluss lag, diese Mörder! Dabei hatte er keinem 'was Böses angetan. Einzig ein besseres Leben für uns alle hatte er gewollt".

54.

Architekt Simeonov war im mittleren Alter, hatte lebhafte blaue Augen. Sein langes, meliertes dunkelblondes Haar hatte er hinten zu einem kurzen Pferdeschwänzchen gebunden. Er trug ein schwarzes T-Shirt unter grauem Sakko und blaue Jeans. Sein Äußeres ließ einen Künstler vermuten. Mitko Stratev hatte ihn aus Vidin mitgebracht.

Penko umriss seine Vorstellung von dem zukünftigen Haus. Es sollte aus zwei Teilen bestehen. Der hintere Teil sollte seinen Eltern jeglichen Komfort bieten. Der größere, vordere Teil wäre für ihn und seine Familie, falls sie eines Tages beschließen sollten, nach Goritschevo zurückzukehren. Darin war er sich nicht so sicher, wollte aber den Dorfbewohnern zeigen, wer er war und was er sich mit seinem Reichtum alles leisten konnte. Das Grundstück seiner Eltern erwies sich als nicht ausreichend für das große Haus. Nach langem Verhandeln konnte er die Nachbarn überreden, einen Teil ihres Gartens für die schwindelerregende Summe von zehntausend Dollar zu verkaufen. Penko wusste, dass er für diese Summe mehrere Hektar Land hätte kaufen können. Aber was das Wohl seiner Eltern betraf, war ihm kein Geld zu viel. Sein Gewissen quälte ihn, weil seine Eltern wegen seiner Flucht so leiden mussten, und weil seine Mutter ein Krüppel geblieben war.

Penko informierte den Architekten, dass er auch eine Kirche bauen lassen wollte. Dafür hatte er fünfzigtausend Dollar vorgesehen. Simeonov sollte auch einen Maler beauftragen, um die Kirche auszumalen. Der Pope Konstantin nahm aktiv an den Verhandlungen teil. Er wollte, dass die Kirche mindestens dreihundert Personen fassen sollte, obwohl es im ganzen Landkreis nicht so viel Gläubige gab. Sie beschlossen auch, dass sie den Obersten Kirchenrat um Hilfe bitten sollten, obwohl kaum Hoffnung bestand, etwas zu bekommen.

Eine Woche nach seiner Ankunft im Goritschevo, fand Penko Zeit seinen alten Freund Toni zu besuchen. Er wohnte immer noch im Haus seiner Eltern an der Grenze und war immer noch nicht verheiratet. Als sie sich trafen, war eine Kälte zwischen beiden zu spüren. Sie gaben sich die Hand, umarmten sich aber nicht wie damals. Toni hatte anderthalb Jahre wegen Penko im Gefängnis gesessen. Dieser aber fand keinen Weg sich zu melden und sich zu bedanken. Toni erfuhr alles über Penko und seinen Weg zum Erfolg von Mitko Stratev. Er wusste, dass seit Anfang der achtziger Jahre eine Korrespondenz und sogar der Geldtransfer möglich waren. Penko sandte regelmäßig Geld an seine Eltern, das Gehalt für Zvetanka und die anderen Hausgehilfen. An Toni hatte er nicht gedacht. Eine Grußkarte zum Geburtstag, Weinachten oder das Neue Jahr hätte ihn gefreut. Er sagte nichts davon aber Penko spürte es.

„Du hast so viel für mich getan, sogar im Gefängnis bist du wegen mir gesessen. Ich hatte Angst, dir zu schreiben oder dir Geld zu schicken, um dir nicht zu schaden. Ich habe dich geschützt, jetzt möchte ich mich bei dir bedanken".

Penko nahm ein Bündel Banknoten aus der Tasche und legte sie auf dem Tisch.

„Was ich für dich getan habe, habe ich nicht wegen Belohnung und noch weniger für Geld getan. Aber dass du mich all die Jahre vergessen hast, dass du dich nicht einmal nach mir erkundigt hast, spricht nicht für eine aufrichtige Freundschaft! In deinen Briefen an Mitko stand kein Wort über mich. Dein Geld brauche ich nicht. Freundschaft kann man nicht kaufen"!

„Bitte, Toni, verzeih mir! Du hast Recht, ich möchte mich nicht rechtfertigen. Ich bitte dich nur mir zu vergeben und dieses Geld anzunehmen. Es sind tausend Dollar. Damit kannst du zum Beispiel den Traktor der LPG kaufen und auf eigene Rechnung arbeiten.

Toni goss zwei Gläser Bier ein und gab Penko das eine. Die Gläser trafen sich, ihre Blicke auch. Der eine bat um Verzeihung, der andere zeigte Bereitschaft zur Vergebung.

55.

In Sofia ließ Mitko Jana am Rande der Stadt aussteigen, in eines jener Viertel mit Wohntürmen in Plattenbau, mit abgeblättertem Putz und bunter Wäsche auf den Balkonen. Jana hatte eine Bekannte die dort wohnte und bereit war, sie unterzubringen. Sie hieß Magda und war Mutter eines zweijährigen Mädchens. Der Vater war, auf der Suche nach Arbeit, zu den Holzfällern nach Sibirien gegangen. Seit über einem Jahr hatte sie weder Nachricht noch Geld von ihm. Vor der Wende hatten sie beide in einer Möbelfabrik gearbeitet, hatten ein anständiges Einkommen und eine geräumige Zweizimmer Wohnung, die ihnen von der Fabrik gestellt wurde. Die Fabrik war inzwischen geschlossen. Wem die Wohnung jetzt gehörte, wusste keiner. Solange Magda die Miete weiter zahlte wurde sie in Ruhe gelassen. Sie war eine schöne Frau. Schlank, mit blonden Haaren und grünblauen Augen. Mit ihren zweiundzwanzig Jahren und gutes Aussehen war es nicht schwer eine Arbeit als Bardame in einem Nachtklub zu finden. Jana war bereit, die Hälfte der Miete zu zahlen und beide teilten sich das Ehebett.

Penko quartierte sich in Hotel „Balkan" ein, das Beste in Sofia. Mitko dachte daran ein Geschäft mit Autoersatzteilen aufzubauen und Penko wollte ihm helfen. Beide verbrachten einige Tage mit der Suche nach einem passenden Laden. Eines Mittags setzten sie sich in ein Café, in Zentrum der Stadt. Es war voll. An der Tür hing ein Schild „Zu verkaufen". Als der Inhaber den Kaffee brachte, fragte ihn Penko:

„Warum verkaufst du? Das Café scheint gut zu gehen".

„Meine Frau fand einen guten Job in Spanien und meine Tochter studiert dort. Ich möchte zu meiner Familie".

Am Nachbarstisch verlangte man die Rechnung. Der Wirt ging hin.

„Was hältst du davon, anstatt Ersatzteile, Kaffee und Sandwichs zu verkaufen? Jana könnte eine perfekte Bedienung werden".

„Warum nicht? Es könnte mir gefallen. Ich muss nur mit Zlatka sprechen und natürlich auch mit Jana".

Mitko notierte die Nummer des Wirtes.

Als Penko ins Hotel kam, wartete ein Umschlag auf ihn. Darin war die Visitenkarte von Ivan Antonov. Auf der Rückseite stand „Melde dich" in Bulgarisch und eine lokale Telefonnummer.

Seit über zwei Jahren hatte Penko nichts von ihm gehört. Nach dem Fall der Berliner Mauer und der Wende in Bulgarien hatte er versucht, ihn zu erreichen, aber es meldete sich niemand unter seiner Nummer. Auch später, als er das Geld von Multiinvest eintauschen wollte, war er nicht zu erreichen. Marinov, eine unscheinbare Erscheinung mit altmodischer Brille auf der Nase und Glatze nahm das Geld entgegen und gab ihm dafür einen Check. Von Ivan wusste dieser auch nichts. Ein Jahr später versuchte es Penko wieder. „Kein Anschluss unter dieser Nummer", war die automatische Antwort. Penko fuhr zu dem verdunkelten Office. An seiner Stelle war nun eine chemische Reinigung. Der Eigentümer hatte das Office in sauber gekehrten Zustand übernommen, aber im Mühleimer, erinnerte er sich, waren Reste eines gelben Bandes mit dem FBI Logo darauf.

Penko hielt die Visitenkarte in der Hand. „Woher weiß Ivan, dass ich hier bin? Ist die alte Staatssicherheit immer noch aktiv? Werde ich immer noch überwacht? Wozu, eigentlich"? Er wusste, dass alle seine technologischen Geheimnisse, Zeichnungen und Schaltpläne sich in den Archiven der Staatssicherheit befanden. Das tat ihm aber nicht weh, es störte seine Geschäfte nicht. Noch bei der ersten Erscheinung Ivans hatte er einen gewissen Verdacht, der Kredit aber war dringend notwendig. Woher er stammte, hatte ihn damals nicht besonders interessiert.

In der Minibar gab es Whiskey und Eis. Penko goss sich ein Glas voll und ließ ein paar Eiswürfeln darin knistern. Dann nahm er einen tiefen Schluck und setzte sich in den Sessel. „Was konnten sie noch von ihm gewollt haben"? dachte er, „die Firma produzierte Roboter für die Halbleiterindustrie. In Bulgarien hatten sie keine Anwendung dafür. Das einzige Halbleiterwerk in Bulgarien befand sich auf einem so rückständigen Niveau, dass es bestimmt keine Roboter benötigt hätte. Offensichtlich war alles für die Sowjetunion bestimmt, wie auch die Roboter für „White Metals". Gäbe es etwas, wovor er Angst haben sollte? Wenn auch Ivan für die Staatssicherheit gearbeitet hatte und dessen war er sich sicher, er hatte sich immer sehr freundschaftlich und korrekt ihm gegenüber verhalten. Er konnte sich nicht vorstellen, dass er ein Halunke war, ein Spitzel, ja. Es könnte sein, dass er dazu gezwungen worden war. Egal, die Staatssicherheit ist zerschlagen worden und man sagt, dass die Archive bald geöffnet werden. Wer weiß? Und wem könnten sie Nutzen bringen? Die Zeiten hatten sich geändert, es herrschte Demokratie".

Er hob den Hörer und wählte die Nummer.

„Willkommen in der Heimat! Wie findest du sie nach so vielen Jahren"? vernahm Penko die bekannte Stimme von Ivan Antonov:

„Viele Dinge haben sich geändert, Sofia konnte ich nicht wieder erkennen. So viele neue Hochhäuser und neue Stadtviertel. Auf dem Dorf hat sich aber weniger getan".

„Wann hast du Zeit, wann könnten wir uns treffen"?

„Wann immer du magst. Heute Nachmittag bin ich im Hotel. Komm vorbei".

Penko trank den Whisky aus. Die Visitenkarte hielt er noch in der Hand. Seine Gedanken gingen Jahre zurück, zu dem kleinen Hotel in San Francisco wo er die beiden Spione der Staatssicherheit getroffen hatte. Ivan musste auch einer von denen gewesen sein, nur eine höhere Klasse. In ihm spürte man Menschlichkeit, er war gebildet, Ingenieur mit guten Kenntnissen und Managertalent. Er half ihm damals aus der Patsche, als er in Schwierigkeiten steckte. Ob das ein Befehl von „Oben" war? Und wenn, mit welchem Ziel? Ob er das Geld in den bewussten Koffern geschickt hatte? Die Firma funktionierte jetzt, er hatte keine finanziellen Sorgen. Was wollten sie noch von ihm? Während der kommunistischen Zeit suchten sie nach Hochtechnologien, vorwiegend für die sowjetischen „Brüder". Und sie erhielten sie über Bulgarien. Die Sowjetunion existierte nicht mehr und Bulgarien hatte seine Rolle als Vermittler für industrielle Spionage verloren. Doch hier hatte sich auch einiges verändert. Direktoren von größeren Betrieben und die meisten Beamten der Staatssi-

cherheit hatten einen großen Teil des Staatsgeldes an sich genommen und ins Ausland gebracht. Andere nutzten das Gesetz
für die Privatisierung, hatten Gruppierungen und Holdings gegründet und sammelten für Kleingeld die Bons der zerfallenden
Betriebe von den einfachen Leuten ein, indem sie eine hohe Divi-
dende versprachen. So vergingen die Träume des Volkes. Womit
hatte sich Ivan heute zu beschäftigen"?

Vertieft in seine Gedanken erschrak er von einem leisen
Klopfen. Er stand auf und öffnete die Tür. Ivan wollte ihn umarmen, aber Penko trat zurück und drückte ihm nur fest die Hand.

„Setzt dich, möchtest du was trinken"? Penko zeigte auf die
Flasche Whisky.

„Whisky am frühen Nachmittag ist nicht zu empfehlen, lieber
ein Bier".

Penko nahm zwei Flaschen aus der Minibar.

„Prosit"! Die Gläser klangen. „Wo hast du dich die letzten
Jahre herumgetrieben"?

„Du weißt ja selbst, was alles in der letzten Zeit geschehen
ist, ein tiefgreifender Wandel. Wenn sich ein Sturm ankündigt,
versucht jeder einen Unterschlupf zu finden. Du weißt nicht, wo
dich Blitz oder Hagel treffen wird. Und danach kommt das trübe
Wasser, wo man am besten fischt".

„Hast du schon 'was gefangen, oder lauerst du noch"?

Ivan antwortete nicht, sah Penko in die Augen und setzte fort:

„Wie gut kennst du mich eigentlich und was weißt du von
mir? Jetzt haben wir Demokratie, du kannst mir alles frei sagen,
ohne Angst. Den Rest erzähle ich dir".

Tatsächlich wusste Penko wenig über Ivan, außer dass er ein
guter Ingenieur und Manager war, das er im Dienste der Staatssicherheit stand und ihm in schweren Zeiten, viel geholfen hatte. Er
wusste auch von den dunklen Office und dem Anrufbeantworter,
aber das war ziemlich alles.

„Besser, du erzählst es mir. Ich gebe zu, dass ich wenig über
dich weiß, aber ich vermute, dass du für die Staatssicherheit gearbeitet hast".

„Deine Vermutung stimmt", fing Ivan an. „Erlaube mir, dir alles über mich zu erzählen, dann wirst du mich verstehen. Ich hege starke freundschaftliche Gefühle dir gegenüber, Achtung und Respekt".

Penko nahm einen Schluck aus seinem Glas und lehnte sich auf das Sofa zurück. Ivan saß im Sessel. Er erhob sein Glas:

„Mein Vater war ein aktiver Kämpfer gegen den Faschismus. Während des Krieges hat er mit einigen Freischärlern einen Zug in die Luft gejagt, der Munition für die Ostfront transportierte. Er war zum Tode verurteilt, konnte sich aber bis Ende des Krieges verstecken. Nach der Machtübernahme der Kommunisten wurde er Leutnant, später Kapitän in der Miliz, danach ging er zu der Staatssicherheit über. Er war ein ehrlicher und gerechter Mensch. Er war mit den „Säuberungen" nach Stalins Art und das Erschießen Andersdenkender ohne Gericht und Urteil, nicht einverstanden. Für ihn war das Menschenleben heilig und die politischen Morde in der Nachkriegsperiode widerten ihn an. Sein freiheitliches Denken und sein tapferes Benehmen gefielen seinen Vorgesetzten nicht. Ich war zwölf Jahre alt, als meine Eltern bei einem Autounfall aus ungeklärten Umständen, starben. Mein Vater war ein guter Fahrer, fuhr immer sehr sicher und vorsichtig. Wie das Auto in diesem Abgrund stürzte, wurde nie aufgeklärt. Ich blieb als Waisenkind zurück. Mein Onkel, ein Oberst, wurde mein Vormund. Er schickte mich nach Leningrad in eine Militärschule, wo ich Russisch und Englisch lernte. In der Schule war ich Primus, am meisten interessierten mich Physik und Technik. Ich war Mitglied im Radioklub, wo wir Kurzwellen Sender und Empfänger bauten und Kontakte in die ganze Welt knüpften. Nach der Schule erwirkte mein Onkel ein Stipendium für mich für die MIT[7] in Boston, einer der besten technischen Universitäten in den USA. Als ich nach einem Jahr in den Ferien nach Bulgarien kam, sprach mich ein Freund meines Onkels, Oberst bei der Staatssicherheit, an. Er sagte, dass Bulgarien junge Leute wie mich braucht und mein Stipendium deshalb bezahlt, weil das Sozialistische Lager

---

[7] Massachussets Institut of Technology

westliche Technologie braucht, die ich studieren und übermitteln soll. So hatte er mich angeworben. Er gab mir einen Kurzwellen Sender, womit ich ständig kodierte Verbindung mit ihm hatte.

Ich schloss MIT mit Erfolg ab und arbeitete in einigen Halbleiterfirmen, wo ich meine Kenntnisse der Technologie in der Praxis vervollständigte. Ich wurde Berater, was mir noch weiteren Zugang zu Firmen, die für die Rüstung arbeiteten, eröffnete. So kam ich auch zu dir. Meine Aufgabe war, dich auszuspionieren. Ich lernte dich als einen ehrlichen Mann kennen, der keine politischen Ambitionen hatte und zielstrebig seinen Weg ging. Deine Roboter fanden in der Massenproduktion von Halbleiterchips Anwendung und solche wurden damals in Bulgarien nicht gebraucht. Vor dem Überfall durch deine Konkurrenten hatte ich Kopien Deiner Zeichnungen und Dokumente erstellt, die dann die Firma gerettet haben. Dafür hast du dich bei mir bedankt und nicht gefragt wozu ich die Kopien gemacht hatte. Dieses Vertrauen hob dich in meinen Augen und ich beschloss, dir zu helfen. Deine Firma hatte mir gut gefallen. Als wir das Geschäft mit „White Metals" gemacht hatten, habe ich dem Oberst, der inzwischen General geworden war, Bericht erstattet. Er wusste nichts davon. Dann habe ich beschlossen, mich noch aktiver bei Penmark zu engagieren und das hat geholfen, wie du dich sicher erinnerst".

„Und das alles hast du vollkommen uneigennützig getan"? Penko, der aufmerksam zugehört hatte, erhob sich.

„Bis zu einem gewissen Grad, ja. Die Berichte, die ich erstattet habe, waren nie zu deinem Nachteil, ganz im Gegenteil, ich habe dich immer in bestem Licht präsentiert. Gerne hätte ich dir weiter geholfen, da mischte sich das FBI ein. Ich musste verschwinden. Ich weiß nicht ob es wegen „White Metals" oder wegen anderer Geschäfte, war. Was haben sie von dir gewollt"?

„Ich weiß es nicht. Sie kamen eines Tages mit einem Durchsuchungsbefehl, nahmen die Computer und eine Menge anderer Dokumente mit. Nach einem Monat gaben sie uns alles zurück, entschuldigten sich und ließen sich nicht mehr blicken. Trotzdem hatte ich das Gefühl, dass sie mich beobachteten".

Ivan nippte an seinem Glas und setzte seine Erzählung fort:

„Nach der Wende Neunundachtzig hat sich vieles geändert. Die Regierungen wechselten ständig und mit ihnen die Gesetze. Die Fäden ziehen aber immer noch dieselben Leute, aber sie bleiben in Hintergrund, man sieht sie nicht. Jetzt arbeitet jeder für sich"

„In wie fern"?

„Ein Gesetz für die Privatisierung wurde verabschiedet. Große Betriebe wurden für Kleingeld verkauft, aber daran kommt man nur mit Beziehungen. Ich habe welche und könnte dir helfen, wenn du Interesse hast".

Penko schwieg. „Warum nicht versuchen? Die Investition war nicht übermäßig, der Nutzen aber offensichtlich".

„Ich habe einen Vorschlag", fuhr Ivan fort, „was hältst du von einer Niederlassung von Penmark in Bulgarien. Hier gibt es gute Ingenieure, Techniker und Arbeiter die viel weniger kosten als deine Leute in Amerika. Außerdem zahlst du so gut wie keine Steuern. Ich könnte ein großes Grundstück besorgen und ein geräumiges Gebäude errichten. Wir könnten es mit modernen Maschinen aus Europa und Amerika einrichten und die Teile für die Roboter hier produzieren".

„Die Idee gefällt mir. Die Elektromotoren für die Roboterarme sind ein Problem. Wir finden keine passenden auf dem Markt, entweder sind sie zu groß, oder zu klein. Hier könnten wir neue entwickeln, so wie wir sie brauchen".

„Hier gibt es einige Werke, die Elektromotoren gebaut haben. Wir könnten ein davon kaufen und modernisieren. Ich habe Freunde, die uns helfen könnten".

„Ausgezeichnet! Wir sollten darüber reden, jetzt aber habe ich Hunger. Du als alter Sofioter kennst sicher gute Restaurants".

„Sicher, ich kenne eine ausgezeichnete Adresse".

„Und was hältst du von Damengesellschaft? In Vidin habe ich ein nettes Mädchen kennen gelernt. Ihr Freund wollte eine Prostituierte aus ihr machen, sie ist aber abgehauen. Jetzt wohnt sie hier, bei einer Freundin".

„Ich habe nichts dagegen. Ist ihre Freundin hübsch"?

Ich habe sie noch nicht gesehen, aber sie sagt, dass sie sehr gut aussieht, soweit man Frauen glauben kann".

„Es spielt keine Rolle. Wir können sie einladen. Wenn nichts geht, ich kenne Adressen mit fabelhaften Frauen".

Penko wählte Magdas Nummer:

„Kann ich bitte mit Jana sprechen"?

Er lud sie ein und sie waren sofort einverstanden. Sie würden ein Taxi nehmen.

Am Nachmittag war die schummerige Hotelbar fast leer. Ivan und Penko hatten ihren Whisky noch nicht ausgetrunken als beide Frauen erschienen. Beide trugen hautenge Jeans und enge T-Shirts. Magda, mit ihren langen, blonden Haaren und grünblauen Augen, war etwas größer, Jana trug auch ihre Haare offen. Als Ivan sie sah, ließ er fast sein Glas fallen:

„Das ist aber höchste Klasse", flüsterte er in Penkos Ohr.

Nach dem ausgiebigen Abendessen zu Füßen des Vitoscha Gebirges, trennte sich die Gesellschaft. Magda musste zu ihren Job und Ivan schlug vor, sie zu begleiten. Sie setzten Jana und Penko im Hotel ab. Von der Tür aus fielen sie ins Bett. Penko schickte sich an etwas zu sagen, aber Jana küsste ihn sinnlich. Die Kleider flogen herum und Penko erlebte die wundervollste Liebesnacht seines Lebens. Ihr Mund flüsterte Liebeswörter, der Duft ihres Körpers trieb ihn zum Wahnsinn. Er wollte sie an sich binden, sich mit ihr vereinigen, verschmelzen und sich nie mehr von ihr trennen. Wieder und wieder gaben sie sich der Leidenschaft hin bis ein tiefer, erholsamer Schlaf sie übermannte.

56.

Die Mittagssonne taute die letzten Schneereste in den Straßen und Höfen von Bistriza auf. Im Schatten der Weinlaube saßen zwei Männer vor Gläsern mit selbstgebranntem Schnaps, pickten aus dem Salat und erfreuten sich an dem schönen Wetter. Der Hausherr, mit schütterem weißem Haar, Mitte sechzig, trug einen Trainingsanzug mit der Aufschrift „Adidas", der seinen mächtigen Bauch überdeckte. Der Andere, etwas jünger, mit kurzgeschnittenem Haar trug eine Strickjacke über einer Hose aus grünlichem Gabardine[8].

„Was weiß Sergej über unser Business"? fragte der Gast.

„Noch habe ich es ihm nicht gesagt, aber wir müssen ihn einweihen. Schließlich ist er einer von uns".

„Ja, aber von dem Geld weiß er nicht und so soll es bleiben, denke ich. Er soll nur den jungen Mann überzeugen, hier eine Niederlassung seiner Firma mit unserer Beteiligung zu gründen. So werden wir schnell das Geld weißwaschen. Wir werden das Material, die Löhne und die Unkosten bar bezahlen, die fertigen Teile werden wir für saubere Dollars fakturieren".

„Ausgezeichnete Idee! Wir müssen sie Sergej übermitteln".

„Ehrlich gesagt, sie stammt von ihm. Er ist unser Mann und ein Teil des Geldes gehört auch ihm, auch wenn er es noch nichts davon weiß. Er ist aber der Einzige, der diese Firma leiten könnte. Ich habe volles Vertrauen in ihn, vielleicht sollten wir es ihm doch sagen", sagte der Gast.

In der Nähe hörte man ein Auto und bald stand Sergej vor dem Gartentor.

„Guten Tag meine Herren! Darf ich eintreten"?

„Aber sicher, wir erwarten dich. Komm, setzt dich! Was möchtest du trinken"?

Ohne die Antwort abzuwarten, rief der Ex-General in Richtung Küche:

„Minka, bring noch ein Glas und etwas zu Essen für den Gast". Dann wand er sich zum Neuankömmling:

---

[8] Aus diesem Stoff waren die Uniformen der Staatssicherheit

„Was bringst du uns für Nachrichten"?

„Unser Mann ist in Bulgarien. Gestern habe ich ihn getroffen. Er hat eine Mieze aufgerissen, große Klasse! Wir waren zusammen Abendessen".

„Was denkt er? Will er Geschäft mit uns machen"?

„Ich denke, wir könnten ihn überzeugen. Er ist sehr verliebt in das Mädchen, aber nach Amerika kann er sie nicht mitnehmen. Seine Frau wird ihn kastrieren. Sie ist wahnsinnig eifersüchtig. Wenn er hier eine Niederlassung eröffnet, kann er öfter kommen und sie treffen".

„Wenn sie so hübsch ist, wird sie bestimmt nicht monatelang auf ihn warten"! mischte sich Hadzhikov ein.

„Das spielt keine Rolle. Wenn das Geschäft zu laufen anfängt, wird er kommen müssen. Wenn sie nicht auf ihn wartet, wird er eine andere finden. So gut wie er aussieht und mit seinem Geld wird er kein Problem haben", sagte Sergej.

„Was meinst du, was können wir ihm anbieten"? sagte der Hausherr.

„Wir müssen ein Grundstück finden und ein ordentliches Gebäude errichten. Wir können uns mit neunundvierzig Prozent beteiligen, er soll einundfünfzig haben. Er sagte, dass seine Firma spezielle Elektromotoren braucht, die es auf dem Markt nicht gibt. Wir können sie hier entwickeln und produzieren".

„Hier, in Sofia gibt es so eine Fabrik, wir können sie kaufen. Soweit ich weiß, haben sie gute Maschinen", mischte sich Hadzhikov ein, „warum bringst du ihn nicht hierher. Ist er nicht der, dessen Mutter so misshandelt wurde"?

„Ja, genau der ist er".

„Über ihn hatten wir gute Informationen, er scheint ein gescheiter Mann zu sein", fuhr Hadzhikov fort. „Bring ihn, damit wir uns kennen lernen. Dann sehen wir, was für ein Geschäft wir mit ihm anfangen können und ob er an unserer Fabrik interessiert ist".

Minka erschien mit einem Tablett voller Leckerbissen. Die drei hoben die Gläser und stießen an, auf den Erfolg des zukünftigen Unternehmens.

206

„Ich könnte ihn bringen, aber es ist besser und seriöser, ihn im Hotel zu besuchen, wie Geschäftsleute. In Amerika lädt man Businesspartner nicht zu sich nach Hause ein, es sei denn sie sind auch gute Freunde. Und vergesst nicht, für ihn ich bin Ivan Antonov! Verwechselt meinen Namen nicht"!

„Ei, noch sind wir nicht verblödet"! antwortete der Ex-General. „Wir müssen uns nur anständige Anzüge kaufen. Außer Uniformen und Sportanzügen habe ich seit Jahren nichts anderes getragen".

Nach dem sie gegessen und getrunken hatten wandte sich Hadzhikov an Sergej:

„Also, pass auf! Im Tresor der Nationalbank liegen drei Koffer voller „grüner Eidechsen". Das Problem ist, dass dieses Geld „schwarz" ist und nicht ohne weiteres benutzt werden kann. Einer der Koffer gehört dir".

Sergej hob die Augenbrauen:

„Warum hat mir niemand etwas davon gesagt"?

„Du hast eine Kreditkarte! Hast du jemals gefragt, wer sie deckt? Solange die Staatssicherheit existierte, war es kein Problem. Für die Spezialdienste gab es keine Limits. Jetzt, mein Junge, haben sich die Dinge geändert. Jeder ist sich selbst überlassen, jeder schützt selbst seine Haut. Wenn er hier eine Firma mit unserer Beteiligung gründet, können wir das Geld weißwaschen und dann sind wir versorgt. Das wichtigste ist, ihn zu überzeugen, dass er mitspielt".

„Er heißt Penko Penev, nennt ihn, bitte mit seinem Namen. Er ist ein ehrlicher Mann. Es ist besser, ihn nicht in Einzelheiten einzuweihen. Die Leute von Multiinvest haben ihm bereits einen Haufen Geld gegen drakonische Zinsen gegeben und sich dreißig Prozent seiner Firma unter den Nagel gerissen. Er ist glücklich, fühlt sich reich und spürt die Schlinge nicht, die sie Ihm um den Hals gelegt haben. Wir müssen vorsichtiger sein. Wir werden ihm Hilfe für die Gründung seiner Firma anbieten. Er soll einundfünfzig Prozent haben. Ich könnte die Leitung der Firma übernehmen. Ihr seid Investoren, weiter nichts. So werden wir das

Geld in einigen Jahren gewaschen haben und haben dann ausgesorgt".

„Ich sagte ja, dieser Junge hat ein goldenes Gehirn"! wandte sich der Ex-General an Hadzhikov, auf Sergej zeigend. Aber der andere ist auch sehr gescheit, Penko war doch sein Name, oder"?

Dann wandte er sich an Sergej:

„Verabrede ein Treffen"!

57.

Penko wachte auf und beobachtete glücklich Jana im Bett neben sich. Die Haut, weich und geschmeidig wie Samt, betörte ihn mit ihrem Duft. Er begehrte sie von neuem. Sie merkte es, drehte sich um und bevor er ihr „guten Morgen" wünschen konnte, küsste sie ihn stürmisch. Sie liebten sich lange, bis der Hunger sie aus dem Bett trieb. Nach dem Frühstück gingen sie durch die Stadt spazieren. Die Frühlingssonne hatte die Knospen der Bäume zum Blühen gebracht. In der neueröffneten Mall, direkt gegenüber dem Hotel, waren Boutiquen aller bekannten Modemarken untergebracht. Jana war hingerissen. Solche Kleider hatte sie nur in Magazinen gesehen. Penko konnte seinen Blick nicht von ihrer schlanken Figur abwenden. Wie eine gemeißelte Venus! In der Vitrine von Chanel war ein dunkelblaues Kostüm, mit weißen Borden und einer gelben Bluse mit goldenem Gürtel arrangiert. Penko bemerkte das Glänzen ihrer Augen und sie traten ein. Als Jana aus der Umkleidekabine kam, in beigen Schuhen mit hohen Absätzen, war Penko hingerissen. „Er ist nicht dumm, dieser Itso, sich so eine schöne Frau als Freundin zu halten. Er wird sie nicht so schnell aufgeben. Er wird sie verfolgen. Wie soll ich sie verstecken"? Jana nahm stolz die Tüte mit der Aufschrift „Chanel", in der ihre alten Kleider verstaut waren, drehte sich um und gab ihm einen Kuss.

„Vielen, vielen Dank, ich bin sooo glücklich"!

„Ich bin auch glücklich, so eine elegante Dame neben mir zu haben".

„Angst habe ich nur, dass dieser Schuft Itso mich nicht in Ruhe lassen wird und mich finden könnte". Als ob sie seine Gedanken erraten hätte.

„Wir müssen ihm eine Falle stellen. Er muss bei einem Verbrechen erwischt werden und für mindestens einige Jahre ins Gefängnis wandern".

„Ich habe einen Freund aus meiner Kindheit, Ignat ist sein Name. Er ist wie ein Bruder zu mir, eine treue Seele. Er vergöttert mich, aber er hat sich nie getraut, mich anzufassen. Er ist mit Itso befreundet, aber er mag ihn nicht. Er hat ihm bei manchen krummen Deals geholfen und ist von ihm abhängig. Einmal hat er sich an meiner Schulter ausgeweint. Itso hatte seine damalige Freundin umgebracht und Ignat hat ihm geholfen, die Leiche zu beseitigen. Seitdem wird Ignat erpresst. Die offizielle Version ist, dass sie mit einem Araber weggegangen sei".

„Das kann man beweisen", sagte Penko, „Ignat könnte es bezeugen".

„Man kann nichts machen, ohne Leiche. Sie liegt irgendwo im trüben Wasser der Donau. In Vidin ist die Strömung stark und das war vor mehr als einem Jahr. Er muss bei einem anderen Verbrechen erwischt werden".

„Hoffentlich ist es nicht dein Tod"! Penko umarmte sie und drückte sie an sich. „Ich lasse es nicht zu, pass gut auf dich auf! Am besten ist es, wenn er dich nicht findet. Sag Deiner Mutter nicht, wo du bist. Es ist gut, wenn du noch einige Zeit bei Magda bleiben kannst. Sie ist eine gute Frau, dort bist du relativ sicher".

58.

Beide Männer trafen im Foyer des Hotels Balkan in neuen Anzügen mit weißen Hemden und bunten Krawatten ein. Ivan und Penko erwarteten sie in der Hotelbar. Der Kellner, in schwarzen Smoking, beeilte sich, mit der Speisekarte in einer Hand und einem Schälchen voller Erdnüsse in der anderen.

„Vier Bier", wandte sich Ivan zum Kellner.

Der Kellner verbeugte sich und verschwand. Penko musterte neugierig die Neuankömmlinge. Ivan stand auf und stellte sie vor:

„Herr Dimitrov und Herr Hadzhikov, Geschäftsleute und Investoren", dann drehte er sich um: „Mister Penko Penev, Gründer und Eigentümer der Firma Penmark, Hersteller von Robotern für die Halbleiterindustrie".

Der Kellner kam mit einem Tablett, stellte die Gläser auf den Tisch und goss ein, dann entfernte er sich. Ivan hob als erster sein Glas:

„Ich habe einen Vertrag entworfen", fuhr er weiter fort. „Mister Penevs Anteil soll einundfünfzig Prozent betragen, jeder der Investoren soll sechzehn Prozent und ich siebzehn Prozent bekommen, da ich die Firma leiten werde. Mit der Gründung dürfte Penko kein Problem haben, da er Bulgarischer Staatsbürger ist".

„Ob ich Bulgarischer Staatsbürger bin, weiß ich nicht", sagte Penko, „Als ich Bulgarien verließ, hatte ich alle Beziehungen zu diesem Land gekappt, dann bin ich Amerikaner geworden".

„Die Bulgarische Staatsangehörigkeit verliert man nicht", mischte sich der Ex-General ein, „Sie müssen in dem Bezirk, wo sie geboren sind, nachfragen. Dort bekommen sie neue Dokumente ausgestellt".

Die einzelnen Punkte des Vertrages wurden diskutiert, danach beschlossen sie, dass jeder sich mit seinem Anwalt berät. Danach sollte der Vertrag bei einem Notar unterschrieben werden.

Wegen seiner Staatsbürgerschaft musste Penko wieder nach Vidin. Dort traf er Ignat, Janas Jugendfreund. Ein sympathischer junger Mann mit offenem Gesicht, das Vertrauen erweckte.

„Wie geht es Jana"? War seine erste Frage.

Er freute sich, dass es Jana gut ging. Sicher würde er kein Wort zu Itso sagen. Er hasste ihn, konnte sich aber nicht von ihm lösen. Er erzählte Penko von Itsos Business.

„Er lockt junge Frauen an, mit dem Versprechen Arbeit im Ausland zu vermitteln, dafür kassiert er Geld. Wenn die Frauen ankommen, werden ihre Pässe einkassiert und sie werden gezwungen, sich zu prostituieren. Jetzt aber hat er eine neue Masche. Viele ungewollte Kinder werden einfach ausgesetzt. Einige wachsen auf der Straße auf, betteln und klauen, andere fliehen aus Anstalten, in denen Gewalt und Zwang herrscht. Itso hatte von seinem Onkel ein Haus am Stadtrand geerbt und es in ein Heim für verlassene Kinder umgewandelt. Er hat sogar eine Frau engagiert, die kocht, putzt und auf die Kinder aufpasst, dazu einen Arzt, der die Blutgruppe der Kinder feststellte. Sie wurden auch registriert, aber nur in Itsos Register. Edles Vorhaben, denkt man, sogar der Bürgermeister lobte ihn. Er macht das aber nicht aus Barmherzigkeit, die kennt er nicht. Er verkauft sie! Die Kinder, die Glück haben, an Ausländer, die sich ein Kind zur Adoption wünschen. Andere an Menschenhändler, die Organe suchen, Nieren, Leber, Herz. Dieses Geschäft ekelt mich an! Ich sage es dir, damit du Bescheid weißt, wenn er mich umbringt. Einmal sollte ich für ihn einen Sack mit meinem Boot über die Donau nach Rumänien bringen. Als ich es übergab, hörte ich es winseln. Es war ein Kind drin, zum „Ausschlachten". Ich zitterte am ganzen Körper und war so verwirrt, dass ich nicht wusste wie ich nach Hause kam. Wenn er es noch einmal tut, gehe ich zur Polizei, egal was mit mir passiert".

„Ich verstehe dich, pass aber auf"! riet ihm Penko „und nimm auf keinen Fall Geld von ihm. Du hast ihm einen Gefallen getan, du wusstest nicht, was in dem Sack war. Sonst bist du ein Mittäter"!

„Du hast Recht! Er kassiert zehntausend Dollar. Soviel zahlen die Ausländer für Leber oder Herz".

„Er kassiert, aber das kann ihm seinen Kopf kosten. Wenn er erwischt wird, kann er auch lebenslänglich bekommen. Wenn er dich wieder um einen solchen Gefallen bittet, ruf gleich die Polizei an, damit er am Tatort gestellt werden kann".

„Davor habe ich Angst. Bei der Polizei sind alle seine Freunde. Er gilt als ordentlicher Bürger, der für obdachlose Kinder sorgt und seine Steuern bezahlt. Natürlich nur die für die Bar. Von dem anderen „Geschäft" weiß niemand. Er ist schlau, wie ein Fuchs".

„Wir werden ihn kriegen". Penko schrieb Ivan Antonovs Nummer auf einen Zettel und gab sie Ignat. „Wenn er dir wieder ein Business vorschlägt ruf diese Nummer an. Er wird für den Rest sorgen. Übrigens, was hast du da für ein Boot"?

„Ein kleines Fischerboot, ich habe es von meinem Vater. Er hat damit viel gefangen, aber jetzt ist die Donau so verschmutzt, man kann die Fische nicht mehr essen".

„Und wo liegt das Boot"?

„Mein Vater hatte einen Schuppen am Wasser gebaut und einen Kanal gegraben, damit das Boot nicht austrocknet. Ich kann es dir zeigen".

„Ich habe auch ein Boot in Amerika, sehr schnell. Macht hundertvierzig Sachen auf dem Wasser. Ich möchte es hierher bringen, aber ich weiß nicht, wo ich es unterbringen kann".

„In meinem Schuppen ist etwas Platz. Schaus' dir an, es ist nicht weit".

Ignat holte sein Moped und beide Männer fuhren zum Ufer. Penko schätzte den Platz als ausreichend ein und stellte sich vor, wie er auf den Wellen der Donau flitzen würde mit Jana neben sich.

59.

Die Boeing der United Airlines landete sanft am Flughafen San Francisco. Der Beamte am Emigrationsschalter nahm Penkos Pass und sah ihm ins Gesicht:

„Woher kommen sie"?

„Aus Bulgarien".

Der Beamte wandte sich seinem Computer zu und fing an, auf den Tasten zu tippen. Offensichtlich wusste er nicht, wo sich Bulgarien befindet.

„Was haben sie dort gemacht"?

„Meine Eltern besucht, zwanzig Jahre habe ich sie nicht gesehen".

„Das ist traurig! Gut, dass der „Eiserne Vorhang" gefallen ist. Willkommen zu Hause"!

Bonny wartete am Ausgang, ein sympathischer junger Mann. Penko konnte stolz auf ihn sein. Vertieft in seine Arbeit, hatte er nicht richtig bemerkt, wann sein Sohn ein erwachsener Mann geworden war. Bonny studierte Elektrotechnik in Stanford im zweiten Jahr. „Hoffentlich übernimmt er eines Tages die Firma", dachte Penko. Beide umarmten sich herzlich.

„Wie läuft das Studium"?

„Gut. In zwei Wochen fangen die Prüfungen an. Es wird nicht leicht sein, aber ich denke, ich schaffe es".

„Was Neues in der Firma"?

„Soweit ich weiß, es gibt viele Aufträge, aber frag lieber Mama, sie weiß besser Bescheid".

„Es scheint mir, die Firma interessiert dich nicht besonders":

„Doch, aber ich bewundere, was du geschaffen hast und konzentriere mich mehr auf das Studium, damit ich wertvoller für die Firma werde".

„Das freut mich sehr, ich sehe, dass ich mich nicht umsonst abrackere".

Der BMW glitt behaglich auf der Freeway 101 dahin. Bonny war ein guter Fahrer, sicher und vorsichtig. Müde vom langen Flug, schlief Penko ein und erwachte erst, als der Wagen vor dem Haus hielt. Mira umarmte und küsste ihn. Die heiße Liebe der

Vergangenheit war mit den Jahren abgekühlt und hatte sich in eine innige Freundschaft und gegenseitige Abhängigkeit verwandelt.

„Wahrscheinlich hast du Hunger", sagte Mira und brachte aus der Küche einen Teller mit belegten Broten. „Man sollte nicht mit leerem Magen ins Bett gehen".

„Viel Hunger habe ich nicht, aber ein bisschen könnte ich essen, wenn du es so liebevoll zubereitet hast".

„Wie war die Reise? Was gibt es Neues in Bulgarien"? Mira und Bonny hatten sich an den Tisch gesetzt und hörten aufmerksam zu.

„Vieles. Ich brauche die ganze Nacht um alles zu erzählen. Das wichtigste ist, dass wir ein schönes, neues Haus in Goritschevo haben werden, eine neue Kirche und eine Niederlassung der Firma in Sofia".

Penko nahm die Pläne für das Haus aus seinem Diplomatenkoffer und breitete sie auf dem Tisch aus.

„Dieser Teil ist für Mama und Papa und dieser, für uns".

„So was brauchen wir nicht"! Mira wischte über die Pläne mit einer geringschätzigen Geste. „Oder denkst du, ich würde jemals in Goritschevo leben wollen? Nein, niemals! Unser Platz ist hier! Hier haben wir unser Leben eingerichtet, Bonny ist hier aufgewachsen und hier haben wir unsere Firma für ihn geschaffen"! Dann fuhr sie in etwas milderem Ton fort. „Wenn alles gut geht, könnten wir die Eltern besuchen und Bonny zeigen, woher wir kommen, aber dort leben kannst du vergessen".

„Auch wenn es so ist, wir brauchen dort eine Bleibe. In Goritschevo gibt es kein Hotel. Wir können nicht in Mamas Zimmer schlafen", sagte Penko mit versöhnlicher Stimme.

„OK, mach was du willst, aber was soll diese Niederlassung"?

„Wir werden dort Teile für unsere Roboter produzieren, viel günstiger als hier. Zum Beispiel die kleinen Motoren, die wir hier nicht gefunden haben".

„Und wer wird dieser Firma leiten"? fragte Mira.

„Ivan Antonov. Ich habe ihn in Sofia getroffen, er gab mir diese Idee".

„Treibt er sich jetzt dort herum? Seit der Wende hat er sich nicht blicken lassen. Ich bin sicher, er war ein Spion".

„Das war er und er hat mir alles gebeichtet, aber zu keinem Zeitpunkt hatte er vor gehabt, uns Schaden zuzufügen. Ganz im Gegenteil, er hat uns immer geholfen. Er hat in Sofia zwei Investoren gefunden, die ein Gebäude einrichten wollen und für Personal sorgen. Von hier aus können wir moderne Maschinen und Pläne für die Teile liefern".

„Diese Idee gefällt mir überhaupt nicht", sagte Mira, „Teile vom anderen Ende der Welt zu importieren, die wir hier leicht anfertigen können! Hier haben wir die Maschinen und das geschulte Personal".

„Warum sollten wir es nicht versuchen"? mischte sich Bonny ein. „Dort ist die Arbeit viel billiger und warum sollten wir den armen Leuten nicht helfen ihr Brot zu verdienen"?

„Wenn ihr Wohltätigkeit betreiben wollt, meinetwegen. Meine Meinung ist, dass daraus nichts wird. Ihr werdet das Geld zum Fenster hinauswerfen", sagte Mira.

„Wir werden alles in Ruhe überdenken und jetzt lass uns schlafen", schloss Penko. „Morgen erwartet uns ein anstrengender Tag".

In seinem Office angekommen, fiel er in seinen Sessel und schloss die Augen. Vor ihm reihten sich die Ereignisse in Bulgarien: Dort war Ivan, dem er vertraute, Jana in die er sich Hals über Kopf verliebt hatte, ohne über die Folgen nachzudenken, seine geschundene Eltern und jener Gangster Itso Messer, gemein, grausam und skrupellos, dem man nicht über den Weg trauen konnte und der Jana bedrohte. Er stellte sich die neue Firma in Sofia vor, mit modernen Maschinen ausgestattet, die leise surrten und Teile produzierten. Er würde sie besuchen, um die Arbeit zu überwachen und natürlich Jana zu treffen. Er stellte sich ein neues Leben vor, fernab von Amerika. Hier war Bonny, seine Hoffnung, der die Firma übernehmen sollte und Mira, mit der er seit einem viertel Jahrhundert Tisch und Bett teilte. Hier war die Firma, geschaffen mit so viel Arbeit und schlaflosen Nächten und das Haus auf dem Hügel in Los Gatos, um das ihn alle beneideten.

Dort im fernen Bulgarien war Jana, jung, vital und wunderschön, mit Haut wie Samt und betörenden Lippen. Sie wartete auf ihn, um sich in seine Arme zu werfen. Aber dort war auch jener Schuft, Itso das Messer, der sie immer noch stark begehrte. „Ich muss Mitko Stratev anrufen", dachte er „um zu hören, ob alles in Ordnung ist".

Leichtes Klopfen an der Tür brachte ihn in die Gegenwart zurück. Die Sekretärin brachte ihm die Post, angesammelt seit einem Monat. Penko sah den Berg Papier, nahm den Brieföffner und griff nach dem ersten Umschlag.

60.

Mit Penkos Geld und einen Bankkredit kaufte Mitko Stratev das Café. Private Geschäfte wurden nach der Wende erlaubt und jede Garage, jeder Keller, der Zugang von der Straße hatte wurde in einen Laden umgewandelt. Mitko hatte sich mit Zlatka und Jana beraten und alle hatten zusammen beschlossen, dass das Café die beste Geschäftsidee war. Sie nannten es „Café Espresso". Immer mehr Leute aus den benachbarten Firmen und Büros verbrachten ihre Mittagspause im Café, blieben auch oft nach der Arbeit noch auf eine Tasse oder ein Glas sitzen. Die Kreditraten waren nicht klein, aber die Lage war zentral und versprach reichlich Kundschaft. Jana bediente, bereitete Sandwichs und kleine Brotzeiten solange Mitko sich um die Einkäufe, die Einrichtung und um Teile für die italienische Espressomaschine kümmerte, die zusammen mit dem Inventar gekauft worden war und die ständig kaputt ging. Jana erwies sich als besonders findig, bereitete Nescafé, solange Mitko die Maschine reparierte.

Eines Tages erschien in dem Café Architekt Simeonov. Er hatte in Sofia zu tun und Mitko hatte ihn eingeladen. Ob er mit seinem Geschäft angeben wollte oder aber sich genierte, ihn in seiner kleinen Wohnung zu empfangen, er hatte nicht bedacht, dass Simeonov, diese Plaudertasche, den Aufenthaltsort von Jana ausplappern könnte.

An diesem Mittag war das Café voll. Jana servierte gerade, als sie etwas Spitzes in ihrem Rücken spürte. Sie drehte sich um und sah zwei grüngelben Augen. Sie fing an zu zittern, beinahe ließ sie das Tablett fallen.

„Schau da, wo sich mein kleines Täubchen versteckt hat". Eine knochige Hand packte sie am Handgelenk und drückte es so stark, dass sie ihren Schrei gerade noch unterdrücken konnte. „Und denkt sich, Onkel Itso wird sie nicht finden. Los, komm mit! Las diesen Bastard selbst seinen Kaffee kochen"!

„Bitte, las mich los! Du tust mir weh"!

Itso drückte sie noch stärker und sie schrie auf. Einer von zwei Männern, die die Szene beobachtet hatten, rief:

„Hey, lass die Frau los, was willst du von ihr"?

„Das ist nicht deine Sache". Itso drückte sie wieder. Sie schrie und schlug das Tablett, das sie in der anderen Hand hielt, gegen ihn. Er wehrte den Schlag ab und griff sie an den Haaren.

Beide Männer sprangen auf und packten den Angreifer. Der eine drehte ihm den Arm nach hinten, der andere wählte die Nummer der Polizei. Dann ging er hinter die Bar und kam mit einer Rolle braunem Pack Band zurück. Beide banden ihn an einem Stuhl. Die restlichen Gäste schauten wie gebannt, sie fühlten sich wie in einem Krimi.

„Was will der von Ihnen"? wand sich der erste an Jana, die an der Wand gelehnt, ihr Handgelenk hielt.

„Weiß nicht, fragen Sie ihn".

„Sehr gut weiß du es, du Schlampe"! Dann wand sich Itso an die beiden Männer: „Sie war meine Freundin, dann lief sie weg mit einem Amerikaner, aber so wie ich sehe, hat er sie verlassen".

„Ich bin nicht weggelaufen, du hast mich verkauft, besser gesagt du hast mich verzockt"

„Wie verzockt"? fragte der Zweite.

„Er ist nicht Amerikaner, sondern Bulgare, der in Amerika lebt. Er hat mir gefallen und ich wollte mit ihm zusammen sein, aber der da", sie zeigte zu dem Festgebundenen, „hat mir gedroht, mich umzubringen, wie er es mit seiner früheren Freundin getan hat. Sie haben Billard gespielt und er hat mich als Pfand eingesetzt. Er hat verloren und hat vor Zeugen versprochen, mich in Ruhe zu lassen. Aber jetzt, Ihr seht".

„Der Mann hat Recht", ein anderer Gast wandte sich zu den beiden, die neben den Festgebundenen standen, „sie zu holen, wenn sie ihm weggelaufen ist. Warum mischt ihr euch in das Privatleben anderer"?

„Halt's Maul, du Islamist! Wer gibt ihm das Recht, ihr die Handgelenke zu brechen und sie an den Haaren zu ziehen. Wir sind hier nicht in der Türkei im achtzehnten Jahrhundert, als jeder Mann das Recht hatte, seine Frau umzubringen"!

„Was plusterst du dich auf"! stürzte sich „der Islamist" auf den letzteren, einen Stuhl hinter sich schleppend.

Jemand packte ihn von hinten um das Heben des Stuhls zu verhindern und im Nu war die Menge in zwei Lager geteilt. Fäuste und Tritte wurden verteilt, Stühle flogen durch die Luft und zerbarsten mal auf einem Rücken, mal an einem Kopf. Einer flog über die Bar und das Getränkeregal stürzte mit Getöse zu Boden. Die Schlägerei wurde mit zerbrochenen Flaschen fortgesetzt, Blut floss. Als die Polizei kam, war die Rauferei noch in vollem Gange. Im Gemenge hatte ein Gleichgesinnter Itso befreit und der war durchs Toilettenfenster geflohen. Nach der Polizei kam ein Krankenwagen, der einige der Schwerverletzten abtransportierte, die anderen wurden an Ort und Stelle verarztet.

Jana hatte es geschafft zu fliehen und hatte sich in einem Geschäft auf der anderen Straßenseite versteckt. Als Mitko mit Ersatzteilen für die Espressomaschine zurückkam, fand er seine Bar mit einem gelben Band der Polizei abgesperrt. Hinter der zerbrochenen Vitrine zeigte sich das Maß der Zerstörung. Ihm wurde schlecht. Er brach innerlich zusammen. Er hielt sich an der Türklinke fest und rang nach Luft. Mit letzter Kraft schleppte er sich bis zur nächsten Kneipe, setzte sich und bestellte einen doppelten Whiskey, dann noch einen. Er hatte keine Ahnung, was passiert war und wo Jana geblieben war. Als er langsam zu sich kam, rief er die Polizei.

„Ich höre", war eine heisere Stimme unbestimmten Geschlechts am Apparat.

„Ich bin der Inhaber des Café Espresso, was ist dort passiert"?

„Wenn sie der Inhaber sind, müssen sie es wissen. Warum rufen sie hier an, diese Nummer ist nur für Notfälle"!

„Wo soll ich denn anrufen"?

„Wir sind keine Auskunft". Aus dem Hörer kam „Tü, Tü, Tü".

Mitko rief Magdas Nummer an. Es war früh am Nachmittag und er hoffte, sie nicht geweckt zu haben.

„Hallo", meldete sich eine schläfrige Stimme.

„Hallo Magda, hier ist Mitko Stratev. Hast du was von Jana gehört"?

„Was soll ich von ihr gehört haben, ist sie nicht bei dir"?

„Ich war einkaufen. Als ich zurückkam war das Café demoliert, die Polizei hat es plombiert".

„Wahrscheinlich ist sie überfallen worden. So was passiert jeden Tag, aber normalerweise plündern sie die Kasse und hauen ab. Sie muss sich gewehrt haben, hoffentlich hat sie es überlebt. Ruf am besten bei der Polizei an".

„Das habe ich ja getan. Die waren sehr „höflich", sagten mir, dass sie keine Auskunft wären".

Mitko ging zum nächsten Polizeirevier. Einige Leute waren verhaftet worden, aber keiner wusste genau, was geschehen war. Ein Typ hat die Kellnerin an den Haaren gezogen, sie hat geschrien, zwei andere haben ihn festgehalten und dann auf einmal flogen Stühle und Gläser und in Sekunden war alles kaputt. Von dem Typen und von der Kellnerin gibt es keine Spur.

Mitko kam nach Hause, rief Penko an und erzählte ihm, was passiert war.

„Wo ist Jana"? fragte er beunruhigt. „Gab es Opfer, lebt sie"?

„Ich vermute, ja. Die Polizei sagt, dass es keine Opfer gegeben hat und unter den Verletzten ist sie nicht".

„Sie ist ein kluges Mädchen, sie kommt zurecht. Dieser Schuft Itso hat sie sicherlich aufgespürt".

„Das denke ich auch. Vor ein paar Tagen war Architekt Simeonov im Café, wahrscheinlich hat er sie verraten".

„Aha, alles klar. Du musst sie besser verstecken. Ich schicke dir Geld, um deinen Laden zu reparieren, aber nimm dir eine andere Bedienung. Für Jana suche einen Job irgendwo zwischen den hässlichen Plattenbauten. Dort wird er sie nicht so schnell finden. Hoffentlich hat er nicht erfahren, wo sie wohnt".

„Ich denke nicht, es sei denn, er hat sie verfolgt. Sie ist aber schlau, wahrscheinlich ist sie ihm entkommen. Aber er wird mich finden, wenn ich das Café wieder errichte. Ich habe Angst vor ihm! Er wird mich zwingen ihre Bleibe zu verraten".

„Du wirst ihm sagen, dass sie bei euch gewohnt hat. Nach der Rauferei hat sie ihre Sachen gepackt und ist verschwunden, du weiß nicht wohin. Das ist glaubhaft und er wird dich in Ruhe lassen".

Magda war gebadet und in ihrem Morgenmantel eingehüllt, als das Schloss klickte und Jana herein kam. Magda umarmte sie. Jana lehnte sich an ihre Schulter und zum ersten Mal an diesem Tag fing sie an, zu weinen.

„O, Gott, ich bin so froh, dass du noch lebst! Ich hatte solche Angst".

Jana berichtete über den Vorfall, dann sah sie Magda an:

„Du bist sehr schön in diesem Morgenmantel"!

Magda antwortete nicht, strich ihr über die Haare und versuchte sie zu beruhigen:

„Ich muss mich beeilen, die Kleine vom Kindergarten zu holen. Ihr beide könnt euch dann Gesellschaft leisten. Wenn jemand klingelt, schau bitte durch das Guckloch, aber mach auf keinen Fall auf! Wenn jemand versucht die Tür einzubrechen, drück diesen Knopf. Ein Freund von der Polizei hat ihn mir eingerichtet, sie wird sofort angerufen. Du versteckst dich hinter der Tür und nimmst diesen Baseballschläger in die Hand. Ein anderer Freund hat ihn mir da gelassen. Wenn jemand reinkommt haust du ihn mit aller Kraft auf den Kopf. Und merk dir: du musst ihn mit dem ersten Schlag niederstrecken, sonst bist du verloren"!

61.

Penmark schwamm in Aufträgen. Die Halbleiterindustrie war weltweit im Aufwind. Zu den PC's von IBM Apple, Packard Bell und vielen anderen hatten sich die Mobiltelefone dazugesellt. Alle brauchten Mikrochips. Die Automatisierung war Pflicht geworden und die Chiphersteller kamen ohne Roboter nicht aus. Die Anforderungen der Kunden waren aber unterschiedlich. Penko hatte ein Team von exzellenten Ingenieuren zusammengestellt, trotzdem war seine Anwesenheit unumgänglich. Die Probleme in der Firma verfolgten ihn sogar im Schlaf.

In einem der Magazine, die sich auf seinem Schreibtisch türmten, sah er ein Inserat für ein Seminar: „Wie werden wir die Zeitdiebe los". Das Seminar half ihm, die Firma besser zu organisieren und mehr Freizeit für sich zu gewinnen. Bonny stand kurz vor Abschluss des Studiums und arbeitete bei Penmark als Praktikant. Mira hatte bereits drei Mitarbeiterinnen in der Buchhaltung. So schaffte es Penko sich ein Wochenende im Monat seinem Lieblingsboot zu widmen. Er zog es aus der Garage und durchkreuzte die Wellen der San Francisco Bay. „Wie schnell schaffe ich es von Vidin nach Russe", dachte er und träumte von seiner Fahrt auf der Donau, mit Jana neben sich.

Seit dem letzten Besuch in Bulgarien waren schon zwei Jahre vergangen. „Was macht Jana"? fragte er sich oft. Einige Male erwähnte er, dass ein Besuch in der bulgarischen Firma notwendig wäre, Mira aber wollte mit, was ihm nicht passte und so verschob er die Reise von einer Woche zur anderen. Aufschub ist aber nicht die Lösung eines Problems. „Was passiert, wenn Mira von Jana erfährt"? dachte er. Mira hatte nie Eifersucht gezeigt, er hatte ihr aber bislang keinen Grund dafür gegeben. Er hatte ein privates Postfach eingerichtet, wo Janas Briefe jede Woche das Feuer seiner Liebe anfachten. Er schrieb selten, dafür loderten die Flammen am Telefon auf, wenn er ihr die ewige Liebe schwor.

Der Anstoß für seine nächste Reise kam von Ivan. Das Firmengebäude war fertig und ein Teil der Maschinen geliefert, es gab aber Unstimmigkeiten in den Zeichnungen und der Spezifikation der Werkstoffe. Sein Kommen war unumgänglich. Mira kam mit.

Sie flogen über Wien, wo Miras Eltern wohnten. Ihr Vater, Dr. Stamatov , hatte dort studiert und es war seinerzeit nach der Flucht nicht schwer in einem Krankenhaus eine Anstellung zu bekommen. Ihre Mutter blieb Hausfrau nach westlicher Sitte, obwohl sie eine erfahrene Krankenschwester war. Sein Verdienst reichte um sich einen luxuriösen Lebensstil zu leisten. Sie wohnten in einem eleganten Haus in der näheren Umgebung von Wien. Mira und Penko blieben einige Tage. Die Pracht dieser Stadt bezauberte sie. Die breiten Boulevards, die Oper, die Hofburg und die weißen Lipizzaner in der Reitschule, die Mira jeden Tag besuchte. Sie war von Tag zu Tag mehr von Wien begeistert. Penko dagegen dachte nur an Jana und wollte so schnell wie möglich zu ihr.

Am Flughafen Sofia mieteten sie ein Auto, einen roten Renault. Mitko Stratev wollte sie abholen, Penko lehnte ab. Er wollte mit ihm zuerst unter vier Augen sprechen. Er hatte ihm noch am Telefon von der Verhaftung und Verurteilung von Itso Messer erzählt. Fünf Jahre wegen Menschenhandel. Penko war beruhigt.

Das neue Werkgebäude, in einem der vornehmsten Viertel Sofias, strahlte Autorität aus. Zwei Stockwerke, große Fenster, verglaster Eingang, ein geräumiger Parkplatz davor und ein Tor mit Schranke und Pförtnerloge. Im Erdgeschoss, in den großen, hellen Hallen waren Maschinen aus Amerika und Deutschland installiert. Im oberen Stockwerk waren die Konstruktionsbüros und die Verwaltung untergebracht. Penkos Office war bereits mit teuren Ledermöbeln eingerichtet. Ivans Office lag gegenüber und war genau so chic. Die übrigen Räume für Ingenieure, Techniker und die Buchhaltung waren etwas bescheidener, aber immer noch modern und elegant. Mira war beeindruckt.

„Es ist Zeit mit der Produktion anzufangen", fing Ivan das Gespräch an, „zuerst müssen wir aber die Zeichnungen durchgehen".

„Dafür braucht Ihr mich nicht", sagte Mira, „ab Morgen lasse ich euch allein. Ich werde mir die Stadt anschauen und einige Freundinnen treffen, die ich seit über zwanzig Jahren nicht gesehen habe.

Am nächsten Tag nutzte Penko seine „Freiheit" um Jana zu treffen. Magda war vorsorglich ausgegangen. Die folgende Szene war dramatisch und tränenreich:

„Warum hast du deine Frau mitgebracht? Liebst du mich nicht mehr, oder willst du mir zeigen wie unwichtig ich für dich bin, eine Geliebte für die Mittagspause! Am Telefon erzählst du mir, dass du dich scheiden lassen und mit mir leben willst und jetzt schläfst du mit deiner Frau in einem Bett. Du kannst mir nicht erzählen, dass ihr keinen Sex habt".

„Meine Liebe", versuchte Penko sie zu beschwichtigen, „du weißt sehr gut, dass ich mich nicht so schnell scheiden lassen kann. Die Firma gehört uns beiden. Wenn Bonny noch ein, zwei Jahre älter wird, werden wir sie ihm überschreiben. Dann fällt die Scheidung leichter aus. Bitte, hab noch ein bisschen Geduld. Ich liebe dich mehr als alles auf der Welt und möchte mit dir mein Leben teilen, nur mit dir"!

Er zog sie an sich und beide fielen ins Bett, in sinnlicher Umarmung. Sie liebten sich lange und ausgiebig. Penko begriff, wie lange ihm diese Nähe gefehlt hatte.

Als er spät am Abend ins Hotel kam, schlief Mira schon. Leise schlich er ins Bad, dann ins Bett. Am nächsten Morgen rechtfertigte er die Verspätung mit einem Abendessen mit dem Chefingenieur und dann ging ins neue Werk.

Mira fing an, die Kleider, die im Hotelzimmer herumlagen, einzuordnen, als ihr ein roter Fleck auf Penkos Hemdkragen auffiel. Sie war verblüfft. Noch nie hatte sie ihn verdächtigt, sie hatte volles Vertrauen zu ihm. Auf einmal ging ihr ein Licht auf: „Midlife crisis", die Zeitungen sind voll mit Stories über Prominente die sich scheiden lassen. Die Männer über vierzig merken, dass sich ihre Jugend langsam verabschiedet, hintergehen ihre Frauen und suchen jüngeres, frischeres Fleisch. „Warum sollte es nicht auch Penko passieren"? Sie entschied, ihn zu beobachten.

„Eine Prostituierte, eine flüchtige Bekanntschaft, oder etwas ernsteres"? Die Gedanken quälten sie. Der Verdacht ließ sie nicht los.

Nach einer Woche fuhren sie nach Goritschevo. Penkos Eltern waren überglücklich, ihre Kinder wiederzusehen. Gregor und Drenka hatten ein größeres Haus geerbt und hatten sie eingeladen dort zu übernachten. Das neue Haus war noch in Bau. Architekt Simeonov hatte geschickte Handwerker angeheuert und der Bau ging flott voran. Mira war beeindruckt, obwohl sie sich innerlich gegen dieses Projekt sträubte. Das hintere Haus war für die Eltern bestimmt, es war zweifellos dringend notwendig. Das alte Haus fiel fast zusammen, das Dach ließ den Regen hinein und der Wind pfiff durch die undichten Fensterrahmen. Reparaturen waren zwecklos. Zvetanka wechselte flink die Eimer, die das Regenwasser sammelten. Der vordere, größere Teil konnte sich mit dem Haus in Los Gatos vergleichen. Miras Leidenschaft fürs Einrichten wurde geweckt, angefeuert von Architekt Simeonov.

„Ich bin sehr erfreut, so eine charmante Dame kennen zu lernen"! verkündete der Architekt, als er Mira zum ersten Mal in ihrem hellblauen Kleid sah, das sich an ihren Körper schmiegte. Sein Blick glitt über ihre Kurven und blieb an ihrem Busen haften. Er verbeugte sich und küsste ihr die Hand, wie ein galanter Kavalier.

„Ich freue mich auch ihre Bekanntschaft zu machen". Mira fühlte sich geschmeichelt. „Sie sind ein ausgezeichneter Architekt, dieser Bau ist wunderbar". Sie schwang den Arm in einem großen Bogen auf den Bau zeigend.

„Es freut mich sehr, dass meine bescheidene Schöpfung ihrem feinen Geschmack entspricht. Sicherlich gibt es in Amerika noch schönere Häuser, aber mit Ihrer Hilfe bei der Einrichtung könnte es sich in ein echtes Schmuckstück verwandeln".

Mit einer einladenden Geste führte Simeonov sie zu dem Rohbau. Sie besichtigten den fast fertigen Elternteil mit zwei geräumigen Schlafzimmern, einem altersgerechten Bad mit Hilfen für Behinderte, zwei Wohn/Schlafräume mit Bädern für das Pflegepersonal, ein ausgedehnter Wohn/Essbereich, durch ein Portal getrennt und eine große Küche mit Speisekammer. Dann gingen sie in den moderneren Bereich hinüber. Zwischen den beiden lichtdurchfluteten Schlafzimmern lag ein ausgedehnter Spa-Bereich mit einer breiten Badewanne mit Jacuzzi, Dusche mit Rainshower Kopf und Sauna mit einem Abkühlbecken. Eine Tür führte zu einem Ruheraum. Darin sollten ein rundes Bett mit Baldachin und zwei Sesseln Platz finden.

„Gedacht habe ich ihn als Liebesnest, wenn Sie das Glück haben, ihn zu nutzen", sagte Simeonov mit schüchternem, aber vielsagendem Ton. Die Geschichte mit dem Glücksspiel in der „Las Vegas" Bar war nicht an ihm vorbeigegangen und Penkos Affäre mit der hübschen Jana war in Vidin Tagesgespräch geworden.

„Das ist wahrscheinlich die Küche", versuchte Mira das Gespräch in eine, für sie angenehmere Richtung zu lenken.

„Ja, genau! Dieses breite Fenster öffnet einen weiten Blich über den Garten. Hier vorne werden wir einen Magnolienbaum pflanzen. Ich denke wir könnten ihn aus Deutschland oder Österreich importieren, so wie die meisten Küchengeräte. Wegen der übrigen Einrichtung würde ich vorschlagen, dass wir für einige Tage nach Sofia fahren und uns dort umschauen. Hier, in Vidin ist die Auswahl sehr begrenzt".

„Selbstverständlich, das ist eine gute Idee. Wir fahren sowieso in einigen Tagen zurück nach Sofia, wir könnten uns dort treffen und die Geschäfte besuchen".

Zur gleichen Zeit stand Penko mit dem Popen Konstantin im Rohbau der neuen Kirche.

„Hierher kommt der Altar", erzählte der Pope „und dort auf beiden Seiten kommen Bänke für die Älteren".

„Die Kirche ist groß", erwiderte Penko, als er sich umschaute, „es wird kaum jemand stehen müssen".

„Wollen wir hoffen, dass wenigstens die jüngere Generation Achtung vor Gott haben wird. Viele in unserem Alter sind Atheisten, so hat sie die kommunistische Macht erzogen. Sie haben keine Schuld. Es gibt aber viele, die ihren Glauben nicht verloren haben. Unser Volk ist orthodox und unser Glaube hat sich fünfhundert Jahre unter osmanischer Herrschaft erhalten. Die Türken haben versucht, mit Jatagan in der Hand uns zu Mohammedanern zu konvertieren und sie haben es nicht geschafft. Das Kommunistenpack bildete sich ein in vierzig Jahren unseren Glauben zu vernichten. Du wirst sehen, wenn die Kirche fertig und ausgemalt ist, wird sie sich füllen".

„Wie wirst du sie nennen"? fragte Penko.

„Ich habe lange nachgedacht und dann habe ich beschlossen sie „Heilige Maria" zu taufen, im Andenken an deine Mutter. Sie hat solche Qualen gelitten, sie ist wie eine Märtyrerin. Eingeweiht soll die Kirche am fünfzehnten August werden, an Tag Mariä Himmelfahrt, dem Namenstag Deiner Mutter. Auch den Patriarch Maxim I aus Sofia werden wir einladen, um sie einzuweihen".

Ein Glücksgefühl wuchs in Penkos Brust. Vor dem Eingang hatte Pope Konstantin ein Schild angebracht:

„Diese Kirche wurde dank der großzügigen Spende von Penko Penev erbaut"

62.

Zurück in Sofia, widmete sich Penko seiner Arbeit und der Liebe zu Jana. Früh morgens ging er in sein Büro, in der Mittagspause zu Jana. Magda übernahm ihren Dienst im Laden und ging später in die Bar des japanischen Hotels, wo sie eine Anstellung gefunden hatte.

Mira nutzte die Zeit sich in den vielen, neueröffneten Möbelgeschäften umzuschauen. Auch Architekt Simeonov war nach Sofia gekommen. Er war stolz auf seinen neuen Audi, den er sich aus Penkos Vorschuss gekauft hatte. Penko selbst war an der Einrichtung des Hauses wenig interessiert und hatte es Mira und dem Architekten überlassen.

Die größeren Möbelgeschäfte hatten sich in der Umgebung von Sofia etabliert, wo geräumige Hallen ehemaliger Fabriken frei geworden waren. Im Zentrum waren nur kleine Läden geblieben, die meistens Waren aus dem Katalog anboten.

Den ganzen Vormittag verbrachten Mira und der Architekt in den Möbelhäusern. Zum Mittagessen setzten sie sich in eine kleine Kneipe. Simeonov machte Mira pausenlos den Hof und es fing an, ihr zu gefallen. Von Penko hatte sie seit Jahren kein Kompliment mehr gehört. Nach dem Essen fuhren sie mit dem Audi zu einem Plattenbauviertel wo sich große Möbelhäuser niedergelassen hatten. In einer schmalen Seitengasse erblickte Mira einen kleinen Laden, der sich wie verloren zwischen den riesigen Paneelbauten seiner Existenz fristete. Über der Tür verkündete ein Schild: „Möbel nach Maß, Eigenanfertigung". Während Simeonov einen Parkplatz suchte, fiel Mira ein roter Renault auf. Es war ihr Mietwagen. „Das kann nicht sein", dachte sie, „heute früh ist Penko mit diesem Wagen ins Büro gefahren. Was sucht er hier"? In diesem Augenblick vergaß sie die Möbel.

„Vielleicht ist er irgendwas einkaufen gegangen", sagte Simeonov nachdem er zwei Straßen weiter einen Parkplatz gefunden hatte, „lass uns ein bisschen warten". Sie setzten sich in ein Straßencafé, von wo sie den roten Renault im Blick hatten.

Der Zufall passte perfekt in seine Pläne. Mira war eine schöne Frau und dabei sehr reich, Amerikanerin, Miteigentümerin einer Firma. Wer weiß, eines Tages könnte die ganze Firma ihr gehören. Penko war über beide Ohren in diese kleine Nutte verliebt, wie die bösen Zungen in Vidin erzählten. Wenn Mira sich scheiden ließe, wäre das vielleicht seine Chance. Das langweilige Provinzleben hatte er satt. Vor Jahren hatte er ein Bauernmädchen geheiratet, konnte aber ihre Dummheit keine drei Monate ertragen. Zum Glück hatte er keine Kinder und führte jetzt ein Bohèmien Leben von der Hand in den Mund. Die Vorstellung, mit einer reichen Frau in Amerika zu leben war unendlich reizvoll. Penkos Auftrag kam ihm wie ein Lottogewinn vor. Von dem Vorschuss kaufte er sich den Audi und von den Baufirmen hatte er einiges an „Trinkgeld" bekommen. Er gab sich Mühe, die Projekte zeitig und in bester Qualität zu beenden, sodass Penko und Mira zufrieden sein würden.

Mehr als eine Stunde war vergangen und niemand näherte sich dem Renault. Simeonov gab sich Mühe, Mira zu unterhalten. Er erzählte ihr Witze, über die sie von Herzen lachte. Zwischendurch brachte er eine leichte Berührung unter, aber sehr zurückhaltend, wobei er peinlichst auf ihre Reaktion achtete.

In ihrer Unterhaltung vertieft, hätten sie fast das Pärchen übersehen, das sich in inniger Umarmung dem Renault näherte. Eine junge, schlanke Frau mit langem, kastanienbraunem Haar, kurzem Rock und hohen Absätzen hatte sich bei Penko eingehängt. Er öffnete ihr höflich die Autotür und gab ihr die Hand. Mira konnte ihren Augen nicht trauen. Sie schickte sich an, aufzuspringen, aber der Architekt hielt sie fest:

„Das ist das Dümmste, was Sie machen können", sagte er, „wem nutzt ein Skandal auf der Straße? Oder wollen Sie sich mit der Frau prügeln? Warten Sie ab. Erfahren Sie zuerst, wer sie ist. Stellen Sie sich vor, sie wäre eine Angestellte, oder eine neue Sekretärin und er hätte sie nach Hause begleitet, um etwas abzuholen oder zu erledigen. Eine völlig harmlose Geschichte. Sollte sie seine Geliebte sein, wissen wir jetzt, wo das Liebesnest ist. Wir können ihnen auflauern und sie in flagranti ertappen".

„Wenn er sie nur nach Hause gebracht hat, um etwas zu erledigen, warum hat es mehr als eine Stunde gedauert? Für mich ist es klar! Ich wundere mich jetzt nicht, dass er mich seit Monaten nicht angerührt hat. Ich bin keine alte Frau, ich brauche auch ab und zu einen Mann", brach es aus ihr heraus. „Ich dachte, dass er müde ist von der vielen Arbeit und von Problemen in der Firma, aber schau an, er hat sich eine Geliebte zugelegt".

Simeonov hielt immer noch ihr Handgelenk. Jetzt zog er sie an sich und ihre Augen trafen sich. Sie bot ihm ihre Lippen und er küsste sie. Anfangs zaghaft, dann immer sinnlicher. Sie fing an zu zittern. Draußen hatte es angefangen zu regnen. Simeonov zahlte, nahm sie an der Hand und beide liefen zu seinem Auto. Im Trockenen angelangt, küssten sie sich wieder. Die Autofenster waren beschlagen. Er knöpfte ihre Bluse auf und fand ihre warme Brust. Mira löste ihre Lippen nicht von den seinen. Seine Umarmung gefiel ihr. Sie atmete den Duft seines Rasierwassers und es erregte sie. „Was Penko kann, kann ich auch", dachte sie und ließ sich in Simeonovs Umarmung fallen.

„Ich mag dich, mag dich sehr", flüsterte er ihr ins Ohr.

Seine Hand rutschte unter ihren Rock, aber sie drückte ihre Oberschenkel zusammen, befreite sich aus seiner Umarmung und fing an, ihre Bluse zuzuknöpfen.

„Nicht hier, nicht auf diesem Parkplatz und nicht im Auto. Jeden Augenblick kann jemand kommen. Wo wohnst du"? Nach dem Kuss sprach auch sie ihn per „du" an.

„In einem kleinen Hotel, in Bahnhofsnähe, ziemlich heruntergekommen".

„Holen wir etwas zum Trinken und gehen dorthin. Auf jeden Fall ist es besser, als im Auto". Mira kannte sich selbst nicht mehr. Nie hatte sie eine Beziehung mit einem anderen Mann gehabt. Sie liebte Penko vom ersten Tag ihrer Bekanntschaft an, als er ihr von den Magneten und dem Blutkreislauf erzählt hatte. Ihr ganzes Leben, voll mit Abenteuern, Sorgen und Freuden hatte sie mit ihm geteilt und war ihm treu geblieben. „Und er"? Sie erinnerte sich an jene Nacht, als sie zum ersten Mal Freude am Sex empfunden hatte. „Wo hat er das alles gelernt"? Bis jetzt hatte sie sich diese Frage nicht gestellt, aber jetzt verbohrte sie sich darin. „Es muss eine gegeben haben, die ihm das beigebracht hat. Warum sollte ich es nicht versuchen? Im Fernsehen sehen wir so oft Filme über Untreue und sie enden fast immer glücklich".

Sie waren angekommen. Simeonov parkte das Auto in einer Seitenstraße, vor einem kleinen Laden und kaufte eine Flasche Whiskey und ein Päckchen Kondome. Das Hotel war in einem alten Haus mit drei Stockwerken untergebracht. Sie stiegen die Treppe hoch. Der morsche Geruch nach alten Möbeln verfolgte sie. Das Zimmer war schlicht eingerichtet, ein Bett mit Nachtkästchen, ein Stuhl an einem kleinen Schreibtisch, ein klappriger Kleiderschrank. Dusche und Toilette hinter einer quietschenden Tür. Er öffnete die Flasche und reichte sie ihr. „Kann mich nicht erinnern, dass ich jemals Whiskey aus der Flasche getrunken habe", dachte sie und nahm einen tiefen Schluck, „mag geschehen, was will"! Sie spürte die Wärme in ihrer Kehle und gab ihm die Flasche.

Sie hatte sich an das Kopfkissen angelehnt. Er hatte den Stuhl neben das Bett gezogen, wie beim Besuch eines Kranken. Er zeigte keine Eile. Er war ein erfahrener Mann. Es sollte nicht nach einer flüchtigen Affäre aussehen. Er musste das Spiel gewinnen. Mira war nicht eines der Flittchen, die für ein Paar Nylonstrümpfe mit ihm schlief. Sie war eine seriöse Dame. Betrogen, das war seine Chance, aber achtbar und treu. Er wollte sie erobern, sich in ihn verlieben lassen und sie dazu bringen, Penko zu hassen. Das wäre sein Trumpf.

Mira hatte ihre Schuhe ausgezogen und ihre Füße in seinen Schoss gelegt. Er nahm sie und merkte, dass sie nass und kalt waren.

„Noch einen Schluck und dir wird es warm werden".

Mira nahm wieder einen großen Schluck. Er rieb ihre Füße und erzählte ihr Geschichten aus seinem Leben, die ihn in einem besseren Licht erscheinen ließen. Er hob die Flasche, nahm aber wenig davon, dann reichte er sie Mira. Sie nahm sie, trank, wollte an nichts mehr denken, nicht an Penko, nicht an Bonny, nicht an die Langhaarige. Sie spürte die Wärme, die sich ihres ganzen Körpers bemächtigte, die Lust stieg in ihr empor. Die Berührung ihrer Haut durch seine warmen Hände erregte sie. Sie schlichen langsam an ihren Beinen hoch, erreichten ihre Knie. Aus seinem Mund flossen honigsüße Worte. Die Flasche wechselte immer öfter zwischen den beiden und die betörende Flüssigkeit fachte das Feuer in ihrem Körper an. Als seine Hände die Innenseite ihrer Oberschenkel erreichten, hielt sie es nicht mehr aus. Sie sprang auf und fing an, seinen Gürtel aufzuschnallen. Er blieb cool und knöpfte vorsichtig ihre Bluse auf. Seine Lippen fanden ihre Brust und er spürte ihre Hand in seinem Schritt. Langsam fielen ihre Kleider zu Boden, bis sich ihre Körper in sinnlicher Liebesumarmung vereinigten.

Nach einer Flasche Whisky und dem Geschlechtsakt war Simeonov nicht mehr in der Lage, Auto zu fahren. Mira fuhr allein, in der erhabenen Stimmung einer Siegerin, mit dem Taxi ins Hotel.

„Wie war dein Tag"? fragte sie Penko, der sie im Hotelzimmer erwartete. Sie ging ins Bad, wobei sie die Tür offen ließ.

„Viel zu tun", antwortete er, „die Maschinen mussten eingestellt werden, aber die Techniker wollten alles besser wissen, anstatt die Anleitungen zu lesen. Hab' mich grün und blau geärgert. Wir werden noch einige Tage brauchen, bis alles rund läuft. Und wie war es bei dir"?

„Wir haben den ganzen Tag die Geschäfte abgegrast", sagte sie, als sie in ihrem Morgenmantel eingehüllt, aus dem Bad gekommen war. „Wir haben ein kleines Lädchen entdeckt, verborgen irgendwo zwischen den Plattenblocks, sie machen Möbel nach Maß". Mira bemerkte die Röte auf Penkos Wangen, wie bei einem Schüler, den man beim Abschreiben erwischt hatte, tat aber so, als ob sie nichts bemerkt hätte und fuhr fort: „dort könnten wir das runde Bett bestellen".

„Und was ist mit der Küche, sie ist wichtiger"?

„Das wird auch noch werden, wir brauchen noch ein paar Tage. Simeonov ist sehr nett zu mir und führt mich überall hin. Mir ist es fast peinlich, ihn überall herum zu scheuchen. Er hat sogar mein Mittagessen bezahlt und mich noch auf einen Drink eingeladen".

„Es soll dir egal sein. Er hat dich von meinem Geld eingeladen, so wie er sich auch das Auto gekauft hat. Denkst du, in Vidin werden Architekten gesucht? Sag ihm morgen, er soll die Küche planen und besorgen, das ist seine Aufgabe. Du brauchst nur die Farbe auszusuchen".

Am nächsten Nachmittag fuhren Mira und Simeonov mit dem Audi zu den Plattenbauten. Sie fanden den Renault zwei Straßen weiter geparkt. Sie gingen wieder in das Café von dem aus der Eingang des Blocks zu sehen war. Mira war nervös. Diesmal brauchten sie nicht lange zu warten. Das Liebespaar kam heraus, beide trennten sich mit einem Kuss vor dem Block und Penko eilte zu seinem Wagen. Jana ging die Häuser entlang. Als sie um die Ecke bog, sprang Mira auf und folgte ihr. Simeonov blieb sitzen. Jana kannte ihn und sie sollte ihn nicht sehen. Sie lief schnellen Schrittes ohne sich umzudrehen, bis sie drei Straßen weiter in einem kleinen Laden mit der Aufschrift „Kleider aus Deutschland" und in kleiner Schrift darunter „Second Hand", verschwand. Vor dem Laden hingen Kleider auf einer Stange. Mira näherte sich und begann, in den Kleidern zu stöbern.

„Suchen Sie etwas Besonderes"? Eine blonde junge Frau kam heraus. „Bitte, kommen Sie herein, drinnen haben wir größere Auswahl".

„Danke"! Mira ging hinein und fing an die Kleider zu mustern. Beide Frauen unterhielten sich lebhaft:

„Du bist ganz außer Atem, hat er dich nicht hierher gefahren"? fragte die Blonde.

„Er hatte Angst, seine Frau könnte ihn sehen. Sein Architekt aus Vidin ist hier. Er fährt mit seiner Frau herum und sucht nach Möbeln. Gestern waren sie in dem kleinen Laden für Möbel nach Maß und sein Auto war genau gegenüber geparkt".

„Soll dir doch egal sein! Ist sogar besser, wenn sie euch entdeckt. Vielleicht wird sie sich dann scheiden lassen und dann gehört er dir. Ich muss mich jetzt beeilen, die Kleine aus dem Kindergarten abzuholen. Kümmere dich jetzt um die Kundin, wir sehen uns später".

Mira stammelte etwas wie „danke, auf Wiedersehen" und verließ den Laden. „Ich soll mich scheiden lassen, ha, das würde dir so passen, darauf kannst du lange warten"! dachte sie und entfernte sich rasch. Simeonov wartete im Auto auf sie.

63.

Die Tage vor der Heimreise waren erfüllt mit Arbeit und Vergnügen. Ivan und Penko organisierten die neue Firma, bildeten die neuangestellten Mitarbeiter aus, installierten die aus Deutschland und den USA importierten Maschinen. Penko verlängerte seine Mittagspause für ein Treffen mit Jana. Ivan fragte sich, wohin sein Partner immer mittags verschwände, sagte aber nichts. Ab und zu traf er Magda, bezahlte sie und ging keine Verpflichtungen an.

Jana zeigte sich sehr verliebt und nahm Penko total für such ein. Er kaufte ihr einen Ring und eine Halskette, mit Brillanten bestückt, schöne Kleider in Boutiquen hatte aber keine Möglichkeit, sie abends auszuführen und mit ihrer Schönheit anzugeben. Eines Abends lud er sie doch in das Restaurant „Kristall" ein, das neueröffnete Luxuslokal in Sofia. Mira sagte er, dass er von den Investoren zum Dinner eingeladen wäre und dass es spät werden könnte.

„Geh mit Simeonov zum Dinner, mit ihm bist du ja den ganzen Tag zusammen".

„Ich werde sehen", antwortete Mira, „wenn wir nicht zu müde sind".

Mira genoss die Gesellschaft des Architekten. Er benahm sich wie ein tadelloser Gentleman, war auch ein ausgezeichneter Liebhaber. Vormittags liefen sie durch die Möbelgeschäfte, mittags genossen sie die Siesta in seinem Hotel. Das Zimmer bekam ein fröhlicheres Aussehen, nachdem sie eine Vase gekauft hatten in der jeden Tag frische Rose steckte, die er ihr schenkte. „Dreiundvierzig Jahre bin ich alt geworden und habe noch nie einen anderen Mann gehabt" dachte sie, als sie befriedigt im Bett lag, „dabei ist es so schön".

Seit ihrem ersten Liebestreffen war eine Woche vergangen. Die Küche war bestellt, samt Küchengeräten, auch eine bequeme Ledergarnitur mit zwei Sesseln, Sideboard, Bibliothek, und selbstverständlich das runde Bett. „Mit wem werde ich wohl auf ihm schlafen"? ging es ihr durch den Kopf, sie verwarf aber den Gedanken sofort.

Als die Maschine in Sofia abhob, war jeder mit seinen Gedanken allein. In Amerika wartete der Alltag. Bonny war alleine geblieben, mit all' den Problemen. Nun sollte er erfahren, was ihn erwartete, wenn er die Firma übernimmt.

In Wien machten sie abermals einen Zwischenstopp und besuchten Miras Eltern. Sie empfingen sie am Flughafen mit herzlicher Umarmung. Mira war glücklich und erzählte rege über die Veränderungen in Bulgarien, von dem neuen Haus, in dem genügend Platz auch für sie war, von der neuen Kirche und dem glücklichen Popen. Von dem Architekten erwähnte sie nichts, sie versuchte ihn zu vergessen, schaffte es aber nicht ganz.

Penko war in seinen Gedanken hin- und hergerissen, sie quälten ihn und ließen Ihm keine Ruhe. Vor ihm lag Penmark, sein Werk und der Sinn seines Lebens, Jana war zurück geblieben, mit ihren großen schwarzen Augen, voller Tränen. „Wie lange würde sie auf Ihn warten? Und wie würde Mira reagieren, wenn sie davon erfahren würde? Ob sie sich scheiden ließe? Ihre Liebe war schon längst verwelkt. Er könnte sie absichern, Geld hatte er ja (wenn auch nicht eigenes). Wie würde Bonny darauf reagieren? Er ist schon erwachsen, er wird es überstehen. Er wird ihm die Firma überlassen, er wird zufrieden sein".

Er erschrak als das Taxi vor Stamatovs Haus hielt.

Es war ein elegantes Haus im Jugendstil, gelb gestrichen, mit einem spitzen Dach, irgendwann Anfang des zwanzigsten Jahrhunderts gebaut. Ein mit Rosenstöcken gesäumter Weg führte durch den hübsch angelegten Garten zum Eingang. Miras Mutter lief voraus, stieg die zwei Stufen hoch und öffnete die Tür.

„Kommt herein in unsere bescheidene Behausung".

Nach dem Abendessen breitete Mira die Pläne des neuen Hauses aus.

„Wozu braucht ihr diesen Palast"? rief Miras Mutter aus, „denkt ihr etwa in Goritschevo leben zu wollen? Wir haben dort nichts zu suchen und denken auch nicht daran, es zu besuchen, nicht wahr"? sie schaute ihren Mann an.

„Selbstverständlich nicht. Wir haben unser Leben hier eingerichtet, hier sind wir glücklich. Wir haben dieses Haus gekauft und eines Tages werde ich eine gute Rente bekommen. Wien ist eine tolle Stadt, voller Kultur und Kunst. Wir haben uns hier einen Freundeskreis aufgebaut. Wir sind nicht so verrückt, nach Bulgarien zu fahren. Wir sehen es im Fernsehen, von diesem Land wird nichts Gutes berichtet".

„Das Haus ist für meine Eltern", mischte sich Penko ein, „sie haben gelitten, meine Mutter haben sie zum Krüppel gemacht, meinen Vater haben sie beinahe totgeschlagen. Sie haben es verdient, ihre letzten Jahre komfortabel zu leben".

„Das verstehe ich", antwortete Dr. Stamatov , „aber warum muss es so groß sein? So werdet ihr den Neid der Leute auf euch ziehen. Anstatt euch zu verehren, werden sie euch hassen, können euch sogar umbringen. An eurer Stelle würde ich mich nicht so oft dort zeigen. Es ist gut die Eltern ab und zu zu besuchen, aber so einen Palast braucht ihr nicht. Das ist meine Meinung, ihr könnt machen was ihr wollt".

Penko dachte nach. Sein Schwiegervater hatte Recht. Penko erinnerte sich an die neidischen Blicke, als er im Kulturhaus vor dem Pult stand. Die Neugier der Menge war stark, aber den Neid konnten sie nicht verbergen. „Dieser Typ Itso Messer, mit dem ist nicht zu scherzen. Ich muss aufpassen, wenn ich das nächste Mal hinfahre", dachte er, aber diese Warnung hatte er bald vergessen.

Der dreizehnstündige Flug hatte sie erschöpft. Im Flugzeug konnten sie nur etwas schlummern. Es war aber kein erholsamer Schlaf. Zum Glück war Sonntag und sie hatten etwas Zeit, um sich zu erholen. Mira war mit dem Sortieren des Gepäcks beschäftigt und Penko sprang in den Pool, um sich zu erfrischen. Nach einigen Bahnen setzte er sich auf den Rand des Pools und vor ihm tauchte Jana auf. Er stellte sich ihr Staunen vor, wenn sie irgendwann dieses Panorama erblicken könnte. Es war aber nicht möglich. Nicht in diesem Jahr, nicht im nächsten, nicht im übernächsten. Er fühlte sich gefesselt an diesem wunderschönen Ort, mit dem märchenhaften Haus, dem Pool, Fitnessräumen im Keller, frischen Blumen in riesigen Vasen im Wohnzimmer, der Balustrade im Obergeschoß die zu den Schlafräumen und zu seinem privaten Büro führte. Wer ihn hier besuchte, war neidisch auf das, was er erreicht hatte.

In der Firma erwartete ihn eine Überraschung. Während er die seit einem Monat angesammelte Post durchschaute, klingelte das Telefon. Er schaute auf seine Uhr: Halb elf. „Könnte Jana sein"? In Bulgarien war es jetzt halb zehn am Abend. Er schaute sich um, er war allein. Er hob den Hörer.

„Junge, du hältst dich nicht an Verträge", eine tiefe Stimme sprach Bulgarisch.

„Wie bitte, um was geht es"?

„Um Geld, Junge, um viel Geld, das wir dir gegeben haben, um deine Firma zu entwickeln und uns Gewinne zu bringen. Stattdessen verbrüderst du dich mit der Konkurrenz und baust Fabriken in Bulgarien, ohne uns zu fragen. Das steht nicht im Vertrag".

Penko war wie vom Blitz getroffen. Als er zu sich gekommen war, sagte er:

„ An so eine Klausel kann ich mich nicht erinnern".

„Ließ ihn, sonst werden wir es dir beibringen müssen"!

Vor Penkos Augen erschien die zerquetschte Zigaretten-schachtel und ein Schauer lief seinen Rücken herunter:

„Entschuldigen Sie, ich bin gerade gestern aus Bulgarien zurückgekommen. Mein Schreibtisch ist voller Post. Lassen Sie mir bitte ein paar Tage Zeit um den Vertrag zu finden und durch-zulesen. Vielleicht muss ich mich mit einem Anwalt beraten".

„Ich rufe morgen wieder an, bis dahin hast du ihn gelesen und vergiss die Anwälte, wir haben mit denen nichts am Hut"!

Mit einer Handbewegung schob Penko die Briefe beiseite und holte den Vertrag. Auf der ersten Seite stand, handschriftlich eingetragen, die Summe von fünf Millionen Dollar. Der Debitor verpflichtete sich zehn Prozent pro Jahr Zinsen und dreißig Pro-zent des Gewinns vor Steuern zu zahlen. „Soweit ist alles OK", dachte Penko und blätterte weiter. Auf dem nächsten Blatt stand, dass die dreißig Prozent als Beteiligung an der Firma zu verstehen seien, weiter unten dass der Hauptanteilinhaber keine Firmen, mit ähnlicher Tätigkeit gründen dürfte, ohne das Einverständnis seiner

Partner einzuholen. Bei Zuwiderhandlung wäre die ganze Darlehenssumme inklusive Zinsen sofort fällig.

Penko war am Boden zerstört. Wütend schmiss er den Vertrag in die Ecke und hielt seinen Kopf zwischen den Händen: „Wie konnte ich so ein Idiot sein, einen Vertrag zu unterschreiben, ohne ihn zu lesen! Sie haben mir Handschellen angelegt und eine Schlinge um den Hals geworfen. Diese Bastarde"! Es war zu spät. Der Vertrag war unterschrieben und in Kraft. Es gab kein Entrinnen. De facto hatte er dreißig Prozent seiner Firma verkauft. „Zum Teufel", dachte er weiter, „mit dem Geld habe ich die Firma weiterentwickelt und Gewinne erzielt. Was wäre gewesen, wenn ich nicht unterschrieben hätte? Bis heute wäre Penmark eine kleine mickrige Klitsche, die Sonderwünsche der Kunden für wenig Geld befriedigte. Schlimm ist nur, dass ich die Firma in Bulgarien gegründet habe, ohne die „Partner" zu fragen, von denen ich damals nicht wusste. Ich habe den Vertrag nicht ganz gelesen und wusste nicht, dass ich „Partner" habe. Außerdem haben sie mir keine Kontaktperson genannt. Irgendwie muss ich mit denen klar kommen". Die Schlinge hing ihm um den Hals und war nicht einfach abzuwerfen. Er musste nur aufpassen, dass sie sich nicht festzöge. Wer könnte ihm helfen? Mira war verärgert, weil er ihr über den Vertrag nichts gesagt hatte. Besser, er ließe sie in Ruhe. Er wollte sie mit diesem Problem nicht belasten. „Ivan" ging ihm durch den Kopf und er griff zum Telefon:

„Du bist ganz schön in die Patsche geraten! Diese „Freunde" kennen keinen Spaß. Faxe mir den Vertrag, ich werde sehen, ob sich da 'was machen lässt".

„Der Typ am Telefon sagte, dass er morgen anrufen will. Er hat seinen Namen nicht gesagt, aber sein Ton war bedrohlich".

„Sprich mit ihm, aber vorsichtig. Schau was er will, verspreche aber nichts. Sag ihm, dass du es dir überlegen möchtest".

Als Penko am nächsten Tag die tiefe Stimme wieder hörte, war er selbstbewusster:

„Mit wem spreche ich, bitte"?

„Du weißt es sehr gut. Hast du den Vertrag gelesen"? dröhnte die Stimme.

„Und was wünschen Sie"? Penko behielt einen höflichen Ton.

„Also, jetzt weiß du, dass du den Vertrag in einigen Punkten verletzt hast. Das gibt uns das Recht, unser Geld sofort zu verlangen".

„Bedauere, mein Herr, aber das ist unmöglich! Erstens, ist das Geld in Firmeninventar investiert, zweitens gemäß dem Vertrag ist Multiinvest OOD dreißigprozentiger Partner. Wenn Ihre Firma und ich vermute Sie rufen in ihrem Namen an, so eine Forderung stellt, muss Penmark Konkurs anmelden und dann wird Ihre Firma sowohl ihr Geld als auch die Zinsen verlieren, die wir Ihnen bezahlen werden. Drittens, so eine Forderung muss schriftlich erfolgen. Wir befinden uns hier in einem Rechtsstaat und die Gesetze müssen eingehalten werden".

Nach kurzer Pause meldete sich die Stimme wieder, diesmal in viel milderem Ton:

„Hey, du verstehst ja keinen Spaß. Wir werden das Geld nicht zurückverlangen, wir haben es dir gegeben um die Firma weiter zu entwickeln. Dass du aber eine Firma in Bulgarien, zusammen mit unseren Konkurrenten, gegründet hast, gefällt uns überhaupt nicht.

„Bedaure, dass es so gekommen ist. Sie haben mir damals keine Möglichkeit gelassen, den Vertrag in Ruhe zu lesen. Sie haben mich einfach an die Wand gestellt: „Unterschreibe, oder wir gehen"! Das Geld war für die Firma lebensnotwendig und Sie wussten es, ich weiß nicht woher. Mit diesem Geld kauften sie de facto dreißig Prozent von Penmark. Sie haben mir nicht mal eine Telefonnummer hinterlassen, wo ich Sie hätte erreichen können, als ich die Firma in Bulgarien gründete. Diese ist eigentlich keine neue Firma, sondern einer „verlängerten Werkbank" von Penmark. Sie soll Teile für unsere Roboter günstiger herstellen, um den Profit zu steigern, was auch in Ihrem Interesse liegt".

„Das ist möglich. Aber an dieser Firma sind ehemalige Staatssicherheitsleute beteiligt. Wir werden mit denen fertig werden, aber du schau, dass du von denen loskommst, sonst bist du auch dran".

„Ich werde das Mögliche tun, mein Herr, aber wie kann ich Sie erreichen"?

„Ruf die Nummer an, die auf dem Vertragskopf steht. Es meldet sich ein Anrufbeantworter. Sag deinen Namen und wir werden dich anrufen. Du sollst wissen, dass unser Arm länger und stärker ist, als der der ehemaligen Staatssicherheit".

Die tiefe Stimme hatte aufgelegt. Penko lehnte sich in seinen Sessel zurück und schaute durch das Fenster. Irgendwo in der Ferne hinterließ ein Flugzeug seine weiße Spur. „Darin möchte ich sitzen, unterwegs zu einer einsamen Insel und keiner soll wissen, wo ich bin". Er war zwischen zwei Fronten geraten, zwischen Ambos und Hammer. Er rief Ivan an, erreichte ihn aber nicht. Lange konnte er nicht einschlafen, endlich teilte er Mira seine Sorgen mit.

„Am besten du tust nichts", sagte Mira, „die bringen sich sowieso gegenseitig um. Wir sind ein kleiner Stein in ihrem Spiel. Ich glaube nicht, dass sie uns 'was antun. Schließlich verdienen sie an uns".

Penko beruhigte sich: „Morgen rufe ich Ivan an und werde ihm alles erzählen. Sie sollen es untereinander ausfechten"

Ivan Antonov überflog gerade die Tagespost, als er Penkos Stimme und seine Klagen am Telefon vernahm:

„Diese Banditen haben dir ganz schön eine Schlinge um den Hals gelegt und jetzt fangen sie an, sie festzuziehen. Warum hast du diesen Vertrag nicht gelesen, bevor du ihn unterschrieben hast"?

„Sie haben mir keine Zeit gelassen. „Unterschreibe oder wir gehen"! sagten sie. Ich habe das Geld dringend gebraucht. Es regnete Aufträge und wir hatten weder Maschinen, noch Personal. Du warst verschwunden, an wen sollte ich mich wenden? Habe die erste Seite angeschaut – zehn Prozent Zins und dreißig Prozent vom Gewinn – nicht mehr als die Banken verlangten, aber die wollten auch Sicherheiten und die hatte ich nicht".

„Haben sie gesagt, was sie von dir wollen? Du zahlst ihnen doch, was du versprochen hast".

„Noch nicht. Der Zins ist erst Ende des Jahres fällig und der Gewinn wird bei der Steuererklärung ermittelt, die nächstes Jahr erstellt wird. Das war aber nicht, was sie wollten. Sie beschuldigen mich, dass ich die Firma in Bulgarien gegründet habe, ohne sie als Partner gefragt zu haben und euch, ihre schärfsten Konkurrenten, beteiligt habe. Dass sie Partner sind, wusste ich nicht. Außerdem wollen sie, dass ich euch abschüttle, was eigentlich unmöglich ist".

„Das wissen die sehr gut. Mach dir keine Sorgen, wir werden mit denen zurechtkommen. Sie wollten dich nur einschüchtern, damit du ihren Anweisungen folgst. Wenn dich wieder jemand anruft, sagst du es mir sofort".

„Wie läuft die Fertigung? Wann bekommen wir die erste Teile"?

„Ich hoffe in ein bis zwei Monaten. Ich rufe dich an, wenn sie zum Versand fertig sind".

„Hast du was von Jana gehört"? traute Penko sich ihn zu fragen.

„Jana geht es gut, sie denkt pausenlos an dich, das sagt wenigstens Magda. Sie sehe ich ab und zu".

„Pass auf Jana auf, sie ist ein gutes Mädchen"!

„Vielleicht wird sie auch eine gute Ehefrau", dachte Ivan, nach dem er aufgelegt hatte. Dann hob er wieder den Hörer und wählte die Nummer des Generals.

64.

Jeden Morgen vor dem Frühstück absolvierte Penko sein Trainingsprogramm: Zehn Minuten Ergometer, zehn Minuten Band laufen, zehn Minuten Gewichte heben. Das Programm endete mit Schwimmen. Zehn Bahnen hin und zurück. Er hatte gerade die Hälfte geschwommen, als er die bekannte Melodie hörte, seiner neuesten Errungenschaft, einem tragbaren Telefon. Er schwamm bis zum Pool Rand und griff zum Hörer. Der Fertigungsleiter teilte ihm mit, dass eine Sendung aus Bulgarien in sehr schlechten Zustand angetroffen war, er soll sofort kommen.

Penko vergaß das Frühstück und eilte in die Firma. Die Teile waren in Zeitungspapier gewickelt, trieften vor Öl und der Karton war dort zerrissen, wo das Öl ausgelaufen war. Vorsichtig entnahmen sie die Teile und legten sie auf einen langen Tisch. Einige hatten Schlagspuren, andere waren verbogen. Weniger als die Hälfte waren noch brauchbar. „So geht es nicht"! beschloss Penko. „Ich muss nach Bulgarien um die Sache in Ordnung zu bringen". Er rief Ivan an:

„Wie könnt ihr uns so einen Schrott liefern! Konntet ihr nicht besser verpacken"?

„Bedauere. Ich habe damit den Lageristen beauftragt und der hat sich als Pfuscher erwiesen. Ich werde ihn gleich feuern. Ich kümmere mich um eine bessere Verpackung. Gefallen dir die Teile sonst"?

„Einigermaßen. Sie sind zu grob, sie müssen mit einem feineren Fräser bearbeitet werden".

Penko beschloss mit der Reise zu warten, bis das Haus in Goritschevo einigermaßen fertig wäre. Auch das Boot wollte er dorthin schicken. Mit ihm wäre es ein Mordsspaß auf der Donau. Hier, auf der Bay ist er überall gefahren. In Bulgarien könnte er vor Jana angeben. Er beauftragte eine spezialisierte Spedition das Boot bis zu Ignats Liegeplatz zu bringen. Er rief ihn auch an. Ignat freute sich und versprach Platz zu schaffen und auf das Boot Acht zu geben.

„Was ist aus Itso Messer geworden, ich habe gehört, dass er im Gefängnis sitzt"?

244

„Ich tat was du mir gesagt hast", antwortete Ignat. „Ich sollte wieder „Ware" nach Rumänien bringen. Sofort habe ich die Nummer, die du mir gegeben hast angerufen. Itso kam in seinem BMW, öffnete den Kofferraum und zog einen großen Sack heraus. Auf einmal erschienen drei Männer in schwarzen Lederjacken und Baretten und schnitten den Sack auf. Drin schlief ein zehnjähriger Junge, offensichtlich betäubt. Itso versuchte zu fliehen, aber sie waren schneller, legten ihm Handschellen an und ihn abgeführt. Später habe ich gehört, dass er nur auf fünf Jahre verurteilt wurde. Seine Ausrede war, dass er das Kind zur Adoption bringen wollte. Trotzdem habe ich Angst, wenn er rauskommt. Wenn er erfährt, dass ich ihn verraten habe, wird er mich umbringen".

„Hab keine Angst. Ivan ist nicht dumm. Er hat die Sache ordentlich organisiert. Die alten Kader der Staatssicherheit sind zwar pensioniert, aber die jüngeren haben nur die Jacken gewechselt. Anstatt „Miliz", steht jetzt „Polizei" drauf".

„Hoffentlich ist es so. Die die ihn gefasst haben, waren nicht von hier. Unsere Polizisten kenne ich. Sie sind alle Itsos Freunde. Er bewirtet sie und versorgt sie mit jungen Mädchen".

„Wenn das Boot kommt, deck es ab und zeige es niemandem. Wenn ich komme, werde ich dich fahren lassen, aber bis dahin darf es sich nicht herumgesprochen haben. Hast du Neuigkeiten von Jana, wie geht es ihr"?

„Jana geht es gut. Seitdem Itso im Gefängnis sitzt, hat sie sich beruhigt, aber sie hat Angst was wird, wenn er rauskommt. Der Wolf wird älter, aber nicht frömmer"! Am besten, wenn ihn jemand beseitigt".

„Wir werden sehen. Das kann auch passieren, wenn er sich nicht ordentlich benimmt".

Es waren fast zwei Monate vergangen, seit der Lieferung der ersten Teile, als sich wieder die tiefe Stimme meldete:

„Hallo Penko"! Diesmal klang die Stimme freundlich, vertraulich. „Ob er einen Dale Carnegie Kurs für gutes Benehmen absolviert hatte", dachte Penko.

„Hallo, mein Herr, womit kann ich dienen"?

„Wir haben erfahren, dass ihr Probleme mit der Verpackung eurer Teile habt. Wir haben eine Kartonagenfabrik. Wir stellen Verpackungen und Kisten her. Wir werden jemanden vorbeischicken, der euch die Produkte zeigt. Die werdet ihr in Zukunft verwenden. Wenn ihr hier die Sendung erhaltet, ruft die Nummer an, die auf dem Lieferschein steht. Jemand wird kommen und die leeren Verpackungen abholen. Wir recyceln sie hier, in den USA. So habt ihr kein Problem mit der Entsorgung".

„Das hört sich gut an, vielen Dank. Wir haben tatsächlich Probleme mit den Kartons in Bulgarien, sie sind von sehr schlechter Qualität. Hoffentlich sind Eure besser".

„Unsere sind Spitze, du wirst sehen. Eure Teile werden kommen wie gewickelte Babys".

Ein gut gekleideter junger Mann erschien tags darauf beim Ivan. Er brachte eine Sperrholzkiste ausgekleidet von allen Seiten mit zehn Zentimeter dickem Hartschaum. In ihr hätte man Kristallgläser verpacken können, ohne dass sie zerbrechen würden. Der Preis war lächerlich, wie der, der billigsten Kartons. „Sie werden in Amerika recycelt, deshalb ist der Preis niedrig", erklärte der Vertreter, „wenn sie leer sind, brauchen sie nur eine Nummer anzurufen, jemand wird kommen und sie abholen. Sie haben keine Sorge damit".

Ivan war einverstanden, es war eine ideale Lösung. Er würde Penko mit der nächsten Lieferung überraschen.

65.

Bei Penmark arbeitete seit kurzem ein junger Mexikaner, Pedro Rodriges. Penko hatte ihn an der „Börse für illegale Arbeitskräfte" aufgelesen. An einer Straßenecke in Oakland ragten die Reste eines verlassenen Hauses hervor. Den kleinen Hof hinter einem zerfallenen Zaun nutzten mexikanische Flüchtlinge, um sich ohne Papiere als Arbeiter anheuern zu lassen. Oft kam die Polizei, aber die Arbeitssuchenden hatten ein ausgeklügeltes Frühwarnsystem entwickelt. Auf dem Dach des Hauses befand sich ein „Witwenstand". So nannte man einen Balkon, von dem die Fischerfrauen die kommenden Schiffe erwarteten. Aber nicht immer kamen alle Fischerboote zurück. Umso sicherer war, dass die Polizei kommen würde. Ein Pfiff und die Arbeitssuchenden flohen, wie ein Spatzenschwarm in alle Richtungen,

Gerade in so einem Augenblick hatte Penko dort gehalten, um einige billige Arbeitskräfte anzuwerben. Plötzlich wurde seine Wagentür aufgerissen und ein dunkelhäutiger Mann sprang hinein, schloss die Tür hinter sich und kauerte sich, mit dem Finger vor dem Mund, am Boden vor dem Beifahrersitz. Er schaute Penko mit seinen großen, schwarzen Augen an und flüsterte „Work", eines der wenigen englischen Worte, die er kannte. Penko hörte das Martinshorn und fuhr los. Er erfasste die Situation. Der junge Mann war Flüchtling, ein Verbannter, wie er selbst vor fünfundzwanzig Jahren, ohne Papiere, nur einen mexikanischen Führerschein hatte er in der Hand. Penko hatte Mitleid mit ihm und stellte ihn als Lagerarbeiter an.

Pedro erwies sich als fleißiger, williger und ruhiger Arbeiter. Er war kräftig und bescheiden. Bald hatte er das Vertrauen seiner Vorgesetzten gewonnen. Er öffnete die aus Bulgarien kommenden Kisten, ordnete die Teile auf einem Transportwagen bereit für die Eingangskontrolle. In einer Ecke des Lagers hatte er sich eine Matratze aus Schaumstoff eingerichtet. Penko wusste dass er in dem Lager schlief, hatte aber ein Auge zugedrückt.

Eines Tages rutschte Pedro die Stange, mit der er die Kisten öffnete, aus und sie bohrte sich in den Hartschaum der Auskleidung. Als er sie herauszog, rieselte ein weißes Pulver aus dem

Loch. Pedro roch daran, schmeckte es und wusste sofort, es war Kokain. In Mexiko hatte er es vor einer Schule verkauft, bis die Polizei, aber auch die Konkurrenz hinter ihm her war. Bei der Polizei erwarteten ihn Prügel oder ein paar Monate Gefängnis. Aber die Konkurrenz kannte kein Mitleid. Einige „Kollegen" wurden auf einer Mühlhalde mit durchschnittenen Kehlen oder Blei in der Brust gefunden. Die Flucht war die einzige Rettung.

Pedro wartete ab, bis alle Arbeiter gegangen waren. Es war Freitag und viele verließen die Firma früher, um das Wochenende zu genießen. Allein geblieben nahm er den Deckel mit dem durchstochenen Hartschaum und trug ihn nach draußen in die Sonne. Er sah, dass die Auskleidung aus mehreren Schichten Hartschaum bestand, die miteinander verklebt waren. Mit einem scharfen Messer entfernte er die oberste Schicht. Was er sah, ließ ihn erzittern. Der Hohlraum war voll mit prallgefühlten Plastiktüten. Eine davon war durchstochen. Pedro zog sie vorsichtig heraus und wischte sorgfältig den kostbaren Staub auf. „Das ist ein ganzes Vermögen", dachte er, „damit könnte ich mir ein sorgloses Leben leisten". Vor seinen Augen tauchte eine herrliche Villa am Meeresufer auf, die Sonnenstrahlen spiegelten sich auf dem azurblauen Swimmingpool, eine hübsche Mulattin, seine Geliebte, lag neben ihm unter dem Sonnenschirm mit einem Glas Margherita in der Hand und genoss den blutroten Sonnenuntergang. Bei diesem Anblick verwandelte sich das Purpur der Sonne in Blut, er sah seinen Freund Jose, eingequetscht in der Spalte zwischen zwei Hütten mit durchschnittener Kehle. Sie waren zusammen aufgewachsen, hatten miteinander Fußball gespielt, zusammen hatten sie sich mit den Jungs aus der Nachbarschaft geprügelt. Zusammen waren sie der Verführung des Dealers erlegen, dann beschlossen sie, das Geschäft alleine zu betreiben. Sie passten den Dealer ab und stahlen seine Ware, kamen aber damit nicht weit. Der erste war Jose, der erwischt wurde. Pedro gelang die Flucht. Versteckt in einem Wohnwagen amerikanischer Touristen erreichte er die Grenze. Er schloss sich einer Gruppe Mexikaner an. Einer davon wusste eine Stelle, wo sie die Grenze überqueren konnten, verlangte aber Geld, hundert Dollar pro Nase. Pedro hatte kein Geld, aber in seiner Tasche waren noch einige kleine Päckchen. In der Nacht gab es wenige Lichter in Tijuana, die das Nachtleben verrieten. Er verkaufte die Päckchen an zwei „ausgehungerte" Amerikaner und so erreichte er das gelobte Land.

Die geöffnete Verkleidung klaffte ihm entgegen, wie der Rachen eines Hais, der bereit war zuzubeißen wenn er sich daran vergriff. Aber Pedro widerstand: „Wo sollte er den Inhalt verstecken und wo sollte er ihn verkaufen? Hier im Silicon Valley gab es kaum Kundschaft. Er musste nach Oakland oder San Francisco". Es gab keine Zeit zu verlieren, er musste handeln. Im Lager gab es kleine Plastiktütchen mit Zippverschluss in rauen Mengen. Er setzte sich an einen Tisch und fing an den Inhalt des zerrissenen Beutels in die Tütchen zu verteilen. Dann nahm er den Bus nach San Francisco und verkaufte die ganze Nacht. Am nächsten Morgen, Samstag, mietete er ein kleines Apartment, kaufte einen alten Pickup, fuhr zu Penmark, wo er das Tor zum Lager offen gelassen hatte, lud die beiden Kisten auf und verschwand.

66.

Die tiefe Stimme klang bedrohlicherer als je zuvor:

„Wo sind die Kisten"?

„Sie müssen im Lager sein. Wir haben sie am Freitag ausgepackt und die Teile sind da".

„Was interessieren mich Eure beschissenen Teile. Wo sind die Kisten? Unser Mann kam, um sie abzuholen und sagte, sie sind nicht da. Am Freitag waren sie aber dort".

„Vielleicht haben sie sie irgendwo verstaut, ich werde nachschauen. Aber warum sind Sie so erzürnt über irgendwelche Kisten, die anderen werfen wir sowieso weg".

„Das geht dich nichts an! Wenn die Kisten in zwei Stunden nicht gefunden sind, ist der Teufel los"!

Erschrocken ging Penko zum Lager:

„Als ich am Freitag nach Hause ging, waren die Kisten dort", sagte einer der Lagerarbeiter und zeigte auf das große Rolltor. „Nur der Mexikaner war noch da. Ich habe ihn daran erinnert, zuzusperren".

„Er hat gar nicht hier geschlafen", kam ein anderer hinzu. „Seine Decke ist unberührt. Sieht so aus, als ob er gar nicht hier war".

„Hier hat jemand was gemacht", rief der erste aus der anderen Ecke des Lagers, „die Schachtel mit den kleinen Tütchen ist offen und auf dem Tisch ist irgendein weißes Pulver zerstreut".

„Weiß jemand was es ist"? fragte Penko.

„Chef, du bist ja ein Grünschnabel. Das ist Kokain".

Sie schauten einander an. Penko wurde weiß und musste sich am Tisch festhalten. „Das ist also der Trick mit diesen Kisten und ihrer teuren Verkleidung – Versteck für Drogen. Der mexikanische Bastard hat ihn entdeckt und die Kisten mitgenommen".

„Wer mit Drogen zu tun hat, hat keinen Platz hier", sagte Penko streng.

„Von uns niemand", antwortete der Lagerleiter selbstbewusst. „Es muss der Mexikaner gewesen sein. Er war immer so verschlossen, hat mit keinem gesprochen.

„Wie soll er sprechen, er konnte kein Wort Englisch", sagte derjenige, der den „Schnee" entdeckt hatte.

„Weiß jemand wo er sein kann"? fragte Penko, obwohl er nicht erwartete ihn zu finden.

Alle schüttelten die Köpfe.

„Er schlief dort, auf dem Schaumstoff", der Lagerleiter zeigte in die Ecke, „wahrscheinlich hat er ein Quartier gefunden, oder ist bei Landsleuten untergekommen. Hat von irgendwo einen Beutel „Schnee" gefunden und ihn in unsere Tütchen abgepackt und wird sie jetzt verkaufen.

Zurück in seinem Büro, wählte Penko Ivans Nummer an. Nach längerem Klingeln meldete sich eine verschlafene Stimme.

„Habt ihr im Moment eine von diesen ausgekleideten Kisten"? fragte Penko ohne Umschweife.

„Penko, bist du es? Bist du besoffen? Weißt du nicht, dass es zwei Uhr nachts ist, dass du mich wegen irgendwelchen Kisten weckst"?

„Das sind nicht „irgendwelche", sondern voll mit Rauschgift. Bei uns sind zwei verschwunden und der Dicke ist wütend".

Ivan wurde munter. Penko erzählte von dem Mexikaner.

„Sie benutzen uns als Trafikanten. Wenn es entdeckt wird, sind wir dran. Dreckige Halunken! Wir werden ihnen aber zuvorkommen. Gut dass du angerufen hast, was hast du ihm gesagt"?

„Ich habe ihn gefragt, warum er sich so aufregt und er sagte, dass es nicht meine Sache sei".

„Stell dich dumm. Sie sollen nicht erfahren, dass wir es wissen. Gestern wurden bei uns noch zwei Kisten verpackt, morgen werde ich sofort checken, ob sie nicht schon versendet sind. Ich rufe dich an und sage dir dann was wir unternehmen werden".

Penko rief Multiinvest OOD an und hinterließ eine Meldung, wie es ausgemacht war. Nach einiger Zeit meldete sich die tiefe Stimme:

„Hast du die Kisten gefunden"?

„Leider nicht. In unserem Lager arbeitete ein Mexikaner, er konnte kein Wort Englisch. Er putzte und warf den Müll weg.

Wahrscheinlich hat er nicht verstanden, dass die Kisten aufbewahrt werden müssen und hat sie in den Container geworfen".

„Wo ist dieser Container"?

„Im Hinterhof der Firma, aber er wird jeden Samstag geleert".

„Wer leert ihn"?

„Die Städtische Müllabfuhr mit einem Wagen, der alles zermalmt. Entschuldigen Sie bitte, aber warum sind diese Kisten so wichtig für sie? Schließlich kaufen wir sie. Warum müssen Sie sie unbedingt recyceln"?

„Du fragst zu viel und willst zu viel wissen. Aber wer zu viel weiß, dem schließt man den Mund und zwar für immer"!

„Entschuldigen Sie bitte. In Zukunft werden wir Ihnen die Kisten sicher zurückgeben, ich werde persönlich dafür sorgen".

„Pass in Zukunft gut auf, sonst bekommst du Probleme"! sagte die tiefe Stimme und legte auf.

Etwas später rief Ivan an:

„Die Lage muss sich etwas beruhigen, bevor wir andere Maßnahmen treffen. Die beiden Kisten sind leider schon unterwegs. Übergib sie dem Kurier in ordentlichem Zustand".

„Ich dachte daran das FBI anzurufen. Als sie uns voriges Jahr durchsuchten, hatte mir einer von ihnen seine Karte gegeben".

„Es ist noch nicht die Zeit dafür. Wir müssen der Schlange den Kopf abhacken, nicht den Schwanz. Wenn wir ihre Organisation zerschlagen, wirst du auch von der Schlinge befreit"

„So denke ich auch, aber wo ist der Kopf, in Bulgarien, oder hier"?

„Er kann auch in Russland sein" vermutete Ivan, „die Schlange hat mehrere Köpfe. Wenn du einen Kopf abschlägst, wachsen zwei weitere nach. Wichtig ist, dass sie aufhören uns als Kuriere zu benutzen. Ich werde sofort die Lieferung der Kisten kündigen. Solche Kisten können wir woanders besorgen, ich werde eine Lösung finden":

„Gut so! Wir warten ab, wie sie reagieren. Ich werde meinerseits den Kurier verfolgen und sehen, was sie mit den Kisten machen".

„Gut, aber nimm einen zuverlässigen Mann mit und pass auf, dass sie euch nicht abknallen".

Penko dachte nach. Der einzige Freund auf den er sich verlassen konnte, war Wlado. Aber Wlado war kein Abenteurer. Er durfte nicht erfahren, um was es wirklich ging, sonst bestand die Gefahr, dass er sich ganz von Penmark abwendete.

„Wir bekommen Teile aus Bulgarien in Kisten, die hier recycelt werden. Ich möchte gerne wissen wie sie das machen. Magst du mit mir mitkommen"?

Wlado mochte und sie folgten dem Pickup mit den Kisten aus sicherer Entfernung. Er bog in Richtung Port of Oakland, dann fuhr er auf eine menschenleere Straße, entlang des Ufers. Penko hielt Distanz bis er wieder abbog, dann versuchte er ihn einzuholen. Eine Vielzahl kleinerer und mittelgroßer Fabriken und Firmen, Auto- und Bootsreparatur Werkstätten säumten den Weg. Penko fuhr um einige Blocks, bis er am Ende einer der Straßen den Pickup sah. Er verschwand hinter einem flachen, einstöckigen, vernachlässigten Gebäude mit einigen zerbrochenen Fenstern, die notdürftig mit Pappe geflickt waren. Vor dem Eingang döste ein Farbiger, neben ihm ein Gewehr an die Wand angelehnt. Penko umfuhr das Gebäude und fand, was er suchte: Der Pickup war vor einem Garagentor geparkt und zwei Männer schleppten die Kisten hinein. Das Tor schloss sich hinter ihnen.

Penko parkte den Wagen in der Parallelstraße und schärfte Wlado ein:

„Wenn ich in zehn Minuten nicht zurück bin, ruf die Polizei"!

Penko näherte sich vorsichtig dem Gebäude auf der Schattenseite und betrachtete die Fenster. An einem war die Pappe beschädigt und er konnte hineinblicken. Die Sonne drang durch das dreckige Glas und erhellte den Raum mit spärlichem Licht. An langen Tischen saßen Arbeiter und füllten kleine Päckchen mit weißem Pulver. Zwei Männer brachten die Kisten in den Raum, zerschnitten die Verkleidung und holten prallgefüllte Tüten heraus, die sie in die Mitte des Tisches legten. In der Ecke saß ein anderer Farbiger mit einer Kalaschnikow auf dem Schoß. Penko hatte genug gesehen. Er duckte sich und lief zurück zum Wagen. „Wenn ich die Polizei oder das FBI anrufe", dachte er, „werden sie kommen, einige Leute verhaften, den „Stoff" konfiszieren und Schluss. Der Kopf dieser Bande saß weit weg, irgendwo auf einer karibischen Insel und steuert das Geschäft per Telefon. Diese Unglücksraben hier folgen nur blind den Befehlen". Penko wurde klar, dass er Multiinvest loswerden musste. Wenn er fünf Millionen hätte, würde er sie Ihnen in den Rachen schmeißen und müsste sie nie mehr sehen. Er hatte sie aber nicht. „Angriff ist die beste Verteidigung, lass sehen was passiert, wenn Iwan die Lieferung der Kisten storniert", dachte er auf dem Heimweg.

67.

Die drei Männer saßen unter der Weinlaube vor einer Flasche Schnaps. Aus der Küche drang der Duft von gebratenen Frikadellen.

„Diese Bastarde ködern schon die Kinder in der Schule", sagte der Hausherr. „Mein Enkel ist in der sechsten Klasse, sie haben ihm eine Schachtel Zigaretten geschenkt. „Opa", sagt er, „schau mal was ich dir mitbringe". „Woher hast du diese Zigaretten", frage ich, „wie oft habe ich dir gesagt, keine Zigarette anzufassen? Hast du vergessen, was mit deinem Vater geschah"? Er starb nämlich an Lungenkrebs mit zweiundvierzig Jahren. Ich nehme eine, rieche und was denkt ihr, Marihuana! So weit sind wir gekommen in dieser Demokratie"!

„Vor acht Jahren gab es so was nicht", antwortete Hadzhikov, damals erreichte sowas die Kinder nicht.

„Deswegen kam ich zu euch, um zu überlegen, wie wir mit denen fertig werden können", mischte sich Ivan ein, heute ist nicht damals. Sie sind ein riesiges Syndikat, ein mehrköpfiger Drache. Wenn du einen Kopf abhackst, wachsen zwei nach. Die Polizei ist auch nicht mehr das, was unsere Miliz war. Alle sind korrupt. Wenn wir sie verraten, werden sie zwei, drei Leute verhaften und nach zwei Tagen entlassen sie sie aus Mangel an Beweisen. Und dann sind wir dran, entweder zünden sie unsere Fabrik an oder bringen jemand von uns um".

„Warum zünden wir nicht ihre Fabrik an"? sagte der General, „es wird nicht so schwer sein".

„Sicherlich bewachen sie sie gut. Penko hat sie in ihrer kalifornischen „Fabrik" ausgespäht. Vorne saß einer mit einem Gewehr, und drinnen einer mit einer Kalaschnikow".

„Überlasst diese Arbeit mir", sagte Hadzhikov, ich schicke zwei von meinen Leuten. Sie sollen sich umschauen und die Lage sondieren. Sergej, benimm dich so, als ob du nichts wüstest. Sag auch Penko, er soll still halten. Nimm die Kisten an, wie bisher, versende sie aber nicht.

Die Kartonagenfabrik von Multiinvest OOD befand sich in der Mitte eines ehemaligen sozialistischen Komplexes, zerfallen nach dem Fall des Kommunismus und ausverkauft im Zuge der Privatisierung. In einigen Gebäuden hatten sich kleine Unternehmen eingenistet, andere standen leer mit zerschlagenen Fensterscheiben. Die Maschinen, die nicht geplündert worden waren rosteten vor sich hin. Beide Agenten der ehemaligen Staatssicherheit postierten sich in zwei leeren Häusern, diagonal an beiden Seiten der Kartonagenfabrik gelegen. So hatte jeder Ausblick auf eine lange und eine kurze Wand des Gebäudes. Beide waren mit Infrarotkameras und Ferngläsern für nächtliche Beobachtung, Videorecorder, aufblasbare Mattratzen, Essen und Trinken für drei Tage ausgestattet.

Die „Fabrik" hatte keine geregelte Arbeitszeit. Die ersten Arbeiter kamen gegen sechs Uhr früh und die Lichter erloschen um Mitternacht. Gegen Mittag kam ein glänzender Mercedes mit verdunkelten Scheiben. Der Wächter grüßte militärisch und öffnete die Wagentür. Ein korpulenter Mann mit rasiertem Kopf, in schwarzem T-Shirt stieg aus und ging mit schnellen Schritten zur Tür. Die Fettfalten seines dicken Halses glänzten in der Sonne. Der Fahrer blieb im Wagen. Der Besuch dauerte mehr als eine Stunde. Der eine Agent, der den Eingang beobachtete, vergrößerte das Zoom, als der Mann die Fabrik verließ. Er erkannte einen der Chefs von Multiinvest, einen ehemaligen Gewichtheber.

Am Nachmittag kam ein großer Lastwagen und brachte Sperrholzplatten, einige Blöcke Hartschaum und Wellpappe. Am nächsten Tag, spät am Nachmittag kam ein weißer Van. Das Garagentor öffnete sich und der Van verschwand in der Dunkelheit. Als am Abend die Lichter erlöschen, sammelten sich beide Agenten vor dem Videorecorder.

„Wie viele gingen hinein und wie viele kamen heraus"? fragte der erste Agent.

„Ich habe siebzehn gezählt, die in der Frühe hineingingen und am Abend herauskamen".

„Checken wir das Video".

Auf dem Bildschirm erschienen Gruppen von zwei, drei Arbeitern, aber auch einzelne, die in die Fabrik gingen. Bis acht Uhr dreißig waren siebzehn Leute hineingegangen. Gegen neun kam ein schwarzer BMW. Ein kräftiger junger Mann mit breiten Schultern und kurz geschorenem Haar entstieg dem Auto und ging in das Gebäude. An der Tür traf ihn ein anderer in Tarnanzug. Sie begrüßten sich und der im Tarnanzug bestieg den BMW. Danach folgte der Besuch des Chefs. Gegen fünf Uhr Nachmittag fingen Arbeiter an, die Fabrik zu verlassen. Um sieben kam der mit dem kurzgeschorene Haar heraus und zündete sich eine Zigarette an. Der BMW erschien wieder, aber diesmal stieg ein anderer Mann in schwarzer Lederjacke und schwarzen Jeans aus. Beide klatschten zur Begrüßung die erhobenen Hände ab und die Lederjacke verschwand in die Fabrik.

„Alles klar, Wachablösung. Die Lederjacke ist die Nachtschicht", sagte der erste Agent.

„Ich muss schauen, was drinnen los ist", beschloss der zweite Agent und ging.

Es war dunkel, die Fenster der Fabrik waren mit Zeitungen überklebt, nur durch eines flackerte Licht. Die Ecke einer Zeitung hatte sich abgelöst. Der zweite Agent fand eine Mühltonne und stieg darauf. Durch den Schlitz konnte er ins Innere der Fabrik sehen. Ein Fernseher lief, vor ihm saß der Mann in den schwarzen Jeans in einem Sessel, neben ihm die Kalaschnikow. Im bläulichen Licht des Fernsehers erkannte er verschiedene Werkzeuge, eine Kreissäge und Reste von Sperrholz und Hartschaum. Eine geschlossene Tür führte zum hinteren Teil des Gebäudes, wo sich das große Garagentor befand. Er verschob die Mühltonne zum nächsten Fenster, das mit Blech verkleidet war. Über dem Fenster gab es einen Ventilator, der still stand. Er nahm die Taschenlampe in den Mund, griff in die Öffnung des Ventilators und zog sich mit beiden Armen hoch. In einem Regal standen Kanister, unten Wannen, Mixer und Trockenschränke an der Wand. Alles sah nach einem chemischen Labor aus und es roch auch nach Chemikalien. Es war klar, was man hier herstellte.

Der zweite Agent beseitigte die Spuren seiner Beobachtungen und ging zu seiner Schlafstelle. „Hadzhikov wird zufrieden sein", dachte er. Vor der Wende hatten sie für Lob und Ruhm gearbeitet und für ein kleines Gehalt, das für ein erträgliches

Leben und einen Urlaub am Meer reichte. Jetzt waren sie arbeitslos und ernährten sich von Detektiv- und anderen Spezialaufgaben. Manche Kollegen erfüllten auch Liquidationsaufträge, wenn unbequeme Personen beseitigt werden mussten. Beide Ex-Agenten waren nicht von dieser Sorte. Sie waren dem Major treu und er belohnte sie anständig. Der zweite Agent nahm das Telefon und berichtete Hadzhikov.

68.

Penmark bereitete sich fieberhaft auf die nächste Ausstellung in Genf vor. Sie war die wichtigste überregionale Ausstellung der Branche. Alle bekannten Hersteller von Maschinen für die Halbleiterindustrie waren dort vertreten. Penko wollte sechs neue Modelle vorstellen, die den Namen „Penmark" weltweit zur Berühmtheit führen sollten, doch es gab noch Probleme. Die in Bulgarien entwickelten und hergestellten Spezialmotoren waren nicht zuverlässig. Die ersten Prototypen funktionierten einwandfrei, Penko war sehr zufrieden und ließ sie in die neuen Modellen einbauen. Viele Exemplare der weiteren Lieferungen aber erwiesen sich als mangelhaft. Penko baute einen Prüfstand auf und testete jeden einzelnen Motor. Das war zeitraubend und er beschloss, gleich nach der Messe nach Bulgarien zu fahren und den Grund für die Defekte festzustellen.

„Für Sie", die Sekretärin war leise in das Labor eingetreten mit dem tragbaren Telefon in der Hand.

„Penev".

„Junge, du verkriechst dich in der letzten Zeit" ertönte die bekannte tiefe Stimme, „seit langem hast du uns keine Kisten geschickt".

„Wir werden auch in Zukunft keine schicken. Wir haben die Verpackungsart geändert, ihre Kisten sind zu gefährlich und das wissen Sie sehr gut".

„Du spielst mit dem Feuer, Junge! Vergiss auf der Stelle was du erfahren hast, sonst wirst du dir die Finger verbrennen".

Penko legte auf. „Sie sollen sich ein anderes Opfer suchen". In diesem Moment hatte er genügend Probleme, als dass er Zeit gehabt hätte über die Folgen dieses Gesprächs nachzudenken.

Ab und zu telefonierte er mit Jana. Wie immer schwor sie ihm ewige Liebe und erzählte wie einsam sie ohne ihn sei. Manchmal erschiene er in ihren Träumen und dann zöge er sich unerreichbar zurück in einem weißen Nebel umhüllt. Nach so einem Gespräch saß er lange in seinen Sessel gelehnt und betrachtete den blauen kalifornischen Himmel. Zwei weiße Wölkchen jagten sich. „Es könnten unsere Seelen sein", dachte er, „ob sie irgendwann zusammenfinden"?

Seine Firma war im Aufwind. Mehr als zweihundert Leute arbeiteten für ihn in mehreren Abteilungen, tüchtige Ingenieure und Techniker und trotzdem war er immer da, mit Ausnahme seiner beiden Bulgarienreisen. Sein Eheleben war Routine geworden. Er konnte sich nicht erinnern, wann er das letzte Mal mit Mira geschlafen hatte. Ihre Gespräche drehten sich fast immer um die Probleme der Firma.

Als Bonny mit dem Studium anfing, hatte er sich eine Wohnung in Stanford gemietet, um dem täglichen Kampf auf den überfüllten Autobahnen zu entkommen. Manchmal kam die Familie sonntags in einem Luxusrestaurant am Meeresufer zusammen. „Wenn Bonny eines Tages die Firma übernimmt", sagte Penko bei solchen Gelegenheiten, „werden wir mehr Zeit für unser Familienleben haben".

Penko erwartete ungeduldig die Genfer Messe und die danach geplanten Reise nach Bulgarien. Immer öfter sah er Jana in seinen Träumen. Sie stand irgendwo hoch auf einem Podest. Er öffnete die Arme, aber sie traute sich nicht herunterzuspringen.

Mira freute sich auch insgeheim auf die nächste Bulgarienreise. Mit Penko verband sie ein warmes Gefühl der Zusammengehörigkeit, aber ihr Herz hüpfte jedes Mal, wenn sie die bewegte Stimme Simeonovs aus dem Hörer vernahm. „Ob er mich wirklich so sehr liebt"? dachte sie „und ob ich mich von Penko trennen könnte"? Ihre Beziehung war fast nur dienstlich geworden. Trotzdem konnte sie sich keine totale Trennung vorstellen, obwohl sie schon seit langem getrennte Schlafzimmer hatten. „Wie würde er reagieren, wenn er erfahren würde, dass ich eine Affäre mit dem Architekten habe? Ob er gleich die Scheidung einreicht, oder mir diesen Seitensprung verzeihen würde? Und was würde aus meinem Job bei Penmark? Die Zukunft wird es zeigen". So gingen ihre Gedanken noch lange, nachdem die geliebte Stimme im Hörer verklungen war.

Die Vorbereitungen für die Messe waren in vollem Gange, als ein Fax aus Bulgarien kam. Es war ein Ausschnitt von der Titelseite einer Zeitung:

„Riesige Explosion erschütterte den Stadtrand von Sofia. Kartonagenfabrik bis auf die Grundmauern abgebrannt".

Das Foto zeigte die verrauchen Mauern eines alten Fabrikgebäudes ohne Dach und Fenster. Trümmer lagen herum. Der Artikel beschrieb, dass die Polizei in der Ruine die Überreste eines Drogenlabors und Spuren von Kokain entdeckt haben sollte. „Nach dem Eigentümer wird gefahndet", schloss der Artikel ab.

Der Hügel, auf dem sich das neue Haus Penevs befand, war mit dichtem undurchdringlichem Gebüsch bewachsen, das ausgezeichneten Schütz gegen ungebetene Gäste bot. Nur die asphaltierte Straße, die sich wie eine graue Schlange vom Hang des Hügels wand, durchschnitt das Gewächs.

An diesem Abend fuhren Penko und Mira gemeinsam nach Hause. Miras Wagen war bei der Inspektion. Als sie sich dem großen Eingangstor näherten, zog etwas Ungewöhnliches ihre Blicke an. An einem Seil hing eine tote schwarze Katze. Die Mafia schwor Rache. Noch am gleichen Abend bestellte Penko eine Bewachungsfirma und beauftragte die Vollendung der vom Architekten des Hauses vorgesehenen, zweieinhalb Meter hohen Zaun aus Eisenstäben, der wegen der Gewächse als überflüssig angesehen worden war.

Die Flugtickets für Genf waren schon gekauft, die Maschinen für die Messe an die Spedition gegeben. Es gab keine Zeit für Auseinandersetzungen. „In Bulgarien werde ich mit ihnen klar kommen. Ich habe einen Vertrag für ein Darlehen, das ich ordentlich erfülle. Ich bin nicht verpflichtet an ihrem dreckigen Drogengeschäft teilzunehmen"!

69.

Die Ausstellung in Genf war für Penmark ein Riesenerfolg.
Seine Roboter waren die besten. Sie übertrafen sowohl in Qualität
als auch preislich die der Konkurrenz. Viele Bestellungen wurden
gleich auf der Messe erteilt, sogar die Exponate wurden verkauft.
Penko, Mira und Bonny waren glücklich. Sie beschlossen von
Genf aus mit dem Auto nach Bulgarien zu fahren. So konnten sie
sich einiges von Europa ansehen, was sie bislang noch nicht kannten. Ein gebrauchter Mercedes wurde angeschafft. Es war seit
Jahren ihr erster gemeinsamer Urlaub.

Kalifornien war schön, aber die Schweiz versetzte sie durch
ihre Reize in Begeisterung. Die Sauberkeit überall, die hübschen
kleinen Häuser, die hohen Berge mit ihren verschneiten Gipfeln,
an die sich saftige grüne Wiesen reihten, auf denen braunweiß
gefleckten Kühe grasten. Nach dem zwölf Kilometer langen
Montblanc -Tunnel eröffnete sich vor ihren Augen Italien mit dem
Aostatal. Die Straße wand sich dem Dora Baltea Fluss entlang,
vorbei an steilen Felsen, von denen reißende Wasserfälle tosten.
Das Tal weitete sich langsam und der wachsende Verkehr deutete
die Nähe Mailands an. Allein die Einfahrt in die Stadt war eine
Herausforderung. Bonny, den Blick auf die Karte konzentriert,
versuchte zu navigieren, während Penko schwitzend am Lenkrad
saß und versuchte, den von allen Seiten drängenden Autos auszu-
weichen. Nach einigem hin und her im Geflecht von Autobahnen,
schafften sie es, unbehelligt ins Stadtzentrum zu gelangen. Ein
„Best Western" Hotel gab ihnen Obdach für die Nacht. Nach dem
obligatorischen Sightseeing am nächsten Tag, dem Besuch der
Kirche Santa Maria delle Grazie, mit dem Fresko Leonar-
do da Vincis „Das letzte Abendmahl" und nach einem Abendessen
in der „Galleria Vittorio Emanuele II" ging die Fahrt weiter.
Venedig hatten sie oft auf Bildern und in Filmen gesehen, aber der
persönliche Eindruck war überwältigend. Zwei Tage blieben sie,
bewunderten die Rialtobrücke, die Kanäle mit den singenden
Gondoliere, den Markusplatz, den Dogenpalast und genossen die
pittoresken, schmalen Gässchen und die venezianische Küche.
Auf dem weiteren Weg nach Triest besuchten sie das Lager Padri-

ciano und wunderten sich, dass es noch existierte. Ein älterer Mann mit weißem Haar empfing sie am Eingang. In seinen Augen erkannte Penko den Dolmetscher Mario, der ihn vor sechsundzwanzig Jahren zum ersten Mal empfangen hatte. Aus dem ehemaligen Sowijetblock gab es keine Flüchtlinge mehr, dafür aber war es voll mit Afrikanern aus allen möglichen Staaten.

„Auf dieser Welt wird es immer Flüchtlinge geben", bemerkte Mario, nachdem er den ehemaligen Lagerbewohner erkannte und herzlich umarmte. „Wie ich sehe, geht es dir nicht schlecht". Er zeigte auf den glänzenden Mercedes.

„Ich habe es geschafft", erwiderte Penko stolz, „wir sind vorbeigefahren und ich wollte meinem Sohn zeigen, wo wir angefangen haben. Ich hatte nicht erwartet, noch Bekannte zu treffen nach all den Jahren".

„Es gibt noch mehr. Kannst du dich an die beiden Zigeuner erinnern, Nuni und Pepo. Sie sind immer noch da, leben auf Staatskosten und nehmen mit ihren Würfelspielen die Schwarzen aus".

Der Dolmetscher führte sie zum Gebäude. Hier hatte sich kaum etwas verändert, die gleichen kleinen Kasernenzimmer, die gleichen eisernen Stockbetten mit durchgelegenen Matratzen und der penetrante Geruch nach billigem Brattöl und Urin. Bonny ertrug schweigend die Umgebung und die Vorstellung von dem, was seine Eltern durchgemacht hatten, erfüllte ihn mit Stolz für das, was sie erreicht hatten.

Der Weg durch das ehemalige Jugoslawien zeigte immer noch die Spuren des in der Mitte Europas geführten, sinnlosen Krieges, der unzählige Opfer gefordert hatte. Das früher blühende Land war in kleine Republiken zerstückelt, die ehrgeizig ihre Grenzen behüteten. Das Ergebnis waren unendliche Autoschlangen, die die Durchreise in einen Albtraum verwandelten. Nicht viel anders war die Lage an der bulgarischen Grenze. Einige Autos und Vans wurden beiseite dirigiert und gründlich durchsucht, andere wurden durchgewinkt. Penko wusste, dass ein Zwanzigdollarschein im Pass freie Durchfahrt ermöglichte und so erreichten sie spät am Abend Sofia. Sie fanden das Zentrum aufgegraben. Es wurde eine U-Bahn gebaut. Die Stadt war auf dem Weg europäisch zu werden, dieser Weg war aber steil und dornig. Sie fuhren ein Stück weiter zum neueröffneten Hilton Hotel. Noch während sie beim Abendessen waren, ging Penko zur Toilette und rief Jana an. Er hatte seine Ankunft angekündigt, konnte es aber nicht erwarten, ihre Stimme so bald wie möglich zu hören.

Für Bonny war alles neu und ungewöhnlich.

Am nächsten Tag besuchte die Familie den neuen Betrieb. Das Gebäude glänzte in der Sonne. Ganz oben auf der Fassade stand in großen Lettern „PENMARK". Die Fensterscheiben waren frisch geputzt, der Hof gekehrt. Ivan empfing sie und führte sie durch die verschiedenen Abteilungen. Überall herrschte peinliche Sauberkeit, die Maschinen surrten leise, Arbeiter in weißen Kitteln ordneten die fertigen Teile auf Transportwagen die sie dann zur Qualitätskontrolle brachten. Alle drei waren beeindruckt. Ivan stellte ihnen die wichtigsten Mitarbeiter vor. Dann lud er alle zum Mittagsessen ein. Penko zeigte sich äußerlich zufrieden, seine Gedanken aber waren bei Jana. Er wollte sie so schnell wie möglich treffen.

Nach dem Mittagessen gingen Mira und Bonny in die Stadt spazieren. Trotz der vielen Baustellen gab es einige Sehenswürdigkeiten, die Mira Bonny zeigen wollte. Sie besuchten die Alexander Nevski Kathedrale mit ihren goldenen Kuppeln, das Denkmal des russischen Zaren Alexander II, der mit seiner Armee im Jahre 1878 Bulgarien aus der fünfhundertjährigen osmanischen Herrschaft befreit hatte, das Parlament und die russische Kirche. Bonny hatte viel über diese alte Stadt zwischen Orient und Europa gehört, aber das, was er ein paar Schritte abseits des Zentrums sah, übertraf sein Vorstellungsvermögen: Autos aller möglichen Marken und Herkunft waren absolut chaotisch auf Straßen und Bürgersteigen geparkt. Die Kreuzungen waren verstopft durch hupende Fahrzeuge. Ihm schien es als ob es keine Verkehrsregeln gab und die Fahrer einen täglichen Existenzkrieg führten. Das Gehen auf den Trottoirs war unmöglich, auf den Fahrbahnen –

gefährlich. Müde vom Laufen und von Eindrücken gingen sie am späten Nachmittag ins Hotel.

Ivan blieb in der Firma. An diesem Tag hatte Penko keine Lust sich mit Betriebsproblemen zu befassen. Er fuhr zu Jana, die ihn sehnsüchtig erwartete. Sie sah noch hübscher aus, als er sie in Erinnerung hatte. Sie war reifer geworden, mehr Frau als junges Mädchen. Auch die Wohnung war mit neuen, modernen Möbeln eingerichtet, ein breites, gepolstertes Bett wartete auf sie. Kaum eingetreten, fielen schon die Kleider und die Vereinigung nach so langer Zeit war überwältigend. Penko war bewusst, dass sich etwas in seinem Leben ändern musste. Er wollte nicht mehr länger auf Jana verzichten.

70.

Wie geplant fuhr die Familie am Wochenende nach Goritschevo. Sie wollten Penkos Eltern besuchen und das neue Haus
sehen. Die Fahrt aus der Stadt führte an den Plattenbauten entlang, dann folgten niedrige, zum Teil unverputzte Häuser mit
Höfen, die Schrottplätzen mit zerfallenen Zäunen glichen. Dahinter hing bunte Wäsche.

Außerhalb der Stadt änderte sich die Landschaft gründlich.
Grüne Wiesen reihten sich an blühende Gärten, Gemüsefelder und
Obstplantagen. In der Ferne schimmerten bewaldete Hügel und
Berge mit schneebedeckten Gipfeln. Bonny saugte diese Natur-
pracht des ansonsten ausgemergelten Bulgariens in sich ein.

Penko drosselte das Tempo, als das Schild „Goritschevo"
erschien. Auf der Straße liefen Hühner herum, ein stolzer Gänse-
rich führte seine Sippe quer über den Weg, ohne sich um das
schwarze Ungetüm zu kümmern, das sich näherte. Vor dem Kiosk
an der Ecke schauten einige junge Leute dem glänzenden Gefährt
nach. Noch eine Abbiegung und vor ihnen stand in seiner ganzen
Pracht das große weiße Haus, das seinesgleichen in der ganzen
Umgebung suchte.

Als der Pförtner das Auto erblickte, drückte er auf die Fern-
bedienung und das schwere eiserne Tor öffnete sich gemächlich.
Ein zweiter Tastendruck hob das Garagentor und das Auto versank in den Untergrund. Eine geräumige Tiefgarage bot Platz für
einige Autos. Bonny war beeindruckt.

Durch einen langen Korridor gelangten sie zum Lift. Die
Kabine führte sie zu einem breiten, hellen Flur. Gegenüber eine
verglaste Tür zum Garten, rechts öffnete sich eine andere und
Penkos Vater streckte Bonny seine Arme entgegen:

„Gott sei Dank, erleben wir es noch unser liebes Enkelchen
wiederzusehen"!

„Kommt 'rein, was steht ihr da am Eingang", rief Penkos
Mutter, die hinter ihrem Mann stand, „kommt näher, damit ich
euch umarmen kann. Mein Gott, unser Bonny, wie groß er geworden ist, ein richtiger Mann und er sieht so gut aus"! Bonny
bückte sich, umarmte sie und sie küsste ihn. Beide Eltern konnten

ihre Blicke von ihren Kindern nicht wenden. Ihre Augen füllten sich mit Tränen der Freude.

„Gott, wir danken dir, dass du uns dieses Glück erleben lässt, dass du uns noch mal in diesem Leben zusammengeführt hast und uns unsere letzten Tage in so einem Luxus verbringen lässt"! sprach die Mutter den Blick gen Himmel gewandt.

„Ihr habt es verdient", sagte Penko. „Ich bin schuld an eurem Leiden, aber Gott hat mir geholfen, mich bei euch zu bedanken und hat eure Peiniger bestraft.

„Kommt bitte zu Tisch", rief Zvetanka aus dem Wohnzimmer. Sie hatte inzwischen geheiratet und ihr Mann war als Gärtner und Hausmeister angestellt worden. Das Pförtnerhaus hatte zwei Zimmer und Bad, aber ihr Mann schlief dort allein. Für Zvetanka war ein Zimmer direkt neben dem der Eltern vorgesehen, damit Sie jederzeit zur Verfügung stehen konnte, wenn einer von ihnen etwas brauchte. Sie besuchte ihn ab und zu und Oma Mara ermutigte sie:

„Außer dass mir meine Arme und Beine nicht folgen, sind wir gesund, hab keine Angst um uns. Geh, schlaf bei deinem Mann! Es ist nicht gut für eine junge Frau allein zu schlafen".

Nach dem Abendessen besichtigten Mira, Penko und Bonny das Haus. Die ersten beiden hatten das Haus schon als Rohbau gesehen, für Bonny war alles neu. Er war erstaunt über den Luxus und guten Geschmack mit dem es gebaut und eingerichtet war.

„Simeonov hat gute Arbeit geleistet", bemerkte Penko und wendete sich Mira zu, „aber du hast ihm auch viel geholfen".

„Das ist wahr", erwiderte Mira, „die meisten Sachen haben wir gemeinsam ausgesucht".

Für Bonny waren zwei Zimmer mit eigenem Bad vorgesehen, für Mira und Penko separate Schlafzimmer an beiden Seiten des Spa-Bereichs. Müde von der Reise gingen sie früh schlafen. Das runde Bett mit dem Baldachin blieb in dieser Nacht unberührt.

71.

Am nächsten Tag nahm Penko Bonny zur Donau mit. Er wollte ihm den Fluss zeigen und natürlich das Boot fahren. Mira hatte keine Lust in dieses Boot einzusteigen. Einmal auf der Bay in Amerika hatte sie solche Angst gehabt, dass sie vom Boot nichts mehr wissen wollte.

„Wir sollten Drenka und Gregor einladen", sagte Penko, bevor sie gingen. „Bereitet zusammen mit Zvetanka ein leckeres Abendessen, schließlich haben wir letztes Mal bei ihnen übernachtet".

„Das machen wir, aber du fahr nicht so schnell und pass gut auf, ich habe immer Angst um dich mit diesem Boot".

Unterwegs hielten sie am Dorfplatz. Die neue Kirche glänzte in der Frühlingssonne. Sie gingen hinein. In der Mitte auf einem Gerüst lag ein Maler auf dem Rücken, ein anderer half ihm. Der Raum war hell und freundlich. Obwohl sie, verglichen mit anderen Kirchen, klein schien, war sie für die Bedürfnisse des Dorfes mehr als ausreichend.

Ignat wartete schon, als sie nach Vidin kamen. Er war aber nicht allein. Mit strahlendem Gesicht stand Jana neben ihm. Nach ihrer Zusammenkunft in Sofia hatte sie den Zug genommen und war hierhergekommen. Penko und Bonny stiegen fast gleichzeitig aus dem Auto.

„Das ist Bonny, mein Sohn", sagte Penko, schob ihn vor sich und blieb einen Schritt zurück. Er wollte vermeiden, dass Jana ihn, in Bonnys Gegenwart umarmen und küssen würde. Jana hatte sie beobachtet, als sie aus dem Auto ausstiegen. Während Männer mindestens zehn Sekunden brauchen um eine Frau einzuschätzen, brauchen Frauen nur zwei. Bonnys breite Schultern, schmale Hüften und gleichmäßige Gesichtszüge hatten sie sofort beeindruckt. Sie gab ihm die Hand, zog ihn zu sich und küsste ihn freundschaftlich auf beide Wangen:

„Sprichst du bulgarisch"? Sie ließ seine Hand immer noch nicht los.

„Etwas, nicht so gut".

„Hier wirst du es schnell sprechen lernen. Das ist Ignat, ein Freund aus der Kindheit.

Penko beobachtete sie und plötzlich fühlte er, dass er zu einer anderen Generation gehörte:

„Lasst uns zum Boot gehen", forderte sie Penko vorsichtig auf. Alle gingen zum Wagen, aber Jana hielt immer noch Bonnys Hand.

Das Boot hatte nur zwei Sitze.

„Wer ist der Erste", fragte Penko, den Blick auf Jana gerichtet.

„Natürlich Bonny", antwortete sie, „er ist schließlich unser Gast".

Auf der zweiten Tour stieg Jana ein:

„Einen sehr netten und sympathischen Sohn hast du, warum hast du ihn bis jetzt nicht mitgebracht"?

„Er studierte und hatte keine Zeit", sagte Penko kühl. In seiner Stimme zeichnete sich Nervosität ab. Er beschleunigte und überholte einige Schleppkähne, dann machte er plötzlich eine Kehrtwende. Jana flog in die Ecke, dann wurde sie gegen ihn geschleudert. Er verlangsamte die Fahrt und hielt sie in seinem Arm, dann half er ihr auf den Sitz:

„Dort ist ein Sicherheitsgurt. Leg ihn an, sonst kannst du rausfliegen", sagte er mit unterdrücktem Zorn.

Bei der nächsten Tour stieg Ignat ein. Diesmal fuhr er langsam, damit sie sprechen konnten. Ignat hatte erfahren, das Itso das Gefängnis wegen guter Führung früher verlassen konnte. Jetzt hatte er Angst, ihn zu treffen.

Am Ufer saßen Bonny und Jana auf einer Bank und unterhielten sich lebhaft. Ihre Gesichter strahlten gegenseitige Sympathie aus.

Als Penko und Bonny den Heimweg antraten, winkten beide noch lange hinterher.

Zum Abendessen mit Drenka und Gregor kamen auch ihre beiden Kinder, Bistra und Nikolaj mit. Beide waren nach Miras und Penkos Flucht zur Welt gekommen. Bistra war ein Jahr älter als Nikolaj und ein Jahr jünger als Bonny. Beide studierten in

Sofia und besuchten in den Osterferien ihre Eltern. Die Jungen fanden schnell gemeinsame Themen und freundeten sich rasch an. Bonny brachte sie oft zum Lachen mit seinen bulgarischen Sprachkenntnissen. Es war nach Mitternacht, als alle nach Hause gingen.

Am nächsten Tag fuhr Penko nach Sofia. Bei Penmark warteten viele ungelöste Probleme auf ihn. Bevor sie sich am Donauufer trennten, schlug er Jana vor, sie nach Sofia mitzunehmen. Sie wechselte einen flüchtigen Blick mit Bonny und sagte, dass sie noch einige Tage bei ihrer Mutter bleiben möchte.

Mira blieb auch. Sie wollte sich um das verlassene Haus ihrer Eltern kümmern, in dem sich jetzt Zigeuner eingenistet hatten.

Bonny wollte auch nicht mit nach Sofia. Er sagte, dass er gerne die Woche bei seiner Oma und seinem Opa bleiben und sich auch wieder mit Bistra und Nikolaj treffen wolle. Von Jana sagte er nichts. Es war ihm peinlich, vor seinem Vater zu gestehen, dass sie ihm gefiel. Sie beanspruchte alle seinen Gedanken. An der Uni war er drei Jahre lang mit einer Kommilitonin befreundet, sie hatten aber keinen Sex. Ihre Eltern gehörten zu einer puritanischen Sekte, die Sex vor der Ehe verbat und er konnte sich nicht damit abfinden. Später hatte er sich unglücklich in eine andere Studentin verliebt, die aber für einen Fußballspieler schwärmte. Seitdem hatte er einige „One Night Stands", eine Liebe konnte sich aber daraus nicht entwickeln.

Mit Jana war es anders. Ihre natürliche Schönheit bezauberte ihn vom ersten Blick an. Als sie ihm die Hand gab, strömte Elektrizität von ihr aus und die beiden Küsse brannten auf seinen Wangen wie heiße Kohle. Gleich nachdem sein Vater weggefahren war, nahm er das Fahrrad seiner Mutter, der einzige Gegenstand, der aus ihrem Haus gerettet worden war, und fuhr nach Vidin. Er hielt vor Ignats Haus und setzte sich auf die Treppe. Wo Jana wohnte, wusste er nicht. Vor seinem Vater hatte er sich nicht getraut danach zu fragen. Am Nachmittag, gegen halb sechs hörte er das Rattern eines Mopeds und Ignat erschien. Er war überrascht Bonny vor seinem Haus zu sehen.

„Guten Abend Ignat, wie geht? Können Jana suchen"?
Bonny quälte sich mit dem Bulgarischen ab.

„Natürlich, ich rufe sie gleich an. Komm aber erst rein und
lass uns etwas trinken. Der Abend ist noch lang".

Ignat wohnte bescheiden in dem kleinen Haus seines Großvaters. Seine Eltern waren geschieden und in verschiedene Ecken
Bulgariens verstreut. Er arbeitete als Mechaniker in einem kleinen
Reparaturbetrieb am Hafen. Außer dem großen Wohnzimmer gab
es noch zwei Schlafzimmer mit Bad und Toilette. In dem einen
schlief Ignat, das andere war für Gäste.

„Zum Wohl und Willkommen". Ignat hob sein Glas und sie
tranken einen Schluck. „Wie schmeckt dir das bulgarische Bier"?
fragte er.

„Viel besser wie Amerika. Amerika Bier wie Wasser, nix
schmecken".

Ignat hob den Hörer und rief Jana an. Als sie erfuhr, dass
Bonny bei ihm ist, sprang sie vor Freude hoch und versprach
spätestens in einer Stunde da zu sein.

Während Bonny über sein Leben in Amerika erzählte und
Ignat seine Grammatik korrigierte, verflog die Zeit und plötzlich
stand Jana vor der Tür. Dunkle Schatten unterstrichen die großen
schwarzen Augen und Ihr Haar bedeckte die Schultern. Das dunkelblaue Chanel Kostüm mit kurzem Rock, das Geschenk vom
Penko, betonte ihre schlanke Figur. Bonny sah sie an wie hypno-
tisiert.

Ignat ging hinaus und bald kam er mit drei Pizzen und einigen Flaschen Bier zurück. Hingerissen hörten sie Bonnys Erzählungen zu, lachten freundlich über seine unbeholfene Ausdrucks-
weise und korrigierten ihn. Ignat bot ihm sein Moped an, um Jana
nach Hause zu bringen und am nächsten Tag mit ihr spazieren
fahren zu können und sich die Gegend anzuschauen.

Früh am nächsten Morgen fuhr Bonny mit dem Moped zu
Jana. Er war glücklich den Tag mit ihr verbringen zu dürfen. Es
war warm, Jana kam in einem Baumwollkleid und trug einen
Rucksack. Sie fuhren zuerst zu der berühmten „Baba Vida" Fes-
tung, die besterhaltene mittelalterliche Burg in Bulgarien, danach

zu dem Felsen von Belogradtschik, einer anderen Sehenswürdigkeit. Gegen Mittag, als es heiß wurde, suchten sie Schatten in einem Wald, dicht bewachsen mit Unterholz. Sie fanden eine kleine Wiese, mitten im Gebüsch. Jana breitete eine Decke aus, die sie in weiser Voraussicht mitgenommen hatte und nahm aus ihrem Rucksack ein gebratenes Hähnchen, Brot, Tomaten, eine Gurke und eine Flasche Wein. Bonny war zurückhaltend, wie ein gut erzogener Amerikaner. Jana hatte ihn durchschaut und übernahm die Initiative. Sie erkannte schnell, seine Unerfahrenheit und beschloss langsam und vorsichtig vorzugehen. Nach dem Picknick lagen sie nebeneinander. In den Ästen über Ihnen zwitscherten und sangen die Vögel und zogen ihre Kreise am blauen Himmel. Rein „zufällig" fand sie seine Hand. Fast gleichzeitig drehten sie sich, Gesicht zu Gesicht und ihre Lippen trafen sich, anfangs zu einem ungeschickten Kuss, der dann immer heftiger und sinnlicher wurde. Bonnys Hand fand ihre Brüste und er fing an sie zärtlich zu streicheln. Es gefiel ihr, er bekam Mut und ließ die Hand unter ihren Rock gleiten. Sie öffnete vorsichtig seinen Reisverschluss und fand, was sie suchte. Nach Sekunden nur fühlte sie die klebrige Flüssigkeit in ihrer Hand. Bonny zog sich verschämt zurück und schloss seine Hose, wobei er Entschuldigungen stammelte.

„Es gibt nichts, wofür du dich entschuldigen solltest", sprach sie, sein Gesicht in beiden Händen haltend und direkt in seine großen, blauen Augen schauend, „es ist eine natürliche Körperreaktion. Sie bedeutet, dass ich dir gefalle, dass ich den Männerinstinkt in dir wecke. Das schmeichelt mir".

„Du mir viel gefallen. Wenn dich erstes Mal sehen, ich verlieben. Du bist schönste Frau ich getroffen habe".

„Du hast mir auch auf Anhieb gefallen. Du bist so nett und sympathisch. Solche Männer gibt es in Bulgarien nicht. Die bulgarischen Männer sind grob, sie achten die Frauen nicht, sie beschimpfen und beleidigen sie. Du bist zartfühlend und achtsam, ein echter Gentleman. Ich werde sehr traurig sein, wenn du wieder nach Amerika gehst".

„Ich nicht gehen ohne dich. Du mit mir kommen". Bonny hielt sie an beiden Händen und sah ihr in die Augen. „Du mich willst heiraten"?

Jana erzitterte. Keiner hatte ihr bis jetzt diesen Vorschlag gemacht. Alle Männer, die sie gekannt hatte, wollten nur eines von ihr, Sex. Itso Messer hatte sie mit achtzehn kennengelernt. Anfangs hatte sie ihn vergöttert, weil er Geld, Auto und Macht besaß und alle vor ihm zitterten. Später hatte er sie an seinen Freund verkuppelt, wahrscheinlich für Geld, aber dessen war sie sich nicht bewusst. Itso führte sie aus, kaufte ihr schöne Kleider um mit ihr anzugeben, dabei schlief er mit anderen Frauen, betrog sie sogar mit ihrer besten Freundin. Drei Jahre lang hatte er mit beiden geschlafen. Sie hatte Angst, ihn abzuweisen. Dann erschien Penko, Gentlemen mit gutem Benehmen, zärtlich und nett, aber viel älter und verheiratet. Sie spürte, dass diese Beziehung keine Zukunft hatte. Trotzdem hatte sie ihn lieb gewonnen und hatte beschlossen zu warten. Sie hatte erfahren, dass der Architekt seiner Frau den Hof machte und das war für sie eine Hoffnung. Jetzt aber tauchte eine neue Chance auf, noch besser und erstrebenswerter, die es nicht zu verpassen galt.

„Dein Vorschlag schmeichelt mir, aber ich weiß es noch nicht", erwiderte sie vorsichtig, „die Ehe ist ein lebenslänglicher Vertrag zwischen einem Mann und einer Frau. Bedingung für eine erfolgreiche Ehe ist eine starke, selbstlose gegenseitige Liebe und Treue. Du kennst mich noch nicht lange. Lass uns die kommenden Tage gemeinsam verbringen. Wenn du mich danach noch liebst, werde ich es mir überlegen". Sie gab ihm einen flüchtigen Kuss und begann das Picknick aufzuräumen. „Lass uns zu Ignat gehen, er ist in der Arbeit. Hier sind wir nicht allein, es laufen auch andere Leute herum".

Das Moped ratterte los und brachte sie zu ihrem neuen Liebesnest.

72.

Die Woche in Sofia verflog für Penko wie in einem Atem-
zug. Abends kam er müde ins Hotel, Ivan begleitete ihn und die
Besprechungen des Tages wurden mit einem Glas Whiskey fortgesetzt. So erfuhr Penko, dass der oberste Chef von Multiinvest
OOD auf offener Straße erschossen worden war, die Organisation
vor dem Zerfall stand und dass die einzelnen Gruppen, aus dem
sie bestand, sich das Vermögen untereinander und nicht ganz
friedlich aufteilten. Penko war zuerst etwas aufgeregt wegen
seiner Firma in Kalifornien, dann aber beruhigte er sich. Das Geld
der Firma war in der sicheren Bank of Amerika und sein Haus
wurde zuverlässig von der Bewachungsfirma beschützt. Trotzdem
konnte er die aufgehängte Katze nicht ganz vergessen.

Die Probleme bei Penmark-BG wurden bis Ende der Woche
nicht gelöst und einige der leitenden Angestellten waren bereit
auch übers Wochenende zu arbeiten. Trotzdem war Penkos Anwesenheit in der folgenden Woche unumgänglich. Er rief einige
Male bei Magda an, sie wusste nur, dass Jana bei ihrer Mutter, die
angeblich krank war, geblieben sei. Er rief auch bei der Mutter
an. Jana wäre mit Freundinnen ausgegangen. Von Krankheit war
keine Rede. Penko war irritiert. „Ob Itso wieder im Spiel ist",
dachte er, aber Ivan versuchte ihn zu beruhigen:

„Sie war lange Zeit nicht zu Hause, Frauen haben immer 'was
zu bequatschen. Wenn sie dich liebt, wird sie schon kommen".

Penko rief auch Mira an um zu melden, dass er am Wochenende nicht kommen kann:

„Wie geht es Bonny, was macht er den ganzen Tag"?

„Er fühlt sich hier wohl wie ein Fisch im Wasser. Er hat
Freunde gefunden und lernt fleißig Bulgarisch. Einer davon hat
ihm ein Moped geliehen. Sie gehen jeden Tag fischen. Ich sehe
ihn kaum, freue mich, dass ihm Bulgarien gefällt".

„Und wie geht es dir, was machst du"?

„Mach dir keine Sorgen um mich. Ich habe genug Lauferei-
en mit den Dokumenten für das Haus meiner Eltern. Gut dass
Simeonov mir hilft, alleine wäre ich nie zurechtgekommen".

Glücklicherweise gab es noch keine Videotelefone, sonst hätte Penko den Architekten neben ihr sitzend gesehen, der Tag und Nacht für ihre gute Laune sorgte. Noch an dem Tag, an dem Penko nach Sofia fuhr, rief sie ihn an und bedankte sich für die perfekt erledigte Arbeit, für den gelungenen Bau und für die wunderbare, geschmackvolle Einrichtung.

„Es war mir ein Vergnügen all deine Wünsche zu erfüllen und bin sehr glücklich wenn es mir gelungen ist".

„Natürlich ist es dir gelungen, in jeder Hinsicht", sagte sie mit einer mehrdeutigen Note in ihrer Stimme. „Wenn du Zeit hast, würde ich mich freuen dich zu sehen. Ich habe noch ein Problem, worüber ich mit die reden möchte".

Keine Stunde war vergangen, als der Audi das schwarze eiserne Tor passierte und in der Tiefgarage versank.

„Herr Simeonov ist für sie da", klang die Stimme des Pförtners aus der Haussprechanlage.

Mira empfing ihn im Morgenmantel, gab ihm zwei freundschaftliche Küsse auf die Wangen und bot ihn herein. Als sich die Lift Tür hinter ihnen schloss, trafen sich ihre Lippen in einem sinnlichen Kuss. Im zweiten Stock, wo die Schlafräume waren, nahm sie ihn an die Hand und führte ihn zum runden Bett. Auf dem Nachtkästchen stand eine Flasche Sekt mit zwei Gläser.

„Als du dieser Raum eingerichtet hast, hast du bestimmt nicht nur an meinen Mann und mich gedacht". Sie öffnete die Flasche, goss die Gläser ein und reichte ihm eines: „Zum Wohl"! Sie nahm einen Schluck und schob die Tagesdecke beiseite. Ihr Morgenmantel öffnete sich und ihr nackter Körper, auf den viele Siebenundvierzigjährige neidisch gewesen wären, kam zum Vorschein.

Befriedigt lag sie neben dem Architekten, aber ihre Gedanken waren bei Penko. „Ob er jetzt auch so neben seiner jungen Geliebten liegt"? Sie hatte keine Gewissensbisse. Simeonov lag neben ihr auf dem Rücken, in einem Badetuch gewickelt und war eingeschlummert. Sie versuchte sich vorzustellen, mit ihm in einer Zweizimmerwohnung irgendwo in Oakland oder Concord zu leben. Sie im Schuhladen, weit weg von Penko und Bonny.

Der Gedanke an Bonny versetzte ihr einen Stich. „Wo geht er immer wieder hin in diesem gottverlassenen Dorf? Ob er nicht irgendeine Bulgarin gefunden hat, die ihm den Kopf verdreht"? Sie stand auf und zog den Bademantel an. Bonny hatte letztes Jahr sein Studium abgeschlossen, behielt aber immer noch sein Apartment in Stanford. Nach Hause hatte er seit langem kein Mädchen mitgebracht. In der Firma wimmelte es von jungen, hübschen Frauen, die um seine Aufmerksamkeit buhlten. Er verhielt sich aber immer cool und distanziert. Miras Fragen wich er geschickt aus. Wenn sie ihn ab und zu in Stanford besuchte, fand sie keine Spuren von Damenbesuchen. „Ich werde Nikolaj, Drenkas Sohn mal bitten, ihn ein bisschen auszufragen. Junge Männer teilen sich oft Geheimnisse mit", das beschloss sie, auf einem der beiden Sessel sitzend, die wie für Zuschauer gegenüber dem runden Bett standen.

Simeonov hatte sich angezogen und saß in dem anderen Sessel.

„Ich ziehe mich auch an", sagte sie, „wir gehen lieber ins Wohnzimmer runter, um mein Problem zu besprechen. Zvetanka ist neugierig und könnte uns hier vorfinden".

Der Architekt nahm die Flasche, ging hinunter und füllte die Gläser.

„Prosit auf die erfolgreiche Lösung deines Problems", sagte er, als sie in das Wohnzimmer kam. „Las mich hören, um was es geht".

„Mein Vater stammt aus einer reichen Arztfamilie", begann sie ihre Erzählung, „die gute Kontakte zum Zaren unterhielt. Nach der Machtübernahme haben die Kommunisten die Klinik meines Großvaters verstaatlicht, ihn umgebracht und die große Familienwohnung in Sofia enteignet. Mein Vater und meine Mutter wurden in Goritschevo interniert. Sie hatten das Haus hier gekauft, bevor ich geboren wurde. Bei unserer Flucht haben sie sich spontan entschieden mitzukommen und haben das Haus mit allem was drin war verlassen. Jetzt wohnen dort Zigeuner, das Haus ist total vernachlässigt, jeden Moment kann es in sich zusammenfallen".

„Hast du irgendwelche Dokumente, einen Grundbuchaus-zug"?

„Nein, alles ist im Haus geblieben. Wir waren auf einer Hochzeit an der Grenze. Penko war heimlich zurückgekommen um mich und Bonny, er war noch ein Baby, mitzunehmen. Sein Freund, der uns geholfen hat, rief „kommt". Ich rannte und meine Eltern folgten mir. Wahrscheinlich ist das Haus nach unserer Flucht durchsucht worden, ich habe keine Ahnung, was mit den Dokumenten passiert ist".

„Hast du andere Verwandte"?

„Eine Tante in Vidin, die Schwester meiner Mutter. Ich habe bei ihr gewohnt, als ich ins Gymnasium ging, aber ich mochte sie nicht. Sie war sehr streng, ließ mich nirgendwohin ausgehen und ich musste immer einen schwarzen Kittel tragen. Nach Schulende habe ich nichts mehr von ihr gehört, ich weiß nicht ob sie noch lebt".

„Wenn ich mich darum kümmern soll, muss du mir eine notarielle Vollmacht erteilen. Ich würde prüfen, was passiert ist, ob es enteignet ist und wer der gegenwärtige Eigentümer ist. Aber wozu brauchst du dieses Haus, du hast hier einen ganzen Palast"?

„Er ist nicht mein, er gehört Penko. Mit unserem Haus sind bei mir Kindheitserinnerungen verbunden. Es tut mir weh zuzu-schauen, wie es zerfällt".

Sie stiegen in den Audi und fuhren zum Notar nach Vidin. „Es läuft gut", dachte der Architekt unterwegs, „nur Penko steht mir im Weg. Ich muss schauen, wie ich sie ihm entreißen kann. Seine Geliebte ist hier, ich habe sie auf der Straße gesehen. Ich muss ihm eine Falle stellen, damit wir ihn in flagranti erwischen können. Oder dieser Bandit Itso Messer, könnte das für mich erledigen, er hasst ihn sowieso".

73.

Ignats Gästezimmer lag im Halbdunkel. Der alte Walnussbaum warf seinen dicken Schatten und die Vorhänge waren zugezogen. Jana führte Bonny hinein und küsste ihn. Sie spürte seine Erregung, hielt sich aber zurück. Sie wollte ihm die Initiative überlassen. Sie gab ihm einen Zungenkuss, den er erwiderte. Er empfand unbeschreibliches Vergnügen sie zu küssen. Ihre Lippen fühlten sich saftig und aromatisch an. Sie fielen ins Bett und liebten sich vom Neuen, dann lagen sie nebeneinander. Es war die Zeit zu der Ignat von der Arbeit zurückkommen konnte.

„Warte hier auf Ignat, ich bin gleich wieder da".

Sie ging aus und kaufte ein. Dann kochte sie grüne Bohnen mit gebratenen Würstchen und machte einen Salat dazu. Dann öffnete sie eine Flasche Rotwein und stellte drei Gläser auf den Tisch. Ignat staunte als er durch die Tür kam:

„Es ist etwas anderes, wenn du eine Frau zu Hause hast"!

„Du warum nicht verheiratet"? fragte Bonny.

„Weil ich bis jetzt keine schönere Frau als Jana getroffen habe und ich bin mit ihr wie Bruder und Schwester, wir haben keine Geheimnisse voneinander, nicht war Jana"?

„So ist es". Sie näherte sich Ignat, legte ihren Arm um seine Schultern und gab ihm einen freundschaftlichen Kuss auf die Wange. Sie goss die Gläser voll, gab jedem eins und hob ihres:

„Auf unsere Freundschaft"!

Der Abend verlief in bester Laune. Sie erzählten sich Geschichten aus ihren Leben und lachten über Witze. Bonnys Bulgarisch wurde immer besser. Als es spät wurde, bot Bonny Jana an, sie mit dem Moped nach Hause zu fahren. Auf der Straße, als sie alleine waren, sagte er:

„Ich will dir vorstellen meine Mutter".

„O, nein, nein. Noch nicht! Es ist noch nicht an der Zeit. Erzähl ihr bitte nichts von uns, hörst du, sonst werde ich sehr böse und du wirst mich nie wieder sehen"!

Mit einem kurzen Kuss verabschiedete sich Jana vor dem Haus ihrer Mutter, wünschte ihm gute Nacht und verschwand im dunklen Eingang. Sie lehnte sich an die Wand und beruhigte sich erst, als sie das Rattern des sich entfernenden Mopeds nicht mehr hörte.

„Zweifellos gefiel ihr Bonny. Er war groß, schlank mit braunen Haar und blauen Augen, in denen sich der Himmel spiegelte. Sie sah ihn vor sich, wie er auf der Waldwiese lag. Außerdem war er eine ausgezeichnete Partie. Von so einem Mann konnte sie in Bulgarien nicht mal träumen. Bonny war sinnlich und zärtlich, unerfahren wie ein Kind. Er zitterte vor Erregung in ihren Händen. Sie würde ihm beibringen sie so zu lieben, wie es ihr gefiele. Sie spürte die Feuchtigkeit in ihrem Schritt. Aber vor ihrem Glück stand, wie ein unüberwindlicher Fels, Penko. Was könnte sie tun? Vorerst wusste er noch nichts, wahrscheinlich schöpfte er nicht mal einen Verdacht. Seine Reaktion im Boot, als sie über Bonny sprach, war bemerkenswert. Wie könnte sie es ihm sagen? Er hatte sie sicherlich bei Magda gesucht und er hatte erfahren wo sie sein würde. Wenn sie ihm überhaupt nichts sagen würde? Vielleicht würde er es von Bonny erfahren und dann? Würde er Bonny sagen, dass ich seine Geliebte war und wie würde Bonny darauf reagieren? Fragen über Fragen. Sie sah ihn sich entfernen, mehr und mehr, er war für sie verloren, noch ein verschwindender Traum“.

Als sie die Wohnung betrat, war ihre Mutter vor dem Fernseher eingeschlafen. Jana machte ihn aus, deckte ihre Mutter zu und ging in ihr Zimmer. Sie legte sich ins Bett und schaute zur Decke. „Morgen werde ich den Tag auskosten, werde ihn in allen Feinheiten der Liebe einweihen, ich werde ihm den Kopf verdrehen und dann in den Zug steigen, mich bei Magda verstecken, bis sie weggefahren sind und sie nie mehr sehen, weder den Vater noch den Sohn“!

Das Moped hielt am nächsten Morgen vor dem Wohnblock. Ihre Mutter war zur Arbeit gegangen und Jana war allein. Sie warf den alten Bademantel ihrer Mutter über ihr Nachthemd und öffnete die Tür. „Er soll mich so sehen wie ich bin, ungekämmt, ohne Lippenstift und Schminke“.

„Komm rein, hast du schon gefrühstückt“?

" Nein, ging früh, müsste Ignat bringen zu Arbeit, Mutter noch schläft".

„Kaffee oder Tee"? Jana holte Butter, Käse, Honig und Marmelade aus dem Kühlschrank und deckte flink den Tisch.

„Kaffee bitte. Du gute Hausfrau", bemerkte Bonny, „Gestern Bohnen sehr gut".

Jana lächelte geschmeichelt und setzte sich ihm gegenüber. Der Morgenmantel hatte eine ihrer Brüste halb entblößt und sie merkte, wie Bonny sie beobachtete. Nach dem Frühstück schickte sie sich an aufzustehen:

„Ich muss mich anziehen und etwas Lippenstift auftragen"

„So du schöner". Bonny stand auf und legte seine Hand auf ihre Schulter. Sie stand auch auf und ihre Lippen trafen sich. Diesmal zögerte Bonny nicht. Er folgte ihr in ihr Zimmer und sie führte ihn geschickt in die Geheimnisse der körperlichen Liebe ein. Bonny stöhnte laut und war im siebten Himmel.

„Ich dich lieben sehr, kann nicht leben ohne dich"! flüsterte er und bedeckte sie mit Küssen.

„Gehen wir ein wenig spazieren", schlug sie vor, als die Leidenschaft abgeklungen war, „danach können wir zu Ignat gehen. Hier können wir nicht bleiben, Mama kommt am Mittag zurück".

„Ja, bei Ignat schön, bei mir auch sehr schön. Du musst kommen und sehen"!

„Nein, nein, heute nicht, vielleicht morgen, oder übermorgen", antwortete sie und dachte „vielleicht auch nie", aber daran wollte sie nicht denken.

74.

Vidin war in einen tiefen Schlaf versunken. Ein Gewitter war über die Stadt gefegt und hatte die Straßen mit abgerissenen Ästen und Blättern bedeckt. Die raren Straßenlaternen, die hier und da noch ganz geblieben waren, warfen schwaches Licht auf den nassen Asphalt. Ab und zu flimmerte noch der Schein eines Fernsehers durch ein Fenster. Die Straßencafés und Restaurants hatten ihre Tische vor dem Sturm weggeräumt. Keine Menschenseele war weit und breit zu sehen und niemand hatte den einsamen Radfahrer erblickt, der die Stadt in Richtung Hafen verließ. Dort in der Nähe hatte Ignat seinen Schuppen, wo Penkos Boot lag. Der Radfahrer hielt vor dem Schuppen und lehnte sein Fahrrad an den Zaun. Der Wind hatte die Wolken auseinandergerissen und die blasse Sichel des Mondes schob sich ab und zu dazwischen. Der Schuppen war mit einem selbstgeschreinerten Tor verschlossen, an dem ein Vorhängeschloss an zwei Ösen hing. Der Radfahrer nahm eine Stange, zog eine der Ösen heraus und ging zum Boot. Er öffnete den vorderen Deckel. Im Lichtkegel einer Taschenlampe bearbeitete er den Verschluss, lockerte ihn und kürzte die Schrauben, dann schloss er den Deckel. Als er sein Werk beendet hatte, ging er zurück, steckte die ausgerissene Öse wieder in das Loch, stieg auf sein Fahrrad und verschwand.

Penko kam, spät am Abend, erschöpft nach Goritschevo. Er hatte beschlossen, dieses Wochenende mit seiner Familie zu verbringen und sein Lieblingsboot zu fahren. Von Jana hatte er seit zwei Wochen nichts gehört, er machte sich große Sorgen. Seitdem er erfahren hatte, dass Itso Messer aus dem Gefängnis entlassen wurde, hatte ihn eine innige Unruhe befallen. An die Krankheit von Janas Mutter glaubte er schon lange nicht mehr und konnte sich nicht vorstellen, was sie so lange in Vidin hielt. „Ob sie wieder in die Hände dieses Gangsters gefallen ist"? Der Verdacht quälte ihn. Er hoffte, Jana in Vidin zu treffen.

In Sofia wohnte er im Hilton, keine drei Kilometer vom Penmark-BG entfernt. Aus der Hotelgarage heraus fuhr er mit dem Auto direkt in die Firma, wo der Pförtner ihm das Tor öffnete. Einige Male erschien es ihm, dass er von einem schwarzen

BMW, in dem zwei Typen mit dunklen Sonnenbrillen saßen, verfolgt wurde. Nachdem sie ihn aber nicht anhielten, oder ihn anderweitig nicht belästigten, beachtete er sie nicht mehr.

Am Samstag, nach dem Frühstück fuhr Penko mit Bonny nach Vidin. Ignat öffnete das Vorhängeschloss und die eine Öse blieb in seiner Hand. Er schenkte diesem Vorkommen aber keine Bedeutung und schraubte sie wieder an.

Penko gab Bonny eine Rettungsweste und zog selbst eine an. Er fuhr mit dem Boot los, Bonny saß neben ihm. Nach dem Gewitter war Wind aufgekommen und auf dem Wasser bildeten sich kleine Wellen:

„Wie hast du diese zwei Wochen verbracht"? Penko fuhr langsam, sodass sie sich ruhig unterhalten konnten.

„Es war wunderbar! Ignat hat mir sein Moped geliehen und damit habe ich fast halb Bulgarien bereist. Außerdem war ich mit Bistra und Nikolaj zusammen und habe Belot spielen gelernt".

„Wie gefällt dir Bulgarien"?

„Ein schönes Land, aber das Volk ist sehr arm. Trotzdem sind alle sehr nett und gastfreundlich. Ignat, zum Beispiel ist ein echter Schatz. Er hat mir von selbst das Moped angeboten. Mit ihm war ich in Lom und Belogradtschik, die Felsen dort sind ein Naturphänomen".

Jana erwähnte er mit keinem Wort. Er hatte ihr geschworen, niemandem von ihrer Beziehung zu erzählen.

Penko gab Gas und das Boot flog über die Wellen. Am Ufer hatten sich Neugierige angesammelt. Sie schauten zu, wie das Boot das Wasser zerteilte.

„Fahr auch eine Tour mit Ignat, er war so nett zu mir", warf Bonny ein.

„Natürlich, warum nicht". Er drehte um und nahm Richtung zum Anlegeplatz.

„Jetzt bist du dran", rief Bonny, stieg aus, hob die Arme und schlug Ignats Händeflächen. „Zieh diese Weste an und pass auf, dass sie nicht nass wird. Sie bläst sich automatisch auf, wenn sie mit Wasser in Berührung kommt".

Ignat stieg ein. In diesem Augenblick erschien Jana am Ufer in einem bunten Sommerkleid. Sie hatte ihr Haar zum Pferdeschwanz hochgebunden. Penko erblickte sie sofort und winkte. Sie winkte zurück und sandte ihm einen Luft Kuss. Penko gab Gas. Ignat hatte sich auf den Sitz gekauert. Das Boot flog über die Wellen, die immer höher wurden. Plötzlich tauchte hinter einer der Inseln eine große Jacht auf, die ihm der Weg abschnitt und eine riesige Welle hinterließ. Penko wich der Jacht aus und fuhr auf die Welle zu. Das Boot hob sich senkrecht in die Höhe, der vordere Deckel fiel ab und es überschlug sich. Ignat fand sich im Wasser mit aufgeblasener Weste. Von dem Boot fehlte jede Spur, es war gesunken. Einige Meter weiter trieb Penko im Fluss. Seine Weste war voller Blut. Ignat schwamm so schnell er konnte zu ihm. Er war leblos. Ignat packte ihn an der Weste und schleppte ihn zum Ufer.

75.

Die Universitätsklinik in Heidelberg war ein moderner fünf-stöckiger Bau am Hochufer des Neckar Flusses. Ein Hubschrauber hatte den bewusstlosen Penko vom Flughafen Frankfurt am Main auf das Dach des Krankenhauses gebracht. Der Professor wartete bereits im Operationssaal der Intensivabteilung.

Mira saß auf der Bank vor der großen, grünen Glastür den Kopf in die Hände gestützt und Gebete murmelnd, die sie von ihrer Mutter und Großmutter in Erinnerung hatte. In diesem Augenblick konnte sie sich nur auf Gott und die Kunst des berühmten Professors verlassen. „Bestrafst du mich dafür, lieber Gott, dass ich meinem geliebten Mann betrogen habe"? ging es ihr durch den Kopf, „Bitte, bitte, lieber Gott, nimm ihn mir nicht weg. Nie wieder werde ich einen fremden Mann anschauen, bitte lieber Gott, lass ihn leben".

Bonny lief nervös den Flur auf und ab und versuchte die an die Wände angeschlagenen Mitteilungen und Informationen zu lesen. „Warum hatte ihn Jana schwören lassen, dass er ihre Beziehung geheim halten soll"? dachte er, „Vater wäre glücklich gewesen mich mit dieser schönen Frau zu sehen". Bonny war mit seinem Vater eng verbunden, er liebte ihn abgöttisch. Er erinnerte sich an viele schöne Momente aus seiner Kindheit, wie sie bis spät in die Nacht Billard spielten, wie er seinem Vater half, als er an diesem Unglücksboot bastelte. „Wenn er nur überlebt, werde ich alles für ihn tun, werde die Firma übernehmen und zu neuen Erfolgen führen, damit er ruhig seinen Lebensabend genießen kann", dachte er. Er glaubte an die Möglichkeiten der modernen Medizin und der Neurochirurgie. Er hatte über unglaubliche Fälle von Menschen mit Schädelverletzungen gelesen, die überlebten und gesund wurden. „Hoffentlich retten sie ihn, hoffentlich wird er gesund und kann meine Hochzeit mit Jana erleben. Er wäre so glücklich"!

Mira erschrak als sie den Professor mit hängendem Kopf und blutverschmierten Kittel vor sich sah und sprang auf. Bonny kam vom Ende des Korridors angelaufen.

„Es tut mir unendlich leid, aber manchmal sind auch wir Ärzte machtlos. Wir haben alles Menschenmögliche getan, aber leider ohne Erfolg". Der Professor gab Mira die Hand, dann Bonny. „Mein herzlichstes Beileid".

Bonny stützte seine Mutter und half ihr auf die Bank zurück. Der Professor stand immer noch mit gesenktem Kopf vor ihnen.

Die Beerdigung fand in Goritschevo statt, so hatten es sich Penkos Eltern gewünscht. „So lange wir leben, soll er bei uns sein", sagten sie. Der Pope Konstantin hatte für ihn ein Grab im Kirchhof, direkt hinter dem Altar vorgesehen. „Hier ist er am nächsten bei Gott", beschloss er.

Leute aus der ganzen Gegend hatten den Kirchhof ausgefüllt. Ivan Antonov kam mit den meisten leitenden Angestellten der Firma und den Investoren Hadzhikov und der Ex-General. Bonny stützte seine Mutter. Sie war ganz in schwarz gekleidet mit einem Schleier über dem Gesicht. Als der Sarg hinuntergelassen wurde, verlor sie das Bewusstsein. Bonny brauchte all seine Kraft, um sie zu halten. Mara Penev weinte bitterlich um ihren Sohn und trocknete ihre Tränen mit einem weißen Taschentuch. Dimo Penev hielt sie fest, gestützt auf seinen Gehstock. Wlado, aus Kalifornien eingeflogen, stand dahinter. Jana, auch ganz in Schwarz, hatte sich Bonny genähert und sich bei ihm eingehakt.

„Was für ein schönes Paar"! schwärmte jemand, „wie schade, dass er sie nicht sehen kann".

Architekt Simeonov hatte sich hinten eingereiht, er fühlte sich noch nicht zur nächsten Verwandtschaft zugehörig. Etwas abseits, weit auseinander, standen zwei Männer die das Geschehen beobachteten, Toni Hristov und Itso Messer. Der erste wartete, um ungestört Abschied von seinem Freund nehmen zu können, der zweite wahrscheinlich, um sich zu überzeugen, dass sein Erzfeind nicht auferstehen würde.

. . .

Epilog

Der tragische Tod Penkos hinterließ eine gewaltige Lücke bei Penmark. Mira war mit alten und neuen Problemen konfrontiert. Alles lastete auf ihren Schultern. Bonny setzte sich voll ein und half bald bei technischen Problemlösungen ganz im Sinne seines Vaters. Wlado stand beiden mit Rat und Tat zur Seite. Es gab einige tüchtige Ingenieure, die die Produktion aufrecht erhielten, keiner aber konnte Penko ersetzen. Ab und zu kam Post aus Bulgarien. „Ich fühle mit dir, Penkos Tod hat mich auch sehr erschüttert", schrieb Simeonov, „das Leben aber geht weiter. Ich wünsche dir Mut und Kraft, alles zu überstehen". Mira antwortete nicht, sie hatte keine Zeit für Freundschaften. Auch Bonny bekam Briefe. Jana schwor ihm ewige Liebe und Treue. Er schickte ihr einen Laptop, damit sie über Emails in Kontakt bleiben konnten. Oft blieben die Emails aber unbeantwortet, weil Bonny meist todmüde ins Bett fiel.

Die bulgarische Firma lieferte zunehmend schlechtere Qualität. Ivan hatte eine lukrativere Tätigkeit gefunden und kümmerte sich nur nebenbei um die Firma. Mira liquidierte sie kurzerhand. Sie war ihr sowieso immer ein Dorn im Auge gewesen. Auch den Kredit von Multiinvest löste sie ab. Penmark florierte, nur für ihr Privatleben blieb keine Zeit.

Zwei Jahre waren vergangen. Die Jahrtausendwende wurde eingeläutet.

Eines Tages stiegen am Flughafen San Francisco zwei bulgarische Staatsbürger aus einem Flugzeug der United Airlines. Eine junge Frau mit langem, kastanienbraunem Haar und ein Mann mittleren Alters in schwarzem T-Shirt und mit einem graumelierten Zopf am Hinterkopf.